LISA JEGLITSCH

Dunkles Wien - Die Morde von Lainz

MORD IN BESTEN KREISEN Im Dickicht des Lainzer Tiergartens findet eine Joggerin die Leiche eines jungen Mannes. Es handelt sich um den Sohn einer mächtigen Wiener Immobiliendynastie, der brutal erstochen wurde. In die Haut des Toten wurde eine kryptische Botschaft geritzt. Laura Sturm und ihr Kollege Karl Suchanek vom LKA Wien übernehmen den Fall, der frappierende Ähnlichkeit mit dem Mord an einer Hebamme vor vier Jahren aufweist. Der Fundort der Leiche, der Modus Operandi des Täters und die Botschaft auf den Opfern gleichen einander. Weil der Mörder von damals längst hinter Gittern sitzt, gehen die Ermittler von einer Nachahmungstat aus. Sie beleuchten das Umfeld des Ermordeten und stoßen rasch auf Widerstand – vor allem der Vater des Toten behindert ihre Arbeit und nutzt dabei seinen Einfluss auf die Mächtigen im Landeskriminalamt. Was hat er zu verbergen und warum spielt die Mutter des Toten ihre Trauer nur vor? Und wie hängt der Tod des jungen Mannes mit dem Mord an der Hebamme zusammen?

Lisa Jeglitsch wurde 1991 in Wien geboren. Nach dem Studium der Publizistik- und Kommunikationswissenschaft führte sie ihr Weg in die Event- und Kommunikationsbranche, in der sie bis heute arbeitet. Die Liebe zum Schreiben begleitet sie seit der Volksschule, wo sie eigene Texte und Kurzgeschichten verfasste. Auf einer Solo-Reise durch Thailand entstand ihr Debütroman »Dunkles Wien: Die Morde von Lainz«.

LISA JEGLITSCH

Dunkles Wien - Die Morde von Lainz

KRIMINALROMAN

GMEINER

Im Ehnried 5, 88605 Meßkirch
Telefon 07575/2095-0
info@gmeiner-verlag.de

1. Auflage 2025

Satz: Mirjam Hecht
Umschlaggestaltung: U.O.R.G. Lutz Eberle, Stuttgart
unter Verwendung eines Fotos von: © Nairobi / stock.adobe.com
Druck: CPI books GmbH, Leck
Printed in Germany
ISBN 978-3-8392-0870-0

Für meine beste Freundin,
meine Schwester Anna

»Der Dieb mag lügen, der Diebstahl nicht.«

Unbekannt

KAPITEL 1

Laura war rastlos. Es gab kein Wort, das sie besser beschrieb. Seit sie denken konnte, war ihr Kopf gefüllt mit Tausenden Gedanken, die alle kein Ende fanden. Am schlimmsten daran war für sie, dass sie mit diesen Gedanken stets allein war. Warum ausgerechnet sie, die Rastlosigkeit in Person, sich dennoch immer wieder in diese einsame Hütte im Wald flüchtete, leuchtete ihr selbst nicht ein.

Der Wecker läutete um Punkt 8 Uhr. Laura war keineswegs eine Frühaufsteherin. Hätte der Wecker nicht geläutet, wäre sie bis nachmittags im Bett liegen geblieben. Aber ihr gefiel die Routine, die ihr im Alltag verwehrt blieb. Sie schwang beide Füße über die Bettkante, schlüpfte in ihre Hausschuhe und schlurfte zum Fenster, das gerade so groß war, dass sie ihren Kopf herausstrecken konnte. Nachdem sie mehrmals daran gezogen hatte, öffnete es sich laut knarrend.

Es war Winter, die Scharniere waren aufgrund der niedrigen Temperaturen in der Nacht vereist. Kalter Wind strömte in das Schlafzimmer und wirbelte ein paar Schneeflocken in Lauras Gesicht. Tief sog sie die klare Luft ein und griff nach einem der Taschentücher, die sie neben dem Bett liegen hatte. Der Anblick, der sich ihr bot, war atemberaubend. Der Schnee hatte die umliegenden Wälder und Wiesen in ein Winterwunderland verwandelt. Die Äste der Bäume ächzten unter der weißen Last. Auf der dicken Schneedecke konnte man deutlich die Abdrücke der nächtlichen Besucher erkennen. Inmitten der Bäume war man nie allein, oft verirrten sich Waldbewohner nach Einbruch der Dunkelheit in Lauras Garten, die sich tagsüber selten blicken ließen. Sie erkannte die Spuren von Hasen und Rehen.

Fröstelnd schloss Laura das Fenster, Zeit fürs Frühstück. Sie schnappte sich ihren Morgenmantel, den sie am Vortag auf der anderen Seite des Bettes vorbereitet hatte, öffnete die Tür und trat auf den Gang hinaus. Sie schlief in einem der Gästezimmer im zweiten Stock, im großen Schlafzimmer im Erdgeschoss fühlte sie sich nicht wohl. Es war das Zimmer ihrer Eltern gewesen, und obwohl sie es nicht mehr benutzten, wäre es Laura nie in den Sinn gekommen, es für ihre Besuche zu ihrem Schlafzimmer zu machen. Laura hörte die lauter werdenden Schritte auf der Treppe und wurde von einem Glücksgefühl erfüllt.

»Guten Morgen, Bo, hast du gut geschlafen?« Der kleine Mischlingsrüde sprang an ihr hoch, wedelte mit seinem schwarz-weiß gefleckten Schwanz und gab ein Gejaule von sich, in das sich Quietschgeräusche mischten.

»Du musst raus, nicht wahr? Okay, komm, auf geht's!«

Sie ging die Treppe hinunter, darauf bedacht, Bo nicht auf die Pfoten zu steigen, der wild um ihre Füße herumhüpfte. Laura tauschte die Hausschuhe gegen ihre dicken Lammfellstiefel, zog sich ihren Parka über den Morgenmantel und sperrte die Tür auf. Der Schnee blendete sie, sie musste die Augen mit der Hand beschirmen. Bo zischte an ihr vorbei und schnappte nach den herunterfallenden Schneeflocken. Laura seufzte. Jeder Tag sollte genau so beginnen. Vor ihr zeichnete sich trotz einiger hartnäckiger Wolken am Himmel ein prächtiges Bergpanorama ab. Der Wald erwachte. Ein Specht klopfte auf den großen

Apfelbaum im Garten, Amseln, Rotkehlchen und Finken versammelten sich in den Büschen und verfielen in ihren Gesang. Für heute war Regen vorhergesagt, dennoch brachte die Sonne den Schnee zum Glitzern.

Momente wie dieser erinnerten sie an unbeschwerte Tage mit ihrem Vater: sie vor Glück jauchzend auf ihrer Rodel, er schnaufend mit dem Seil in der Hand, an dem er sie den Berg hochzog. Früher hatten sie jeden Winter und dazu ein paar Wochen im Sommer hier verbracht. Mama hatte heiße Schokolade gekocht, wenn Papa und Laura vollkommen durchgefroren von einer ihrer Wanderungen durch den Wald nach Hause kamen. Manchmal hatte es selbst gebackenen Kuchen gegeben, allerdings war Mama nicht die beste Bäckerin. Papa überschüttete sie trotzdem mit Lob und schwärmte davon, wie köstlich der Kuchen schmeckte, um ihn, wenn Mama nicht hinsah, ihrem alten Berner Sennenhund Moritz vor die Füße zu werfen, der ihn in einem Happen verschlang. Dabei zwinkerte Papa Laura zu und legte den Zeigefinger auf seine Lippen. Laura war sich sicher, dass Mama genau wusste, dass ihr Kuchen nicht schmeckte, denn Papa war kein guter Lügner. Abgesehen davon hinterließ die Tat Spuren, da Moritz den ganzen Boden abschlabberte.

Ihre gemeinsamen Ausflüge in den Schnee waren etwas Besonderes. Papa organisierte richtige Schnitzeljagdwanderungen, versteckte Hinweise in Bäumen und unter Steinen, vergrub Codes im Schnee und stellte ihr Rätsel. Er hatte schnell gemerkt, dass Laura ein Gespür dafür hatte und jedes Mal besser darin wurde. Irgendwann hatte Laura die Rätsel auf den ersten Blick lösen können, jedoch so getan, als würde sie lange überlegen müssen, um Papa nicht den Spaß zu verderben. »Aus dir wird mal eine richtig gute Detektivin, Laura. Nur ein bisschen schneller musst du noch werden«, hatte er dann immer gesagt, und Laura hatte sich ihr Grinsen verkneifen müssen.

Laura wurde jäh aus ihren Erinnerungen gerissen, Bo hatte sich auf ihre Füße gelegt.

»Aaahh! Du bist ganz schön nass, du kleiner Rabauke. Dann geh mal wieder rein, gleich gibt es etwas zu essen. Mami muss sich nur noch schnell um die Vögel kümmern«, sagte Laura, stieß die Tür auf und ließ Bo ins Haus flitzen.

Das Vogelhaus war schon hier gewesen, als ihre Familie das Haus gekauft hatte. Im Winter wurde es jeden Tag mit neuem Futter gefüllt, das hatte von Anfang an zu Lauras Aufgaben gehört. In der letzten Zeit hatte dies der Bauer übernommen, der ihnen das Haus verkauft hatte, denn Laura kam nur noch selten in den Genuss, ein paar Tage im Haus verbringen zu können. Der Weg dorthin war im Schnee schon etwas steiler und verlangte Trittsicherheit. Laura wunderte sich jedes Mal aufs Neue, wie der alte Bauer das so locker bewältigte – aber er kannte das Gebiet eben wie seine Westentasche.

Er hielt das Haus in Schuss, wenn sie nicht da war, und verlangte nichts dafür. Das war nicht selbstverständlich. Laura beschloss, gleich heute Vormittag ein paar Tortenstücke vom Bäcker zu holen und auf einen Sprung bei ihm vorbeizuschauen. Sie stapfte durch den Schnee zum Schuppen, öffnete die schwere Holztür und schnappte sich den Sack mit den Kürbiskernen. Das Vogelhaus stand neben dem großen Apfelbaum auf einem kleinen Abhang, gleich neben der Bank, von der man einen atemberaubenden Blick auf die Stadt hatte. Der Weg war im Schnee etwas schwierig zu bewältigen. Früher hatte sie sich einfach auf ihren Hintern gesetzt und war hinuntergerutscht, mit zunehmendem Alter erschien ihr das unvernünftig. Denn direkt hinter dem Vogelhaus fiel das Gelände plötzlich scharf ab. Dort begann eine schmale Schlucht, steil und unwegsam. Ein falscher Schritt und man verschwand darin.

Laura tastete sich mit langsamen Schritten voran und hielt sich dabei an den Ästen des großen Apfelbaumes fest. Sobald sie einen festen Stand unter den Füßen gefunden hatte, öffnete sie das Dach des Vogelhauses und kippte die Kürbiskerne hinein. In den umliegenden Büschen fing es sofort zu rascheln an.

Laura musste lächeln. Diese Minuten des Tages waren ihr die liebsten. Vorsichtig ging sie zurück zum Schuppen, deponierte den Sack neben der Tür und stapfte ins Haus. Sie hätte sich Handschuhe anziehen sollen, ihre Finger waren knallrot und fingen an zu kribbeln. Die Winterstiefel streifte sie im Vorraum ab, warf ihren Parka auf die Stufen, die in den oberen Stock führten, und ging in die kleine Küche.

Bo lag in seinem Körbchen beim Heizkörper und döste vor sich hin. Laura ging zum Kühlschrank und stellte etwas Milch zum Kochen auf den Herd. Draußen wurde das Piepsen lauter. Die Vögel kamen aus jeder Himmelsrichtung angeflogen und stürzten sich auf das Futter. Gelegentlich mischten sich ein paar Eichhörnchen darunter, heute ließen sie auf sich warten. Verträumt blickte Laura aus dem Fenster, diesem Treiben konnte sie stundenlang zusehen. Es erfüllte sie mit Ruhe und Gelassenheit, die sie sonst selten verspürte. Wahrscheinlich zog es sie deshalb so kurz vor Weihnachten immer wieder hierher.

Bos Bellen holte Laura in die Gegenwart zurück.

»Was ist denn los? Du bist doch sonst nicht so ungeduldig«, tadelte sie den Hund und ging zu seinem Körbchen. Zu ihrer Überraschung sah sie ihr Handy darin vibrieren, sie hatte es gestern Abend auf dem Tisch liegen lassen. Aufgrund der Vibrationen musste es von dort in Bos Bett gefallen sein. Lauras Urlaub war ihr heilig, doch ihr Beruf erlaubte es nicht, das Handy ganz abzuschalten.

Mit einem tiefen Seufzen hob sie ab. »Laura Sturm hier. Wer spricht?«

»Na, da ist ja jemand kurz angebunden heute. Ich bin froh, dass du in deiner Einöde überhaupt Empfang hast und nicht von einem Bären gefressen wurdest.«

Laura schmunzelte. Karl Suchanek und sie waren seit vier Jahren Partner im LKA Wien. Und obgleich sie unterschiedlicher nicht sein konnten, waren sie ein gutes Team. Sie ergänzten sich in vielen Dingen. Karl war aufbrausend, ungeduldig, laut, impulsiv, Laura hingegen weitsichtig, besonnen, ruhig, gefasst – vor allem nach außen hin. Während sie sich gut in andere Menschen hineinversetzen konnte, sie beobachtete, verstehen wollte und sehen konnte, was sie fühlten, verließ er sich auf Fakten, ließ sich nicht ablenken und kam gleich auf den Punkt.

»Karl, ich hoffe, es ist dringend. Du weißt, es gibt wenige Dinge, die ich nicht toleriere, aber wenn ich hier im Haus bin, herrscht striktes …«

»Jaja, ich weiß schon: Wenn keiner gestorben ist, darf man es nicht wagen, dich an deinem kleinen Rückzugsort zu stören. Wo genau bist du da eigentlich?«

Er versuchte es jedes Mal aufs Neue, und nicht nur er: Das gesamte LKA hatte es irgendwie darauf abgesehen, herauszufinden, wohin Laura sich für ein paar Wochen im Jahr verabschiedete.

»Auch wenn ich mir nichts Schöneres vorstellen könnte, als dir meinen Aufenthaltsort mitzuteilen, Karl, muss ich heute leider passen. Ich bin gerade ziemlich beschäftigt. Also, was gibt's?«

»Dass du in der Früh immer so bissig sein musst, habe ich ja schon fast vermisst. Zwei Wochen ohne dich sind für mich ganz schön schwer.«

Laura konnte sein schelmisches Grinsen vor sich sehen. Trotz seiner geringen Körpergröße von knapp 1,70 und seinem ungewöhnlich langen Oberkörper hatte er das Selbstbewusstsein eines Hollywoodstars. Die dichten schwarzen Haare und sein fast unecht wirkendes weißes Zahnpastalächeln erinnerten sie an den jungen John Travolta.

»So leid es mir tut, aber du musst dich auf den Weg nach Wien machen. Wir haben einen ermordeten Studenten. Das wollte ich dir eigentlich erst sagen, wenn du hier bist, aber es gibt Ähnlichkeiten zum Fall Brach vor vier Jahren. Wir brauchen dich.«

Selbst nach einem Jahrzehnt in diesem Beruf lief Laura ein Schauer über den Rücken, wenn jemand das Wort »Mord« laut aussprach. Wehmütig starrte sie auf das Vogelhäuschen im Garten. Die Akte Brach war einer dieser Fälle, die sie einfach nicht losließen. Sie war damals die zuständige Ermittlerin gewesen, und nun fürchtete sie sich davor, was das Aufrollen dieses Falls bei ihr bewirken würde.

»Ich kann heute Mittag in Wien sein, setze Bo noch bei Anna ab und komme gleich ins Büro«, sagte Laura und legte auf, bevor Karl etwas erwidern konnte.

Der Abschied vom Haus fiel ihr schwer.

KAPITEL 2

Einen Tag zuvor

Marina war nie besonders sportlich gewesen. Als Tochter einer erfolgreichen Eiskunstläuferin und eines Fußballtrainers hatte das niemand so recht wahrhaben wollen. Sie war als Kind Mitglied in verschiedenen Sportvereinen ihrer Gemeinde gewesen, hatte sich jedoch für keine Sportart wirklich interessiert. Jedenfalls konnte sie sich nicht daran erinnern, jemals in einer davon gut gewesen zu sein.

Laufen fand sie langweilig, Volleyball erforderte zu viel Kontakt zu anderen Mitspielerinnen und für Basketball war sie einfach zu träge und ungelenkig. Ihre Schwester Margarete war der Ansicht, sie habe für alles eine Ausrede parat, während ihre Eltern meinten, sie strenge sich einfach nicht genug an. »Du warst im Kindergarten die Erste, die einen ordentlichen Purzelbaum zustande brachte, Marina. Ab diesem Zeitpunkt wussten wir: Auch du hast sportliches Talent in dir.«

Sie musste schmunzeln, wenn sie an die Aussage ihrer Eltern dachte. Ihre hoffnungsvollen Gesichter, den Glanz in ihren Augen. Leider war der Purzelbaum der Höhepunkt ihrer Sportlaufbahn gewesen. Marina schwänzte die Turnstunden, kam nicht mehr zu ihren Trainings und lungerte stattdessen im Park auf dem großen Spielplatz herum und stopfte Süßigkeiten in sich hinein.

Jetzt saß sie da, 20 Jahre später und 50 Kilo schwerer.

Jede Stufe war für sie eine Qual und selbst die kleinste körperliche Anstrengung fiel ihr von Tag zu Tag schwerer.

Sie bewegte sich einfach nicht gern. Daran waren ihre Eltern schuld. Wenn sie Marina nicht so sehr unter Druck gesetzt hätten, könnte sie ein normales Leben führen, schlank und glücklich. Mit diesem Gedanken griff sie in die Chipstüte.

Marina lag auf der beigefarbenen Couch ihrer WG und zappte durch die Fernsehsender. Ein Vorteil ihres Jobs als Telefonistin für einen Shoppingkanal war, dass sie sich ihre Arbeit frei einteilen konnte. Sie bekam jeden Tag per Mail eine Liste mit Telefonnummern zugesandt, die sie innerhalb einer gewissen Zeit anzurufen hatte. Und wenn Marina etwas konnte, dann war es verkaufen. Sie wies eine gute Abschlussquote vor, wobei ihr Geheimnis darin lag, die Leute auf der anderen Seite der Leitung nicht zu Wort kommen zu lassen, bis diese entnervt zustimmten, eines der Produkte zu kaufen, die sie anpries. Da das Apartment im vierten Stock ohne Aufzug lag, war es Marina nur recht, dass sie die Wohnung so selten wie möglich verlassen musste.

Sie stand stöhnend von der Couch auf und ging in die Küche. Es war 11 Uhr, Zeit für einen Snack. Die wirklich guten Sachen bewahrte sie üblicherweise nicht im Kühlschrank auf, um zu verhindern, dass sich ihr Mitbewohner Harald darüber hermachte. Er war in dieser Woche mit seiner neuen Freundin in Kärnten unterwegs. So konnte sie sich ohne schlechtes Gewissen in der ganzen Wohnung breitmachen und ihr Essen überall deponieren.

Marina hatte sich sogar überlegt, einen kleinen Kühlschrank in ihr Zimmer zu stellen, aber so weit wollte sie dann doch nicht gehen.

Sie fand Minipizzen von gestern, schichtete sie auf einen Teller, steckte zwei Ketchup-Knabbernossi in die Hosentaschen und trat den Rückweg zur Couch an. Ihr Ex-Freund Manfred hatte nie verstanden, wie man so viele Sachen durcheinanderessen konnte. Erst später hatte sie bemerkt, dass er die Fähigkeit nicht gerade bewunderte und in seinen Worten stets Ekel mitgeschwungen war. Dabei war er selbst bei weitem kein Adonis gewesen. Aber was soll's? Vorbei war vorbei.

Auf einmal überfiel sie eine Gänsehaut. Überrascht von der Reaktion ihres eigenen Körpers, blieb sie abrupt stehen. Sie drehte ihren Kopf nach rechts. Harald hatte die Tür zu seinem Zimmer offen gelassen, sie konnte direkt durch sein Fenster sehen. Irgendetwas da draußen hatte ihr einen Schauer über den Rücken rieseln lassen.

Grundsätzlich respektierte sie die Privatsphäre von anderen Menschen, denn sie war erpicht darauf, dass man ihre ebenso akzeptierte. Unter anderen Umständen hätte sie Haralds Zimmer nie betreten. Aber das Gefühl, dass da draußen etwas war, ließ sie nicht los. Es machte ihr Angst. Sie stellte den Teller mit den Minipizzen auf Haralds Schreibtisch ab und schlich auf Zehenspitzen zum Fenster. Er war zuerst eingezogen, darum hatte er das größere Zimmer bekommen, wobei beide Zimmer der Wohnung ziemlich klein geschnitten waren. Haralds Zehn-Quadratmeter-Reich umfasste ein Bett, einen Schrank und einen Tisch. Ein Surfboard hing über dem Bett, sein Gitarrenhalter war leer. Er hatte die Gitarre wohl nach Kärnten mitgenommen.

Obwohl Harald auf die 40 zuging, zelebrierte er den Lebensstil eines 20-Jährigen: kurze wechselnde Affären, Gelegenheitsjobs und stets für einen Joint zu haben. Marina wusste, dass Harald als einziger Sohn des Geschäftsführers von Österreichs führendem Waschmaschinenhersteller eigentlich hätte reich sein müssen. Er hatte ihr jedoch einmal von einem kleinen Familiendisput erzählt, Vater und Sohn hatten unterschiedliche Ansichten gehabt und schwups war der Geldhahn zugedreht. Mehr hatte er nicht durchblicken lassen. Wie gesagt: Die Privatsphäre war ihnen beiden heilig. Mit einem schlechten Gefühl im Magen löste sie ihren Blick von Haralds Sachen, sie wollte nicht spionieren. Ihr Magen grummelte, schnell griff sie in ihre Hosentasche, öffnete eine Ketchup-Knabbernossi und biss ein großes Stück ab. Ein bisschen Ketchup blieb dabei in ihren Mundwinkeln hängen, was sie nicht davon abhielt, die restliche Knabbernossi nachzuschieben.

Das Mehrfamilienhaus lag in der Stadt, dennoch hatte man von hier einen erstaunlichen Ausblick auf die Wälder im Südwesten Wiens. Von Frühling bis Herbst erstreckte sich ein Meer aus Laub- und Nadelbäumen vor ihren Fenstern, von denen erstere ihre Blätter verloren hatten. Wenn gerade wenig Verkehr war und sich die Straßengeräusche in Grenzen hielten, konnte man sogar die Tiere aus dem Lainzer Tiergarten hören. War die Luft im Winter so klar wie jetzt, ließ sich die Spitze der Hubertuswarte erkennen.

Angestrengt schaute Marina auf die umliegenden Wälder und fragte sich, was sie so erschreckt hatte. Alles schien ruhig zu sein. Ein starker Wind fegte durch die Baumwipfel und ließ sie hin und her wippen, die Sonne strahlte vom Himmel. Marina kam sich dumm vor. Es war alles wie immer, sogar noch ein bisschen schöner. Sonne im Winter hatte für sie etwas Magisches an sich, auch, wenn so kurz vor Weihnachten ein bisschen Schnee ganz schön wäre. Wahrscheinlich war es nur eine Rotte Wildschweine oder eine Wandergruppe gewesen, die durch irgendetwas ihre Aufmerksamkeit erregt hatte. Was wusste sie schon! Sie hatte nie aus Haralds Fenster gesehen, er hielt die Tür eigentlich immer verschlossen.

»Wahrscheinlich war es einfach der Unterzucker, ja, das muss es sein. Da reagiert mein Körper sofort darauf, deshalb die Gänsehaut«, sprach sie aus. Es half ihr, die Dinge klarer zu sehen, wenn sie laut mit sich selbst redete.

Die Erklärung stellte sie zufrieden und die Aussicht auf einen Schokoriegel hellte ihr Gemüt gleich wieder auf. Sie schloss die Vorhänge vor Haralds Fenster, blieb eine Sekunde am Schreibtisch stehen, um den Teller in die Hand zu nehmen, und war aus dem Zimmer, als wäre nichts gewesen.

Sie trottete den Weg zur Couch, hielt jedoch auf halber Strecke erneut inne. Mit zwei schnellen Schritten kehrte sie zu Haralds Tür zurück und schloss sie hinter sich. Sicher war sicher.

Das ungute Gefühl ließ sie den ganzen Tag nicht recht los.

KAPITEL 3

Anna erwartete Bo mit einem breiten Lächeln. Laura konnte sich nicht daran erinnern, dass Anna zu einer Zeit, als sie den Hund noch nicht besessen hatte, jemals so liebevoll dreingeschaut hatte.

»Booooo, mein kleiner Schatz, bleibst du heute wieder bei Tante Anna?«, säuselte Anna mit einer unnatürlich hohen Stimme.

Laura verdrehte die Augen. Warum mussten Menschen beim Anblick eines kleinen Hundes in Babysprache verfallen? Bei Anna war es besonders schlimm. Sie behandelte Bo wie ein Kind, das sie nicht hatte. Immerhin war sie eine zuverlässige Hundesitterin, deshalb riss Laura sich zusammen und ließ ihre Freundin mit Bo sprechen, wie sie wollte.

»Danke dir, dass du so spontan einspringen kannst. Ich muss heute ins Büro, werde aber schauen, dass ich Bo heute Abend wieder abhole.«

»Ach, das ist absolut kein Problem, du kannst ihn gern länger bei mir lassen. Ich habe ja Zeit.«

Anna war freiberufliche Werbegrafikerin und arbeitete die meiste Zeit von zu Hause aus. Ihre Wohnung war groß und offen, jedoch sehr sporadisch und funktionell eingerichtet: weiße Wände, ein dunkler Schieferholzboden, ein großer Glastisch im Essbereich und ein schwarzes Ledersofa im Wohnzimmer. Laura wusste, dass Anna sehr gut verdiente und die Möbel sicher nicht günstig gewesen waren. Trotzdem durfte Bo auf ihnen herumtollen, ohne dass ihre Freundin eine Miene verzog.

Vor zwei Jahren, als Anna eingezogen war, hatte Laura ihre Freundin um ihre tolle Wohnung beneidet. Zum Einzug hatte Laura Anna zwei große Zimmerpalmen geschenkt, die bis heute achtlos im Vorzimmer standen. Anna hatte nie ein besonderes Händchen für Pflanzen gehabt, und wenn ihre Putzfrau sie nicht gießen würde, wäre es um die beiden Bäume schlecht bestellt. Anna hatte einmal gemeint, sie beschäftige sich nur mit Dingen, die ihr wichtig erschienen. Pflanzen und die Einrichtung ihrer Wohnung gehörten offensichtlich nicht dazu. Eigentlich mochte Anna auch keine Tiere, deshalb hatte sich Laura sehr über ihren Vorschlag gewundert, sie solle sich einen Hund zulegen. Und darüber, dass Anna Bo von Anfang an in ihr Herz geschlossen hatte. Anna wusste selbst nicht, woran es lag, sie meinte dazu nur, Bo erinnere sie an ihren eigenen Hund aus Kindertagen.

Laura und Anna kannten sich seit Ewigkeiten. Sie hatten beide denselben Kindergarten und dieselbe Volksschule besucht. Danach hatten sich ihre Wege vorübergehend getrennt. Laura hatte ein Privatgymnasium in Döbling besucht, Anna war mit ihrer Familie auf die andere Seite der Stadt gezogen. Die Freundschaft blieb bestehen. Laura fühlte sich Anna so verbunden wie keinem anderen Menschen. Dabei war Anna keineswegs einfach.

Als Kind war ihre Freundin sehr still gewesen, in sich gekehrt, scheu. Lauras Vater hatte Laura später erzählt, Anna habe im Kindergarten oftmals allein in der Ecke gesessen und mit ihren zwei Puppen gespielt. Die Puppen hätten scheußlich ausgesehen, dreckig, Arme und Beine hätten gefehlt, die Haare nur zwei Büschel, die wirr von den Köpfen der Puppen abstanden. Als Kind war es Laura nie aufgefallen, aber anscheinend war Anna nicht immer gepflegt gewesen. Oft habe sie keine Socken angehabt, ihre Haare seien ungekämmt gewesen und im Sommer wie im Winter habe sie stets die gleiche Jacke getragen. Die anderen Kinder hätten sie gemieden und ihren seltsamen Geruch bemerkt.

Laut Papas Erzählungen war Laura an ihrem ersten Tag im Kindergarten schnurstracks auf Anna zugegangen und hatte sie gefragt, ob sie gemeinsam mit den Puppen spielen wollten. Laura war es egal gewesen, wie Anna roch oder sich anzog. Sie hatte ihre Freundin sein wollen. Und ab diesem Tag habe Anna sich verändert. Habe sich mehr getraut und sei offener geworden.

Sie hatten Pyjamapartys veranstaltet, Blutsschwesternschaft geschlossen und sich in die gleichen Jungs verknallt. Die Sommer und Winter hatte Anna mit Lauras Familie im Haus verbracht, dort waren sie unzertrennlich gewesen. Zufällig hatten sie sogar am selben Tag Geburtstag. Laura hatte gewusst, dass Annas Familie nicht besonders viel Geld hatte, deshalb hatte sie ihren Vater jedes Jahr darum gebeten, für Anna und sie eine gemeinsame Party zu organisieren. Sie hatten die ganze Schulklasse eingeladen und es war der einzige Tag im Jahr gewesen, an dem Anna wirklich glücklich gewirkt hatte. Sie hatte sogar mit ein paar anderen Mädchen gesprochen, viel zu viel Kuchen gegessen und war laut juchzend in der Hüpfburg herumgesprungen. Es hatte Lauras Herz erwärmt, Anna so zufrieden zu sehen.

Früher waren sie oft für Schwestern gehalten worden, beide hatten glattes blondes Haar, helle Augen und Sommersprossen auf der Nasenspitze. Doch das hatte sich mit der Zeit geändert. Anna trug ihr Haar heute kurz und dunkel, eine große schwarze Designerbrille gab ihr einen strengen Look. Laura fand, dass die Brille viel zu dominant für Annas zartes Gesicht war. Anna trug die Brille nur als Accessoire. Im Gegensatz zu Laura, die sich seit Jahren mit Kontaktlinsen herumschlagen musste, hatte Anna Augen wie ein Adler.

Anna war eine bildhübsche und kluge Frau, weshalb Laura nicht verstehen konnte, warum sie allein lebte. Keine Frage: Verehrer gab es genug. Anna hatte eine Ausstrahlung, die nicht nur Laura faszinierte. Jedoch schienen Männer sie einfach nicht zu interessieren. Laura hatte sie noch nie mit einem Mann gesehen und Anna hatte ihr auch keinen vorgestellt.

Vor ein paar Wochen hatte Laura bei einem ihrer Abende mit Anna, an denen sie ab und zu ein Glas Wein in Annas Wohnung tranken, das Thema vorsichtig angesprochen. Sie hatte geantwortet: »Ich habe mir mein Leben so eingerichtet, wie es mir gefällt. In Beziehungen musst du dich verbiegen und Kompromisse schließen. Dazu bin ich einfach nicht bereit. Männer wollen eine Frau dominieren, sie soll ja nicht mehr verdienen oder ihre Karriere vor ihren Kinderwunsch stellen, sonst wäre ja das Mann-Frau-Verhältnis gestört. Nein danke, ich kann auf Männer verzichten.« Anna hatte das mit einer solchen Überzeugung gesagt, dass Laura nicht weiter nachgefragt hatte. Sie hatte ihren Standpunkt klargemacht.

Damit war das Thema erledigt, wenngleich Laura fand, dass Anna sehr stereotyp dachte und dazu sehr veraltete Vorstellungen von Beziehungen hatte. Aber was sollte sie schon sagen! Lauras eigenes Beziehungsleben war alles andere als aufregend.

*

»Ich dachte, du bleibst ein paar Tage länger im Haus. Es muss ja etwas Schlimmes passiert sein, wenn du schon wieder da bist«, stellte Anna fest.

Ihre Freundin seufzte: »Ich weiß leider selbst nicht genau, worum es geht. Karl hat angerufen und gesagt, dass jemand ermordet wurde und dass es Parallelen zum Fall Brach gibt.«

Anna hörte auf, Bo hinter den Ohren zu kraulen, und sah Laura verwundert an: »War das nicht der Fall, der …« Anna stoppte mitten im Satz, sie spürte Lauras wachsende Unruhe. Ihre Freundin nahm sich viele Dinge zu sehr zu Herzen. Anna wusste, dass es ihr schwerfiel, ihre Emotionen von ihrem Berufsleben zu trennen.

»Mach dir keine Sorgen, wahrscheinlich löst sich der Fall schnell auf. Selbst wenn es Gemeinsamkeiten zum Fall Brach geben sollte … Den damaligen Täter haben wir dingfest gemacht. Es ist höchstens ein Nachahmer. Aber ich kann im Moment noch gar nichts sagen, ich muss aufs LKA. Ich melde mich später.«

Mit diesen Worten verschwand Laura aus der Tür.

Sie hatte vergessen, sich bei Bo zu verabschieden, der winselnd vor der Tür saß. »Komm, mein Süßer, jetzt bekommst du erst mal einen großen Wurstknödel«, versuchte Anna ihn abzulenken.

Auf dieses Stichwort folgte der Hund ihr in die Küche, die sie selten zum Kochen nutzte. Anna öffnete den Kühlschrank und nahm einen Wurstknödel heraus. Der riesige Kühlschrank war der unnützeste Teil ihrer Wohnung. Außer einer Packung aufgetauter Fertigwurstknödel, einer Flasche Wein, einem Stück Parmesankäse sowie einem Glas Oliven war er leer. Im Tiefkühlfach befanden sich drei Pizzen und ein Becher Schoko-Vanille-Eis.

Sie nahm Bos Napf aus dem Schrank und teilte den Wurstknödel in kleine Stückchen. »Bon Appetit, mein Lieber.«

Anna lehnte sich an die Kühlschranktür und sah zu, wie der Mischlingsrüde sein Essen auf dem ganzen Küchenfußboden verteilte. Mit ihren Gedanken war sie woanders.

Der Fall Brach beschäftigte ihre Freundin seit Jahren. Laura konnte stundenlang über bestimmte Situationen nachdenken und sich im Grübeln darüber verlieren. Man sah ihr an, dass sie das sehr belastete bei allem Nutzen, den diese Eigenschaft für ihren Beruf mit sich brachte. Anna konnte ihre Gefühle klarer abgrenzen, Situationen rationaler beurteilen und dann auch damit abschließen.

Bo hatte seinen Knödel im Rekordtempo verdrückt und bettelte bereits zu Annas Füßen um Nachschub. Immer noch in Gedanken versunken, schnitt sie einen weiteren Wurstknödel klein.

Laura hatte seit diesem Fall keine Ruhe gefunden. Alles würde sich verschlimmern, sollte die Sache neu aufgerollt werden. Laura würde das nicht durchhalten.

Bo stürzte sich auf den zweiten Knödel und veranstaltete eine noch schlimmere Sauerei. Der Hund hatte Laura auf die Beine geholfen, sie hatte endlich jemanden gehabt, um den sie sich kümmern konnte und der sie von dem Gedankenkarussell in ihrem Kopf ablenkte. Anna lächelte und sah Bo liebevoll an, der mit wurstverschmierter Schnauze zu ihr hochschaute. Sie schenkte sich ein Glas Wein ein, ging ins Wohnzimmer und setzte sich an ihren Laptop. Es wartete einige Arbeit auf sie. Bo rollte sich wie eine Zimtschnecke zu ihren Füßen zusammen, schnaufte zufrieden durch und schlummerte ein.

KAPITEL 4

25 Jahre zuvor

»Ich kann nicht mehr, bitte mach, dass es aufhört!«, schrie Julia und griff nach Bettys Hand. Nie in ihrem Leben hatte sie solche Schmerzen gehabt. Man hörte zwar vorher, dass der Schmerz einer Geburt das Schlimmste sei, was man je erleben würde, doch hatte Julia sich das nicht vorstellen können. Sie war nicht besonders schmerzempfindlich, aber in diesem Moment wollte sie sterben.

Philip stand neben ihr, sein hellblaues Hemd hatte dunkle Flecken vom Schweiß. »Schatz, atme, wie es uns die Hebamme erklärt hat. Es ist bald vorbei, dann wird unser wunderschöner kleiner Engel da sein.«

Ihr Wunsch änderte sich, nun wollte sie ihn umbringen. Philip war in privaten Momenten der emotionalste Mensch, den sie kannte. Sie wusste, dass er am liebsten sofort losgeheult hätte, aber ihm war offenbar klar, dass Julia ihm dafür eine verpassen würde. Das Letzte, was sie brauchen konnte, war ein weinender Kindsvater. Philip trug seine Gefühle und Emotionen in ihrer Gegenwart immer offen zur Schau. Wenn er traurig war, weinte er. Wenn er wütend war, schrie er. Wenn er glücklich war, strahlte er über das ganze Gesicht. Diese Eigenschaft war es gewesen, die Julia an diesem Mann zu Beginn ihrer Beziehung fasziniert hatte. Julia war Yogatrainerin in einem Studio mitten in Wien, Philip Rechtsanwalt in einer angesehenen

Kanzlei. Als Philip das erste Mal Julias Kurs besucht hatte, war er ihr sofort aufgefallen – wenngleich eher dadurch, dass er extrem ungelenkig war.

Später hatte Philip ihr erzählt, dass seine Kollegen in der Kanzlei ihm diesen Kurs zum zehnjährigen Jubiläum geschenkt hatten – mit der Bitte, er solle etwas ruhiger und entspannter werden. Er schnaufte bei jeder Übung wie ein in die Jahre gekommener Ochse am Pflug und wirkte stets, als würde er sich gleich alle Knochen brechen. Julia gab ihm keine zwei Wochen. Er versäumte vier Monate lang nicht einen Kurs. Um sie zu sehen, gestand er ihr bei ihrem dritten privaten Treffen, er habe sich schon in der ersten Stunde in sie verliebt. Und so nahm die Geschichte ihren Lauf. Sie trafen sich, kamen sich näher, heirateten und wünschten sich Kinder.

Die nächste Wehe ließ Julia fast ohnmächtig werden.

»Betty, bitte sag mir, dass wir es bald geschafft haben. Bitte!«, flehte Julia.

Betty sah sie an und schüttelte traurig den Kopf. »Julia, bleib ruhig. Die Nabelschnur hat sich um den Hals des Babys gelegt, wir müssen sofort operieren.«

»Nein, ich will keinen Kaiserschnitt!«, schrie Julia. Tränen rannen über ihre Wangen, ihr Gesicht war rot vor Anstrengung und die schweißnassen Haare klebten an ihrer Stirn. Seit 20 Stunden befand sie sich im Kreißsaal. 20 Stunden hatte sie versucht, ihren kleinen Jungen auf die Welt zu bringen. 20 Stunden für nichts. Jetzt mussten die Ärzte sie doch aufschneiden. Ihre Verzweiflung wich einer unsagbaren Angst. Was würde geschehen, wenn ihr Baby es nicht schaffte? Philip und sie hatten so lange versucht, ein Kind zu bekommen. Die Schwangerschaft war ein Wunder gewesen und das wussten sie. Sie würden nicht noch einmal so viel Glück haben. Sie hatten es sogar als Pflegeeltern versucht, hatten ein Kind bei sich aufgenommen. Aber das war nie das gewesen, was sie sich wirklich gewünscht hatten – eine richtige Familie zu sein. Es war ein Versuch gewesen, ein Pflaster auf eine viel tiefere Wunde. Dieses Kind jetzt … das war etwas anderes. Es würde alles wieder geraderücken. Es würde sie und Philip wieder glücklich machen. Sie zitterte am ganzen Körper.

Betty strich ihr mitfühlend über den Kopf.

»Ich weiß, du hast Angst, aber ich bin da und deinem Baby und dir wird es gut gehen.« Auch Philip konnte seine Tränen nicht mehr zurückhalten und ging wimmernd im Kreißsaal auf und ab. »Ich komme mit in den OP. Ich kann Julia nicht allein lassen.«

Beschwichtigend legte Betty die Hand auf Philips Schulter. »Das verstehe ich, aber leider ist das nicht möglich. Ich verspreche dir, ich werde nicht von ihrer Seite weichen.«

Philip sackte in sich zusammen.

»Wir bringen sie jetzt in den OP«, ordnete Betty mit fester Stimme an und Julias Bett wurde auf den Gang geschoben.

Philip blieb zurück und sank in den Sessel in der Ecke des Kreißsaals zurück, seine Schultern bebten.

Die nächste Wehe ließ Julia erneut aufschreien. Rasch wurde sie in den Operationssaal geschoben, Betty blieb bei ihr. »Wir müssen dich in Vollnarkose versetzen, es muss jetzt alles sehr schnell gehen.«

Julia sah Betty verzweifelt an und drückte ihre Hand. Die Hebamme lächelte, streichelte abermals über Julias Kopf und flüsterte leise, dass alles gut gehen würde. Dann wurde alles schwarz.

*

Philip saß im Kreißsaal auf seinem Sessel und konnte nicht aufstehen. Er fühlte sich, als wäre ihm Blei in den Mund gegossen worden, das sich in seinen Beinen verfestigt hatte. Als erfolgreicher Rechtsanwalt war er es gewohnt, jeder aussichtslosen Situation etwas Positives abzuringen. Nun war es anders. Seine Frau lag auf einem Operationstisch, aufgeschnitten, mit dem gemeinsamen Baby im Bauch. Er hatte sofort gewusst, dass Julia die Frau seines Lebens sein würde. Sie war 10 Jahre jünger als er, doch das war nie ein Problem gewesen. Es war allerdings zu einem geworden, als sie beide ein Kind wollten.

Sie hatten es ein Jahr lang auf natürlichem Weg versucht und sich – als das nicht klappte – untersuchen lassen. Julia war kerngesund, Philip war das Problem. Seine Spermien hatten nicht mehr die Qualität, die sie haben sollten. Drei weitere Jahre lang investierten sie viel Geld, Energie und Nerven in alternative Methoden. Er hatte zugesehen, wie Julia langsam verschwunden war – Stück für Stück, Monat für Monat. Jedes Mal, wenn sie vom Arzt kam, wusste er es schon, bevor sie etwas sagte. Dieses feine Zittern in ihrer Stimme, der Blick ins Leere. Sie hatte sich zurückgezogen, in eine Welt, zu der er keinen Zugang mehr fand. Und er? Er war geblieben, hatte funktioniert, geredet, wenn sie schwieg – geschwiegen, wenn sie geweint hatte.

Das mit dem Pflegekind … das war ihre Idee gewesen. Und er hatte gehofft, wirklich gehofft, dass es etwas verändern würde. Aber es hatte nichts verändert. Im Gegenteil. Es hatte ihnen nur noch klarer gezeigt, dass man Nähe nicht erzwingen konnte.

Dass nicht jeder Mensch in ein festes Schema passte – schon gar kein kleines Kind mit eigenem Kopf.

Es hatte oft nicht gehört, hatte sich verweigert, war aus dem Takt geraten.

Und Philip ... Philip kam mit so etwas nicht gut zurecht.

Wenn Dinge nicht liefen wie geplant, wenn Chaos drohte, dann spannte sich etwas in ihm an.

Was sie wollten, war kein Kompromiss. Es war ein Wir.

Dieses Kind jetzt ... es war nicht nur ein Wunsch. Es war ein Versprechen.

Dass vielleicht doch noch alles gut werden konnte. Dann war das Wunder geschehen und Julia war schwanger geworden. Sie waren beide noch nie so glücklich gewesen. Endlich konnten sie eine echte Familie sein.

*

Die Ärzte arbeiteten unter Hochdruck und Betty atmete erleichtert auf, als der Kleine anfing zu schreien. Nun war es wichtig, das Baby zur Ruhe kommen zu lassen. Betty führte schnell die Erstversorgung durch, wickelte das schreiende Bündel in eine Decke ein und ging zu Philip in den Kreißsaal. Er saß zusammengekauert auf seinem Sessel, wie sie ihn zurückgelassen hatten, und starrte apathisch die Wand an.

»Mutter und Kind geht es gut, wir mussten Julia unter Vollnarkose setzen, in ein paar Stunden wird sie aufwachen. Sag hallo zu deinem kleinen Sohn, Philip«, sagte Betty sanft.

Philip löste seinen Blick von der Wand und sah zu ihr hinüber.

Betty wollte den Kleinen in seine Arme legen, da trat Panik in seinen Blick und er sprang auf.

»Ich kann das nicht. Was ist, wenn ich ihn zerquetsche

oder er mir hinunterfällt? Er ist so klein und zerbrechlich, ich will nichts falsch machen.« Tränen liefen über Philips Wangen, er war vollkommen aufgelöst.

»Wir können ihn erst einmal ins Säuglingszimmer bringen, dort wird man sich um ihn kümmern«, sagte Betty. Sie war nicht geschockt von Philips Reaktion. Manche Väter brauchten nach so einem traumatisierenden Erlebnis ein paar Stunden, um zu sich selbst zurückzufinden. Sie hatte so viel erlebt. Väter, die gegen Wände schlugen, Väter, die vor Freude tanzten, oder Väter wie Philip, die einfach ein bisschen Zeit brauchten, bis sie wieder klar denken konnten.

»Kann ich bitte Julia sehen? Wie geht es ihr?«, fragte Philip.

»Wie gesagt, sie wird ein bisschen brauchen, bis sie aufwacht, aber es geht ihr gut. Sie ist jetzt im Aufwachraum. Ich gebe dir Bescheid, sobald du zu ihr kannst.«

Philip nickte und sank in seinen Stuhl zurück. Der Mann war vollkommen erschöpft.

Betty drückte den kleinen Buben fest an sich und machte sich auf den Weg ins Säuglingszimmer. So glücklich sie solche Momente machten, versetzten sie ihr doch auch jedes Mal einen kleinen Stich ins Herz. Ihr war es leider nicht vergönnt gewesen, selbst Kinder zu bekommen. Nach einer schweren Eileiterentzündung mit Anfang 20 hatte sie den Traum einer Familie aufgeben müssen. Das war der Grund, weshalb sie anderen Menschen dabei helfen wollte, Kinder auf die Welt zu bringen. Sie sah es als ihre Bestimmung. Adoption wäre für Martin und sie nie infrage gekommen, sie waren beide der Ansicht, dass es einen Grund hatte, warum der Herrgott ihnen keine eigenen Kinder schenken wollte.

Das winzige Bündel in ihren Armen schlummerte seelenruhig, die Atmung war ruhig und gleichmäßig. Betty klopfte leise an die Tür des Säuglingszimmers. Eine junge Krankenschwester öffnete die Tür, sie wirkte gehetzt. Heute war einer dieser Tage, an denen besonders viel los war. Die Pflegerinnen waren damit beschäftigt, die schreienden Kinder zu beruhigen, einige wurden durch das Zimmer getragen. Die Krankenschwester lächelte Betty kurz zu, nahm ihr den Kleinen ab und schloss die Tür.

Es war still auf dem Gang. Betty beobachtete durch das kleine Sichtfenster in der Tür, wie die Pflegerin den Jungen in eines der Bettchen legte, und atmete dreimal tief durch. Sie war seit mehr als 30 Stunden wach und brauchte dringend einen Kaffee. Nachdem sie kurz bei Julia vorbeigeschaut hatte, die immer noch schlief, ging sie mit zwei dampfenden Bechern zurück zu Philip.

Der frischgebackene Vater war in seinem Sessel eingeschlafen. Betty stellte den Kaffee auf den Tisch neben ihm und setzte sich auf den Stuhl vor dem Fenster. Draußen pickten ein paar Tauben auf der Suche nach Essbarem Steine vom Boden auf. Die ganze Zeit über beunruhigte Betty irgendetwas an der Art, wie die Krankenschwester das Baby in das Bett gelegt hatte. Sie verfolgte abwesend, wie ein kleiner Hund die Tauben aufschreckte. Sein Besitzer hielt ihn an seinem Halsband zurück.

Das Band! Das Armband! Als sie dem Kindsvater den Kleinen hatte überreichen wollen, hatte er kein Armbändchen um sein Handgelenk gehabt. Es musste abgerutscht sein, als sie das Baby aus dem OP gebracht hatte. Das war ihr in 20 Jahren als Hebamme noch nie passiert. Wie konnte sie so gedankenlos gewesen sein?

Betty sprang auf und lief ins Säuglingszimmer. Ohne zu klopfen, betrat sie den Raum. Die Krankenschwestern starrten sie an. Sie lief zu dem Bettchen, in das die Pflegerin vorhin das Baby gelegt hatte. Das Bett war leer. Betty fiel auf, dass es im Raum viel stiller war als zuvor.

»Wir haben die Neugeborenen zum Wiegen in den anderen Raum gebracht«, sagte eine der Schwestern und legte Betty besorgt den Arm auf die Schulter. »Ist irgendetwas mit dem Baby?«

Dieser Fehler könnte Betty den Beruf kosten. Das konnte sie nicht riskieren. »Nein, nein, alles okay. Der Vater des Kleinen wäre bereit, ihn zu halten. Deshalb wollte ich ihn holen.«

»Claudia kommt gleich mit den Babys zurück. Dann können Sie ihn mitnehmen.« Die Krankenschwester schenkte Betty ein breites Lächeln. Ohne die Säuglinge wirkte das Personal weniger angespannt.

»Danke, ich warte einfach hier.« Betty gab sich alle Mühe, ihren Atem zu kontrollieren und sich ihre Nervosität nicht anmerken zu lassen. Gott sei Dank waren die Schwestern untereinander in ein Gespräch vertieft, sodass sich niemand um sie kümmerte.

Sie musste ruhig bleiben, es war alles halb so schlimm. Beim Wiegen würde auffallen, dass das Baby kein Bändchen trug. Es würde sofort ein neues von der Schwester bekommen. Alles kein großes Drama, die Sache würde schnell vergessen werden. Betty entspannte sich. Vielleicht hatte sie Glück und das Armbändchen war erst hier abgefallen. Sie könnte den Fehler auf die Krankenschwester schieben oder gar nicht erst aus der Mücke einen Elefanten machen. Sie ließ den Blick durch den Raum gleiten und schrie fast vor Freude auf. Tatsächlich lag ein kleines

Armband in der Nähe der Tür. Mit großen Schritten lief Betty hin, bückte sich und hob es auf.

Ungläubig starrte sie auf das Armbändchen. Es gehörte nicht zu Julias und Philips Sohn. Es stand ein anderer Name darauf. Sie bemerkte, dass sie zu schwitzen begann. Ihr Herz raste. Es gab also mehr als ein Baby ohne Armbändchen. Eine Katastrophe!

Ihr Herz raste. Sie konnte nicht riskieren, diesen Job zu verlieren. Dieser Beruf war ihr Leben, ihre Bestimmung. Es gibt nur eine Lösung, dachte Betty, zerknüllte das Armbändchen und ließ es in ihrer Hosentasche verschwinden.

KAPITEL 5

Heute

Laura parkte ihren kleinen Fiat Panda vor dem LKA. Als hätte er es gerochen, kam Karl aus dem Gebäude geschossen. Auf dem Weg über den Parkplatz steckte er sich nervös eine Zigarette an. »Du wolltest zu Mittag da sein, jetzt ist es schon 14 Uhr!« Karl sah gar nicht gut aus. Seine sonst sorgfältig nach hinten gegelten Haare standen ihm wirr vom Kopf.

»Ich bin so schnell gekommen, wie ich konnte. Es gab einige Baustellen auf der Autobahn, deshalb hat es ein bisschen länger gedauert.« Sie wunderte sich darüber, dass sie sich verteidigte, immerhin hatte er sie aus ihrem Urlaub geholt. »Jetzt bin ich ja da, wie sieht's aus?«

Karl hatte die erste Zigarette im Eiltempo geraucht und steckte sich gleich die zweite an. Er rauchte mindestens ein Päckchen am Tag. Wie er trotzdem so strahlend weiße Zähne behalten konnte, war Laura ein Rätsel. Es schien, als würde er heute seinen Rekord brechen, es waren nur noch zwei Glimmstängel in seiner Schachtel übrig.

»Der Fall ist komplizierter als gedacht. Beim Opfer handelt sich um den 25-jährigen Severin Kusch, Sohn des Immobilienmoguls Magnus Kusch. Er wurde heute früh im Lainzer Tiergarten gefunden, und zwar von einer Frau Marina Kozerowska. Aber schau dir erst mal die Akte an.«

Laura betrat das LKA und machte sich auf den Weg in ihr Büro. Karl blieb ihr auf den Fersen. Beim Anblick ihres leergeräumten Schreibtisches, des abgewetzten Ledersessels und des eingerahmten Gandhi-Zitats an der Wand machte sich ein wohliges Gefühl in ihr breit. *Sei du selbst die Veränderung, die du dir wünschst für diese Welt,* las sie und hielt kurz inne. Dass sich ihr Arbeitsplatz mehr nach Zuhause anfühlte als ihre Wohnung, hatte sie sich selbst zuzuschreiben. Hier fühlte sie sich wohl, hier gehörte sie hin. Sie war gut in ihrem Beruf, und das wussten auch die anderen, die ihr Respekt zollten.

Laura öffnete die Fenster und ließ die kalte Winterluft in den stickigen Raum. Es war angenehm mild in Wien für Mitte Dezember und doch war die Luft glasklar. Wie gerne wäre sie jetzt im Haus und würde mit einem Becher heißem Kräutertee und einer Decke auf der Terrasse Bo beim Spielen im Schnee zusehen. Auch wenn sie sich im Büro heimisch fühlte.

Karl klopfte nervös mit den Fingern auf den Schreibtisch. Er hatte auf Lauras Ledersessel Platz genommen. »Ich habe dir die Akte auf den Schreibtisch gelegt. Es wäre gut, wenn du gleich damit anfängst, dir einen Überblick zu verschaffen.«

Laura betrachtete Karl. Er sah wirklich mitgenommen aus.

»Was macht dich so nervös, Karli?«, fragte sie sanft.

Karl fuhr sich durch die Haare und stützte den Kopf auf seine Hände. »Magnus Kusch war den ganzen Vormittag hier und hat mir die Hölle heiß gemacht. Der Kerl ist kein besonders sympathischer Mensch, das war mir aus diversen Geschichten aus den Medien bekannt, aber unsympathisch ist eine Untertreibung. Er kam hier reingestürmt, beschimpfte uns alle als unfähige Polizistenschweine und verlangte, dass der Fall so diskret wie möglich behandelt wird. Er habe Beziehungen und würde diese auch einsetzen, sollte nur ein klitzekleines Wort über den Tod seines Sohnes zur Presse vordringen. Wenn du mich fragst, ist es ihm am wichtigsten, seinen Ruf zu wahren und keine schlechte Publicity zu bekommen. Dass sein Sohn ermordet wurde, interessiert ihn nur am Rande. Es ist immer wieder unglaublich, was für Menschen es auf dieser Welt gibt. Da kommt einem das Kotzen. Ach, und wir müssen bei Farkas vorsprechen! Ich sage dir, Laura, für heute habe ich echt genug.« Schwerfällig stand er auf und blickte Laura in die Augen: »Aber gut, dass du jetzt hier bist, ich brauche wirklich Unterstützung. Wir müssen den Fall so schnell wie möglich lösen. Lies dir die Akte durch und komm bitte in den Verhörraum, wir warten auf dich.« Er nahm seine Zigarettenschachtel aus seiner Sakkotasche, steckte sich die vorletzte Zigarette hinters Ohr und verließ das Zimmer.

Ein letztes Mal atmete Laura die frische Luft ein und schloss die Fenster. Back to work! Sie zog ihre Schuhe und Socken aus und setzte sich im Schneidersitz an ihren Schreibtisch. So konnte sie am besten denken. Mit einem Seufzen schlug sie die Akte auf:

Am 16.12. um 15:32 Uhr wurde der leblose Körper von Severin Kusch im Bereich des Lainzer Tiergartens von Marina Kozerowska aufgefunden. Der Verstorbene lag bäuchlings im Unterholz, ohne sichtbare Anzeichen einer Kampfhandlung am Fundort. Die vermutliche Todesursache sind multiple Stichverletzungen im Bereich des Rückens, welche auf Durchtrennung von größeren Blutgefäßen sowie massive Organverletzungen hindeuten. Der

Leichnam wies Anzeichen einer erheblichen inneren Blutung auf. Erste rechtsmedizinische Einschätzungen datieren den Todeszeitpunkt auf nicht länger als 36 Stunden vor dem Auffindungszeitpunkt. Weitere toxikologische und rechtsmedizinische Untersuchungen wurden angeordnet, um genauere Erkenntnisse zu erlangen.

Laura überflog die nächsten Absätze zu seiner Person: Severin wurde am 20. Dezember 2000 in Perchtoldsdorf geboren, als Sohn von Magnus und Victoria Kusch. Er hat eine jüngere Schwester, Sophie Kusch. Severin hatte BWL mit Schwerpunkt Immobilienwirtschaft an der Privatuniversität Schloss Seeburg in Salzburg studiert. Es sah aus, als hätte er in die Fußstapfen seines Vaters treten wollen.

Laura betrachtete Severins Porträtfotos, die wohl an der Universität aufgenommen worden waren. Er trug ein weißes Hemd, einen dunkelblauen Blazer, dazu eine blau-weiß gestreifte Krawatte. Er hatte feminine Züge und dunkelblondes lockiges Haar. Die vollen Lippen deuteten ein leichtes Lächeln an, doch die grasgrünen Augen starrten ausdruckslos in die Kameralinse. Er sah gut aus, aber nicht glücklich. Laura blätterte weiter. Severin hatte die renommiertesten Schulen besucht, war erfolgreicher Leichtathlet und sozial engagiert gewesen, unterstützte gemeinsam mit seinem Vater Spendenprojekte auf der ganzen Welt. Ein Bilderbuchleben. Warum also diese traurigen, leeren Augen? Wer verbarg sich wirklich hinter Severin Kusch?

Auf der nächsten Seite fand sie ein Foto von Severins Maturafeier. Severin, ein großer schlanker Mann, umringt von seiner Familie: rechts Magnus Kusch, mindestens zwei Köpfe kleiner, mit einer Hand auf Severins Schulter; Mutter Victoria, links im Bild, strahlte vor Freude. Vor Severin hockte Sophie Kusch. Auch ihr legte Magnus Kusch eine Hand auf die Schulter. Auf den ersten Blick wirkte die Aufnahme wie ein ganz normales Familienfoto, stolze Eltern auf der Abschlussfeier des Sohnes. Aber Laura merkte sofort, dass etwas nicht stimmte. Die Körperhaltung des Vaters signalisierte Macht und Druck, sein Griff lag etwas zu fest auf Severins Schulter. Die Gesichtszüge waren angespannt. Sophie blickte nicht in die Kamera, sie fixierte einen Punkt hinter der Linse. Das Lächeln der Mutter war etwas zu breit und hatte sich nicht in ihre Augen ausgebreitet.

Laura schloss die Akte mit einem leisen Klacken und ließ ihren Blick ins Leere gleiten. Wieder eine Leiche im Lainzer Tiergarten – am selben Ort abgelegt, erneut durch Messerstiche in den Rücken getötet. Ein grausames Muster, das sie vor vier Jahren schon einmal gesehen hatte. Doch der Mörder von Elisabeth Brach saß hinter Gittern. Wenn die beiden Fälle tatsächlich miteinander verbunden waren, musste es sich um einen Nachahmungstäter handeln. Aber was verband eine Hebamme und ein Kind aus der Oberschicht? Auf den ersten Blick so gut wie nichts. Doch das ungute Gefühl, dass beide Fälle miteinander zusammenhingen, ließ Laura einfach nicht los.

Mit einem tiefen Seufzer klemmte sie sich die Mappe unter den Arm und machte sich auf den Weg in den Verhörraum.

KAPITEL 6

Sie wusste, dass sie sich nicht getäuscht hatte. Sie hatte etwas gesehen an dem Tag, als Harald nicht zu Hause gewesen war. Es war eine Leiche gewesen.

Bei dem Gedanken fröstelte es sie aufs Neue. Hatte er ihr ein Zeichen geben wollen? Das Blitzen in der Sonne! Der Polizist, der ein bisschen aussah wie John Travolta, hatte ihr vorhin erzählt, dass der Tote eine Uhr getragen hatte, die das Sonnenlicht reflektierte. Das musste das Blitzen gewesen sein, dass sie durch Fenster gesehen hatte. Sie erfuhr, dass es sich bei dem Opfer um Severin Kusch handelte, den Sohn von Magnus Kusch, den jeder kannte, der in seinem Leben eine Zeitung aufgeschlagen hatte. Die Kuschs waren einflussreiche Leute, dafür bekannt, dass sie ihr Geld durch knallharte Geschäfte erwirtschaftet hatten. Nicht unbedingt die Sorte Mensch, mit denen Marina etwas zu tun haben wollte.

Sie saß seit vier Stunden in diesem sterilen Raum. Man hatte ihr Kaffee, Wasser und ein Sandwich gebracht, doch sie konnte nichts essen. Sie kaute auf ihren Fingernägeln herum, vier davon bluteten bereits. Ihr Bein schmerzte, sie hatte sich bei ihrer erfundenen Joggingrunde den Knöchel verknackst. Das hatte sie den Polizisten erzählt. In Wahrheit hatte sie dem Drang nicht mehr widerstehen können, nachzusehen, woher dieses Blitzen kam. Sie hatte eine Wurzel im Boden übersehen und war gestolpert, kurz bevor sie die Leiche entdeckt hatte.

Warum ausgerechnet sie in diese Situation kommen musste! Normalerweise würde sie jetzt gemütlich zu Hause sitzen, ein paar Anrufe erledigen und sich einen kleinen Nachmittagssnack gönnen.

Wie lange würde sie hier sitzen müssen? Sie hatte doch alles gesagt, was sie gesehen hatte. Wenn ihre Informationen nutzen würden, um das Verbrechen früher aufzuklären, war das gut. Nein, besser: Dann wäre sie eine Heldin. Dieser Gedanke gefiel ihr. Vielleicht würde das Fernsehen auf sie aufmerksam werden und sie interviewen. Sie sah die Schlagzeilen in der Lokalpresse vor sich: »Marina Kozerowska entlarvt durch den Fund der Leiche den Mörder«, »Ohne Marina Kozerowska würde der Mörder immer noch frei herumlaufen und Wien in Angst und Schrecken versetzen«, »Die furchtlose Marina Kozerowska, ein Vorbild für unsere Gesellschaft«.

Marina musste lächeln. Da würden Mama und Papa schauen. Auch wenn sie es nie durch sportliche Erfolge zu großem Ruhm gebracht hatte, würden sie stolz auf sie sein.

Das Gefühl war belebend, diese neue Perspektive machte ihr Mut. Endlich passierte etwas Aufregendes in ihrem Leben.

Das Sandwich sah sehr verlockend aus.

KAPITEL 7

Laura stand hinter dem Einwegspiegel und beobachtete Marina Kozerowska. Sie saß im Verhörraum, aß genüsslich ihr Sandwich und leckte sich die Mayonnaise von den Fingern. Sie sah nicht besonders geschockt aus für einen Menschen, der gerade eine Leiche gefunden hatte. Dass die Frau eine Joggingrunde eingelegt hatte, konnte sich Laura kaum vorstellen. Der ganze Körper strahlte eine Unsportlichkeit aus, wie sie Laura nur selten zuvor gesehen hatte. Das lag nicht an ihrer offensichtlichen Adipositas. Auch übergewichtige Menschen konnten joggen, und Laura fände es bewundernswert, wenn Frau Kozerowska Sport gegen ihre körperliche Verwahrlosung treiben würde. Es lag Laura fern, über Menschen mit Übergewicht zu urteilen, nicht wenige konnten nichts für ihr Äußeres. Allzu oft spielten Gene, Krankheiten und andere Einflüsse eine übermächtige Rolle. Aber die Jogginghose, die Frau Kozerowska trug, wies einige Flecken von Nahrungsmitteln auf, die sicher nicht beim Ausdauertraining auf den Stoff gekommen waren. Ketchup, getrocknete Sahne und etwas, das aussah wie Paprikasoße. Ein Tropfen Mayo gesellte sich dazu. Die Frau wischte mit dem Ärmel ihres Pullis über die Hose.

Die Zeugin war groß, das konnte man erkennen, obwohl sie saß. Sie hatte breite Schultern und ausladende Hüften. Die Jogginghose spannte über ihren Beinen. Ihre Körperhaltung ließ vermuten, dass sie hauptsächlich sitzenden Tätigkeiten am Computer nachging. Der ganze Körper war nach vorn geneigt, die ungekämmten Haare hingen ihr strähnig ins Gesicht.

Auf den ersten Blick sah Frau Kozerowska aus wie jemand, der keiner Fliege etwas zuleide tun konnte. Aber Laura wusste aus Erfahrung, dass es meist die unscheinbarsten Menschen waren, die in ihrem tiefsten Inneren eine Dunkelheit trugen, die sie zu unsagbaren Taten trieb. Wie die adrett gekleidete ältere Dame mit den treuen Augen, die im Altersheim reihenweise ihre Freunde »erlöst« hatte. Das Wort hatte sie selbst zu Protokoll gegeben, als Laura ihr das Geständnis abnahm. Oder der gut aussehende Bankberater, der unter Tränen in ebendiesem Raum zugegeben hatte, seine drei Kinder ertränkt zu haben, um sie vor der gewalttätigen Mutter zu beschützen.

Was die Täter getan hatten, war für sie richtig gewesen. Ihre Morde folgten einer Logik, nur die Hemmschwelle fehlte, die andere vor dem Töten bewahrte. Laura stellte sich oft die Frage, ob jeder in der Lage war, einen Mord zu begehen. Ob jeder Mensch diese Dunkelheit in sich trug und was es brauchte, bis die Grenzen zwischen richtig und falsch, moralisch und unmoralisch verschwammen.

Sie war immer schon von Menschen fasziniert gewesen, die nicht in die Norm passten, die Dinge taten, die andere für unmöglich hielten. Sie analysierte und studierte diese Menschen, wollte hinter die Fassade blicken, sich in sie hineinversetzen, wollte lernen, was diese Menschen zu ihren Taten trieb.

Frau Kozerowska war mit ihrem Sandwich fertig und wischte sich mit dem Ärmel ihres Pullis noch einmal über den Mund. Laura betrat den Verhörraum.

*

Marina erschrak, als sich die Tür öffnete. Sie war mit den Gedanken in einer Talkshow gewesen, wo sie über ihre Heldentat sprach. Eine blonde Frau betrat den Raum, lächelnd. Sie trug ein weißes T-Shirt, helle Bluejeans und schwarze Sneakers. Ihre langen blonden Haare hatte sie zu einem Zopf nach hinten gebunden. Ein paar Strähnen hatten sich gelöst und umrahmten ihr Gesicht. Sie sah energiegeladen aus. Der Typ Frau, den Marina von vornherein nicht mochte: zu hübsch, zu selbstbewusst.

Die Polizistin setzte sich gegenüber von Marina an den Tisch. »Es tut mir sehr leid, dass wir Sie so lange festhalten müssen. Mein Name ist Laura Sturm, Kriminalinspektorin beim LKA Wien und ich ermittle im Fall Severin Kusch. Sie sind Marina Kozerowska, richtig? Ich versuche, mich kurz zu halten, damit Sie schnell nach Hause können. So ein Verhörraum ist wirklich kein angenehmer Ort, Sie möchten sicher in Ihrer Wohnung das Geschehene in Ruhe verarbeiten.«

Marina hob ihren Blick und sah der Frau das erste Mal direkt in die Augen: kein abschätzender Blick, keine rümpfende Nase, kein Seitenhieb auf ihre Figur oder die wachsenden Schweißflecken unter ihren Armen. Die Kriminalerin würde Harald sicher gut gefallen. Ein paar Sommersprossen zierten ihre Nase, sie hatte kein Makeup aufgetragen. Und trotzdem ging ein gewisses Strahlen von ihr aus. Ihre Augen waren wach und freundlich, sie roch leicht nach frisch gewaschener Wäsche und sah erholt aus.

»Frau Kozerowska, Sie haben Severin Kusch im Lainzer Tiergarten während einer Joggingrunde gefunden. Ist das richtig?«, fragte die blonde Frau und öffnete die Akte, die sie vor sich auf den Tisch gelegt hatte.

Okay, Showtime.

»Ja, genau, ich jogge seit einigen Wochen immer die gleiche Runde durch den Tiergarten. Und da habe ich ihn liegen gesehen. Zuerst hat mich nur etwas geblendet und ich wäre beinahe weitergelaufen. Ich wollte ja meine Pace halten. Da habe ich mich daran erinnert, dass ich am Vormittag vom Fenster meiner Wohnung aus ein Blitzen aus dem Wald gesehen habe. Nennen wir es Erleuchtung oder ein Zeichen des Schicksals: Ich musste dem einfach nachgehen. Ich glaube, das hätte jeder getan.«

»Da gehört auf jeden Fall viel Mut dazu, Frau Kozerowska. Das kann man nur bewundern.« Die Ermittlerin nickte anerkennend.

Beflügelt von ihren Worten, erzählte Marina weiter. »Danke, danke, ich empfand es als meine Pflicht nachzusehen. Als ich mich durch das Dickicht kämpfte, habe ich mir leider meinen Knöchel verstaucht. Bin aber trotzdem weitergegangen und auf einmal sah ich ihn, es war schrecklich. Schlimm sah er aus. Natürlich habe gleich die Polizei gerufen und jetzt bin ich hier.«

Frau Sturm nickte zustimmend, schloss die Akte und sah Marina direkt in die Augen: »Dafür danken wir Ihnen noch einmal, Frau Kozerowska. Ist Ihnen noch irgendetwas aufgefallen, als Sie die Leiche gefunden haben?«

Marina senkte den Blick. »Ich habe wirklich nur kurz hingesehen. Die Leiche war übel zugerichtet, ich habe nur erkennen können, dass es sich um einen Mann handelt. Ich bin zurück zum Weg gelaufen und habe sofort mein Handy in die Hand genommen.«

*

Laura war sicher, dass Frau Kozerowska an diesem Tag nicht durch den Tiergarten gejoggt war. Nur wusste sie nicht, ob dieses Detail wirklich wichtig war, um den Mord aufzuklären.

Die Zeugin trank einen Schluck Wasser. Die Hände wischte sie an ihrer Hose ab. »Wissen Sie, Frau Sturm, ich bin sehr gerne bereit, ein Fernsehinterview über meine Geschichte zu geben. Ich denke, ich könnte helfen, dass Menschen in Zukunft mutiger werden und Zivilcourage an den Tag legen. Wer weiß, wie lange der arme Kerl in den Büschen gelegen wäre, wenn ich ihn nicht gefunden hätte ...«

Laura wurde alles klar. Frau Kozerowska wollte Aufmerksamkeit, nichts weiter. Sie hatte keinen Zweifel, dass die Person, die gerade vor ihr saß, nichts mit dem Mord an Severin Kusch zu tun hatte. »Frau Kozerowska, falls wir etwas brauchen, werden wir uns wieder bei Ihnen melden. Bitte bleiben Sie in der Stadt, bis die Ermittlungen abgeschlossen sind.« Laura schloss die Akte.

*

Marina biss sich auf die Unterlippe. Das war nicht, was sie erwartet hatte. Nun ja, wenn die Polizei ihr nicht helfen wollte, berühmt zu werden, musste sie die Sache vielleicht selbst in die Hand nehmen.

Die Ermittlerin stand auf, Marina erhob sich ebenfalls.

»Falls Ihnen noch irgendetwas einfällt, Frau Kozerowska, hier ist meine Karte, ich bin jederzeit erreichbar. Vielen Dank für Ihre Zeit.«

Marina nahm die Karte und steckte sie in die Tasche ihrer Jogginghose.

KAPITEL 8

»Ich will nicht, dass irgendjemand von diesem Fall erfährt. Vor allem nicht die Presse! Herr Kusch hat sich sehr deutlich ausgedrückt.«

Laura und Karl waren im Büro von Martin Farkas, dem Leiter des LKA. Ein opulenter Schreibtisch aus Massivholz stand in der Mitte des Raumes, die Wände waren geschmückt mit Jagdtrophäen: Hirschgeweihe, Widder- und Stierschädel, sogar ein ausgestopfter Marder stand auf einem kleinen Sockel neben dem Bücherregal. Farkas war einer dieser Menschen, die Tiere aus Spaß an der Freude töteten. Jemand, der gerne seine Macht gegenüber den Schwächeren demonstrierte.

Laura hatte auf dem Stuhl Platz genommen, der wohl für Besucher gedacht war. Karl war neben ihr stehen geblieben. Unter den Armen des Leiters des LKA breiteten sich handtellergroße Schweißflecken aus. Seine Stirn war von tiefen Falten durchzogen, und seine geröteten, blutunterlaufenen Augen zeugten von schlaflosen Nächten und drückender Anspannung. Seit der Scheidung von seiner Frau war er nicht mehr derselbe. Farkas war Laura nie sympathisch gewesen. Er behandelte seine Mitarbeiter von oben herab und man munkelte, dass er des Öfteren mit den falschen Leuten gesehen worden war. Allein die kostspielige Einrichtung seines Büros ließ darauf schließen, dass er Kontakte hatte und diese auch nutzte.

Farkas tigerte hinter seinem Schreibtisch auf und ab, ließ

sich immer wieder schnaufend in seinen braunen Ledersessel fallen, nahm einen Schluck aus der Colaflasche, die auf dem Tisch parat stand, und kämpfte sich wieder auf die Beine.

Karl ergriff als Erster das Wort. »Aber, Herr Farkas, bei allem nötigen Respekt, wir müssen die Presse darüber informieren. Wir brauchen ein paar Ansatzpunkte, Zeugenaufrufe. An diesem Tag waren viele Menschen im Lainzer Tiergarten, vielleicht hat irgendjemand etwas gesehen oder gehört, was uns weiterhelfen könnte, den Fall zu lösen. Ich bin sicher, das ist auch in Herrn Kuschs Interesse.«

»Das ist es eben nicht!« Farkas schlug mit der flachen Hand auf den Tisch, die Colaflasche wippte heftig. »Herr Kusch ist gerade dabei, ein großes Projekt auf die Beine zu stellen. Dabei geht es um Milliarden von Euro. Das Letzte, was er jetzt gebrauchen kann, ist sein Name in den Schlagzeilen.«

»Aber sein Sohn ist tot, verdammt noch mal! Ermordet. Was ist denn das für ein Vater, der nicht daran interessiert ist, den Mörder des eigenen Kindes zu finden?« Karl redete sich in Rage. Er stand längst nicht mehr still neben Laura, sondern ging hastig im Büro auf und ab. Gleich würde er explodieren, es wäre nicht das erste Mal. Laura kannte die Anzeichen. »Diese reichen Bonzenschweine! Haben viel Geld, aber die Familie ist ihnen einen Scheiß wert. Wie egoistisch kann man eigentlich sein? Leben in ihrem Palast aus Gold, haben jeden erdenklichen Luxus und könnten so viel bewirken, Leben retten, Krankheiten heilen, sind aber nur darauf bedacht, noch mehr Geld zu scheffeln. Noch ein neues Auto, noch ein neues Haus, noch mehr Reichtum. Solche Leute kotzen mich an! Ich bin Polizist geworden, um Verbrechen aufzuklären, schuldige Menschen hinter Gitter zu bringen und unschuldige zu schützen. Das habe ich geschworen. Wie soll ich das machen, wenn mir Steine in den Weg gelegt werden? Wenn dieser Saftladen nicht hinter seinen Mitarbeitern steht, sondern die Schweine unterstützt, die uns unseren Job nicht erledigen lassen? Dieses ganze System ist völlig schwachsinnig.«

Laura saß schweigend da, Farkas leerte seine Colaflasche in einem Zug und ließ sich erneut in seinen Ledersessel plumpsen. Die Ader an seiner Stirn pochte. Der unterste Hemdknopf sah aus, als würde er jede Sekunde zum Projektil werden. Laura beugte sich sicherheitshalber zur Seite.

Farkas wandte sich ihr zu. »Frau Sturm, anscheinend hat Ihr Kollege seine Gefühle nicht im Griff. Deshalb werden Sie allein zu Herrn Kusch fahren. Die Adresse habe ich Ihnen gemailt. Ich glaube, es ist alles gesagt. Kein Wort zur Presse und damit basta. Ich würde die Herr- und Frauschaften bitten, mein Büro umgehend zu verlassen.« Er drehte sich zu Karl und fixierte ihn scharf. »Und, Kriminalinspektor Suchanek, ich möchte solche Ausbrüche nicht mehr sehen. Zu Hause können Sie tun und lassen, was Sie wollen, aber sobald Sie im Dienst sind, haben Sie sich anständig auszudrücken. Wir haben einen guten Ruf, den gilt es zu bewahren. Störenfriede wie Sie müssen sich zügeln. Wenn das wirklich Ihre Meinung zu unserem LKA ist, sollten Sie sich überlegen, was Sie hier überhaupt machen. Ich will in meinem Team nur Leute haben, die mit mir und dieser Einrichtung Hand in Hand arbeiten. Also überlegen Sie sich gut, wie Sie in Zukunft über diesen ›Saftladen‹ sprechen. Das könnte übel für Sie ausgehen. Und jetzt raus mit Ihnen.« Farkas griff in den kleinen Kühlschrank unter seinem Schreibtisch und holte eine weitere Colaflasche hervor.

Karls Augen verengten sich zu Schlitzen, er ballte die rechte Hand zur Faust, doch bevor er den Mund öffnen konnte, schnappte Laura ihn am Unterarm und zog ihn aus Farkas' Büro.

»Das kann nicht sein Ernst sein, Himmel, Arsch und Zwirn! Das stört massiv unsere Ermittlungsarbeiten! Der steht doch total unter der Fuchtel von diesem Kusch. Ich will nicht wissen, was er ihm versprochen hat. Vielleicht noch einen hässlichen, protzigen Ledersessel für sein Büro? Vielleicht einen schönen Jagdausflug nach Afrika?!«

Laura musste Karl beruhigen, ehe das gesamte LKA auf sie aufmerksam wurde.

»Ich weiß. Ich bin mit der Situation auch nicht zufrieden, aber es bringt nichts, es sich mit Farkas zu verscherzen. Wir brauchen jede Hilfe, die wir bekommen können. Und ich werde morgen mit Herrn Kusch sprechen. Vielleicht hat er seine Meinung bezüglich der Medien bis dahin schon geändert. Ich werde ihm die Sachlage in Ruhe erklären. Das bekommen wir alles hin.«

Karl löste seine Faust.

Laura war überzeugt davon, dass es für jedes Problem eine Lösung gab, die zumeist nicht durch laute Worte, sondern durch durchdachtes Handeln gefunden wurde.

»Ich wäre trotzdem gerne dabei, wenn du morgen zu Kusch fährst. Mir ist nicht wohl dabei, dich allein in die Höhle des Löwen zu schicken. Ich sage dir, irgendetwas stimmt mit diesem Kerl nicht. Ich spüre das.«

Laura lächelte. Karls Beschützerinstinkt kam durch. »Ich verspreche dir, ich passe auf. Und ganz nebenbei:

Ich habe einige brenzlige Situationen allein durchgestanden. So schnell schüchtert mich nichts mehr ein.«

»Ja, aber irgendetwas ist da …«

»Du kannst den Typ einfach nicht ausstehen, daher kommt dein schlechtes Gefühl. Ich werde das morgen klären.«

»Okay, aber ruf mich an, sobald du dort bist.« Karl verlagerte sein Gewicht von einem Bein auf das andere.

»Ich muss Bo abholen. Ich bin morgen Vormittag bei Kusch und komme anschließend ins Büro«, beendete Laura das Gespräch und ließ Karl im Gang stehen.

Es war höchste Zeit, den Kopf freizubekommen. Und dabei half nur ein langer Spaziergang mit Bo.

KAPITEL 9

Anna hatte Laura angeboten, Bo doch über Nacht bei ihr zu behalten, ihr Termin war verschoben worden. Nach langem Hin und Her hatte Laura eingewilligt. Es wäre stressig für ihn gewesen, wenn sie ihn für ein paar Stunden nach Hause geholt hätte, um ihn morgen früh gleich wieder abzugeben. Zu Herrn Kusch konnte sie ihn schließlich unmöglich mitnehmen.

Laura schloss die Tür zu ihrer Wohnung auf und sah in den dunklen Gang. Sie bewohnte die Wohnung seit zehn Jahren: fünfzig Quadratmeter, gefüllt mit Erinnerungen. In dieser Wohnung war sie das erste Mal auf sich allein gestellt gewesen, in dieser Wohnung hatte sie unzählige Stunden vor dem Schreibtisch verbracht, um sich auf ihre Prüfungen vorzubereiten. In dieser Wohnung hatte ihr Vater seinen Schlaganfall erlitten.

Seit diesem Moment hatte Laura nicht mehr jenes Gefühl empfunden, das man für sein Zuhause empfinden sollte, wenn man es betritt. Jedes Mal, wenn sie die Eingangstür aufschloss, erschauderte sie. Diese Kälte breitete sich in ihrem gesamten Körper aus und ließ erst nach, wenn Laura unter der heißen Dusche stand. Erst dann bekam sie die Bilder der Vergangenheit wieder aus ihrem Kopf.

Sie knipste das Licht im Gang an, ließ ihren Koffer im Eingangsbereich stehen und machte sich auf den Weg ins Bad. Die Wohnung war von überschaubarer Größe, bot aber immerhin ein Badezimmer mit Dusche und Badewanne. Sie hatte einen großen Wohn- und Essbereich und in ihr Schlafzimmer passte gerade mal ein kleines Einzelbett. Es reichte für sie. An den Wänden hingen Fotos: Lauras Eltern bei ihrer Hochzeit, lachend am Strand, Bo als Welpe im Wald, nach einem Stock schnappend, Anna, die mit Bo auf dem Boden saß und ihn am Bauch kraulte. Andere Fotos zeigten das Haus und Mama, Papa, Anna und Laura, die strahlend davorstanden. Erinnerungen an glückliche, sorglose Tage.

Laura hatte vieles aus dem Haus mitgenommen. Die schönen alten Holzmöbel passten perfekt zu ihrer senffarbenen Couch und dem hellen Parkettfußboden. Alles in allem war die Wohnung warm und einladend. Die kleine Küche hätte ihren Zweck mit Sicherheit erfüllen können, wurde jedoch so gut wie nie benutzt. Meistens aß Laura im Büro, und am Abend machte sie sich oft einen schnellen Salat. Dafür hätte man eigentlich keine Küche gebraucht. Manchmal, wenn sie in ihre Gedankenwelt abschweifte, sah sie sich gemeinsam mit einem Mann in dieser Küche Spaghetti Bolognese kochen, ihr Leibgericht: er, das Messer schwingend und Karotten schneidend, sie, den Salat anrichtend, die Soße köchelnd auf dem Herd, Jazzmusik im Hintergrund und Bo, der hoffte, dass etwas vom Faschierten den Weg in sein Maul fand, und zwischen ihren Füßen herumtapste.

Ihr gefiel diese Vorstellung. Sie wusste aber, dass dies in ihrem derzeitigen Leben ein Traum blieb. Ihr Job war ihr Leben, das hatte sie selbst so gewählt.

Laura entschied sich, statt der heißen Dusche die Badewanne einzulassen. Sie drehte den Wasserhahn auf die heißeste Stufe und schüttete ein paar Badekristalle ins Wasser, das sich grün färbte. Sogleich roch es im ganzen Badezimmer nach Eukalyptus. Sie hatte unabsichtlich das Erkältungsbad erwischt, was sie allerdings nicht weiter störte. Sie stellte die Temperatur etwas zurück und ließ die Wanne bis kurz unter die Oberkante volllaufen. Schnell zog sie sich aus und legte sich vorsichtig hinein. Das Wasser war sehr heiß, ihr ganzer Körper kribbelte, und augenblicklich entspannten sich alle Muskeln. Langsam verflüchtigte sich das Gefühl der Kälte, ein warmes Prickeln zog sich von ihren Zehen bis in die Haarspitzen. Sie tauchte mit dem Kopf unter Wasser.

Abgesehen von den Spaziergängen mit Bo konnte Laura ihre Gedanken am besten in der Badewanne ordnen. Sie dachte an ihren Vater und daran, dass sie ihn unbedingt besuchen musste, sie war seit zwei Wochen nicht mehr bei ihm gewesen. Gleich morgen früh vor ihrem Termin mit Magnus Kusch würde sie zu ihm fahren. Er hatte niemanden mehr außer ihr. Lauras Mutter war vor einigen Jahren in einen Autounfall verwickelt gewesen. Der Pkw von Lauras Mutter war aus ungeklärten Umständen von der Straße abgekommen und hatte sich mehrfach überschlagen. Sie überlebte den Unfall nicht.

Ihr Vater hatte sich in Lauras Wohnung befunden, als er die Nachricht erhielt. Es war einer jener Tage gewesen, an denen ihr Vater kam, um ihre Wohnung in Schuss zu halten und für sie einzukaufen. Er hatte durch den Schock einen Schlaganfall erlitten und mehrere Stunden in Lauras Wohnung gelegen, bevor Laura ihn gefunden hatte, als sie spätabends aus dem Büro gekommen war. Von den Folgen hatte er sich nie erholt. Er war einseitig gelähmt, konnte nur mehr ein paar undeutliche Wortfetzen von sich geben und war seit diesem Tag auf Hilfe angewiesen.

Er lebte in einem wunderschönen Pflegeheim an Rande von Wien, in dem man sich hervorragend um ihn kümmerte. Vor seiner Pension hatte er sehr gut verdient. Trotzdem hatte Laura mit ihrem schlechten Gewissen zu kämpfen und haderte mit sich. War es nicht ihre Aufgabe als Tochter, sich angesichts seines zunehmenden Alters und vor allem seines Zustandes, um ihren Vater zu kümmern? Auch das ließ ihr Beruf leider nicht zu. Und Laura wusste, dass ihr Vater es ihr nie verzeihen würde, wenn sie ihr eigenes Leben aufgäbe, um sich nur ihm und seinem Leiden zu widmen. Laura tat es im Herzen weh, ihren Vater so zu sehen. Deshalb wollte sie beruflich erfolgreich sein und ihm zeigen, dass sie ihr Talent für einen guten Zweck einsetzte. Das war es, was er immer für sie gewollt hatte.

Morgen würde Laura ihn besuchen und zuvor seine Lieblingsschokolade besorgen.

Sie tauchte wieder auf und strich sich die nassen Haare aus dem Gesicht.

Dieser neue Fall lastete ihr ebenfalls auf der Seele. Wieder ein Toter im Lainzer Tiergarten. Erneut durch Messerstiche in den Rücken getötet. Sie wusste, dass die nächsten Wochen sehr anstrengend werden würden. Wenig Schlaf, viel grübeln und viele leidlich verheilte Wunden, die wieder aufgerissen wurden. Vor allem, wenn man den Fall Elisabeth Brach neu aufrollen musste.

Elisabeth Brach war vor vier Jahren tot im Lainzer Tiergarten gefunden worden. Ermordet worden war sie zuvor in ihrer eigenen Wohnung, von hinten, mit acht Messerstichen. Der Mörder war schnell gefunden, Nico Lercher, ein Bär von einem Mann mit einem langen Vorstrafenregister, Gewaltverbrechen, Triebtaten, und gleichzeitig Elisabeth

Brachs Nachbar. Andere Anwohner hatten ausgesagt, er sei oft bei Frau Brach zu Besuch gewesen. Anscheinend war es zeitweise laut geworden. Einmal war der Streit eskaliert und Nico hatte zugestochen. Er hatte sogar aus Wut das Wort »fut« in ihren Oberarm geritzt. Ein frauenverachtendes Schmähwort, das laut Zeugen fest zu Nico Lerchers Wortschatz gehörte. Alle Indizien legten seine Täterschaft nahe: Es waren Haare und Blut des Opfers in seiner Wohnung gefunden worden. Seine Fingerabdrücke befanden sich auf der Mordwaffe, einem Küchenmesser, das achtlos neben der Leiche liegen gelassen worden war.

Der Prozess hatte nicht lange gedauert. Nico Lercher war schuldig gesprochen und zu einer lebenslangen Haftstrafe in der Justizanstalt Stein in Niederösterreich verurteilt worden.

Eigentlich ein Bilderbuchfall. Doch nicht für Laura.

Elisabeth Brach hatte ihren Vater gekannt.

Auch wenn er selten reagierte und nur aus dem Fenster starrte, besprach sie weiterhin all ihre Fälle mit ihm. Als sie ihm von dem Fall Brach erzählt hatte und Elisabeths Name fiel, hatten sich seine Augen geweitet. Er hatte begonnen, schneller zu atmen, der Monitor neben seinem Bett hatte eine erhöhte Herzfrequenz angezeigt. Er hatte so heftig reagiert, wie Laura es noch nie erlebt hatte. Sie hatte die Pfleger holen müssen, um ihn zu beruhigen.

Aufgrund dieser ungewöhnlichen Reaktion hatte Laura Nachforschungen angestellt und etwas herausgefunden, das sie nicht fassen konnte. Elisabeth Brach hatte ihren Vater seit seinem Schlaganfall wöchentlich im Pflegeheim besucht. Die genaue Beziehung zwischen den beiden hatte sich ihr nie erschlossen. Die Pfleger hatten gesagt, ihr Vater sei nach Elisabeths Besuch immer sehr entspannt und gelöst gewesen. Sie hatte sich ihnen als alte Freundin der Familie vorgestellt.

Nachdem ihr Vater von Elisabeths Tod erfahren hatte, hatte sichtbar der Verfall eingesetzt. Es war, als wären seine Lebensgeister erloschen. Laura sprach weiter mit ihm über ihre Arbeit, doch das Feuer, das davor zumindest zeitweise in seinen Augen aufgeblitzt war, war vollkommen erloschen. Er reagierte nicht mehr auf ihre Berichte.

Die ermordete Frau hatte Lauras Vater sehr gutgetan. Der Mörder war damals schnell gefunden worden, die Sache war erledigt. Nico Lercher verdiente es, lebenslang im Gefängnis zu sitzen. Er hatte eine Frau aus dem Leben gerissen, die für ihren Vater offenbar wichtig gewesen war.

Sie wollte dieses Kapitel nicht von Neuem aufschlagen und hoffte, dass die Ähnlichkeit beim Leichenfundort und der Todesart Zufall waren. Aber ihr Instinkt sagte ihr etwas anderes.

Das Wasser war bereits kalt, als Laura aus der Wanne stieg. Sie rubbelte ihre Haare so gut wie möglich trocken, schlüpfte in frische Unterwäsche und ihren Pyjama, dann fiel sie in ihr Bett und schlief sofort erschöpft ein.

KAPITEL 10

Laura atmete tief aus und ließ sich auf den Fahrersitz ihres Autos fallen. Es raubte ihr jedes Mal alle Energie, ihren Vater so zu sehen. Auch heute war er nicht ansprechbar gewesen und hatte nur aus dem Fenster gestarrt, als würde er Lauras Anwesenheit gar nicht bemerken. Sie hatte die anwesenden Pfleger gebeten, Kontakt zu einer Pflegekraft herzustellen, die damals im Dienst war, als Elisabeth Brach ihren Vater regelmäßig besuchte. Der neue Fall und die offensichtlichen Parallelen zum Fall Brach machten ihr deutlich, dass tiefere Nachforschungen erforderlich waren. Es war unvermeidlich, auch die Verbindung zwischen ihrem Vater und Elisabeth Brach genauer zu untersuchen – auch, wenn dies für Laura bedeuten würde, alte Wunden wieder aufreißen zu müssen. Die Pfleger hatten ihr erzählt, dass ihr Vater seit ein paar Wochen immer wieder Phasen hatte, in denen er in eine andere Welt abzudriften schien und gar nicht mehr reagierte. Sie hatte kurz darüber nachgedacht, ihm anzudeuten, dass es einen neuen Fall gab und dass dieser allem Anschein nach etwas mit Elisabeth Brachs Tod zu tun hatte. Aber als sie ihn so daliegen gesehen hatte, war ihr bewusst geworden, dass heute nicht der richtige Zeitpunkt dafür war. Sie fühlte sich matt, obwohl sie fast zehn Stunden tief geschlafen hatte. Sie hatte nicht geträumt, was für sie äußerst ungewöhnlich war. Ein leichter Schweißfilm bildete sich auf ihrer Stirn. Sie fühlte sich kraftlos, schloss für einen kurzen Moment die Augen und ließ ihren Kopf nach hinten sinken. Diese Stille hielt nicht lange an. Ihr Handy läutete.

Es war Karl. »Guten Morgen, Sonnenschein. Schon auf dem Weg zu Kusch?«

Laura hatte keine Lust, Karl zu erklären, dass sie vor der Vernehmung ihren Vater besucht hatte. Er hätte nur nachgefragt, wie es ihm denn ginge, und seinen mitleidigen Ton angeschlagen. Sie hatte keine Zeit, sich zu erklären, sondern musste sich auf den Fall konzentrieren. »Ja, ich sitze im Auto und bin auf dem Weg zu ihm. Hast du schon weitere Informationen zu Todesursache und -zeitpunkt bekommen?«

»Genau deswegen rufe ich an. Obwohl es auch sonst immer wieder schön ist, deine Stimme am Morgen zu hören. Damit startet man gleich besser in den Tag.«

Karl ging es anscheinend besser als gestern. Er klang wie der Alte und normalerweise hätte Laura seine Schmeicheleien mit einem neckischen Spruch gekontert. Heute war sie dafür einfach nicht in der Stimmung. »Spann mich nicht auf die Folter, Karl!«

An Karls Tonfall bemerkte sie, dass er eine Frotzelei erwartet hatte. Er tat ihr ein bisschen leid. Weniger euphorisch antwortete er: »Die Gerichtsmedizin hat den Todeszeitpunkt genauer eingegrenzt. Sie meinen, der Mord muss am 15. Dezember irgendwann zwischen 18 und 22 Uhr passiert sein. Und sie haben bestätigt, dass es die 8 Messerstiche in den Rücken waren, die zum Tod geführt haben. Das Zeitfenster ist jetzt deutlich kleiner – könnte uns echt weiterhelfen. Die Spurensicherung ist seit den Morgenstunden in seiner Wohnung. Dort hat man Severins Blut und die Tatwaffe in der Küche sicherstellen können. So wie es aussieht, wurde Severin Kusch in seiner Wohnung ermordet. Seine Leiche wurde post mortem im Lainzer Tiergarten abgelegt. Keine Einbruchsspuren. Der Täter hat sich nicht gewaltsam Zutritt zu der Wohnung verschafft. Außer den acht Stichen lassen sich keine anderen Gewalteinwirkungen an seinem Körper feststellen, weder Kratzspuren noch Würgemale oder fremde Blutspritzer. Nichts deutet auf einen Kampf hin. Das lässt darauf schließen, dass das Opfer den Täter gekannt hat. Die Tatwaffe ist ein einfaches Küchenmesser. Der Täter war gründlich. Keine Fingerabdrücke. Die Spurensicherung ist noch dabei, die Wohnung auf welche zu untersuchen, aber ich denke, unser Täter war sehr bedacht darauf, keine Spuren zu hinterlassen. Alle Türklinken wurden abgewischt, in der Küche kein einziges fremdes Haar. Wir durchforsten natürlich noch die anderen Zimmer, aber auch hier sieht es schlecht aus.«

Das ließ Laura aufhorchen. Bei Elisabeth Brach hatte der Tatort grauenvoll ausgesehen. Überall waren umgestürzte Gläser gelegen. Man hatte Blutspritzer an den Fenstern gefunden und die Blumentöpfe waren auf den Boden geworfen worden. Der ganze Tatort schrie damals nach Gewalt, nach Wahnsinn, nach einem Täter, der aus rasender Wut gehandelt hatte. Und in der ganzen Wohnung hatte man Fingerabdrücke von Nico Lercher gefunden, sowohl auf der Tatwaffe als auch auf so gut wie allen Küchengeräten und Türklinken. In einem Papierkorb seiner Wohnung fand man zudem eines seiner T-Shirts – mit Blutspuren von Elisabeth Brach.

Laura ließ die Informationen kurz sacken. Sie musste wissen, ob Karl die Parallelen zum Fall Elisabeth Brach sah. »Also lass mich einmal zusammenfassen: Bis auf die Todesursache und den Fundort der Leiche deutet nichts darauf hin, dass dieser Fall irgendetwas mit dem Mord an Elisabeth Brach zu tun hat«, fragte Laura hoffnungsvoll nach.

Karl räusperte sich. Laura merkte, dass er den Zusammenhang hergestellt hatte. Karl suchte nach den richtigen Worten. »Das habe ich zuerst auch gedacht, aber dann haben wir etwas gefunden. Hinter seinem rechten Ohr: drei Buchstaben.«

Laura hielt den Atem an. Bitte nicht!

Karl sprach weiter: »Hinter seinem rechten Ohr fanden die Rechtsmediziner drei Buchstaben eingeritzt. Nach erstmaliger Betrachtung handelt es sich um ein kleines F, ein kleines U und ein kleines R. Aber das R könnte auch ein schlampiges T sein. Es lässt alles darauf schließen, dass die Buchstaben schnell und ungestüm in die Haut geritzt wurden.« Karl machte eine kurze Pause. »Wie bei Elisabeth Brach.«

Laura stieß die Fahrertür auf und fiel förmlich aus dem Auto. Sie stolperte mit wackeligen Knien ein paar Schritte vorwärts und ließ sich auf den Boden sinken. Die kalte Luft tat ihr gut. Sie bemerkte, dass ihr der Schweiß den Rücken hinunterlief. Ihr ganzer Pullover war nass. Das Handy hielt sie immer noch in der Hand, sie hörte leise Karls Stimme aus dem Lautsprecher. Wieder diese drei Buchstaben. Bei Elisabeth Brach waren die Buchstaben hastig und grob in ihren Oberarm eingeritzt worden, die Schnitte ungleichmäßig und tief – als hätte der Täter im Rausch der Emotionen jede Kontrolle verloren.

Karls Stimme wurde besorgter.

Laura stellte ihr Handy auf Lautsprecher. »Karl, Karl, beruhig dich, es ist alles gut, ich habe nur kurz frische Luft gebraucht. Mir ist schon den ganzen Vormittag über schwindlig. Ich hoffe, ich habe mir keine Erkältung eingefangen.«

»Okay, gut, ich habe mir Sorgen gemacht, dass du einfach umgekippt bist. Hast du denn irgendetwas davon verstanden, was ich zu dir gesagt habe?«

Laura lehnte sich ans Auto. »Severin Kusch wurden drei Buchstaben in die Haut geritzt. Es besteht die Möglichkeit, dass es sich um die gleichen drei Buchstaben handelt. Also müssen wir den alten Fall wohl wieder aufrollen, richtig?«

Es war keine richtige Frage, obwohl Laura immer noch hoffte, Karl würde irgendetwas sagen, was dagegensprach.

»Ja, irgendeine Verbindung muss es geben. Wir müssen unbedingt mit Nico Lercher sprechen. Eventuell gibt es jemanden, der von seiner Tat inspiriert wurde und jetzt selbst Verbrechen verübt. Es könnte jemand aus seinem Umfeld sein, ein Freund, ein Kollege. Jemand, der ihm nacheifern will.«

Laura spürte, wie die Kälte durch ihre schweißnassen Klamotten kroch. Wenn sie noch lange hier draußen liegen würde, wäre eine Grippe nicht mehr aufzuhalten. Sie schnappte sich das Handy, ging zurück zum Auto und schälte sich aus ihrem Pulli. Da ihr Beruf sie des Öfteren auf kurze Reisen schickte und ihr meistens nicht viel Zeit zum Packen blieb, hatte sie sich einen kleinen Notfallkoffer ins Auto gelegt: Kleidung zum Wechseln, Aspirin, Waschzeug und ein paar Laufschuhe. Sie schnappte sich den Koffer von der Rückbank, nahm sich einen frischen Pulli heraus, zog die Jacke darüber und schaltete die Sitzheizung ein.

Sie brauchte dringend einen Kaffee.

»Du hast recht, Karl. Es führt kein Weg daran vorbei, noch einmal mit Nico Lercher zu sprechen. Bitte ruf in der Justizanstalt an und sag denen, dass wir mit ihm reden müssen. Ich melde mich, wenn ich fertig bin.«

Laura legte auf. Damals war man davon ausgegangen, dass dieses Gekritzel nichts weiter zu bedeuten hatte. Dass Nico Lercher in seiner Rage die Leiche hatte schänden und mit dem vulgären Ausdruck »fut« hatte kennzeichnen wollen. Aus seinem Umfeld hieß es, dass er oft mit Kraftausdrücken und obszönen Worten um sich warf. »Fut« sei fest in seinem Sprachgebrauch verankert. Ein kranker Mensch, der Frauen nichts als Abneigung und Gewalt entgegenbrachte. Er hatte mehrfach wegen Sexualstraftaten und Körperverletzung eingesessen. Der Begriff, wie sie ihn gedeutet hatten, passte nicht zu dem aktuellen Fall. Severin Kusch war ein Mann. Das Schimpfwort bezog sich nur auf Frauen. Es lag viel Arbeit vor ihnen.

Laura startete den Wagen und beschloss, ausgiebig zu frühstücken, bevor sie zu Magnus Kusch aufbrach. Sie bemerkte, wie ihr Magen knurrte. Eventuell könnte sie so ihre Lebensgeister wecken. Sie manövrierte den Wagen aus der Parklücke und machte sich auf in Richtung McDonald's.

KAPITEL 11

Karl hatte schon lange keine so saubere und aufgeräumte Wohnung mehr gesehen. Fast hätte er annehmen können, sich in einem Hochglanzkatalog von »Interior« zu befinden. Wenn nicht die Blutlache auf dem Küchenboden gewesen wäre.

Die Wohnung von Severin Kusch bestand aus einer großen Küche, einem weitläufigen Wohnbereich, zwei Bädern mit eingebautem Whirlpool, zwei WCs sowie zwei weiteren großen Räumen. Einen davon nutzte er als Schlafzimmer, in dem anderen hatte er sich ein kleines Fitnessstudio eingerichtet. Der imposante Garten, in dem selbst im Winter jeder Grashalm akkurat auf die gleiche Länge gestutzt war, erstreckte sich über mehr als 500 Quadratmeter. Der gigantische Außenpool nahm fast die Hälfte des Gartens in Anspruch. Für Karls Geschmack ein grobes protziges Riesending, das die Idylle völlig zerstörte.

Die gesamte Wohnung wirkte aufgrund der großen Glasfronten und der lichtdurchfluteten Zimmer sehr modern. Die Einrichtung war luxuriös und gut durchdacht platziert, allerdings strahlte die Wohnung keine heimelige Wärme aus.

Alles in allem keine Wohnung, in der sich Karl als Student wohlgefühlt hätte. Er war sich jedoch sicher, dass Severin Kuschs Leben und sein eigenes keinerlei Ähnlichkeiten aufwiesen. Karl hatte für jeden Groschen hart arbeiten müssen. Das Mantra »Ohne Fleiß kein Preis«

schwebte im Hause Suchanek wie ein unausgesprochener Leitsatz über den Köpfen der Familie – und mit seinen 34 Jahren hatte er diesen Grundsatz längst verinnerlicht. Sein Vater hatte jeden Tag auf dem Bau geschuftet, seine Mutter war als Haushälterin tätig gewesen. Karl war in sehr bescheidenen Verhältnissen aufgewachsen. Trotzdem hatten seine Eltern dafür gesorgt, dass es ihm an nichts fehlte. Sie schenkten ihm viel Liebe und Zuneigung und ließen ihn nie spüren, wie hart sie für das Abendessen auf dem Tisch arbeiten mussten. Sie kratzten all ihr Geld zusammen, um die bestmögliche Ausbildung für ihre beiden Söhne zu garantieren. Karl und sein Bruder bekamen zwar nicht die neuesten Schuhe oder den coolsten Schulrucksack, doch das war ihnen auch nicht wichtig. Sie lernten früh, dass materielle Dinge nicht glücklich machten. Die schönsten Momente entstanden, wenn ihr Vater und ihre Mutter mit ihnen gemeinsam an ihren Geburtstagen an die Donau zum Picknicken gingen. Sie saßen den ganzen Tag in der Sonne, spielten Fangen, lauschten dem Schnattern der Enten und aßen selbst gebackenen Kuchen. Die mächtige Donau zog träge ihre Bahn und glitzerte im Schein der Sonne, während Schiffe vorbeifuhren und andere Kinder ausgelassen auf der Wiese tobten und lachend ihrem Fußball hinterherjagten. Die Hochhäuser der Donau City erhoben sich als moderner Kontrast zu dem Naturidyll. Hin und wieder glitt ein Schiff vorüber und hinterließ sanfte Wellen, die ans Ufer rollten und leise an den Steinen brachen. Es gab selten Geschenke, abgesehen von ein paar Schilling für Süßigkeiten oder einen selbst gestrickten Pullover von ihrer Mutter. Aber diese Augenblicke und die Zeit mit seiner Familie waren Karl Geschenk genug.

Seit seinem 13. Lebensjahr half er seinem Vater gelegentlich nach der Schule auf dem Bau und nahm durch die körperlich fordernde Arbeit an Masse zu. Mit 15 Jahren fing er an, sich für den Boxsport zu interessieren. Viele Jungs in seiner Schule boxten in teuren Boxclubs. Karl machte die Baustelle seines Vaters zu seinem Trainingsraum. Trotz seiner geringen Körpergröße war er talentiert, er war flink und diszipliniert, was er auch immer wieder auf dem Schulhof unter Beweis stellte. Leider stieß das bei seinen Mitschülern auf wenig Begeisterung, da diese ihren Eltern oft erklären mussten, woher denn die blauen Augen kamen. Die Erklärungen drangen bis ans Ohr des Direktors. Karl boxte nicht mit dem Ziel, jemanden zu verletzen, und er schlug nie fest zu. Er war einfach fasziniert von dem Sport selbst. Und es waren immer seine Mitschüler, die ihn herausforderten. Sein Vater war nicht erfreut gewesen, als er am Telefon erfuhr, dass sein Sohn die Schule aufmischte und Unruhe stiftete. Karl hatte zur Strafe einen Monat lang vor und nach der Schule ohne Bezahlung auf der Baustelle arbeiten müssen. Das war ihm eine Lehre gewesen. Als er nach Beendigung der Schule ausgezogen war, einen Job gefunden und die Ausbildung zum Polizisten begonnen hatte, hatten sich seine Prioritäten geändert. Er boxte nur noch unregelmäßig im Boxclub zum Ausgleich zu seiner täglichen Arbeit und als Ventil für die Wut, die manchmal in ihm aufstieg. Karl hatte nie vorsätzlich einen Menschen verletzt, aber er wusste, dass er es konnte. Das machte ihm selbst Angst. Er realisierte, wie er bei diesem Gedanken beide Fäuste ballte, und entspannte sich. Konzentrier dich auf den Fall!

Karl war sich sicher, dass Severin Kusch nie mit seiner Familie im Gras gesessen, geschweige denn mit seinem Vater Ball gespielt hatte. In der gesamten Wohnung war kein einziges Foto zu finden. Ein paar Leichtathletik-Trophäen standen auf dem unglaublich teuer aussehenden Regal im Wohnzimmer. Abgesehen davon ließ nichts Rückschlüsse darauf zu, was für ein Mensch Severin Kusch eigentlich gewesen war. Nirgendwo lag eine Zeitschrift herum, draußen standen keine Gartenmöbel oder Liegestühle, der Schreibtisch im Schlafzimmer war leergeräumt. Ein einsamer Bleistift steckte in einem goldenen Stiftehalter.

Karl ging zurück in die Küche, wo die Spurensicherung dabei war, den Tatort aus allen möglichen Blickwinkeln zu fotografieren. Die Wohnung war nahezu steril, fast so, als hätte das Opfer hier nicht gewohnt. Ja, das war es. Die Wohnung sah unbewohnt aus: keine Geräte in der Küche, ein leerer Kühlschrank, keine Schuhe, die achtlos im Vorraum herumlagen.

»Wo hast du deine Zeit verbracht, Severin?«, fragte sich Karl. »Und warum musstest du sterben?«

Karl bewunderte Laura für ihre Empathie. Deshalb ließ er ihr bei den meisten Verhören den Vortritt. Sie holte aus den Menschen etwas heraus, was ihm nicht gelang. Er wurde zu schnell ungeduldig. Es machte ihn wütend, wenn er bemerkte, dass man etwas vor ihm verbergen wollte. Und das sah man ihm an. Laura gelang es, stets freundlich und gelassen zu wirken, auch wenn sie genau wusste, dass die Person vor ihr nicht die Wahrheit sagte. Sie dachte immer einen Schritt voraus, das war ihre große Stärke.

Er hoffte, dass ihr genau das auch bei Magnus Kusch gelingen würde.

Dieser Kusch war ein harter Brocken. Er war es gewohnt, mit Menschen zu verhandeln und seinen Kopf um jeden Preis durchzusetzen. Und Laura hatte sich zuvor am Telefon nicht gut angehört.

Karl sah sich ein letztes Mal in der Wohnung um. Severin Kusch war zwar an dieser Adresse gemeldet, aber richtig gewohnt hatte er hier nicht, das war klar. Er ging auf die Straße und betrachtete die Wohnung von außen. Vielleicht hatten ja die Nachbarn etwas gesehen, was ihnen weiterhelfen konnte.

Karl sah sich um. Es gab nur einen direkten Nachbarn, aber ob dieser Einblick in Severins Wohnung hatte, war fraglich.

Das Haus gegenüber war umgeben von einem mindestens drei Meter hohen Zaun. Durch das Eingangstor war das Anwesen nicht zu erkennen, große Bäume versperrten zusätzlich die Sicht. Die Länge des Zauns ließ darauf schließen, dass es sich um einen regelrechten Palast handeln musste. Wenn Karl nicht alles täuschte, konnte er sogar ganz schwach den Geruch von Pferdeäpfeln wahrnehmen. Anscheinend befanden sich auch Stallungen auf dem Anwesen. Hier wohnte auf jeden Fall ein Mensch, der viel Geld besaß, was Karl nicht weiter überraschte.

Gleichzeitig schien hier auch ein Mensch zu wohnen, der nicht viel Wert auf Besuch legte und dem seine Privatsphäre heilig war.

Irgendwo musste Karl anfangen. Er trat an das Eingangstor und klingelte.

Die Kamera, die über seinem Kopf befestigt war, drehte sich surrend in seine Richtung. Eine knarzige Stimme tönte aus den Lautsprechern: »Die Hausherren sind gerade nicht anwesend. Was kann ich für Sie tun?«

Karl wurde sich darüber bewusst, dass er anscheinend gerade mit dem Butler des Hauses sprach. Unglaublich, dass es so etwas im 21. Jahrhundert noch gab!

»Guten Tag, mein Name ist Karl Suchanek, LKA Wien. Ich hätte ein paar Fragen bezüglich Severin Kusch, Ihres Nachbarn von gegenüber.«

Es verging fast eine Minute, bis die Stimme des Butlers wieder aus den Lautsprechern erklang. »Es tut mir leid, aber ich darf keine Auskunft geben, wenn Herr von Stein nicht im Hause ist. Kommen Sie bitte ein anderes Mal wieder.«

»Das verstehe ich. Könnten Sie den Herrschaften bitte ausrichten, dass sie mich anrufen sollen, sobald sie zu Hause sind? Sie können mich jederzeit erreichen, ich lege meine Visitenkarte hier vor das Tor.«

Karl bückte sich und klemmte seine Karte zwischen zwei Pflastersteine im Boden. Er war sich sicher, dass sie in einem Jahr noch dort stecken würde, falls der Butler sie nicht vorher wegschmeißen würde.

»Ich muss Sie jetzt bitten, vom Tor wegzutreten. Vielen Dank.«

Damit war das Gespräch beendet, die Kamera bewegte sich zurück in ihre Ausgangsposition.

Diese reichen Leute würde Karl nie verstehen. Immerhin kannte er nun den Namen des ominösen Nachbarn. Mit ein bisschen Recherche würde er sicher bald eine Telefonnummer ausfindig machen können.

Von diesem neuen Anhaltspunkt beflügelt, stieg Karl in sein Auto und machte sich auf den Weg ins LKA.

KAPITEL 12

Laura fühlte sich viel besser, das Frühstück hatte geholfen. Auf dem Sitz neben ihr lagen ein paar Schokodonuts, die sie Anna später als Dankeschön mitbringen wollte.

Laut Navi sollte sie in zwei Minuten beim Haus der Kuschs ankommen. In diesem Teil des 19. Bezirks war Laura noch nie gewesen. Eine Villa reihte sich an die nächste, eine größer als die andere. Laura fuhr langsam die Straße entlang. Hier lebten also die Schönen und Reichen von Wien. Man hatte fast das Gefühl, in einer eigenen kleinen Stadt zu sein. Einer Stadt der Privilegierten, die von ihren hohen Türmen auf die gewöhnlichen Menschen herabschauten.

»Sie haben Ihr Ziel erreicht«, meldete das Navi.

Laura blieb stehen und suchte vergeblich nach einem Anhaltspunkt, um zu überprüfen, ob sie hier richtig war. Sie konnte weit und breit keine Hausnummer erkennen. Als sie aussteigen und genauer nachsehen wollte, teilte sich die große Eisenwand zu ihrer Rechten und gab den Blick auf eine Einfahrt frei. Da wollte jemand auf keinen Fall entdeckt werden.

Laura setzte zurück und manövrierte ihren kleinen Fiat Panda durch die Schleuse. Nachdem der hintere Teil des Autos die Wand aus Eisen passiert hatte, schloss diese sich wieder. Laura stockte der Atem. Das Bild, das sich ihr bot, erinnerte sie an die Verfilmung von »The Great

Gatsby« mit Leonardo DiCaprio. Sie fuhr die mit weißen Kieselsteinen ausgelegte Auffahrt entlang, vorbei an einem riesigen Rosengarten, der im Winter ein eher trostloses Bild abgab. Opulente Brunnen mit Wasser speienden griechischen Götterfiguren säumten die Straße. Der kleine See dahinter war an ein paar Stellen zugefroren. Vor dem Palast parkten Autos, deren Marken Laura nur vom Hörensagen kannte: Bugatti, Ferrari, Aston Martin. Die Geschäfte liefen offensichtlich gut. Laura war sich nicht sicher, wohin sie ihren Wagen stellen sollte, der kleine Fiat Panda passte nicht in die Reihe der Luxuskarossen.

Während sie nach einer Parkmöglichkeit Ausschau hielt, kam ein junger Mann in Uniform auf sie zugelaufen. »Frau Sturm, wir haben Sie bereits erwartet. Bitte lassen Sie mich Ihren Wagen parken. Ich werde ihn bei Ihrer Abreise wieder für Sie bereitstellen.«

Wow, was für ein Service! Insgeheim hoffte Laura, dass der arme Bursche mehr zu tun hatte, als sich um die Autos der Besucher zu kümmern. Sie konnte sich schwer vorstellen, dass ein Mann wie Magnus Kusch viel Besuch bekam. »Vielen Dank, das ist sehr nett von Ihnen.« Laura stieg aus und überließ dem freundlichen jungen Mann ihre Schlüssel.

Dieser machte sich gleich daran, ihr Auto möglichst außer Sichtweite zu parken. Anscheinend war es wichtig, den schönen Schein zu wahren, da war ihr kleiner Panda einfach fehl am Platz.

Laura hatte sich vorgenommen, das Gespräch vorurteilsfrei zu führen, empfand jedoch wachsendes Unbehagen, wenn sie daran dachte, gleich Magnus Kusch gegenübertreten zu müssen. So wunderschön gepflegt das Anwesen war – etwas fehlte. Laura hielt kurz inne und ließ ihren Blick über das Areal schweifen. Es herrschte Totenstille. Von außen hatte das Haus einen märchenhaften Charakter. Es war weiß gestrichen, die Tür- und Fensterrahmen erstrahlten in einem schönen Rostrot. Efeu rankte sich an der Fassade hoch und zwei Löwen aus Stein thronten direkt neben der Eingangstür.

Laura klingelte. Sie hatte erwartet, dass eine Angestellte oder der Butler die Tür öffnen würde. Umso verwunderter war sie, als Magnus Kusch höchstpersönlich vor ihr stand. Er trug einen rostroten Samtanzug und passte perfekt in das Gesamtbild des Hauses. Er sah genauso aus wie auf dem Bild, das in Severin Kuschs Akte gesteckt hatte: ein kleiner Mann, nicht größer als 1,60 Meter. Seine rotblonden Haare hatte er mit viel Gel nach hinten gestylt, an seinem Handgelenk trug er eine große goldene Uhr. In der Akte stand, dass Herr Kusch 60 Jahre alt war, doch seine blitzblauen, wachen Augen und die aufrechte Körperhaltung ließen ihn mindestens zehn Jahre jünger wirken.

»Liebe Frau Sturm, kommen Sie herein. Darf ich Ihnen die Jacke abnehmen?« Schon stand Kusch hinter ihr und nahm ihr die Jacke ab. »Bitte begleiten Sie mich in die Bibliothek. Ich habe uns ein Feuer im Kamin gemacht. Es ist wirklich sehr kalt heute. Haben Sie gut hergefunden?«, fragte er und sah sie erwartungsvoll an.

»Vielen Dank, Herr Kusch. Ja, es war kein Problem, nur hätte ich fast das Eingangstor übersehen und wäre weitergefahren«, entgegnete Laura.

Magnus Kusch ließ ein sachtes Schmunzeln zu. »Die, die wissen sollen, wo ich wohne, wissen es. Und die anderen sollen ruhig draußen bleiben.«

So romantisch und altmodisch das Haus von außen aussah, so modern war es innen eingerichtet. Eine große Wendeltreppe führte vom Erdgeschoss bis in den obersten Stock. Wenn man den Kopf in den Nacken legte, konnte man das bunte Glasdach bewundern, durch das die einstrahlende Sonne Lichtpunkte in allen Farben des Regenbogens auf den Boden warf. Große Lampenelemente in Form von gläsernen Kugeln hingen an den Wänden und spendeten warmes Licht. Eine riesige Glasfront im ersten Stock bot einen Blick auf das Anwesen. Sie blieben allerdings im Parterre.

»Meine Frau ist Innenarchitektin, müssen Sie wissen. Sie ist für das ganze Spektakel hier verantwortlich. Wir haben uns damals beim Studium kennengelernt und beide schnell unsere Faszination für Gebäude entdeckt. Mit dem Unterschied, dass ich den wirtschaftlichen Nutzen dahinter sehe, sie den Charakter«, erklärte er leise.

Sie waren in der Bibliothek angekommen, die in etwa so groß war wie Lauras gesamte Wohnung. Smaragdgrüne Vorhänge wehten im Wind, die Terrassentür stand einen Spalt breit offen. Durch sie hindurch hatte man Aussicht auf den kleinen See. Bücherregale, bunte Perserteppiche sowie eine große ockerfarbene Ledercouch, vor der ein kleiner Tisch stand, bildeten das Interieur.

Herr Kusch eilte zur Terrassentür und schloss sie. »Das tut mir leid, da muss wohl eine meiner Haushälterinnen gelüftet haben. Es wird Ihnen gleich wärmer werden. Ich heize den Kamin an. Setzen Sie sich bitte.«

Laura ließ sich auf der Couch nieder, Magnus Kusch tippte etwas in sein Handy und sofort begann das Feuer im Kamin höher zu lodern.

»So, das sollte jetzt schnell gehen. Den haben wir erst

letztes Jahr neu einbauen lassen. Meine Frau war der Meinung, der alte Kamin passe nicht mehr ins Konzept. Ich verstehe davon ja nichts. Darf ich Ihnen etwas zu trinken anbieten, Frau Sturm? Kaffee, Tee oder etwas anderes?«

Laura wählte den Tee.

Magnus Kusch tippte erneut auf seinem Handy herum.

»Der Tee kommt sofort. Also, Frau Sturm, ich bedanke mich für Ihre Mühen und dafür, dass Sie mir einen Besuch abstatten.« Seine Miene verdüsterte sich. »Ich hätte mir natürlich gewünscht, sie unter anderen Umständen kennenzulernen. Sie müssen wissen, Severin war mein einziger Sohn. Ich habe noch eine Tochter, Sophie, aber Severin war immer etwas Besonderes. Er hatte seinen eigenen Kopf und war anders als wir alle. Er verstand einfach nicht, dass ich nur sein Bestes wollte.« Magnus Kusch schluckte schwer. »Und jetzt ist er tot, abgelegt im Wald. Erstochen. Das bricht einem Vater das Herz, das hat er nicht verdient.«

Laura erkannte echte Trauer. An der Situation war nichts gespielt. Sie sah einen gebrochenen Mann vor sich, der seinen geliebten Sohn verloren hatte. Bei manchen Menschen kam die Trauer erst, wenn sich die Wut gelegt hatte. Deshalb war er wahrscheinlich gestern im LKA so ungestüm gewesen.

»Ich kann mir gar nicht vorstellen, was Sie und Ihre Familie gerade durchmachen müssen. Sie haben mein tiefstes Mitgefühl. Trotzdem müssen wir uns jetzt darum kümmern, dass der Mörder Ihres Sohnes so schnell wie möglich gefasst wird. Ich muss Sie deshalb fragen: Herr Kusch, können Sie mir sagen, wo Sie sich am 15. Dezember zwischen 18 und 22 Uhr aufgehalten haben?«

Die Antwort kam wie aus der Pistole geschossen: »Ich war ziemlich sicher im Büro, so kurz vor Weihnachten ist immer sehr viel los, da sind Nachtschichten an der Tagesordnung.«

Laura notierte ruhig seine Worte und fuhr fort: »Gibt es jemanden, der Ihre Aussage bestätigen kann? Vielleicht ein Kollege oder ein Familienmitglied?« Sie hielt den Blickkontakt, während sie darauf achtete, dass ihre Stimme ruhig und sachlich blieb.

Magnus erwiderte: »Das kann ich so nicht sagen, wenn ich in die Arbeit vertieft bin, bekomme ich nicht wirklich mit, ob noch jemand im Büro ist.«

Auch das notierte Laura. Als Nächstes fragte sie: »Gab es in letzter Zeit Streit oder Probleme zwischen Ihnen und Ihrem Sohn? Oder hat Severin vielleicht jemanden erwähnt, mit dem er Konflikte hatte?« Jede Frage schien schwer auf dem Mann zu lasten, und doch wusste Laura, dass jede Antwort ein Puzzlestück in einem größeren Bild sein könnte.

Ein junges Mädchen in Uniform kam mit einem Tablett in den Raum und stellte Tee, Kekse und Milch auf den Holztisch vor dem Sofa.

Magnus Kusch wartete, bis sie den Raum verlassen hatte. Dann sah er Laura scharf an. »Ich kann mir nicht vorstellen, dass Severin irgendwelche Feinde gehabt hat. Er war ein guter Junge, ehrlich und strebsam, konnte keiner Fliege etwas zuleide tun. Er hatte wohl ein paar Bekannte von der Universität, vorgestellt hat er die aber nie. Von einer Freundin weiß ich nichts.« Magnus Kusch zögerte, den nächsten Satz auszusprechen, nahm sich dann aber zusammen. »Ich bin mir nicht sicher, ob Severin Beziehungen zu Frauen oder Männern pflegte. Wenn man nie etwas von einer Freundin hört, wird man irgendwann ein bisschen skeptisch. Seine feminine Art, sein Faible für Kunst – das alles war sehr verdächtig. Verstehen Sie mich nicht falsch, ich hätte nichts dagegen gehabt. Wir haben nur nicht viel miteinander geredet. Er hatte immer einen besseren Draht zu Sophie.« Magnus Kusch blickte gedankenverloren auf die Fotos am Kaminsims.

Laura erkannte das Foto von Severins Abschlussfeier wieder. »Herr Kusch, warum war Ihr Verhältnis so … distanziert?« Laura wusste, dass sie mit dieser Frage eventuell zu weit ging.

Kusch sah sie nur traurig an. »Ich war immer der Meinung, dass ein Junge in die Fußstapfen seines Vaters treten muss. Ich wollte, dass er die Firma übernimmt, sobald ich nicht mehr dazu in der Lage bin, sie zu führen. Er hat Immobilienwirtschaft in Salzburg studiert, ich denke, mir zuliebe. Aber sein Herz hat immer für die Kunst und die Leichtathletik geschlagen. Er wollte nach Paris gehen, um sich völlig der Kunst zu widmen. Sein Traum war es, dort in Künstlerateliers zu arbeiten, ohne Bezahlung, einfach um zu lernen und inspiriert zu werden. Es war eine idealistische Vorstellung, die für ihn alles bedeutete. Doch dafür hätte er Geld gebraucht, das er nicht hatte, und ich konnte diese Idee einfach nicht unterstützen. Das war der Moment, an dem unsere Beziehung einen Bruch erlebte. Er hat mir nie verziehen, dass ich ihm seinen Traum nicht ermöglichen wollte.« Er stand auf, ging zur Terrassentür, schob die Vorhänge zur Seite und ließ seinen Blick über den See schweifen. »Wissen Sie, früher haben die Kinder immer hier gespielt. Sie haben Freunde eingeladen, das ganze Haus war voller Lachen. Jetzt leben hier nur noch meine Frau und ich. Sophie wohnt eigentlich bei ihrem

Freund und kommt nur unregelmäßig zum Schlafen her. Es ist sehr still geworden.« Seine Trauer füllte den ganzen Raum aus, es war bedrückend.

Lauras Hals zog sich zusammen, sie nahm einen kleinen Schluck von ihrem Tee. »Ich muss Sie leider um etwas bitten: Sie haben den Wunsch geäußert, dass der Name Kusch nicht in Verbindung mit dem Mordfall in den Medien auftauchen soll. Leider ist das fast unumgänglich. Es wird der Zeitpunkt kommen, an dem wir auf Informationen aus der Öffentlichkeit angewiesen sein werden, und da ist es eine Frage der Zeit, bis die Presse die richtigen Schlüsse zieht. Vielleicht gibt es Zeugen, die gesehen haben, wie Ihr Sohn in den Lainzer Tiergarten gebracht wurde. Diese Informationen sind ungemein wichtig, um den Fall schnellstmöglich zu lösen.«

Binnen eines Wimpernschlags war die Trauer im Raum verflogen, die Schwere wich und es machte sich eine unterschwellige Anspannung breit. Magnus Kuschs Rücken straffte sich, als wäre er ein Tier, das eine Fährte aufgenommen hatte. Er drehte sich um und sah sie eiskalt an. »Frau Sturm, ich muss Sie nicht daran erinnern, dass ich einer der reichsten Menschen des Landes bin. Und ich befinde mich zurzeit in Verhandlungen mit einem arabischen Scheich. Da geht es um Beträge, die Sie sich nicht einmal vorstellen können. Wenn publik wird, dass mein Sohn ermordet wurde, wirkt das für meine Verhandlungspartner abschreckend. Diese Art von Publicity würde alles zerstören. Verstehen Sie mich nicht falsch, aber wenn ich nur ein Wort über Severin in der Presse höre oder lese, wird das Konsequenzen haben.«

Laura atmete schneller. Sie sah einen anderen Menschen vor sich stehen. Mit verhärteten Gesichtszügen und geballten Fäusten schien er von einer Kälte umgeben, die sie trotz des lodernden Feuers im Kamin frösteln ließ.

Trotzdem wagte sie einen weiteren Vorstoß. »Wann haben Sie Ihren Sohn zuletzt gesehen, Herr Kusch? Können Sie sich daran erinnern?«

Wütend entgegnete Magnus: »Ich habe Ihnen doch schon gesagt, dass wir kein gutes Verhältnis hatten. Ich kann Ihnen nicht genau sagen, wann ich ihn zuletzt gesehen habe, es muss mindestens zwei Wochen her sein. Aber wenn Sie auch nur im Entferntesten glauben, ich hätte etwas mit seinem Tod zu tun, dann weiß ich wirklich nicht, was ich Ihnen noch sagen soll!«

Laura verstand, was Karl gemeint hatte. Tief in seinem Inneren war Magnus Kusch ein machthungriger Mensch, bei dem Liebe an zweiter Stelle stand. Für ein gutes Geschäft würde er einige Opfer in Kauf nehmen. Und sie verstand auch, warum sich Karl Sorgen um sie gemacht hatte. Die Art, wie Magnus Kusch sie ansah, bereitete ihr Übelkeit. In seinen Augen war sie ein Parasit, der Schaden anrichten konnte. Sie stellte ihren Tee ab. Die dampfende Tasse vermochte nicht, die aufgekommene Kälte zu vertreiben. »Danke, dass Sie mich empfangen haben. Bitte bleiben Sie im Land. Ich melde mich bei Ihnen, falls ich etwas brauche. Und bitte zögern Sie nicht, sich bei mir zu melden, falls Ihnen etwas einfällt, was uns weiterhelfen könnte.«

Laura legte ihre Visitenkarte auf den Tisch. Ohne Magnus Kuschs Verabschiedung abzuwarten, verließ sie die Bibliothek und machte sich schnurstracks auf den Weg nach draußen. Sie schloss die Eingangstür hinter sich, lehnte sich dagegen und atmete dreimal durch die Nase ein und durch den Mund aus. Langsam beruhigte sich ihr Herzschlag.

Als hätte der junge Herr geahnt, dass Laura nicht lange bleiben würde, stand ihr Auto bereits fahrbereit in der Auffahrt.

Sie stieg ein und fuhr los. Nichts wie weg hier.

KAPITEL 13

Das durfte nicht wahr sein! Karl saß an seinem Schreibtisch im LKA und hörte die Zwölfuhrnachrichten im Radio.

»Wir befinden uns an der Stelle, an der Severin Kuschs Leichnam gefunden wurde. Frau Kozerowska, Sie haben den Mann hier gefunden. Können Sie uns erzählen, was Sie erlebt haben?«

»Es war unglaublich schrecklich. Ich habe trotz Todesangst die Polizei gerufen. Der Mörder hätte ja noch irgendwo in den Büschen lauern können.«

»Frau Kozerowska, wissen Sie denn, wie Severin Kusch ums Leben gekommen ist?«

»Nein, das weiß ich leider nicht, aber er war ja ein ziemlich reicher Mann. Ich könnte mir gut vorstellen, dass es jemand auf sein Geld abgesehen hatte. Hübsch war er ja auch, also vielleicht ein Mord aus Liebe und Geldgier? Ich möchte kein Öl ins Feuer gießen, aber ist es nicht immer so, dass diese Jungen in Gefahr sind, die mit einem goldenen Löffel im Mund geboren werden? Ich meine, da gibt es ganz schön viel zu holen.«

»Magnus Kusch ist gerade dabei, eines der größten Immobilienprojekte unseres Landes zu planen. Denken Sie, dass er etwas mit dem Tod seines Sohnes zu tun haben könnte?«

»Da bin ich wirklich überfragt. Aber na ja, ich könnte mir vorstellen, dass zwischen den beiden nicht alles rosig gelaufen ist. Ich kenne Magnus Kusch nur aus der Presse, doch er scheint kein sehr sympathischer Kerl zu sein. Seine Augen sind so kalt, da kann kein guter Mensch dahinterstecken.«

»Vielen Dank, Frau Kozerowska, für Ihre Einschätzungen. Die Menschen haben ein Recht, über die neuesten Verbrechen in unserer Stadt aufgeklärt zu werden. Schalten Sie das nächste Mal wieder ein, wenn wir weitere Informationen zum Mordfall Severin Kusch haben.«

Warum die Kollegen immer diesen blöden Boulevardsender hören mussten! Frau Kozerowska hatte sich also an die Presse gewandt und war ihren Ermittlungen damit ordentlich in die Parade gefahren. Magnus Kusch würde vor Wut außer sich sein. Karl musste Laura so schnell wie möglich darüber informieren – dieser Typ war ihm einfach nicht geheuer.

Laura hatte ihr Handy ausgeschaltet. Das war untypisch für sie. Er würde es in zehn Minuten noch einmal versuchen.

Karl wählte von Steins Nummer. Er hatte Charly von der IT gleich nach seinem Besuch bei Severin Kuschs Wohnung darum gebeten, dessen Privatnummer herauszufinden. Sie hatte Alexander von Steins Handynummer in zwei Minuten herausgefunden und Karl per Sprachnachricht ein interessantes Detail mit auf den Weg gegeben: »Dieser von Stein darf eigentlich laut österreichischem Recht kein ›von‹ mehr in seinem Namen tragen. Doch er wird überall so angeführt, ist ihm anscheinend ziemlich wichtig. Und er ist steinalt. Also sprich am besten etwas lauter, wenn du ihn anrufst. Peace out.«

Es klingelte zum fünften Mal. Karl wollte gerade auflegen, als sich eine leise Frauenstimme meldete. »Bei von Stein, was kann ich für Sie tun?«

Karl antwortete: »Hallo, schönen guten Tag. Mein Name ist Karl Suchanek vom Wiener LKA. Ich wollte eigentlich Herrn Alexander von Stein erreichen. Mit wem spreche ich?«

Karl hörte die Person am anderen Ende der Leitung leise atmen. Es verging eine halbe Ewigkeit, bis eine Antwort kam. »Mein Name ist Beatrice von Stein. Mein Mann und ich sind gerade auf Fuerteventura im Urlaub. Er ist gerade sehr beschäftigt, eigentlich hätte ich nicht abheben sollen, mich hat nur das ständige Klingeln genervt. Sie sagten, Sie sind von der Polizei. Ist alles in Ordnung? Geht es um unsere Kinder?« Karl hörte die Angst in ihrer Stimme.

»Nein, nein, mit Ihren Kindern ist alles in Ordnung, Frau von Stein. Ich rufe an, da Ihr Nachbar, Severin Kusch, gestern ermordet aufgefunden wurde. Wir sind auf der Suche nach Zeugen, die Severin vor seinem Tod gesehen haben beziehungsweise Hinweise auf den möglichen Mörder geben können. Ist Ihnen in den letzten Wochen vielleicht etwas Ungewöhnliches bei Ihrem Nachbarn aufgefallen?«

Beatrice von Stein schluckte schwer. »Was? Aber er war doch noch so jung …« Karl befürchtete, dass die Frau gleich in Tränen ausbrechen würde. Doch sie sprach mit fester Stimme weiter: »Ich kann gerne meinen Mann fragen, mir persönlich ist, denke ich, nichts aufgefallen. Wir sehen ja aus unserem Haus nicht direkt auf die anderen Wohnungen. Die Bäume verdecken den Blick. Ich kenne Severins Vater sehr gut. Severin ist … war ein guter Junge. Er hat uns manchmal mit den Pferden geholfen. In letzter Zeit habe ich ihn wenig gesehen, er ist … war wohl sehr beschäftigt mit seinem Studium in Salzburg.«

»Haben Sie gesehen, ob Severin des Öfteren Besuch bekommen hat?«

»Wie gesagt, unser Haus liegt zu weit entfernt, als dass man von dort auf die Straße sehen könnte. Ich habe nur ein einziges Mal gesehen, dass Severin Besuch gehabt hat. Das war am Tag seiner Einweihungsfeier vor circa zwei Jahren. Da standen einige Autos auf der Straße vor der Wohnung, und irgendwann wurde es sehr laut, sodass ich kurz nachsehen musste, was los war. Unsere Pferde waren wegen des Lärms ganz unruhig geworden. Es waren einfach junge Leute, die ein bisschen feierten. Das Ganze dauerte nicht wirklich lange, ab 2 Uhr war es still. Aber ich kann mich nicht erinnern, dass Severin seit diesem Tag Besuch gehabt hätte. Beziehungsweise habe ich es nicht bemerkt, wenn es so gewesen wäre. Wir sind jetzt aber auch schon seit drei Wochen in unserem Ferienhaus hier auf der Insel. Eventuell hat einer unserer Angestellten etwas gesehen.«

»Frau von Stein, wann werden Sie denn wieder zu Hause anzutreffen sein?«

»Wir sind gerade dabei abzureisen. Wenn alles gut läuft, sollten wir morgen früh in Wien sein. Ich kann Ihnen anbieten, unser Personal zu fragen, ob es etwas bemerkt hat.«

»Das wäre wunderbar, Frau von Stein, und würde uns sehr helfen. Rufen Sie mich bitte einfach unter dieser Nummer zurück. Ich bin jederzeit für Sie erreichbar.«

»Das mache ich. Ich muss jetzt auflegen, mein Mann kommt gleich. Es tut mir sehr leid um Severin. Er war ein wirklich netter Junge. Möge er in Frieden ruhen.«

Karl hörte das Klicken, als sie auflegte.

Das Gespräch hatte ihn nicht wirklich weitergebracht. Vielleicht konnten die Angestellten ja etwas Sinnvolles beitragen.

Er tippte Lauras Nummer ein und wurde nach mehrmaligem Klingeln auf die Mailbox umgeleitet. Karl atmete tief durch. Er überbrachte ungern schlechte Nachrichten. Aber er musste Laura darüber informieren, dass Marina Kozerowska an die Öffentlichkeit gegangen war, beim denkbar schlechtesten Sender. Nach dem Piepton begann er zu erzählen.

KAPITEL 14

»Hallo, mein Süßer, da bist du ja.« Bo sprang wie wild geworden an Lauras Beinen hoch. Sie hockte sich zu ihm. Der Rüde legte sich auf den Rücken und ließ sich hechelnd den Bauch kraulen.

»Er hat dich vermisst, ist den ganzen Abend vor der Haustür gesessen und hat gewartet, dass du kommst«, sagte Anna.

»Ich weiß, ich hatte ein ganz schlechtes Gewissen. Ich habe die Leute immer verurteilt, die sich einen Hund zulegen, aber nicht genug Zeit haben, sich um ihn zu kümmern. Danke, Anna, wirklich.«

Laura hatte sich nach dem Besuch bei Magnus Kusch gleich auf den Weg zu Anna gemacht und ist nicht ins Büro gefahren. Sie musste Bo einfach holen, ihren kleinen Energiespender. Sie wusste, dass sie nicht besonders gut aussah. Der Wechselpulli, den sie anhatte, roch leicht nach Schweiß und ihre Haare glänzten etwas fettig.

Natürlich entging Anna das nicht. »Geht's dir gut? Du siehst irgendwie krank aus.« Anna legte Laura den rechten Handrücken an die Stirn. »Du fühlst dich heiß an, und blass bist du auch. Kann es sein, dass du etwas ausbrütest?«

Laura griff sich selbst an die Stirn. Es stimmte, sie war wirklich warm, und sie bemerkte, wie schwach sie sich fühlte. »Ich hoffe nicht. Ich hatte einfach einen wirklich anstrengenden Vormittag. Ich war Papa besuchen. Er war wieder so gut wie nicht ansprechbar, und danach hatte ich ein ziemlich einschüchterndes Gespräch mit dem Vater von Severin Kusch, der mir absolut verständlich gemacht hat, was er von mir hält. Geschlafen habe ich auch nicht gut. Es kommt wahrscheinlich gerade alles zusammen.«

Anna sah Laura besorgt an. Diesen Blick hatte sie schon als Kind sehr gut beherrscht.

»Du könntest eine heiße Dusche und ein paar Stunden Schlaf vertragen. Ich lege dir frische Sachen von mir heraus und mache uns etwas zu essen. Beziehungsweise werde ich uns etwas bestellen. Du weißt ja, wie es um meine Kochkünste bestellt ist.« Anna zwinkerte Laura zu. »Worauf hast du Lust? Chinesisch, Italienisch, Thai?«

Laura konnte beim besten Willen nicht an Essen denken. Sie hatte ein flaues Gefühl im Magen.

»Okay, ich sehe schon, Hunger hast du gerade nicht. Ich werde trotzdem etwas bestellen. Schlaf ein bisschen, dann schauen wir, ob der Hunger kommt.«

Obwohl sich Laura gerade nichts Schöneres vorstellen konnte, als ein paar Stunden frisch geduscht und seelenruhig zu schlummern, wusste sie, dass sie dafür zu viel Arbeit auf dem Tisch hatte. Sie hörte auf, Bo hinter den Ohren zu kraulen, und stemmte sich langsam vom Boden auf. »Anna, das ist lieb von dir, aber …«

Sie musste sich an der Wand abstützen, denn ihr wurde schwindlig und schwarz vor Augen.

»Keine Widerrede! Du kannst dich ja nicht einmal mehr auf beiden Beinen halten. Du musst dich auskurieren. Ich werde Karl anrufen und ihm die Lage erklären.«

Laura wusste, dass sie gegen Anna nicht die geringste Chance hatte. Deswegen versuchte sie gar nicht erst, auf die Wichtigkeit des Falls zu beharren, und ließ sich von Anna ins Bad führen. Sie schaffte es mit letzter Kraft, schnell zu duschen, ließ sich von Anna in einen weichen, hellblauen Flanellpyjama helfen und ging langsam ins Schlafzimmer. Ihr wurde bewusst, dass sie zum ersten Mal in Annas Schlafzimmer war. Auf dem Nachtkästchen stand ein Glas Wasser, und eine Aspirin lag bereit. Das Bett sah unglaublich einladend aus.

Anna holte Bos Körbchen und legte es an den Fuß des Bettes. Bo rollte sich sofort ein und grunzte wie ein zufriedenes Meerschweinchen. Sofort fiel Laura in einen tiefen Schlaf.

*

Anna hatte gewusst, dass sich die Sache nicht gut auf Lauras Gesundheit auswirken würde. Leise schloss sie die Tür zum Schlafzimmer und ging in die Küche. Sie hatte selbst keinen allzu großen Hunger, beschloss jedoch trotzdem, zwei Tiefkühlpizzen für später vorzubereiten. Die würde man leicht in der Mikrowelle aufwärmen können.

Sie hatte zuvor Lauras Handy an sich genommen und schaute auf das Display: vier Anrufe in Abwesenheit von Karl und eine Voicemail. Sie wählte die Nummer von Lauras Kollegen.

Vor dem ersten Klingeln hob Karl ab: »Laura, wo steckst du denn? Ich habe schon hundert Mal versucht, dich zu erreichen. Magnus Kusch ist da. Du kannst dir ja vorstellen, wie der drauf war. Jetzt sitzt er seit zwei Stunden im Büro vom Chef und es ist ziemlich ruhig. Ich bin gespannt, was der alte Farkas für Trümpfe ausspielt, um Kusch zu besänftigen.«

Karl Suchanek – ein Hitzkopf durch und durch. Auch wenn Anna ihn lange nicht mehr gesehen hatte, konnte sie sich bildlich vorstellen, wie er wild gestikulierend durch sein Büro tigerte.

»Karl, ich bin's, Anna. Sorry, dass du jetzt dein ganzes Pulver verschossen hast, aber es war mir unmöglich, dich in deinem Redeschwall zu bremsen. Aber gut zu hören, dass du für deine Fälle immer noch so brennst.«

»Ach, Anna, du.« Karl sprach in einem kühlen Ton weiter. »Warum hast du Lauras Handy? Ist ihr etwas passiert?«

Anna hatte längst bemerkt, dass Karl sich sowohl beruflich als auch privat ein bisschen zu sehr um Lauras Wohlergehen sorgte. Sie konnte die Blicke gut deuten, die Karl Laura zuwarf, wenn sie gerade nicht hinsah. Mit ihrer Vermutung konfrontiert hatte sie Laura aber nicht. Das sollten die zwei schön untereinander ausmachen.

»Na ja, sagen wir mal so: Ihr geht es nicht besonders. Ich glaube, da ist eine Grippe im Anmarsch. Sie kam vorhin bei mir an und wollte Bo abholen, wäre mir aber fast umgekippt. Sie liegt im Bett und schläft. Nichts Ernstes, aber sie braucht unbedingt Ruhe.« Anna legte eine kurze Pause ein. »Karl, ich glaube, der Fall beschäftigt Laura sehr, und das meine ich nicht im Positiven. Sie war heute früh ihren Vater besuchen, sein Zustand hat sich wohl verschlechtert. Und dieser Magnus Kusch hat ihr anschließend ordentlich zugesetzt. Sie ist einfach zu feinfühlig, um sich solchen Dingen allein zu stellen.«

Karl räusperte sich.

»Ich verstehe deine Sorge, Anna, und ich sehe das genauso. Es war viel für sie, sich direkt aus ihrem Urlaub in diesen brisanten Fall zu stürzen. Ich werde zusehen, dass ich sie stärker entlaste, wenn dich das beruhigt. Aber unterschätz sie nicht. Laura ist in den letzten Jahren viel stärker geworden, auch wenn sie das manchmal selbst nicht sieht.«

Dass Karl sich anmaßte, Laura besser zu kennen als sie selbst, ärgerte Anna. Dennoch sagte sie ruhig: »Ja, das ist mir natürlich auch aufgefallen. Trotzdem können Kleinigkeiten sie aus der Bahn werfen. Ich muss dich nicht daran erinnern, in welchem Zustand sie nach dem Fall Brach war. Ich bitte dich nur, ein bisschen aufzupassen. Tschüss, Karl.«

Anna legte auf, ehe Karl etwas erwidern konnte. Er mochte sie nicht, aber das war ihr egal. Sie hatten sich am Ball der Wiener Polizei kennengelernt. Laura hatte damals die absurde Idee gehabt, sie beide miteinander zu verkuppeln. Dieser Versuch war nach hinten losgegangen, beide hatten auf den ersten Blick gewusst, dass die Chemie nicht stimmte. Sie hatte per se nichts gegen ihn. Er war in ihren Augen einfach ein weiterer Mann, der sich nicht im Griff hatte und seine Männlichkeit bei der Polizei beweisen musste. Er hatte damals sogar versucht, sie mit seiner Boxerei zu beeindrucken. Gewaltverherrlichende Sportarten wie Boxen widerten Anna an. Deswegen blieb es bei Höflichkeitsfloskeln.

Anna vermutete auch, dass Karl sich daran störte, dass Laura in ihr eine wichtige Bezugsperson sah. Männer! Unglaublich.

Sie ging leise Richtung Schlafzimmer und öffnete die Tür einen Spalt breit.

Laura und Bo schlummerten seelenruhig. Sie bekam doch Lust auf eine Pizza.

KAPITEL 15

Wie jeden Mittag seit sechs Monaten wachte Lukas durch die lärmenden Bohrgeräusche von der Baustelle gegenüber auf. Die Flasche Whisky, die er jeden Abend kippte, und das Heroin, das er nahm, schenkten ihm wenigstens für ein paar Stunden komatösen Schlaf. In dieser Zeit würde er nicht einmal merken, wenn ihn jemand ausrauben würde. Sein Schädel fühlte sich am Morgen nicht mehr so schlimm an. Jimmy hatte recht. Irgendwann gewöhnte sich der Körper daran. Im Zweifel half sowieso ein Reparaturbier.

Heute schrie sein Körper förmlich danach. Er schnappte sich eines aus der Kiste neben seiner Matratze, öffnete es mit seinem Feuerzeug und trank die Flasche mit großen Schlucken zur Hälfte aus. Anschließend rülpste er laut und nahm seine Zigaretten. Das Bier war wieder teurer geworden. Natürlich wären Dosen um einiges günstiger. Aber die Flaschen gaben ihm das Gefühl, wenigstens einen kleinen Teil seines Lebens im Griff zu haben. Sein Vater hatte immer gesagt, nur Penner würden Bier aus Dosen trinken. Der Spruch hatte sich in sein Gehirn eingebrannt. Und er wollte kein Penner sein. Ein Junkie und Alkoholiker womöglich, aber kein Penner.

Er zündete sich eine Zigarette an und lehnte sich, auf der Matratze sitzend, mit dem Rücken an die Wand. Die Bierflasche stellte er auf den Boden.

Er wohnte in einem Drecksloch. Der Schimmel hatte sich von der Küche aus über die ganze Wohnung ausgebreitet, was sich beim Betreten der Bude sofort am Geruch bemerkbar machte. Die Wände waren so dünn, dass die Nägel, die der Nachbar in die Wand geschlagen hatte, bei Lukas wieder herauskamen. Anscheinend hatte der Kerl viele Dinge an die Wand zu nageln. Lukas' rechte Wohnzimmerwand sah aus wie eine Dartscheibe von hinten, durchzogen von kleinen und großen Löchern. Sein anderer Nachbar, Fat Jimmy, saß vor dem Fernseher und sah sich eine dieser blöden amerikanischen Quizshows an. Lukas konnte jedes Wort durch die Wand verstehen. In der Küche türmten sich Berge von schmutzigem Geschirr, die Fliegen kreisten um die Reste einer Salamipizza auf dem Küchentisch. Die leeren Bierflaschen lagen achtlos in der Badewanne, die gefährlich voll war. Er musste die Flaschen endlich zurückbringen, damit etwas Geld reinkam.

Er war drauf und dran, auf seiner alten Matratze in der versifften Wohnung den Tag wie jeden anderen zu beginnen – aber etwas hatte sich verändert. Gestern hatte er Besuch bekommen – das vermutete er jedenfalls. Lukas drückte seine Zigarette auf dem Boden aus, nahm die halb volle Bierflasche in die Hand und stand auf. Er musste pissen. Ihm war etwas schwummrig. Das passierte manchmal – ein Anfängerfehler. Er durfte nicht so schnell aufstehen. Lukas wankte zur Toilette, zog seine Boxershorts hinunter und ließ sich auf den Toilettensitz plumpsen.

Sie hatte gestern geklingelt, als er sich gerade einen Schuss gesetzt hatte. Er war neugierig gewesen. Außer vom fetten Jimmy bekam er nie Besuch. Er hatte die Tür geöffnet und da hatte sie gestanden. Er hatte sie nicht erkannt, sie ihn jedoch sehr wohl.

Wenn er sich nur besser erinnern könnte. Lukas leerte das Bier und stellte es zu den anderen leeren Flaschen in die Badewanne. Zunächst hatte er gedacht, er würde halluzinieren. Das Zeug, das Jimmy ihm verkauft hatte, war ziemlich stark. Er döste auf seiner Matratze dahin, schlief immer wieder ein. Schemenhaft erinnerte er sich daran, dass sie sich in der Wohnung umgesehen hatte. Er hatte gedacht: *Falls du mich ausrauben willst, hast du dir den Falschen ausgesucht.* Bei ihm gab es nichts zu holen.

Sie hatte sich zu ihm auf die Matratze gesetzt und sich eine seiner Zigaretten angesteckt. Er bildete sich sogar ein, dass sie ihm über die Haare gestrichen hatte. Instinktiv bewegte sich seine Hand Richtung Kopf, als ob er selbst über die Stelle streichen wollte. Dann schlug er sich zweimal hart auf den Kopf. »Erinnere dich!«

Es war zwecklos, er vergaß so gut wie alles, wenn er auf einem Trip war. Sie war direkt vor ihm auf der Matratze gesessen und hatte geraucht, und doch war es Lukas so vorgekommen, als hätte sie sich zehn Meter von ihm entfernt befunden. Einzig ihre langen braunen Haare waren ihm im Gedächtnis geblieben. Sie hatte etwas von Ungerechtigkeit und von Dieben gesprochen. Am Ende hatte sie einen Zettel aus ihrer Handtasche geholt, ihn auf den Küchentisch gelegt und war gegangen.

Richtig, der Zettel!

Lukas sprang vom Klo auf, aber ein stechender Schmerz in seinem Kopf zwang ihn, sich wieder zu setzen. Er musste sich kurz am Rand der Badewanne abstützen, die Boxershorts immer noch an den Knöcheln. Ein Joint könnte Abhilfe schaffen, Lukas würde gleich bei Jimmy vorbeischauen.

Langsam stand er auf, zog sich die Hose hoch und ging

schlurfend in die Küche. Da klemmte tatsächlich ein Zettel unter der Pizzaschachtel. Lukas schnappte sich den Karton und warf ihn achtlos aus dem Fenster, unter dem der Innenhof lag. Er nahm den Zettel, ging zurück auf die Matratze und öffnete ein weiteres Bier.

Wir sind beide Opfer unserer Vergangenheit. Doch ich werde Gerechtigkeit schaffen. Achte auf mein Zeichen, stand auf dem Zettel. Er drehte ihn um, und auf der Rückseite entdeckte er in kleiner Schrift das Wort »fur«.

Was sollte das bedeuten, wer oder was war »fur«? Könnten das die Initialen dieser geheimnisvollen Frau sein? Woher wusste sie über seine Vergangenheit Bescheid? Eigentlich war es ihm vollkommen egal. Sein Alter war nicht mehr da, hatte sich ins Grab gesoffen, nachdem seine Mutter die Familie verlassen hatte. Seine Mutter war eine schwache Frau gewesen, ein Mauerblümchen, stets darauf bedacht, ihrem Mann ja nicht zu widersprechen. Sie hatte sich von ihm schlagen lassen und keinen Ton gesagt, als er damit anfing, Lukas zu foltern, seine Zigaretten auf seinen Armen auszudrücken oder ihm mit dem Gürtel den Hintern zu versohlen. Sie hatte alles still über sich ergehen lassen. Lukas hatte sich am Anfang gewehrt, aber schnell gemerkt, dass er gegen diesen großen Mann keine Chance hatte. Und irgendwann war er einfach still geworden wie seine Mutter. Nur sie hatte es geschafft, zu entkommen.

Der Alte hatte sich nicht besonders geschickt angestellt. In der Schule hatte man sofort gesehen, was mit Lukas geschehen war. Das Jugendamt nahm ihn mit und steckte ihn in eine Pflegefamilie. Dort hatte er es nicht lange ausgehalten. Er fand Freunde im Park, die ihm Geld gaben, wenn er Geschäfte für sie erledigte. Er fing an, Drogen zu verkaufen und selbst zu konsumieren. So hatte das Schicksal seinen Lauf genommen.

Erneut diese bohrenden Kopfschmerzen. Er zerknüllte den Zettel und warf ihn achtlos zu den Zigarettenkippen auf den Boden. Es war jetzt wirklich höchste Zeit für den Joint. Die Geräusche aus der Nachbarwohnung ließen darauf schließen, dass Fat Jimmy gerade einen ziemlich brutalen Porno oder Horrorfilm ansah. Vielleicht sollte er ein paar Minuten warten. Er leerte das zweite Bier, diesmal in einem Zug, rülpste laut und schloss die Augen. Gerechtigkeit – pff! Als wüsste eine wildfremde Person, was ihm Gerechtigkeit verschaffen könnte. Und welches Zeichen? Wie sollte er das erkennen? Er konnte jetzt nicht schlafen, zu viele Gedanken kreisten in seinem Kopf herum. Er hasste dieses Gefühl. Er musste sein Hirn ausknipsen. Lukas lauschte, das laute Stöhnen und Schreien aus der Nachbarwohnung war verstummt. Er schnappte sich zwei weitere Bierflaschen aus der Kiste, zog sich eine Jogginghose über seine Boxershorts und verließ die Wohnung.

Fat Jimmy mochte nicht, wenn man einfach so bei ihm hereinplatzte, auch wenn seine Wohnungstür nie verschlossen war. Lukas klopfte dreimal laut gegen die Tür. »Jimmy, ich bin's.«

Jimmy grunzte – sein Zeichen, dass Lukas eintreten durfte. Der Dealer saß wie immer in seinem Fernsehsessel, obwohl man, genau genommen, nicht von sitzen sprechen konnte. Es wirkte eher, als wäre Jimmy mit diesem verschmolzen. Der Mann machte seinem Spitznamen alle Ehre, und Lukas war sich nicht sicher, ob Jimmy es schaffen würde, sein enormes Gewicht in eine stehende Position zu hieven. Das war ihm auch egal. Er sah, dass Jimmy sich gerade einen Joint drehte.

»Hey, Jimmy, darf ich mitrauchen? Dieses Scheißkopfweh! Am liebsten würde ich mir den Schädel wegschießen«, erklärte Lukas.

Jimmy zündete wortlos den Joint an, inhalierte tief und gab ihn Lukas, der es sich bereits auf der Couch gemütlich gemacht hatte.

»Danke, Jimmy, bist der Beste. Alles gut bei dir? Die Geschäfte laufen? Kann ich mal wieder was für dich erledigen? Ich bräuchte ein bisschen Geld.«

Jimmy war in der Szene bekannt. Da er seinen Kunden ungern seine Wohnadresse gab, brauchte er von Zeit zu Zeit jemanden, der das Zeug auslieferte. Jimmy nickte kurz. Er war nie ein Freund vieler Worten gewesen und benutzte seinen Mund so gut wie ausschließlich zum Essen und Kiffen.

»Geht klar, sag mir nur, wann und wo. Ähm, Jimmy, hast du gestern mitbekommen, dass ich Besuch bekommen habe? Da war so eine Frau, die irgendwas gefaselt hat. Ich war da aber schon drauf und kann mich an fast nichts mehr erinnern. Nur daran, dass sie lange braune Haare hatte.«

Jimmy hörte auf, sich Chips in den Mund zu schaufeln, und sagte nuschelnd: »Du hast ziemlich geschrien. Irgendwas von: Dein Leben ist eine einzige Lüge, du willst Gerechtigkeit, dieser reiche Schnösel blablabla. Habe den Fernseher lauter gedreht, hat mich genervt.« Jimmys Hand glitt wieder in die Chipstüte.

Anscheinend hatte Lukas sie gestern doch richtig verstanden. Sein Leben sei eine einzige Lüge? Was hatte er damit gemeint? Langsam setzte die Wirkung des Joints ein. Die Gedanken beruhigten sich, die Erinnerungen an den Besuch der Frau schwebten in Watte gepackt aus seinem Kopf. Was immer es war, es änderte nichts. Niemand würde jemals ändern können, was man ihm angetan hatte. Gerechtigkeit gab es für ihn nicht. Er hatte sich mit seinem Leben abgefunden. Lukas döste langsam ein.

KAPITEL 16

Karl war beunruhigt. Er hatte nicht damit gerechnet, dass der Fall Laura so mitnehmen würde. Hatte er Warnsignale übersehen? Intuitiv griff er nach seinen Zigaretten, nahm zwei aus der Schachtel und steckte sich eine hinter das rechte Ohr. Die andere behielt er in der Hand. Die Raucherei war schlimm geworden. Früher war er ein typischer Gelegenheitsraucher gewesen, hatte sich ab und zu mal eine nach dem Essen oder am Wochenende zu einem Bier in geselliger Runde gegönnt und leicht ein paar Tage ohne eine einzige Zigarette ausgehalten. Seit circa vier Jahren wuchs sein Konsum von Tag zu Tag.

Vor allem wenn er sich Sorgen machte, verspürte er das Verlangen nach einem Glimmstängel – oder zwei. Es war inzwischen richtig kalt geworden, der Winter hatte in Wien Einzug gehalten. Karl schnappte sich seine Jacke und machte sich auf den Weg zur Dachterrasse im vierten Stock. Nicht weit von seinem Büro entfernt gab es zwar auch ein Raucherzimmer, aber vor diesem ekelte er sich. Jeder, der diesen Raum verließ, roch, als wäre er in einen Aschenbecher gefallen.

Karl betrat den Aufzug und drückte den Knopf.

Ihm war nicht wohl bei dem Gedanken, dass Anna Lauras Handy hatte. Er wusste, dass sie Lauras älteste Freundin war und die beiden eine besondere Beziehung hatten. Er war sich jedoch nicht im Klaren darüber, wie Anna diese Beziehung sah. Sobald sie einen Raum betrat, füllte sie diesen aus.

Ihre Aura war unglaublich einnehmend, was Karl nicht unbedingt positiv auffasste. Anna hatte stets das Bedürfnis, Laura zu beschützen, und nahm ihr damit manchmal den Wind aus den Segeln. Sobald Lauras Selbstbewusstsein ein bisschen zu wachsen schien, stand Anna parat, um es zu untergraben. Nicht in böswilliger Absicht. Dennoch tat sie es. Sie wusste, welche Knöpfe sie bei Laura drücken musste.

Es war sehr windig heute und die Dachterrasse Gott sei Dank menschenleer. Karl lehnte sich an das Geländer.

Er sollte sich nicht auf Laura konzentrieren. Wichtig war der Fall, bei dem sie nicht weitergekommen waren. Magnus Kusch hatte das Büro des Leiters heute um 16 Uhr verlassen und dabei nicht mehr allzu wütend gewirkt. Wie Farkas das wohl fertiggebracht hatte? Es war schwer vorstellbar, dass der Leiter des LKA es auf der emotionalen Schiene versucht hatte – nein, da wurden irgendwelche krummen Dinger gedreht. Auch das sollte Karl im Moment nicht beschäftigen. Hauptsache, sie konnten in Ruhe arbeiten.

Die Medien wussten Bescheid. Es war eine Frage der Zeit, bis auch Farkas vor die Kameras treten musste. Bis dahin würden sie hoffentlich einen Schritt vorankommen. Karl musste sich auf seinen Besuch bei Sophie Kusch vorbereiten. Eigentlich hätte sie heute mit ihrem Freund zu einer zweiwöchigen Kubareise aufbrechen sollen, doch die Pläne hatten sich abrupt geändert. Stattdessen war sie den ganzen Tag von der Nachricht über den Tod ihres Bruders erschüttert gewesen. Karl fröstelte bei dem Gedanken, wie sie die schreckliche Nachricht erfahren hatte. Völlig aufgelöst hatte sie ihn am Nachmittag angerufen.

Er hatte der Schwester des Opfers sein Beileid ausgesprochen und ihr versprochen, alles zu tun, um den Mord an ihrem Bruder aufzuklären.

Sophie Kusch hatte eine angenehme Stimme, nicht so forsch wie die ihres Vaters. Karl wusste, dass er sie so schnell wie möglich befragen musste. Nachdem sie sich einigermaßen beruhigt hatte, hatte sie ihm angeboten, noch am selben Tag vorbeizukommen. Sie war bei ihrem Freund. Karl sollte um 17 Uhr kommen.

Er hatte ein gutes Gefühl, was Sophie Kusch betraf. Es schien ihm, als wäre sie die Einzige, die einen Draht zu ihrem Bruder gehabt hatte. Er drückte die erste Zigarette aus und holte die zweite hinter seinem Ohr hervor. Er musste unbedingt mit Victoria Kusch, der Mutter, sprechen. Eigentlich hatte er angenommen, dass Laura sie bereits auf dem Kusch-Anwesen angetroffen und befragt hätte. Bis jetzt war Victoria Kusch für ihn nicht greifbar gewesen. Er hatte nur einige Bilder gesehen: Sie war eine attraktive Frau, auch wenn ihre harten Gesichtszüge einen Anflug von Verbitterung ausstrahlten. Sie hatte wie ihre Tochter langes braunes Haar und smaragdgrüne Augen. Generell fiel ihm auf, dass sich die beiden Kusch-Frauen sehr ähnlich sahen.

Jetzt ging es ihm besser, die Pause hatte gutgetan. Er war so in Gedanken versunken gewesen, dass er gar nicht bemerkt hatte, dass mittlerweile Schnee fiel. Zwar nur leicht, aber trotzdem breitete sich ein Schleier der Ruhe und Besinnlichkeit über dem LKA aus. Von der Dachterrasse aus konnte man einen guten Teil davon überblicken. Es war bereits dunkel geworden, in einigen Fenstern brannte Licht. Die Kollegen saßen strebsam hinter ihren Schreibtischen. Gerade in der Vorweihnachtszeit häuften sich die Verbrechen.

Die Tür zur Dachterrasse wurde laut aufgestoßen und die Ruhe war mit einem Schlag wie weggeblasen.

»Hier stecken Sie also, Suchanek! Ich hätte fast einen Suchtrupp losgeschickt.« Farkas grinste. Anscheinend war seine Laune so gut, dass er zu Witzen aufgelegt war.

»Ich musste nur kurz meine Gedanken ordnen. Hier oben habe ich Ruhe – normalerweise«, entgegnete Karl kühl.

»Ah, Ruhe brauchen Sie also. Na, ich hoffe, dass dieses Gedankenordnen etwas mit Ihrem Fall zu tun hat. Mein Gespräch mit Magnus Kusch war sehr unangenehm. Ich habe es trotzdem geschafft, die Kohlen aus dem Feuer zu holen. Ich habe ihm erklärt, dass die Zeugin trotz unserer strikten Anweisung zur Verschwiegenheit den Namen des Toten ausgeplappert hat. Und dass sie mit Konsequenzen rechnen muss. Das hat er verstanden.«

Und dafür habt ihr zwei Stunden gebraucht?, dachte Karl.

»Es ist jetzt nur wichtig, dass Sie und Frau Sturm mir sofort Bericht darüber erstatten, wenn es einen Fortschritt im Fall Severin Kusch gibt. Ich will jeden Nachmittag einen Bericht über den gesamten Tag auf meinem Schreibtisch haben. Und ich glaube, Ihnen ist klar, dass in diesem Bericht jedes Gespräch, jedes Telefonat, ja, jede Raucherpause, die Sie einlegen, dokumentiert sein muss.«

Karl spürte die Wut hochkommen, er ballte die Fäuste. Woher das plötzliche Interesse an dem Fall? Was stellte er mit all den Informationen an?

»Herr Farkas, Ihre Bitte in allen Ehren, nur weiß ich beim besten Willen nicht, wie wir die Zeit aufbringen sollen, jeden Tag einen derartigen Bericht zusammenzuschreiben. Das nimmt uns unglaublich viel Kapazität weg, die wir für die Ermittlungen benötigen. Vielleicht könnten Sie ja …?«

»Papperlapapp, Schluss jetzt. Das war keine Bitte, das war eine dienstliche Anordnung. Und ich denke, wir starten damit heute. Wenn Sie gleich anfangen, sind Sie rasch fertig. Legen Sie mir den Bericht einfach auf meinen Schreibtisch.«

Mit diesen Worten stürmte er davon und ließ Karl stehen. Der Schneefall wurde stärker, doch er konnte sich nicht bewegen. Er hatte Angst, dass sich seine Wut sofort entladen würde. Wenn ihm in den nächsten Sekunden nicht etwas einfiel, würde er gegen etwas treten müssen. Und die Terrassentür sah sehr einladend aus. Karl schloss die Augen und versuchte es mit Atemübungen – keine Chance! Er schlug mit seiner Faust so hart gegen die Wand, dass seine Fingerknöchel anfingen zu bluten. Dann dachte er an Laura, an ihre beruhigenden Worte, an ihr schüchternes Lächeln, die blonden Haare, die sich regelmäßig aus ihrem Zopf lösten.

Sein Atem fand zurück zu einem ruhigeren Rhythmus. Er bemerkte, dass seine Kleidung trotz der Jacke ziemlich durchnässt war. Außerdem musste er seine Hand desinfizieren. Er würde sich wohl oder übel heute noch an den Bericht setzen und den Termin mit Sophie Kusch verschieben müssen. Karl nahm einen tiefen Zug, drückte die zweite Zigarette aus und bat seine Sekretärin per Chatnachricht, einen Termin mit Victoria Kusch für den morgigen Tag auszumachen. Morgen konnte er Laura mitnehmen und mit ihr besprechen, wie sie weiter vorgehen wollten. Er würde sie bitten, mit Farkas zu sprechen. Farkas mochte Laura, vielleicht kam ihnen das zugute.

Karl machte sich auf den Weg zurück in sein Büro. Der Termin mit Victoria Kusch war inzwischen von seiner Sekretärin bestätigt worden – für morgen Nachmittag, auf ihrem Anwesen. Anschließend versuchte er es noch einmal bei Laura. Er gelangte sofort zu ihrer Mailbox. Anna hatte Lauras Handy abgeschaltet. Falls Laura sich nicht mehr melden würde, würde er die Sache selbst in die Hand nehmen und gleich morgen früh bei ihr vorbeifahren. Er zog die nasse Jacke aus und legte sie zum Trocknen über den Heizkörper. Dann nahm er den Erste-Hilfe-Kasten aus seiner Schreibtischschublade und verarztete seine Hand. Er würde bald neue Mullbinden brauchen.

KAPITEL 17

Laura öffnete die Augen. Bos lautes Schnarchen hatte sie geweckt, und kurz hatte sie gedacht, sie befände sich im Haus. Dieser schöne Gedanke hielt nur für einen Moment an. Sie drehte sich zur Seite und sah Anna dicht neben sich liegen. Es war dunkel im Zimmer, die Digitaluhr auf Annas Nachttisch zeigte 5.21 Uhr an. Laura hatte fast 16 Stunden geschlafen. Bo lag friedlich und zusammengerollt in seinem Körbchen. Laura fühlte sich ein bisschen wackelig auf den Beinen, ihr Kopf war jedoch hellwach. Sie hatte so gut geschlafen wie lange nicht mehr, traumlos. Das hatte geholfen.

Leise stieg sie aus dem Bett, um Anna und Bo nicht zu wecken. Sie nahm Annas Bademantel vom Sessel vor ihrem Schrank, streifte ihn über ihren Pyjama und verließ langsam das Schlafzimmer.

Ihr Magen machte sich bemerkbar und knurrte laut. Hoffentlich hatte Anna irgendetwas Essbares im Kühlschrank. Sie fand eine Pizza, die ihr das Wasser im Mund zusammenlaufen ließ. Laura schnitt sich ein großes Stück ab, legte es auf einen Teller und stellte ihn in die Mikrowelle. Es war recht kalt, Anna hatte anscheinend die Heizung runtergedreht. Fröstelnd schaltete Laura die Kaffeemaschine ein und stellte die kleine Heizung neben dem Fenster auf die höchste Stufe. Ihre Füße waren nackt. Sie schlich leise ins Wohnzimmer und fand zu ihrer großen Verwunderung Schlapfen unter dem Couchtisch. Laura hätte Anna nicht für einen Schlapfentyp gehalten. Annas Hausschuhe waren ihr etwas zu klein, aber besser als nichts. Als sie zurück in die Küche trat, roch es nach Kaffee und Pizza – eine herrliche Mischung an diesem Morgen.

Mit Kaffee und Pizza setzte sie sich an den Küchentisch. Wo war ihr Handy? Sie konnte sich nicht erinnern, es gestern aus ihrer Tasche genommen zu haben. Anna hatte ihr gesagt, dass sie Karl Bescheid geben wollte. Wahrscheinlich hatte sie es genommen. Laura war Anna sehr dankbar. Nicht auszudenken, was hätte passieren können, wäre sie gestern in ihrem Zustand ins Büro gefahren. Gestärkt durch die Pizza und den Kaffee, fühlte sie sich viel besser. Sie wollte nach Hause. Laura wusste, dass Anna üblicherweise spät zu Bett ging und spät aufstand. So lange wollte sie nicht warten.

Sie stellte den schmutzigen Teller in die Spüle, trank ihren Kaffee aus und ging ins Bad. Dort hängte sie den Bademantel an seinen Haken und zog ihre Klamotten von gestern an, die fein säuberlich zusammengelegt auf der Waschmaschine lagen. Sie rochen immer noch leicht nach Schweiß, aber sie würde zu Hause sowieso duschen.

Leise schlich sie zurück ins Schlafzimmer. Anna schlief wie ein Stein, sie atmete ruhig und gleichmäßig. Laura fand ihr Handy auf Annas Nachttisch, der Akku war wohl leer. Es war ausgeschaltet. Sie streichelte Bo sanft über den Rücken und nahm ihn auf den Arm. Er brauchte immer ein paar Minuten, um aufzuwachen, und um diese Uhrzeit schlummerten sie beide normalerweise seelenruhig. Er lag schwer in Lauras Armen und ließ die Zunge aus dem Maul hängen. Annas Schlafzimmer lag im zweiten Stock ihrer Maisonettewohnung, Laura schlich auf Zehenspitzen die Stufen hinunter und setzte Bo auf dem Boden ab.

Er schüttelte sich und wurde langsam zu dem lebhaften kleinen Fellbündel, in das Laura sich auf den ersten Blick verliebt hatte.

Sie schnappte sich Bos Leine, ihre Tasche lag auf dem Boden vor der Eingangstür. Sie steckte ihr Handy hinein, sie würde es im Auto aufladen. Bo wurde unruhiger, er musste raus. Laura nahm ihre Jacke vom Haken und suchte in der Kommode Zettel und Stift.

Danke für alles, Anna, schrieb sie. *Mir geht es schon viel besser! Ich melde mich. Bussi Laura.* Sie schob den Zettel unter die Schale auf der Kommode, in der die Schlüssel aufbewahrt wurden, und machte sie sich auf den Weg zu ihrem Auto. Es hatte gestern heftig zu schneien begonnen, sodass sie Schwierigkeiten hatte, unter all den eingeschneiten Autos ihr eigenes zu finden.

Als sie angekommen war, wickelte sie den durchnässten Bo in ein Handtuch und verfrachtete ihn auf die Rückbank. Danach holte sie einen kleinen Handbesen aus dem Kofferraum und begann, Scheiben und Dach vom Schnee zu befreien. Nach fünf Minuten hatte sie das Gröbste erledigt, ihre Hände waren taub, und sie wollte nicht riskieren, ihren Gesundheitszustand erneut zu verschlechtern.

Sie stieg ein und drehte die Heizung voll auf. Das Auto sprang erst beim vierten Versuch an. Sie steckte ihr Handy an das Ladekabel im Auto an und neben einigen verpassten Anrufen fand sie eine ungelesene Chatnachricht und eine Mitteilung auf ihrer Mailbox. Die Eingang auf der Mailbox war von Karl. Er hatte um 23.44 Uhr versucht, sie zu erreichen.

»Hallo, Laura, ich hoffe, es ist alles okay bei dir. Anna hat mich angerufen und mir die Lage erklärt. Es tut mir leid, wenn ich dich zu sehr unter Druck gesetzt habe. Ich komme erst jetzt aus dem Büro. Farkas hatte den glorreichen Einfall, dass wir ihm jeden Tag einen Bericht über unsere Arbeit vorlegen müssen. Ich habe keine Ahnung, was er sich dabei denkt. Ich habe ihm schnell den neuesten Stand abgetippt, ohne groß auf Details einzugehen – das muss vorerst genügen. Wenn wir solche Berichte jetzt wirklich täglich abliefern sollen, wird das mit der Zeit ziemlich nervig, zumal ja auch nicht jeden Tag etwas Bahnbrechendes passiert. Ich habe kurz in deinem Büro vorbeigeschaut und den Anrufbeantworter abgehört. Das Pflegeheim deines Vaters hat angerufen. Anscheinend haben sie es zuerst auf deinem Handy versucht, dich aber nicht erreicht. Keine Sorge, deinem Vater geht es gut. Sie haben nur gesagt, dass sie eine Pflegerin kontaktiert haben, die damals, als Elisabeth Brach deinen Vater des Öfteren besucht hat, im Dienst gewesen ist. Sie steht zur Verfügung, wenn du Fragen hast. Ich schicke dir ihren Namen und die Telefonnummer. So, das war's fürs Erste, alles Weitere erzähle ich dir, wenn du wieder fit bist. Werde in Ruhe gesund. Ich schupfe den Laden bis dahin allein. Und, Laura, du kannst mir sagen, wenn es dir zu viel wird oder du Hilfe brauchst. Du musst nicht die Heldin spielen. Ich bin für dich da. Ich weiß, dass es dir nicht leichtfällt, den Fall Brach neu aufzurollen, aber ich bin sicher, es wird sich alles schnell klären. Wenn du möchtest, dass ich dich zu dem Termin mit der Pflegerin deines Vaters begleite, mache ich das natürlich gern.« Es folgte eine lange Pause, sodass Laura bereits annahm, Karl hätte aufgelegt, als er zaghaft weitersprach: »Ich weiß, dass du eine starke Persönlichkeit hast, und ich traue dir viel zu. Trotzdem: Pass auf dich auf! Melde dich, wenn es dir besser geht! Übrigens: Ich werde morgen um 10 Uhr bei Sophie Kusch sein.

Die Adresse lautet: Kolschitzgasse 17/6 im 10. Bezirk, falls du es schaffst. Also dann, bis bald!«

Die Nachricht war zu Ende. Laura musste lächeln. Karl machte sich Sorgen um sie. Für so einfühlsam hätte sie ihn gar nicht gehalten. Vielleicht hatte Anna ihren Zustand auch schlimmer geschildert, als er war. Wer wusste das schon? Karl hielt sie für eine starke Persönlichkeit. Das hatte ihr noch nie jemand gesagt. Ein warmes Gefühl breitete sich in Laura aus.

Als sie zurückrief, meldete sich nur die Mailbox. Sie ließ ihn kurz wissen, dass sie sich heute direkt bei Sophie Kusch treffen würden.

Trotz seiner besänftigenden Worte hatte er dafür gesorgt, dass sich ihr Gedankenkarussell wieder zu drehen begann. Der Fall Severin Kusch, der Fall Elisabeth Brach, ihr Vater. Sie musste sich auf die wichtigen Dinge konzentrieren.

Sie checkte ihren Messenger und fand sofort die Nummer der Pflegerin, Sabine Mangold, die Karl ihr geschickt hatte. Auch unter dieser Nummer meldete sich nur die Mailbox. Es war ja erst 6 Uhr. Natürlich lagen die meisten Menschen in ihren Betten, das hatte sie nicht bedacht. Laura bat Sabine Mangold, sie so schnell wie möglich zurückzurufen, und sagte, sie wolle sich gerne heute mit ihr treffen. Zur Sicherheit hinterließ sie ihre Festnetznummer im Büro und legte auf. Laura war fest entschlossen, diesen Fall zu lösen und somit das Kapitel Elisabeth Brach ein für alle Mal zu schließen. Sie wusste nicht, woher ihr plötzlicher Tatendrang kam, aber zum ersten Mal seit langer Zeit fühlte sie sich sehr energiegeladen. Vielleicht lag es an den vielen Stunden ruhigen Schlafes – oder an Karls Worten.

Laura warf einen Blick über die Schulter. Bo war auf der Rückbank eingeschlafen und schnarchte laut vor sich hin. Jetzt aber ab nach Hause, sie brauchte eine Dusche.

KAPITEL 18

Es hatte die ganze Nacht hindurch geschneit. Nachdem er zur Einsicht gelangt war, dass es Stunden dauern würde, sein Auto freizuschaufeln, hatte Karl sich gestern Nacht dazu entschlossen, zu Fuß nach Hause zu gehen. Die Frische hatte ihm gutgetan. Um diese Uhrzeit war kein Mensch auf der Straße gewesen. Die Schneeflocken fielen wie dicke Zuckerwattebausche vom Himmel. Er sollte sich angewöhnen, öfter dem Wetterbericht zu lauschen. Seine Sneakers waren nicht schneefest. Doch trotz der nassen Füße hatte das verschneite nächtliche Wien seinen Zauber. Die Stadt hatte geschlafen, und mit ihr all ihre Probleme.

Lauras Handy war immer noch ausgeschaltet gewesen. Karl hatte ihr eine Nachricht hinterlassen.

Heute in der Früh sah er eine Voicemail von Laura auf seinem Display aufleuchten. Er hörte sie ab. Sie würde ihn heute zu Sophie Kusch begleiten.

Obwohl Karl die langen Arbeitsstunden des gestrigen Tages noch in den Knochen steckten, freute er sich auf den neuen Tag. Leise pfiff er die Melodie seiner Lieblingssongs vor sich hin und spürte, dass sie heute einen weiteren Schritt im Fall Severin Kusch machen würden.

Beflügelt von diesem Gedanken stieg er aus dem Bett und öffnete die Vorhänge. Die Stadt war zum Leben erwacht: Hupende Autos und dick eingepackte Menschen kämpften sich durch die Schneemassen, die am Morgen all ihren Zauber verloren hatten. Etliche Räumungsfahrzeuge waren unterwegs, um die Stadt halbwegs mobil zu machen.

Karl begann für gewöhnlich jeden Tag mit ein paar Kombinationen am Boxsack im Schlafzimmer. Heute war ihm danach, den zwangsweise bevorstehenden morgendlichen Spaziergang zum Büro zu einer Joggingsession umzugestalten. Der Schnee würde eine zusätzliche Herausforderung darstellen, aber jeder einzelne Muskel in seinem Körper schrie nach Bewegung an der frischen Luft.

Er duschte kalt – ein weiteres Ritual, ohne das er nicht in den Tag starten konnte – zog sein Laufgewand an und setzte Kaffee auf. Sein Mitbewohner Stephan kam schlaftrunken in die Küche und ließ sich auf einen freien Stuhl plumpsen. Wie jeden Morgen trug er nichts außer seinem Morgenmantel, der stets ein Stückchen zu weit offen stand. Stephan und Karl hatten sich während ihrer Polizeiausbildung kennengelernt. Stephan hatte wie sein Vater Polizist werden wollen, doch leider waren die Voraussetzungen dafür bei ihm nicht die besten gewesen. Karl konnte sich nicht daran erinnern, dass Stephan eine einzige körperlich anstrengende Übung hatte absolvieren können. Sein Mitbewohner war knappe 1,70 Meter groß und dünn wie Reispapier. Er hatte Angst vor Waffen, scheute jede Konfrontation und versteckte sich bei allen Einsatzübungen hinter seinen Kollegen. Es war seine Intelligenz, die ihn durch das erste Jahr der Ausbildung gebracht hatte. Stephan war unglaublich klug. Karl hatte damals nur Flausen im Kopf gehabt. Er war stark und voller Tatendrang gewesen, hatte jedoch bei den Prüfungen, die polizeiliches Fachwissen betrafen, kläglich versagt. Es war deshalb eine sehr günstige Fügung gewesen, dass Karl und Stephan zueinander gefunden hatten. Sie ergänzten einander und glichen ihre Schwächen aus. Stephan hatte mit Karl Bücher gewälzt, Karl hatte für Stephan einen Trainingsplan zusammengestellt.

Stephan hatte die Ausbildung nie zu Ende gebracht, die Freundschaft war dennoch bis heute bestehen geblieben. Und da beide nicht gern allein lebten, hatten sie beschlossen, zusammen wohnen zu bleiben. Natürlich nur so lange, bis einer von ihnen eine feste Partnerin finden würde. Bis jetzt war dieser Fall nicht eingetreten.

Karl beobachtete, wie Stephan die Arme auf dem Esstisch verschränkte und seinen Kopf darauflegte. »Ich werde mich nie daran gewöhnen, nie, nie, nie! Welcher normale Mensch steht bitte auf, wenn es draußen noch finster ist? Für mich könnte der Winter sich gleich wieder vertschüssen. Das hält ja kein Mensch aus«, nuschelte Stephan.

Karl musste schmunzeln. Stephan hatte eine akademische Laufbahn gewählt, war inzwischen Professor am Institut für Strafrecht und Kriminologie an der Universität Wien und wurde als anerkannter Experte zu Vorträgen auf der ganzen Welt eingeladen. In seinem hellblauen Morgenmantel hätte man ihn für einen zwölfjährigen Jungen halten können, der in die Schule musste.

»Du musst einmal in der Woche ein bisschen früher aus den Federn, Stephan. Sei froh, dass die meisten deiner Vorlesungen erst am Nachmittag sind. Du schläfst sonst eh immer bis 10 Uhr.«

Stephan hob seinen Kopf und warf Karl einen bösen Blick zu. »Hast du eigentlich eine Ahnung, wie es draußen aussieht? Es liegt fetter Neuschnee und ich muss gleich zum Flughafen. Wie soll ich das bitte machen? Am besten, ich lege mich einfach wieder ins Bett und sage meine Teilnahme am Kongress in Singapur ab. Die werden ja noch andere Experten vor Ort haben. Da kommt es auf einen mehr oder weniger nicht an.«

Karl seufzte. Stephans Faulheit war unübertroffen. Manchmal musste er sich vergegenwärtigen, dass er ein erwachsener Mann war, der Termine einhalten und Geld verdienen musste. Diese Situation spielte sich mindestens einmal pro Woche ab und endete stets auf die gleiche Weise: Karl stellte Stephan eine heiße Tasse Kaffee auf den Tisch, hielt ihm einen Vortrag über das Erwachsenenleben und darüber, wie er denn bitte schön seine Miete bezahlen wollte, wenn er den ganzen Tag verschlief und nicht zur Arbeit ging.

Stephan trank dann seufzend einen Schluck von seinem Kaffee, raunzte, dass dieser viel zu schwach sei, schlurfte mit nunmehr fast gänzlich offenem Morgenmantel ins Bad und knallte die Tür hinter sich zu. Dasselbe geschah auch heute.

So musste es sich anfühlen, wenn man Kinder hatte, dachte Karl. Er wartete, bis er das Wasser laufen hörte, packte seine Zigaretten und frische Kleidung fürs Büro in seinen Rucksack, suchte auf dem Smartphone seine Lauf-Playlist heraus und startete los.

Draußen war es kälter als vermutet. Zudem wehte ein eisiger Wind. Obwohl die Gehsteige weitestgehend mit Salz gestreut waren, hatte Karl öfter Schwierigkeiten, sich auf den Beinen zu halten. Aufgrund der niedrigen Temperaturen hatten sich Eisplatten über dem Salz gebildet, sodass Karl seine Entscheidung bereits nach den ersten paar Metern bereute. Keuchend kam er eine halbe Stunde später im Büro an. Sein ganzer Körper pochte und seine Lunge schmerzte bei jedem Atemzug. Er wusste, dass sich in Lauras Büro eine Dusche befand. Nicht selten, nachdem sie im Büro übernachtet hatte, lag am Morgen der Geruch ihres Kokosduschgels in der Luft. Karl klopfte an Lauras Tür – aus Gewohnheit, er wusste eigentlich, dass er sie erst bei Sophie Kusch sehen würde.

Umso erstaunter war er, als er von drinnen ein »Herein« hörte.

Laura saß an ihrem Schreibtisch und tippte auf der Tastatur ihres Computers. Der ganze Raum roch nach Kokosnuss.

Sie hob den Blick und lachte laut auf. »Wie schaust du denn aus, Karli? Dein Kopf ist rot wie eine Tomate.«

Wäre Karl nicht bereits rot gewesen, spätestens jetzt wäre er es geworden. »Laura! Ich hatte nicht erwartet, dass du vor unserem Termin ins Büro kommst. Wie geht's dir?«

Bo schoss unter Lauras Schreibtisch hervor wie eine Kanonenkugel und sprang an Karl hoch. Karl kraulte seinen Kopf, während der Hund ihm über die Finger leckte.

»Komm her, Bo! Ich habe doch gesagt, du sollst auf deinem Platz bleiben.« Immer noch mit dem Schwanz wedelnd trottete Bo zu Laura zurück und legte sich in sein Körbchen. »Mir geht es gut, ich habe nur ein bisschen Schlaf gebraucht. Tut mir leid, wenn du dir Sorgen gemacht hast, tut mir leid, dass ihr euch alle Sorgen gemacht habt. Ich wollte eigentlich in der Früh zu mir nach Hause fahren. Wegen der Schneemassen waren aber so gut wie alle Straßen gesperrt und der Weg ins Büro war um einiges kürzer. Außerdem wollte ich aufarbeiten, was ich gestern verpasst habe.« Laura lächelte Karl neckisch an. »Ich kann dir leider nur mein Kokosduschbad anbieten. Ich weiß, männlich ist anders, aber so kannst du wirklich nicht unter Menschen.«

Karl hatte vollkommen vergessen, warum er überhaupt hergekommen war.

»Ach ja, danke, Laura, ich beeile mich und bringe dich anschließend gleich auf den neuesten Stand.«

Laura war schon wieder ganz in ihren Computer vertieft.

Mit nassen Haaren, aber einem nicht mehr ganz so roten Kopf kam Karl aus der Dusche und ließ sich auf dem Sessel vor Lauras Schreibtisch nieder. Bo kam langsam aus seinem Körbchen auf Karl zu, dabei behielt er Laura stets aus dem Augenwinkel im Blick, um sicherzugehen, dass sie ihn nicht erneut rügte. Karl nahm den Rüden auf seinen Schoß, der sich gleich auf den Rücken fallen ließ und alle vier Beine Richtung Himmel streckte.

»Also, ich habe dir eigentlich alles, was zu sagen war, gestern in meiner Nachricht mitgeteilt. Ich hab dir auch den Bericht auf den Schreibtisch gelegt, den ich für Farkas machen musste, falls du es ganz detailliert haben möchtest.«

»Den habe ich mir bereits durchgelesen, danke dir. Ich werde mit Farkas noch mal über diese Sache reden. Ich denke nicht, dass wir jeden Tag die Ressourcen dafür aufbringen können. Vielleicht hatte er gestern nur einen schlechten Tag. Das Gespräch mit Herrn Kusch war sicher nicht einfach für ihn und irgendwo musste er seinen Frust abladen. Du warst dann seine Zielscheibe.«

Karl musterte Laura. Sie sah viel besser aus als an den vergangenen Tagen. Irgendetwas an ihrem Blick hatte sich verändert. Sie sah entschlossener aus, stärker, selbstbewusster.

»Hat sich die Pflegerin deines Vaters schon bei dir gemeldet?«

Lauras Blick wanderte zur Uhr über der Eingangstür. »Noch nicht, aber es ist ja auch ziemlich früh. Ich werde es sonst heute Mittag noch mal versuchen. Ich würde gerne vorher ein bisschen recherchieren. Holst du mich ab, wenn wir zu Sophie Kusch fahren? Danke.«

Damit war Lauras Aufmerksamkeit bei ihrem Laptop.

Ihr Tatendrang war ansteckend, und Karl stellte mit Verwunderung fest, dass er heute bislang keine Zigarette geraucht hatte.

KAPITEL 19

Laura bestand darauf, selbst zu fahren. Karl konnte kaum hinsehen, wie sie sich durch den starken Verkehr kämpfte: eine Hand auf dem Lenkrad, während sie sich mit der anderen schon das zweite Käseweckerl in den Mund schob. Zwischendurch legte sie es auf ihren Schoß und griff nach dem heißen Kaffee in der Mittelablage. Gott sei Dank waren sie nur im Schritttempo unterwegs. Die Straßen waren zu eisig, um schneller zu fahren.

Laura erzählte mit vollem Mund von ihrem Schwächeanfall, wie liebevoll Anna sich um sie gekümmert hatte und dass sie noch nie so gut geschlafen hatte wie im Bett der Freundin. Karl spürte einen kleinen Stich der Eifersucht, sagte aber nichts. Er war froh, dass es Laura gut ging. Negative Gefühle waren nicht angebracht.

Sie standen an einer roten Ampel, Menschen in dicken Anoraks stapften bei starkem Wind über den Zebrastreifen.

Laura kaute ruhig an ihrem Käseweckerl. »Ich wollte mich noch bei dir bedanken, Karl.«

Karl blickte Laura verwundert an. »Wofür denn?«

Die Ampel schaltete auf Grün, Laura steuerte den Wagen langsam vorwärts und nahm einen Schluck von ihrem Kaffee.

»Dass du an mich glaubst.«

Mehr sagte sie nicht, und Karl traute sich nicht, weiter nachzufragen.

Sie fuhren schweigend weiter, doch war dieses Schweigen keineswegs unangenehm. Karl hatte das Gefühl, dass sie einander noch nie so nah gewesen waren wie während dieser wenigen Minuten im Auto. Beide in Gedanken bei sich, und dennoch miteinander verbunden.

Karl war der Erste, der das Wort ergriff. »Ich würde vorschlagen, du überlässt das Gespräch mit Sophie Kusch mir und hältst dich im Hintergrund. Ich glaube, ich habe am Telefon einen guten Draht zu ihr aufgebaut, und den möchte ich wieder aufnehmen. Ich weiß, dass du sonst solche Vernehmungen führst, aber irgendwie habe ich das Gefühl, ich sollte mir selbst mehr zutrauen.«

Sie lächelten einander zu. »Das ist eine gute Idee, so machen wir es.«

Das Navi verkündete, dass sie ihr Ziel fast erreicht hatten. Laura bog links in die Favoritenstraße im 10. Bezirk ein. Sie hätte nicht im Traum gedacht, dass die Tochter eines der reichsten Österreicher hier wohnte, die Gegend hatte keinen besonders guten Ruf.

Sie fanden direkt vor der angegebenen Adresse einen Parkplatz, der sogar von Schnee befreit war. Er lag an einer belebten Straße, die von zahlreichen Geschäften, Imbissen und Restaurants gesäumt wurde. Orientalische Gerüche lagen in der Luft und die Stimmen der Menschen verschmolzen zu einer einzigen lauten Geräuschkulisse. Trotz der niedrigen Temperaturen wurden vor den Geschäften Obst und Gemüse angeboten, in einem Park tollten Kinder mit ihren Familien im Schnee herum.

Laura war in einem Bezirk aufgewachsen, in dem verschiedene Nationen Tür an Tür gewohnt hatten. Sie fühlte sich sofort wohl. Karl beäugte die Situation um einiges kritischer und sah misstrauisch an der Hausmauer hinauf. »HIER REGIERT DER FAK« und »A.C.A.B.« zierten in Form von Graffitis den Hauseingang. Im kleinen Beisl daneben konnte man dank des lauten Gelächters bereits um diese Uhrzeit auf rege Kundschaft schließen.

»Also, ich hätte mit allem gerechnet, aber das ...!« Karl fehlten die Worte. Laura wusste, dass er dies keineswegs abschätzig meinte. Er hatte lediglich damit gerechnet, dass Sophie in einer schicken großen Wohnung in einem guten Viertel von Wien wohnen würde.

Sie fanden schnell heraus, dass sich der Gemeindebau über weit mehr als sechs Stiegen erstreckte. Nachdem sie zehn Minuten lang erfolglos herumgeirrt waren, fragten sie eine alte Dame, die gerade den Müll hinunterbrachte, nach dem Weg. Stiege 6 war gleich neben Stiege 22 und Stiege 2, vor Stiege 8, gleich hinter dem Baum, in dem das Vogelhäuschen hing. Die alte Frau lachte, als sie Lauras und Karls verdutzte Gesichter sah.

»Wenn man so lange in diesem Bau wohnt wie ich, kennt man dieses Labyrinth wie seine Westentasche«, sagte sie und zwinkerte ihnen zu.

Noch bevor die alte Dame sich daran machen konnte, ihnen jeden einzelnen Weg in der Anlage zu erklären, bedankten sie sich höflich und folgten ihrer Wegbeschreibung. Zwei Minuten später läuteten sie an der Wohnungstür.

Ein großer schlaksiger Mann öffnete ihnen. Er stellte sich als Thomas Hauser vor, Sophies *Lebensgefährte* – das Wort »Lebensgefährte« betonte er.

Hauser hatte ein freundliches Gesicht, dunkelbraune Augen, ein offenes Lächeln und weiche Gesichtszüge. Er begrüßte Laura und Karl mit festem Händedruck, den

Laura ihm nicht zugetraut hätte, und führte die beiden in den Vorraum, wo er ihnen die Jacken abnahm. Zwei große Koffer lagen geöffnet auf dem Fußboden, eine Taucherbrille lag auf dem Schuhkasten neben der Eingangstür.

»Entschuldigen Sie die Unordnung! Wir hatten ja andere Pläne und wollten eigentlich noch auspacken, bevor Sie kommen. Aber sie verstehen sicher, dass Sophie andere Dinge im Kopf hat.«

Karl winkte ab. »Natürlich, natürlich. Wie geht es ihr?«, fragte er leise.

Hauser seufzte und schob einen Koffer mit dem Fuß zur Seite. »Den Umständen entsprechend, würde ich sagen. Sie hat seit gestern wenig geredet, sitzt nur da und schaut sich alte Fotoalben an. Sie müssen wissen, Severin und sie hatten ein enges Verhältnis. Sie haben oft telefoniert. Ich glaube, Severin hatte nicht viele Freunde und Sophie war so etwas wie sein Anker.«

Karl nickte langsam.

»Aber kommen Sie mit, Sie müssen nicht hier im Vorraum stehen bleiben. Folgen Sie mir ins Wohnzimmer!«

Laura fiel auf, wie schön die Wohnung war. Vom Flur aus konnte sie fünf weitere Türen erkennen. Das Wohnzimmer war hell gestrichen, ein großer bunter Teppich nahm fast den gesamten Boden ein. Darunter konnte man dunkles Parkett erkennen. In der Mitte des Raumes stand eine dunkelbraune Ledercouch. Die großen bunten Pölster harmonierten perfekt mit dem Teppich.

Überall standen Pflanzen, viele von ihnen so hoch, dass sie fast bis an die Decke reichten.

Sophie Kusch hatte sich einen der Pölster auf den Schoß gelegt und saß im Schneidersitz auf der Couch. Laura erkannte sie sofort. Sie sah genauso aus wie auf dem Abiturfoto. Die Ähnlichkeit zu ihrer Mutter war verblüffend.

Eine dreifärbige Katze hatte es sich neben ihr auf einer Zeitschrift bequem gemacht, ignorierte die Gäste geflissentlich und schleckte sich unbeirrt über die Pfoten.

Karl machte einen Schritt auf Sophie Kusch zu und reichte ihr die Hand: »Frau Kusch, mein Name ist Karl Suchanek. Wir haben telefoniert. Vielen Dank, dass Sie uns empfangen. Und noch einmal mein herzliches Beileid.« Er deutete auf Laura. »Das ist meine Kollegin Laura Sturm. Wir leiten gemeinsam die Ermittlungen im Fall Ihres toten …« Karl stockte. »Wir leiten gemeinsam die Ermittlungen im Fall Severin Kusch und werden alles daransetzen, diesen so schnell wie möglich aufzuklären.«

Sophie Kusch blickte Karl an. Eine Hand fing an, die Katze zu streicheln, die sogleich ihren Kopf an Sophies Oberschenkel presste und laut zu schnurren begann.

Die Schwester des Toten hatte große, ausdrucksvolle grüne Augen und dunkelbraunes, glattes Haar, das sie zu einem schlichten Zopf zusammengebunden trug.

Sie erinnerte Laura an ein brasilianisches Supermodel, dessen Name ihr gerade partout nicht einfallen wollte.

»Freut mich, Sie beide kennenzulernen«, murmelte Sophie, »auch wenn ich mir dafür deutlich angenehmere Umstände gewünscht hätte.«

»Darf ich?« Karl deutete auf den Sessel mit den dicken Armlehnen schräg gegenüber von Sophie. Laura entschied sich, stehen zu bleiben, ihr Blick bewegte sich langsam durch das Zimmer. Thomas Hauser nahm die Katze von der Couch, legte sie Sophie auf den Schoß und setzte sich neben sie. Er nahm ihre Hand.

Laura spürte eine starke Verbundenheit zwischen den beiden.

»Frau Kusch, ich weiß, es ist schmerzhaft, aber ich möchte, dass Sie über alle Neuigkeiten im Fall Ihres Bruders aufgeklärt sind. Ihr Bruder wurde am …«

Hauser unterbrach Karl: »Das wissen wir alles schon. Sophie hat gestern mit ihrer Mutter telefoniert. Wir wollen die Einzelheiten nicht noch einmal hören. Bitte kommen Sie gleich zu dem Punkt, an dem wir Ihnen helfen können.«

Karl wirkte ein wenig unschlüssig. »Ach so, alles klar.« Er blätterte in seinem Notizblock. »Wo waren Sie beide am 15. Dezember zwischen 18 und 22 Uhr?«

»Wir waren zuhause«, antwortete Sophie Kusch, ohne zu zögern. »Wir haben unsere Koffer gepackt – für die geplante Reise. Es war alles ziemlich chaotisch, überall lagen Sachen herum.«

Hauser nickte. »Ja, wir haben den ganzen Abend mit Packen verbracht. Listen durchgehen, Tickets kontrollieren, letzte Besorgungen – das Übliche eben.«

Karl notierte sich die Aussage mit einem knappen Nicken, dann hob er den Blick.

»Gab es in diesem Zeitraum irgendeinen Kontakt nach außen? Telefonate, Nachbarn, Lieferdienste – irgendetwas, das Ihre Anwesenheit bestätigen könnte?«

Sie zögerte einen Moment, dann hellte sich ihre Miene auf.

»Ja – wir haben Essen bestellt. So gegen 19 Uhr müsste das gewesen sein.«

»Genau«, ergänzte er. »Asiatisch, von dem kleinen Laden an der Ecke. Der Fahrer war kurz bei uns an der Tür – das lässt sich sicher nachprüfen.«

Karl notierte auch das. Ein Lieferdienst – besser als gar nichts. Vor allem, wenn sich der Zeitpunkt bestätigen ließ.

»Bitte erzählen Sie mir von Ihrem Bruder! Was war er für ein Mensch?«

Sophie, die bis jetzt die Katze auf ihrem Schoß beobachtet hatte, hob den Blick. Ein Lächeln umspielte ihre Mundwinkel. »Severin war ein guter Mensch. Er war gütig, liebevoll, warmherzig. Er war ruhig, lebte oft in seiner eigenen Welt, malte, hörte Musik, beobachtete. Er konnte tagelang allein sein, ohne sich einsam zu fühlen. Und Severin sah die Dinge anders: fantasievoller, zauberhafter. Er war sehr klug, aber unzufrieden mit dem, was er gerade tat, beziehungsweise mit der Richtung, in die sich sein Leben entwickelte. Er wollte Kunst studieren, Sport machen und mit Sicherheit kein Immobilienhai werden wie unser Vater.« Sophies Stimme nahm einen härteren Ton an. »Mein Vater hat immer gewollt, dass Severin einmal in seine Fußstapfen tritt und das Geschäft übernimmt. Damit hat er ihm das Leben zur Hölle gemacht. Er hat gewusst, dass Severin auf sein Geld angewiesen ist. Mit Kunst allein kommt man nur schwer über die Runden. Und das hat mein Vater schamlos ausgenutzt.«

Karl machte sich ein paar Notizen. »Und wie war das Verhältnis zu Ihrer Mutter?«

Sophies Mundwinkel zuckten erneut ganz leicht. »Ich denke, das war ganz okay. Er hat sie ab und zu in unserem Elternhaus besucht. Manchmal hat er mir davon erzählt, manchmal nicht. Ich denke, dass das Verhältnis zu ihr besser war als das zu unserem Vater, aber wirklich gut war es auch nicht. Er hat einmal gesagt, dass er nur mit mir richtig frei sein kann.«

»Was bedeutete für ihn ›richtig frei sein‹?«, fragte Karl.

Sophie sah Thomas Hauser kurz an, senkte den Blick wieder auf die Katze und für ein paar Sekunden sagte keiner etwas.

»Severin hatte nie eine Freundin, und das hat seinen Grund. Er war weder dem weiblichen Geschlecht noch dem männlichen zugetan. Severin hatte einfach kein Interesse an zwischenmenschlichen sexuellen Beziehungen. Er verspürte kein Bedürfnis danach. Er hat mich oft gefragt, ob das etwas Schlimmes ist. Ich habe ihm gesagt, dass Asexualität und Aromantik nichts Abnormales sind und dass es vielen Menschen so geht wie ihm. Aber er war so emotional, nahm sich die blöden Sprüche seiner Studienkollegen sehr zu Herzen und zweifelte an sich selbst. Und Sie wissen sicher, wie grausam Menschen manchmal sind, wenn sie nicht über ihre Worte nachdenken.«

»Würden Sie sagen, dass Severin unglücklich war?«

Sophie nahm die Katze von ihrem Schoß, setzte sie behutsam auf das Sofa und stand auf. Sie ging zum Fenster und öffnete es. Kalte Luft strömte in den Raum. Sie schloss die Augen und atmete tief ein. Tränen liefen ihr über die Wangen, sie weinte leise. »Ich denke, er war nicht besonders glücklich. Irgendwie verloren in sich selbst. Aber unglücklich? Nein, das denke ich nicht. Es gab viele Dinge, die ihn erfüllten. Er hatte seinen Sport, er hatte seine Bilder. Er brauchte nicht viele Freunde. Er hatte mich. Und um gleich auf Ihre nächste Frage einzugehen: Nein, Severin hatte keine Feinde. Ich kann mir auch nur schwer vorstellen, dass er irgendjemandem etwas Böses gewollt hat.«

Sophie sagte die Wahrheit, das erkannte Laura. Aber sie hatte das Gefühl, dass Sophie etwas verbarg – etwas Essenzielles.

Hauser stand ebenfalls auf und ging ans Fenster. Er legte seiner Lebensgefährtin die Hände auf die Schultern und massierte sie sanft. Sie schloss die Augen.

Das Gespräch war für heute beendet, das begriff auch Karl.

Er erhob sich, sodass die Katze friedlich schnurrend allein auf dem Sofa zurück blieb.

»Vielen Dank für Ihre Hilfe. Falls Ihnen noch etwas einfällt – hier ist meine Karte. Jede Kleinigkeit könnte helfen: dass Ihr Bruder einmal eine besondere Freundin oder einen besonderen Freund erwähnt hat, dass er auf der Uni Schwierigkeiten mit einem Kommilitonen gehabt hat oder dass er das Gefühl gehabt hat, verfolgt zu werden. Was auch immer es ist – bitte rufen Sie mich an!«

Sophie Kusch und Thomas Hauser nickten ihm knapp zu. Sophie versicherte, dass sie sich sofort melden würde, falls ihr noch eine relevante Information einfiele. Sie schloss das Fenster, während ihr Freund Laura und Karl zur Tür begleitete.

»Sie ist ziemlich erschöpft. Ich bin sicher, dass ihr in den nächsten Tagen etwas einfällt. Wir melden uns bei Ihnen.« Thomas Hauser half Laura in ihre Jacke und verabschiedete sich bei Karl per Handschlag.

Im Auto begannen Laura und Karl, miteinander zu sprechen.

»Was hältst du von den beiden?«, fragte Karl.

Laura dachte nach, ehe sie antwortete.

»Ich glaube, sie war ehrlich. Sie will uns wirklich helfen und hat ihren Bruder sehr geliebt. Aber irgendetwas war da noch: eine nicht greifbare Sache, etwas Unausgesprochenes steht im Raum. Vielleicht die Antwort auf alles. Aber du weißt ja: Manchmal kann mich mein Gefühl täuschen.«

KAPITEL 20

Lukas wachte auf und musste sich erst einmal orientieren. Er lag immer noch auf Fat Jimmys Couch, der laut in seinem Sessel schnarchte, die Chipstüte wie in Trance fest in der Hand.

Lukas strich sich mit der Hand über das Gesicht und wagte einen Blick auf das Display am Backrohr. Es zeigte 7.12 Uhr an. In den Wintermonaten war es um diese Uhrzeit draußen stockdunkel. Er hasste den Winter. Im Sommer konnte er wenigstens in irgendeinem Park liegen und seinen Rausch genießen, im Winter war er gezwungen, in seiner Wohnung zu versauern.

Lukas stupste Jimmy leicht an. Der Dealer gab ein paar undefinierbare Geräusche von sich und schnarchte weiter. Lukas richtete sich auf, der bekannte Schmerz ließ nicht lang auf sich warten. Er stützte seinen Kopf in die Hände und atmete ein paarmal tief ein und aus. Er brauchte dringend Wasser. Um zu verhindern, dass ihm das Kopfweh die Beine unter den Füßen wegzog, erhob er sich langsam von der Couch und schlurfte in die Küche. Sie glich einem Schweinestall, doch in seiner eigenen sah es nicht besser aus. Es musste dringend gelüftet werden. Lukas war selbst erstaunt, was für Gedanken er auf einmal hatte, denn in seiner eigenen Wohnung war es ihm egal, wie es roch oder aussah. Die Unordnung und der Geruch in Fat Jimmys Wohnung störten ihn auf ungeheure Weise.

Er fragte sich, ob die Tatsache, dass er sich gestern Abend nicht weggeschossen hatte, dafür verantwortlich war. Soweit er sich entsinnen konnte, war es bei ein paar Bier und dem einen Joint geblieben. Er konnte sich nicht erinnern, wann er das letzte Mal so klar im Kopf gewesen war. Es fühlte sich nicht gut an.

Er nahm sich ein Glas aus der Spüle, das halbwegs sauber aussah, füllte es bis zum Rand mit Wasser und trank es gierig aus. Das tat er ein weiteres Mal und dann noch mal. Sein Kopfschmerz ließ von Glas zu Glas nach.

Nun war es Zeit für etwas Stärkeres.

Lukas öffnete alle Kästen in der Küche, doch mehr als Chips, einen Suppenwürfel und eine Dose Gulaschsuppe konnte er nicht finden. Leise ging er zurück ins Wohnzimmer. Vielleicht hatte Jimmy ja dort seinen Alk gebunkert. Er durchsuchte das Regal hinter dem Fernseher: staubüberzogene Bücher, kaputte CDs und kleine Spielzeuge aus Überraschungseiern lagen dort achtlos herum. Ah! Hier war etwas. Hinter einem der Bücher hatte Lukas eine Flasche Pflaumenwein entdeckt. Die musste seit Ewigkeiten dort stehen, aber besser als nichts.

Er setzte sich wieder auf die Couch und nahm einen kräftigen Schluck. Mann, war das Zeug eklig! Immerhin merkte er, wie er langsam er selbst wurde. Er starrte auf den Fernseher, der die ganze Nacht an gewesen war. Ein Moderatorenteam des Frühstücksfernsehens saß auf einer knallorangefarbenen Couch und grinste um die Wette. Wie konnte man um diese Uhrzeit so gut drauf sein? Was für Stoff nahmen die? Ein Typ, der nicht älter als Lukas sein konnte, kündigte einen kurzen Nachrichtenüberblick an.

Das war das Letzte, was er sehen wollte. All diese armen Menschen mit ihren Schicksalen … Es interessierte ihn einen Scheiß, was sich in der Welt für Tragödien abspielten. Wenn er morgen tot im Straßengraben läge, würde auch kein Hahn nach ihm krähen.

Da erregte etwas auf dem Bildschirm seine Aufmerksamkeit. Es ging um einen Mord, der Anfang der Woche passiert war. Der Sohn von irgendeinem reichen Schnösel war erstochen worden, dann hatte man ihn im Lainzer Tiergarten abgelegt. Ha! Das nannte er Gerechtigkeit. Das Opfer hieß Severin Kusch, der Name sagte ihm absolut nichts. Ein kurzer Videoausschnitt zeigte zwei Menschen, anscheinend seine Eltern. Denen sah man direkt an, dass sie mit dem goldenen Löffel im Mund geboren worden waren. Er sah scheiße aus, sie wie ein Model. Ebenfalls typisch! Die hatte ihn sicher nur aus Liebe geheiratet, das Geld hatte mit Sicherheit keine Rolle gespielt. Pah, dass er nicht lachte!

Lukas rückte ein bisschen näher an den Fernsehapparat heran und nahm einen weiteren Schluck Pflaumenwein. Der Mann hatte das Wort ergriffen, er hatte seine Hand auf die seiner Frau gelegt, die neben ihm stand und auf den Boden blickte. Irgendwie kam Lukas diese Frau bekannt vor.

Sie war unglaublich schön. Ihre langen braunen Haare hatte sie zu einem Pferdeschwanz zusammengebunden. Besonders groß war sie nicht, aber unter dem schwarzen Kostüm, das saumäßig teuer aussah, konnte man eine Spitzenfigur erahnen. Diese langen braunen Haare! Lukas rückte noch näher heran, bis er mit der Nase fast an den Bildschirm stieß. Konnte es sein …? Konnte es sein, dass das die Frau war, die ihn in der Nacht zuvor besucht hatte?

Wenn sie einmal kurz ihren Blick heben würde, damit er ihre Augen sehen konnte! Der Beitrag endete und der junge Nachrichtensprecher war bereits dabei, die nächsten wichtigen Meldungen anzukündigen. Lukas blinzelte ein paar Mal und setzte sich wieder auf die Couch.

Wie wahrscheinlich war es, dass die steinreiche Mutter eines ermordeten Studenten bei ihm gewesen war? Je mehr er darüber nachdachte, desto lächerlicher erschien es ihm. Das einzige Detail, das er sich eingeprägt hatte, waren die braunen langen Haare. Aber wie viele Frauen hatten braune lange Haare? Millionen.

Lukas kam sich dumm vor, es war ihm fast peinlich. Genau das passierte, wenn er anfing nachzudenken. Gott sei Dank hatte Fat Jimmy diese Szene nicht mitangesehen, sondern schnarchte friedlich in seinem Fernsehsessel.

Lukas leerte die restliche Flasche Pflaumenwein in einem Zug. Ein warmes Gefühl breitete sich in ihm aus, die Gedanken fingen an, ihm zu entgleiten. Ein Nebel legte sich über seine Probleme, sodass er bald nicht mehr wusste, worüber er sich vorhin so aufgeregt hatte.

Er versuchte noch einmal, Fat Jimmy aufzuwecken. Diesmal schüttelte er ihn ein bisschen heftiger – keine Reaktion. Lukas nahm sich den Joint, der fertig gedreht auf dem Tisch lag, und steckte ihn in seine Hosentasche. Jimmy sollte ihn einfach bei seiner nächsten Lieferung von seinem Honorar abziehen. Er hatte keine Lust, zurück in seine Wohnung zu gehen. Außerdem hatte er nur noch zwei Flaschen Bier zu Hause.

Lukas ging zurück in Jimmys Küche und fand ein paar Münzen in einer Lade. Die würde er sich ausborgen. Jimmy würde das gar nicht auffallen.

Lukas verließ das Wohnhaus und bemerkte draußen, dass der Alltag in Wien längst angefangen hatte. Die Leute waren auf dem Weg zur Arbeit, die ersten Geschäfte öffneten, die Sonne ging langsam auf und er war viel zu dünn angezogen. Außerdem hatte er die Befürchtung, dass er keinen besonders schönen Anblick abgab. Er überlegte, umzukehren, aber der Durst nach Bier war stärker.

Schnell ging er mit gesenktem Haupt in das nächste Geschäft, zählte sein Geld und schnappte sich ein paar Flaschen Bier. Er spürte die Blicke der anderen Leute. Er trug nur Flipflops, eine Jogginghose und ein T-Shirt. Seine Haare hatte er seit Tagen nicht mehr gewaschen und seine letzte Dusche lag Ewigkeiten zurück.

Die Kassiererin rümpfte die Nase, als er vor ihr stand und zahlte. Die Passanten auf der Straße machten einen großen Bogen um ihn. Mütter musterten ihn abschätzend und zogen ihre Kinder von ihm weg.

Wenn er in die Öffentlichkeit musste, wurde ihm immer schmerzhaft bewusst, dass er Abschaum war. Der Bodensatz der Gesellschaft: stinkend, schmarotzend, ein Junkie.

Er öffnete die erste Flasche Bier direkt auf der Straße, trank in großen Schlucken. Er durfte diese Gedanken nicht zulassen. Er musste die anderen Menschen ausblenden, wie er es früher bei seinem Vater getan hatte, wenn sein Alter wütend gewesen war. Er hatte sich in seine eigene Welt geflüchtet, und seit er erkannt hatte, wie hilfreich Alkohol und Drogen dabei waren, konnte er nicht mehr anders. Seitdem war er verloren.

Lukas eilte zurück in seine Wohnung. Die leere Bierflasche ließ er achtlos fallen und kickte sie mit dem Fuß gegen die Hauswand.

In seiner Bude warf er sich auf seine Matratze und bereitete alles für den nächsten Schuss vor.

KAPITEL 21

Auf dem Weg zurück ins LKA erhielt Laura einen Anruf von der früheren Pflegerin ihres Vaters, Sabine Mangold. Sie bot an, dass Laura gleich bei ihr vorbeikommen könne. Laura ließ Karl vor dem LKA aus dem Wagen und bat ihn, mit Bo eine kleine Runde spazieren zu gehen und ihm ein Schweinsohr zu geben. Dann machte sie sich auf den Weg zu Frau Mangold.

Sie war 63 Jahre alt und wohnte mit ihrem Mann in einem kleinen Häuschen in Schwechat, einer kleinen Gemeinde am Rande Wiens. Am Telefon hatte sie sehr nett geklungen und war bereit gewesen, Laura jede Frage zu beantworten. Sie hatte auch erwähnt, dass sie sich seit ihrer Pensionierung über jeden Besuch freue. Laura konnte das gut nachvollziehen. Jemandem, der sein Leben lang mit Menschen in Kontakt gewesen war, sich um sie gekümmert, über ihr Leben gesprochen und eine Verbindung aufgebaut hatte, fiel es sicher schwer, von einem auf den anderen Tag aus dieser Gewohnheit herausgerissen zu werden. Bei ihrem Vater hatte sie genau das Gleiche beobachtet. Er hatte es geliebt zu arbeiten. Alle Mühen, ihn zu beschäftigen und ihm Möglichkeiten aufzuzeigen, wie er seine neu gewonnene Freizeit nutzen konnte, waren umsonst gewesen. Laura war zu dieser Zeit viel zu beschäftigt gewesen, um ihre ganze Energie in die Bespaßung ihres Vaters zu stecken. Dann kam der Unfall ihrer Mutter und der Schlaganfall.

Sie schüttelte diese Gedanken ab. Es half niemandem, in der Vergangenheit zu stochern – es sei denn, es würde dazu beitragen, ein Verbrechen in der Gegenwart aufzuklären.

Die Fahrt zu Frau Mangold war kurz. Die Straßen waren bereits fast vollständig vom Schnee geräumt. Hie und da lagen zusammengeschobene trostlose Schneehaufen an den Straßenrändern, doch es zeigten sich sogar erste Sonnenstrahlen. Das Wetter in Wien war zum Verrücktwerden.

Sabine Mangold wohnte in einem dunkelgrünen zweistöckigen Haus. Ein weißer Gartenzaun war von mächtigen Efeuranken bedeckt und schützte den gepflegten Garten vor neugierigen Blicken. Das Gartentor stand offen.

Laura trat ein. Sie konnte sich gut vorstellen, wie es hier im Frühling aussehen musste. Die Rosen waren zurückgestutzt, ganz ähnlich, wie sie es auf Magnus Kuschs Anwesen gesehen hatte, die Hochbeete abgedeckt und der Gartenschuppen verschlossen. Es musste herrlich sein, im Frühling auf der Terrasse zu sitzen, eine kühle Limonade zu trinken und der Natur beim Wachsen und Gedeihen zuzusehen.

Laura durchquerte den Garten und klingelte. Von drinnen hörte sie lautes Geschepper und Schritte, die zur Tür schlurften.

»Ach mein Gott, jetzt ist mir vor lauter Schreck … Ich komme gleich! Bin schon da!«, drang es aus der Wohnung.

Eine kleine Frau mit silbernem Haar öffnete die Tür.

»Sie müssen Frau Sturm sein. Schön, dass Sie es geschafft haben, bei mir vorbeizukommen. Entschuldigen Sie bitte die Unordnung! Mir ist gerade das Tablett mit den Keksen heruntergefallen. Hansi hat einen neuen Klingelton für unsere Türklingel installiert. Der ist so schrill, dass ich mich jedes Mal zu Tode erschrecke. Aber Hansi hat gesagt, dass man den alten Ton fast nicht gehört hat. Und da seine Ohren ja immer schlechter werden, habe ich ihn einfach machen lassen. Wissen Sie, der Hansi hört zwar nicht mehr gut, aber seine Hände sind geschickt wie eh und je. Alles in diesem Haus hat er selbst gemacht: das Dach, die Elektrik – einfach alles. Ich bin stolz auf meinen Hansi. Aber kommen Sie einmal rein und ziehen Sie die Jacke aus! Sie müssen wissen, Frau Sturm, der Hansi kümmert sich um den Garten. Mein Rücken macht mir in den letzten Jahren sehr zu schaffen.«

Laura bemerkte, dass Frau Mangold sehr langsam und gebückt ging.

»Ich habe normalerweise einen Stock, der hilft mir ein bisschen, aber ich benutze ihn so ungern. Ich finde, damit sehe ich aus wie eine alte Frau. 40 Jahre als Pflegerin haben ihren Preis. Ich bin oft belächelt worden, wenn ich von meinem Beruf erzählt habe. Aber heben Sie mal jeden Tag einen 90-Kilo-Mann in eine Badewanne, da hätte Ihr Körper auch irgendwann genug. Aber wissen Sie, ich will mich gar nicht aufregen. Ich habe es geliebt, Menschen etwas zurückzugeben, die so viel für unsere Gesellschaft getan haben. Ich hatte eine Berufung und es war schön, gebraucht zu werden. Jetzt stehen wir immer noch hier im Flur herum. Kommen Sie! Folgen Sie mir!«

Laura mochte Sabine Mangold auf Anhieb. Sie strahlte Warmherzigkeit und Güte aus.

Im Wohnzimmer angekommen, offenbarte sich Laura sogleich das Chaos. Am Boden lag das Tablett. Die Kekse waren teilweise zerbrochen und über den gesamten Teppich verstreut. Laura bückte sich und begann, Ordnung zu machen.

»Aber, Frau Inspektor, bitte lassen Sie das! Das kann ich allein machen. Mir hat nur die Zeit gefehlt«, entgegnete Frau Mangold fast ein bisschen beleidigt.

»Das macht nichts, ich bin schon fertig.« Laura legte die Keksstücke auf das Tablett und stellte es auf dem Couchtisch ab.

»Warten Sie, ich hole gleich neue Kekse. Darf ich Ihnen einen Kaffee anbieten? Tee haben wir eventuell auch noch irgendwo, aber da müsste ich nachschauen. Der Hansi und ich sind leidenschaftliche Kaffeetrinker. Aber im Keller …«

»Frau Mangold, das ist sehr nett von Ihnen, aber ich brauche nichts, vielen Dank. Setzen Sie sich bitte! Ich will Sie gar nicht lang aufhalten.«

Sabine Mangold war sichtlich erleichtert, nicht mehr stehen zu müssen. Sie setzte sich langsam auf einen gepolsterten knallroten Sessel. Laura unterdrückte den Drang, ihr zu helfen. Sie spürte, dass Frau Mangold keine Hilfe annehmen würde. Laura nahm auf dem zweiten Ohrensessel Platz, von dem sie annahm, dass er Hansi gehörte.

»Frau Mangold, noch einmal vielen Dank, dass Sie sich die Zeit genommen haben. Ich bin heute nicht beruflich unterwegs. Ich habe ein paar Fragen zu meinem Vater und zu der Person, die ihn früher des Öfteren besucht hat.«

Laura beschloss, ihr zu verschweigen, dass es sehr wohl einen Zusammenhang mit dem aktuellen Fall gab, denn sie war nicht sicher, was Frau Mangold, eine ausgesprochen mitteilungsfreudige Person, mit dieser Information anstellen würde. Seit dem Vorfall mit Frau Kozerowska war Vorsicht geboten.

»Ach, Sie meinen diese Frau Brach, richtig? Ich habe Ihren Vater ja immer besonders gemocht, sein Schicksal war sehr tragisch. So ein körperlich fitter Mann, aber leider irgendwie in seiner eigenen Welt eingeschlossen. Verstehen Sie, was ich meine?«

Laura musste schlucken und spürte, wie die Tränen langsam drohten an die Oberfläche zu kommen. Sie schaute kurz auf ihren Notizblock und versuchte, sich zu sammeln.

Frau Mangold schien das nicht aufgefallen zu sein, sie erzählte munter weiter: »Aber es gab Momente, da ging es ihm besser als sonst. Natürlich freute er sich sehr, wenn Sie zu Besuch kamen. Ich hatte sehr viel mit Schlaganfallpatienten zu tun. Auch wenn es nicht gleich sichtbar ist: Es verändert sich etwas an ihrem Blick, wenn sie Freude verspüren. Sie wirken wacher, aufmerksamer, energischer, als wären sie für einen kurzen Moment in dieses Leben zurückgekehrt. Und natürlich hatte Elisabeth Brach eine Wirkung auf ihn. An den Tagen, an denen sie ihn besuchte, schlief er nachts durch. Das passierte sonst nie. Ich hörte manchmal sogar ein paar Worte aus seinem Mund kommen. Sie ist sehr geduldig mit ihm gewesen, hat nur neben seinem Bett gesessen und aufmerksam zugehört. Aber bitte fragen Sie mich nicht, worüber die beiden gesprochen haben. Ich weiß nicht, wie ich das genau erklären soll. Es war, als würden sich zwei alte Freunde gegenübersitzen, die sich blind verstehen, einander ewig kennen und deshalb eine ganz besondere Verbindung aufgebaut haben.«

Laura zögerte: »Und denken Sie, dass diese Verbindung romantischer Natur war?«

Sabine Mangold kicherte leise.

»Nein, romantisch war das nicht. Eher wie Bruder und Schwester, würde ich sagen. Das ist aber nur meine Einschätzung. Ich war natürlich auch nicht immer da, wenn sie sich trafen. Ich hatte ja andere Patienten, um die ich mich kümmern musste. Aber sie mochten sich, das konnte jeder spüren.«

Laura hob wieder den Blick, diesmal entschlossener.

»Haben Sie je direkt mit Frau Brach gesprochen? Ich meine … über meinen Vater, oder über sich selbst? Irgendetwas, das Ihnen aufgefallen ist?«

Sabine Mangold überlegte einen Moment, dann schürzte sie leicht die Lippen.

»Ein paar Mal, ja. Aber es waren nie lange Gespräche. Sie war eher von der stillen Sorte. Höflich, freundlich – aber zurückhaltend. Man hatte immer das Gefühl, sie wägt jedes Wort ab, bevor sie es ausspricht.«

Laura machte sich eine Notiz, ohne den Blick von Mangold abzuwenden.

»Einmal«, fuhr sie fort, »fragte ich sie, ob sie zur Familie gehört. Einfach so, weil sie so regelmäßig kam und diese Vertrautheit da war. Da hat sie kurz gelächelt und gesagt: ›Nein, ich bin nur ein Teil seiner Vergangenheit.‹ Und dann hat sie nichts weiter dazu gesagt. Ich hatte das Gefühl, das war für sie Erklärung genug.«

Laura runzelte die Stirn.

»Ein Teil seiner Vergangenheit? Haben Sie das näher eingeordnet?«

»Ich wollte«, sagte Mangold ehrlich. »Aber sie hat gleich das Thema gewechselt. Es war, als hätte sie einen inneren Schutzmechanismus. Nicht unfreundlich, nur … abgeschlossen. Ich habe das respektiert.«

Laura schrieb langsam mit, während sich ein Knoten in ihrer Brust immer fester zog.

»Hatte sie persönliche Dinge bei ihm gelassen? Irgendein Buch, ein Foto …?«

»Ein kleines Stofftaschentuch lag einmal auf dem Nachttisch. Weiß mit einem winzigen gestickten ›B‹ in der Ecke. Es war weg, als ich am nächsten Tag wieder den Dienst übernahm. Ob es ihm gehörte oder ihr, weiß ich nicht.«

Laura nickte nachdenklich. Ihre Gedanken ratterten.

»Und glauben Sie, sie hat etwas gesucht? Ich meine – kam sie Ihnen manchmal abgelenkt oder … angespannt vor?«

Sabine Mangold legte den Kopf leicht schief.

»Nein, eigentlich nicht. Zu Beginn vielleicht. Aber … manchmal war sie nachdenklich. So, als würde sie im Raum etwas suchen, das nicht sichtbar war. Vielleicht eine Erinnerung. Oder eine Antwort.« Dann sah sie Laura direkt an. »Ich glaube, Frau Brach hat nie alles gesagt, was sie sagen wollte. Aber Ihr Vater hat es trotzdem verstanden.«

Laura hatte das Gefühl, sie hatte für heute genug gehört. Sie hatte gehofft, von Frau Mangold etwas Konkreteres zu erfahren, worüber sie Nachforschungen anstellen konnte.

Frau Mangold sah nervös auf ihre Uhr.

»Hansi hat gesagt, er ist um eins wieder da, und ich muss noch etwas kochen. Der Hansi mag es nicht, wenn sein Essen nicht pünktlich fertig ist. Wir essen jeden Tag um 13 Uhr. Ich will ja nicht unhöflich sein, aber ich müsste Sie bitten …«

Laura stand auf.

»Kein Problem, Frau Mangold, das war es auch schon. Vielen Dank, und falls Ihnen noch etwas einfällt, rufen Sie mich bitte an.«

»Natürlich, das mache ich. Ich begleite Sie zur Tür.«

Laura schlüpfte in ihre Jacke, bedankte sich und trat in den Garten hinaus. Kurz bevor sie die Gartentür erreicht hatte, hörte sie Frau Mangolds Stimme: »Frau Sturm, eine Sache noch. Ich weiß nicht, ob es Ihnen hilft, aber ich habe gesehen, wie Ihr Vater manchmal kleine Zettelchen geschrieben hat, wenn ihm das Sprechen zu schwergefallen ist. Eventuell hat er das auch bei seinen Gesprächen mit Frau Brach gemacht.«

Laura wusste nicht, was sie mit dieser Information anfangen sollte. Sie winkte noch einmal, bedankte sich und schloss ihr Auto auf. Es war mehr als unwahrscheinlich, dass ihr Vater diese Zettelchen aufbewahrt hatte. Er hatte auch für sie manchmal Notizen hinterlassen, diese aber immer gleich entsorgt.

Laura wollte gerade das Auto starten, als ihr ein Gedanke kam. Vielleicht hatte ihr Vater die Zettel nicht aufbewahrt. Aber wenn er und Elisabeth Brach eine besondere Beziehung hatten, hatten die Zettel vielleicht für sie einen emotionalen Wert gehabt. Womöglich hatte Frau Brach sie aufbewahrt. Ihre Wohnung war damals aufgelöst worden. Sie hatte keine lebenden Verwandten mehr gehabt, es wurden nur ein paar persönliche Dinge als Beweismittel im Archiv aufbewahrt. Waren die Zettel darunter?

KAPITEL 22

»Ich habe dir gesagt, sie werden dich auch befragen wollen.«

Magnus Kusch ging hektisch in seinem Arbeitszimmer auf und ab, das Jackett hatte er über seinen Sessel geworfen, die Hemdärmel hochgekrempelt. Es war unglaublich heiß. Die Haushälterin war anscheinend der Meinung, dass man in den Räumen tropische Temperaturen erzeugen musste, wenn es draußen Minusgrade hatte, um dem Wetter zu trotzen.

Schnaufend sah er auf die Heizungsanzeige – sie zeigte 28 Grad –, drehte wütend den Thermostat zurück und drückte auf den Knopf der Sprechanlage. »Frau Montez, ich weiß ja nicht, wie es ist, wo Sie herkommen, aber bei uns ist eine Innentemperatur von 28 Grad nicht zumutbar! Und das sage ich Ihnen nicht zum ersten Mal! Wenn Sie uns noch einmal hier lebendig grillen wollen, war das Ihr letzter Tag in meinem Haus, haben Sie verstanden?«

Es vergingen ein paar Sekunden, bis Frau Montez antwortete. »Ja, Herr Kusch, ich habe verstanden. Es tut mir leid. Kommt nicht wieder vor. Tut mir sehr leid«, piepste sie in die Anlage.

Das Gefühl, wenn sich Menschen von ihm eingeschüchtert fühlten, beruhigte ihn. Es war wichtig, allen klarzumachen, dass er das Sagen hatte. Mit einem verächtlichen Schnauben ging er zurück an seinen Schreibtisch und setzte sich. »Meine Teuerste, was gedenkst du dagegen zu tun? Dieser nervige Polizist hat mich heute schon dreimal versucht zu erreichen und mir eine Nachricht hinterlassen. Er und diese Sturm wollen mit dir sprechen.«

Victoria starrte ihn ausdruckslos an, schlug die Beine übereinander und strich ihr blaues Kleid glatt. Sie war heute Vormittag beim Frisör gewesen und trug ihre Haare offen. Wie ein samtiger, haselnussbrauner Schleier fielen sie über ihre Schultern. Sie nahm eine Strähne und zwirbelte sie um ihren Zeigefinger. »Dieser Fernsehauftritt war eine Schnapsidee. Jetzt stehen wir noch mehr im Rampenlicht. Ich verstehe wirklich nicht, was du dir davon erhofft hast. Wir wollten uns doch aus der Öffentlichkeit heraushalten, um jeden Preis.«

Magnus Kusch lachte trocken, fast höhnisch.

»Du begreifst es einfach nicht, oder? Diese Kozerowska hat uns die Entscheidung längst abgenommen. Sie hat mit der Presse gesprochen. Was denkst du, wie es aussehen würde, wenn wir jetzt schweigen? Unser Sohn wurde ermordet – und wir sitzen stumm daneben? Das wäre ein gefundenes Fressen für die Medien.«

Victoria ließ die Haarsträhne, mit der sie gespielt hatte, langsam los, strich sie glatt und nahm sich gleich die nächste. Ihre Stimme war leise, fast tonlos: »Das ist mir schon klar.«

Sie stand auf, trat an seinen Schreibtisch heran und beugte sich vor. Ihre Worte kamen wie ein Flüstern, scharf wie eine Klinge: »Aber was, wenn die Polizei weiterbohrt? Wenn sie unser Geheimnis entdeckt?«

»Ach, Unsinn! Das hat mit der Sache doch überhaupt nichts zu tun.«

Victoria setzte sich wieder, überschlug die Beine und fixierte ihn mit kühler Ruhe.

»Aber es *könnte* gegen uns ausgelegt werden. Du weißt selbst, wie Ermittler denken. Vielleicht wittern sie darin ein Motiv.«

»Victoria, bitte! Selbst für deine Verhältnisse ist das jetzt reichlich übertrieben. Niemand weiß Bescheid – außer Sophie, dir und mir. Und das wird auch so bleiben. Klar war das Timing ungünstig, dass du es Severin *ausgerechnet an dem Tag* gesagt hast … aber wer soll das denn je erfahren? Du musst einfach dichthalten.«

Magnus' Gesicht war inzwischen tiefrot, seine Wangen glühten vor Zorn oder Nervosität – schwer zu sagen.

Victoria funkelte ihn an. Ihre Stimme bebte vor unterdrückter Wut:

»Für wie dumm hältst du mich eigentlich?! Glaubst du, ich würde riskieren, in den Fokus der Ermittlungen zu geraten? Er war mein Sohn. *Mein Sohn!* Ich habe ihn geliebt, nicht umgebracht.«

»Gut, dann sind wir uns ja einig.« Magnus atmete hörbar aus, versuchte, sich wieder zu fassen. »Die Polizei hat angekündigt, heute Nachmittag vorbeizukommen. Bleib also bitte zu Hause und empfang sie – freundlich, kooperativ, unauffällig.«

Victoria erhob sich langsam, ein feines Lächeln umspielte ihre Lippen.

»Aber natürlich, mein Liebster. Dein Wunsch ist mir wie immer Befehl.«

Sie verließ das Büro, ohne sich noch einmal umzudrehen.

Es erstaunte ihn jedes Mal aufs Neue, dass er diese Frau geheiratet hatte. Sie war ihm gegenüber durch und durch kalt wie ein Fisch und zeigte in ihrem Gesicht keinerlei echte Emotion, wenn sie miteinander sprachen. Sie war schön gewesen und war es immer noch. Er hatte sich von dieser Schönheit blenden lassen. Es gab einen Menschen auf der Welt, den sie tatsächlich liebte, und das war Sophie. Sophie war ihr Lieblingskind, auch wenn sich ihre Beziehung in den letzten Jahren zunehmend verschlechtert hatte. Severin gegenüber war sie stets zurückhaltend gewesen. Sie hatte sich um ihn gekümmert, war eine gute Mutter im herkömmlichen Sinn gewesen, aber wahrhaftige, herzliche Mutterliebe war ihm stets verwehrt geblieben. Das war eine andere Geschichte …

Magnus schwitzte so stark, dass er die ersten Knöpfe seines Hemdes aufmachen musste. Das durfte nicht wahr sein! Er ging zur Heizung – der Regler zeigte 32 Grad. Hatte er ihn nicht gerade auf 22 Grad eingestellt? Konnte es sein, dass Victoria beim Rausgehen …? Was für ein Mist!

Er drehte die Heizung ganz ab und trat hinaus auf die Terrasse. Die kühle Luft tat gut. Er hatte Victoria nie direkt gefragt, wie es ihr nach Severins Tod ging. Und er glaubte auch nicht, dass sie irgendetwas damit zu tun hatte. Victoria konnte manipulativ sein, ein Mord war jedoch eine Nummer zu groß für sie. Dennoch hatte er sie nie gefragt. Es fröstelte ihn und er ging zurück in sein Arbeitszimmer.

Ob die Polizei schon mit Sophie gesprochen hatte? Und mit – wie hieß er nochmal? – Thomas? Der Typ war ein ziemlicher Trottel. Sophie hatte erzählt, dass er Lehrer war. Magnus hätte sich gewünscht, Sophie würde einen anderen Mann finden: jemanden, der ihr ein gutes und stabiles Leben bieten konnte, jemanden, der eine Familie versorgen konnte, jemanden mit Größe. Thomas hatte keine von diesen Eigenschaften. Er war die Sorte Mann, die die Frauen arbeiten ließ und lieber selbst zu Hause bei den

Kindern blieb – ein schwaches Glied der Gesellschaft, nicht gut genug für seine Tochter.

Er bemerkte, wie er mit seinen Fingern heftig auf den Tisch trommelte, und ermahnte sich.

Die Frage war, was sie der Polizei erzählt hatte. Sicher hatte sie Severins schwieriges Verhältnis zu seiner Mutter und ihm angesprochen. Dabei waren sie wahrscheinlich nicht gut weggekommen. Rabeneltern waren sie in seinen Augen gewesen, die ihrem Sohn nicht mehr bieten konnten als Geld, die ihn nicht bei dem unterstützten, was er wirklich wollte, und ihm stattdessen ihre Ansichten aufdrängten. Als ob man alle Dinge im Leben nur schwarz oder weiß sehen konnte. Als ob Severin ihn nicht selbst angebettelt hätte, ihm zu helfen, ihm eine Wohnung und sein Leben zu finanzieren, weil er selbst wusste, dass es sich als Künstler schwer leben ließ. Und nachdem er ihm all das gegeben hatte, hatte er sich von ihm abgewandt. Das war der Dank dafür, dass man ihm zu einem sicheren Leben verhelfen wollte.

Magnus Kusch wurde jäh aus seinen Gedanken gerissen.

»Herr Kusch, das Essen ist serviert«, schallte es laut aus der Gegensprechanlage.

Er kontrollierte, ob die Heizung abgedreht war, und nahm sein Jackett vom Stuhl. Er würde wohl allein essen wie jeden Tag. Es machte ihm nichts aus. Sein Leben war nun einmal, wie es war, und er war im Großen und Ganzen zufrieden damit. Er wusste sich schon zu helfen, wenn er sich einsam fühlte. Für Außenstehende gaben Victoria und er das perfekte Paar ab. Sie ließ ihn strahlen, nahm sich zurück, umhüllte ihn aber gleichzeitig mit einer Aura der Stärke und Vertrauenswürdigkeit. Sie verkörperte die ideale Ehefrau. Nach außen.

KAPITEL 23

Laura hatte es viel zu lang aufgeschoben. Sie würde morgen zu Nico Lercher fahren. Er saß seit vier Jahren in der Justizanstalt Stein, verurteilt wegen des Mordes an Elisabeth Brach. Laura hatte ihn dorthin gebracht. Dafür waren keine besonders schweren Ermittlungsarbeiten notwendig gewesen. Der Fall war emotional kompliziert für sie gewesen, aber Lercher hatte so viele Spuren hinterlassen, dass es unmöglich gewesen wäre, ihn nicht zu überführen. Und obwohl er selbst bis zum Schluss seine Unschuld beteuert hatte, sprachen die Beweise gegen ihn. Er war zu 20 Jahren Freiheitsstrafe verurteilt worden.

Laura graute es davor, diesem Mörder gegenüberzutreten. Nico Lercher war kein guter Mensch, davon zeugte sein Vorstrafenregister: versuchte Vergewaltigung, Raub, Diebstahl, Körperverletzung – es nahm einfach kein Ende. Er sah außerdem so aus, wie sich wahrscheinlich die Mehrheit der Menschen einen Mörder vorstellte: Er war riesig, muskelbepackt und bis zum Hals tätowiert.

Im LKA angekommen kramte Laura die Akte Elisabeth Brach aus dem Archiv hervor. In ihrem Büro empfing sie ein schwanzwedelnder Bo, der an ihr hochsprang und ihr über die Hände leckte, als wäre sie wochenlang nicht da gewesen. Neben seinem Körbchen stand ein leerer Napf, auf ihrem Schreibtisch fand sie eine Notiz von Karl.

Bo hat gefressen und war draußen. Ich bin noch einmal

zu Severin Kuschs Wohnung gefahren. Vielleicht finde ich ja etwas. Meld dich, wenn du was brauchst. K.

Das kam ihr gerade recht. Laura wollte ein bisschen für sich sein.

Sie kraulte Bo hinter den Ohren und nahm eines seiner Quietschtiere, das ihn sofort in Angriffsstellung brachte. Er hockte sich auf die Hinterpfoten und starrte das Spielzeug an. Beim ersten Quietschen schnappte er nach dem Tier und ließ es nicht mehr los, so sehr Laura auch daran rüttelte und zerrte. Nachdem sie dieses Spiel ein paarmal gespielt hatten, ging Bo mit seiner Beute im Maul zufrieden auf seinen Platz.

Laura zog ihre Schuhe und Socken aus und setzte sich im Schneidersitz auf ihren Sessel.

Im Vergleich zu den Akten, die sich sonst auf ihrem Tisch türmten, waren die Aufzeichnungen zum Mord an Elisabeth Brach dünn. Laura blätterte durch den Ordner und hielt inne, als ihr Nico Lercher von einem Foto entgegenstarrte. Dahinter fanden sich die schriftlichen Aufzeichnungen der Verhöre, die das LKA mit ihm geführt hatte. Einige davon hatte sie selbst geleitet. Sie begann zu lesen.

Sogleich fühlte sie sich in die Zeit zurückversetzt. Während sie las, kam es ihr vor, als hätte sie sich gestern mit Nico Lercher unterhalten. Sie spürte seine lüsternen Blicke, sah seinen Goldzahn vor sich, der aufblitzte, wenn er sie schmierig angrinste, und hörte, wie er jeden einzelnen Finger seiner großen Pranken knacken ließ. Sie erinnerte sich daran, wie er ein ums andere Mal seine Unschuld beteuert hatte. Er hatte ausgesagt, dass er Elisabeth Brach gekannt und sich Geld von ihr geliehen habe. Später hatte er zugegeben, dass er das Geld ohne ihr Wissen genommen hatte. Aber er hatte beteuert, dass er ihr nie ein Haar hätte krümmen können.

Sie hatten ihn in seiner Wohnung gefunden, wo er gerade dabei gewesen war, seine Katze zu füttern. Er hatte sich widerstandslos festnehmen und abführen lassen.

Laura stellte die Füße auf den Boden und schloss die Augen. Sie musste zurück in die Realität finden. Sie wollte mit allen Mitteln verhindern, Nico Lercher vor sich sitzen zu sehen, wenn sie gleich die Augen öffnete. Sie konzentrierte sich auf ihre Füße, die flach auf dem kalten Boden standen, ließ ihre Zehen, ihre Fersen, ihren Fußballen in den Boden sinken und atmete ruhig. Dann schlug sie die Augen auf. Ihr Büro war leer, kein Nico Lercher zu sehen. Laura atmete erleichtert auf. Trotzdem war es an der Zeit, sich der Vergangenheit zu stellen.

Sie musste erfragen, welche Personen Nico Lercher in den letzten Jahren im Gefängnis besucht hatten. Vielleicht würde sich dabei bereits ein Muster erkennen lassen. Und auch, wenn es ihr schon jetzt eine Gänsehaut bescherte, musste sie mit ihm persönlich sprechen. Diesmal würde sie Karl mitnehmen. Er gab ihr immer ein Gefühl von Sicherheit.

Sie blätterte weiter in der Akte und blieb bei einem Foto von Elisabeth Brach hängen. Das Bild hatte sich in ihr Gehirn gebrannt: Elisabeth Brach, die lachend auf einer kirschroten Vespa saß, die wilden Locken durch ein Tuch gebändigt. Sie trug ein knallgelbes Kleid und weiße Sandalen. Ihre Handtasche hatte sie locker über die Schulter geworfen. Sie sah so glücklich aus. Laura nahm das Foto und betrachtete es genauer.

Das war die Frau, die ihren Vater besucht hatte. Das war die Frau, zu der er eine Bindung aufgebaut hatte. Laura verstand es. Vermutlich hätte sie Elisabeth Brach auch gemocht, wenn sie sie kennengelernt hätte. Was hatte sie nur getan, um so brutal ermordet zu werden? Ging es wirklich nur um ein bisschen Geld?

Sie steckte das Foto zurück in die Akte und schloss sie. Bo schlief inzwischen tief und fest, sein leises gleichmäßiges Schnarchen wirkte beruhigend auf Laura. Da fiel ihr ein, dass sie noch etwas anderes in der Akte zu finden gehofft hatte. Sie öffnete sie wieder und suchte die erlösende Notiz.

Auf der letzten Seite war vermerkt worden, welche Dinge am Tatort konfisziert worden waren. Unter anderem sollte sich Elisabeth Brachs Notizbuch in der Asservatenkammer befinden. Vielleicht gab es darin etwas, das die Verbindung zwischen ihr und Lauras Vater erklären würde. Laura spürte Tatendrang in sich aufsteigen. Sie würden einen Schritt weiterkommen.

Sie schnappte ihre Socken und Schuhe und ging auf leisen Sohlen aus dem Büro. Draußen zog sie sich an, wofür sie einige irritierte Blicke ihrer Kollegen erntete. Sollten die denken, was sie wollten.

In der Asservatenkammer händigte man ihr einen Karton mit Elisabeth Brachs privatem Besitz aus. Er war schwer, sie musste ihn auf dem Weg zurück in ihr Büro mehrmals abstellen.

Sie war ein paar Schritte weitergegangen, als Farkas' laute Stimme ertönte. »Frau Sturm, kommen Sie bitte mal zu mir.« Seine Tür stand offen, anscheinend hatte er eine Zeit lang lang beobachtet, wie sie sich mit dem Karton abmühte. Sie betrat das Büro und ließ den Behälter vor ihre Füße auf den Boden plumpsen.

»Na, was schleppen Sie denn so Schweres, Frau Sturm? Ich hoffe, dass es sich dabei um Dinge handelt, die mit dem Fall Severin Kusch zu tun haben. Sie wissen ja, der hat oberste Priorität.«

Laura wusste, dass es das Klügste war, nach seinen Regeln zu spielen. »Natürlich, Kriminalinspektor Suchanek und ich sind ein ganzes Stück weiter. Und was diese täglichen Berichte angeht: Natürlich würden wir Ihnen diese liebend gerne jeden Tag vorlegen, aber denken Sie nicht, dass es wichtiger wäre, unsere gesamte Zeit und Energie für die Lösung des Falls einzusetzen? Ich kann Ihnen gerne anbieten, dass wir wöchentlich eine detaillierte Aufstellung unserer Tätigkeiten abgeben und Ihnen zur Verfügung stehen, wenn Sie Informationen benötigen. Ich hoffe, Sie vertrauen uns in dieser Sache, Herr Farkas. Wir haben großen Respekt vor Ihnen und Ihrer Arbeit und fügen uns selbstverständlich Ihren Anweisungen.«

Laura konnte sehen, wie ihre Worte Farkas' Ego wachsen ließen. Er nahm einen Schluck aus seiner Colaflasche und richtete sich in seinem Schreibtischsessel auf, so gut es ging. »Frau Sturm, es ist schön zu hören, dass immerhin Sie auf meiner Seite stehen. Mit Ihrem werten Kollegen ist es schwieriger. Er versteht einfach nicht, dass auch ich an der schnellen Aufklärung des Falls interessiert bin. Dieser arme junge Mann muss seinen Frieden finden.«

Na und ob du das bist, dachte Laura, *weil dir der alte Kusch irgendwas versprochen hat. Wir machen schön die ganze Arbeit und du heimst die Lorbeeren ein.* Gott sei Dank war Karl nicht da, er hätte diese Gedanken wahrscheinlich laut ausgesprochen. Laura nickte nur.

»Gut, Frau Sturm, dann will ich Sie nicht länger von der Arbeit abhalten. Ich erwarte dann Ihren Bericht. Und kommen Sie gerne öfter bei mir im Büro vorbei, um mich auf dem Laufenden zu halten.«

»Geht klar, Chef!« Laura hob die Kiste auf.

Farkas machte keine Anstalten, ihr zu helfen, sondern genehmigte sich einen weiteren Schluck aus seiner Colaflasche. »Ach, und schließen Sie bitte die Tür hinter sich.«

Laura musste sich einen Kommentar verkneifen und stieß die Tür mit dem Ellbogen zu. Als sie die Kiste sicher auf ihrem Schreibtisch abgestellt hatte, läutete ihr Handy. Es war Karl.

KAPITEL 24

Karl war noch einmal in Severins Wohnung gewesen und hatte jeden Winkel durchsucht. Er hatte nicht einmal gewusst, wonach er eigentlich Ausschau hielt, die Spurensicherung hatte ihren Job gemacht. Mutlos hatte er die Matratze hochgehoben, im Spülkasten auf der Toilette nachgesehen und jeden Teller inspiziert. Er hatte nichts gefunden, absolut nichts. Alles war in bester Ordnung gewesen. Die Matratze sah aus wie frisch gekauft, die Teller so, als hätte noch nie jemand davon gegessen.

Nach zwei Stunden erfolgloser Suche gab er auf und schloss die Wohnungstür hinter sich.

Mutlos stand er vor der Wohnung und betrachtete die weißen Mauern, ehe er langsam zu seinem Wagen zurückging. Da fiel sein Blick auf den hohen Zaun des Anwesens der Familie von Stein. Frau von Stein hatte ihm versprochen, mit ihren Angestellten zu reden, und ihn zurückzurufen. Das war gestern gewesen. Frau von Stein hatte gesagt, dass sie heute zu Hause anzutreffen wäre. Karl entschloss sich, sein Glück zu versuchen. Er stellte sich vor das große Tor und läutete.

Erneut erklang die knarzige Stimme des Butlers. »Guten Tag, was kann ich für Sie tun?«

Karl schaute auf die Uhr. Es war 15 Uhr, er hatte zwei Stunden Zeit, bis er bei Victoria Kusch sein musste. Er räusperte sich. »Einen schönen guten Tag. Mein Name ist Karl Suchanek, Landeskriminalamt Wien. Ich war gestern schon einmal hier, um die Hausherren zu dem Mord an Severin Kusch zu befragen. Ich habe diesbezüglich bereits mit Frau von Stein telefoniert, und sie hat mir zugesichert, bei Fragen zur Verfügung zu stehen.«

»Einen kleinen Moment, bitte.«

Karl wartete einige Minuten, traute sich aber nicht, noch einmal zu klingeln. Er war sich sicher, dass das ein Test war, seine Standfestigkeit zu prüfen. Die kleine Kamera über der Gegensprechanlage war direkt auf ihn gerichtet und blinkte unaufhörlich. Er erschrak, als die knorrige Stimme ihn aus seinen Gedanken riss. »Herr Suchanek, Herr von Stein wird Sie jetzt empfangen.«

Das Tor öffnete sich langsam und Karl trat ein. Es verschlug ihm den Atem. Das Tor gab den Weg in einen wunderschönen Wald frei, ein kleiner Trampelpfad führte hindurch. Links und rechts erhoben sich große Tannen und Buchen. Karl musste den Kopf in den Nacken legen, um ihre Wipfel zu erkennen. Einige Vögel schreckten auf, als sich das Tor hinter ihm quietschend schloss. Die Sonne brach immer wieder zwischen den Wolken hervor und schickte ein paar Strahlen durch das Dickicht. Der Geruch von Pferdeäpfeln wurde intensiver und fast wäre Karl in einen hineingetreten. An den schattigen Stellen lag eine Menge Schnee. Hufspuren zeichneten sich deutlich ab. Anscheinend waren vor Kurzem Pferde diesen Weg entlang gegangen.

Nach ein paar Schritten kam Karl an einem kleinen See vorbei, an dem zwei Mädchen standen – er schätzte sie auf elf oder zwölf Jahre. Sie hatten ihre beiden Pferde an einen Baum gebunden und versuchten, Steine über das Wasser ditschen zu lassen. Einzelne Stellen des Sees waren durch den Wintereinbruch bereits zugefroren und ließen kein richtiges Ditschen mehr zu. Das mussten auch die Mädchen bald erkennen und gingen zurück zu ihren Pferden. Sie hatten Karl nicht bemerkt. Er wollte keine Aufmerksamkeit erregen und setzte seinen Weg fort, gespannt, wann der Märchenwald den Blick auf das Haus der von Steins freigeben würde.

Als er das Ende des Weges erkannte, beschleunigte sich sein Gang, und er musste seine Augen mit der Hand abschirmen, um nicht von der Sonne geblendet zu werden. Er trat auf eine Lichtung. Der Schnee war hier zur Gänze geschmolzen und das nasse Gras glänzte. In der Mitte der Lichtung stand das Anwesen der von Steins: ein altes Bauernhaus. Karl fühlte sich erneut in seine Kindheit versetzt. Früher war er mit seiner Familie ab und zu aufs Land gefahren. Falls Karl jemals selbst ein Haus bauen würde, dann würde es diesem ähneln. Karl tippte auf massives Föhrenholz, er zählte drei Giebel, der Balkon im ersten Stock war mit wunderschönen Holzschnitzereien verziert. Vor den vielen kleinen Fenstern hingen Blumenkisten, in denen trotz der kalten Temperaturen wunderschöne weiße Blumen in voller Blüte erstrahlten. Karl hatte von dieser Blume gehört, die im Winter blühte. Das mussten Christrosen sein.

Direkt neben dem Haus befanden sich die Stallungen. Ein paar junge Burschen waren gerade dabei, die Pferde zu bürsten.

Als Karl sich dem Haus näherte, sah er einen älteren Mann auf einer der Holzbänke sitzen, dick eingepackt in einen Fellmantel, eine Pfeife in der Hand haltend. Sein Gesicht war für einen kurzen Moment von Rauchschwaden verdeckt. Das musste Alexander von Stein sein.

Karl steuerte auf Herrn von Stein zu, der weiterhin seelenruhig zu den Stallungen schaute, und setzte sich. Herr von Stein blieb den Pferden zugewandt und rauchte seine Pfeife. Der Geruch von Tabak gesellte sich zu dem Odeur von Pferdeäpfeln. Die Vögel zwitscherten, die Sonne schien den beiden Männern ins Gesicht. Karl entspannte sich und verdrängte eine Sekunde, warum er eigentlich hier war, bis Herr von Stein ihn zurück in die Gegenwart holte. »Der junge Kusch ist also ermordet worden. Beatrice hat es mir erzählt. Wie hieß er noch mal?« Alexander von Stein stopfte eine neue Ladung Tabak in seine Pfeife.

»Severin, Severin Kusch, Herr von Stein.«

»Ach ja, Severin. Er war ein guter Junge, hat uns nie Probleme bereitet. Wissen Sie denn, wer es getan hat?«

Karl seufzte: »Leider nicht. Wenn ich das wüsste, hätte ich Sie heute nicht aufsuchen müssen. Wir haben einige Anhaltspunkte, uns fehlen aber noch ein paar Puzzlestücke. Ihre Frau hat mir gesagt, dass Ihnen nichts Besonderes aufgefallen ist.«

»Ich komme nicht mehr oft raus – vor zwei Jahren wurde bei mir Knochenkrebs diagnostiziert. Seitdem hat mich die Krankheit gezeichnet, meine Kräfte schwinden mit jedem Tag. Der Urlaub auf Fuerteventura war für mich bereits eine große Anstrengung, ein letztes gemeinsames Erlebnis mit meiner Frau. Die Ärzte machen mir keine Hoffnungen mehr – viel Zeit bleibt mir nicht. Aber ich halte mich gerne zu Hause auf, ich habe hier alles, was ich brauche.«

Karl konnte ihn gut verstehen. Dieser Ort strahlte Ruhe und Zufriedenheit aus. »Ihre Frau hat mir gesagt, dass eventuell einer Ihrer Angestellten etwas bemerkt haben könnte. Denken Sie, ich könnte mit ihnen sprechen? Ich habe gesehen, dass Sie eine Kamera am Eingangstor montiert haben. Vielleicht ist dort etwas gefilmt worden, was uns weiterhilft.«

Der alte Mann erhob sich. »Wären Sie so gut und würden mich ins Haus begleiten?«

Karl ging mit ihm hinein.

»Edgar wird gleich da sein. Er kann Ihnen sicher bezüglich der Videoaufzeichnungen helfen. Sie müssen mich entschuldigen, es ist Zeit für meinen Nachmittagsschlaf. Meine Enkelkinder sind zu Besuch und wollen am Abend gemeinsam einen Film schauen. Da muss ich mich ausruhen, damit der alte Opa nicht mitten im Film eindöst. Ich bin noch etwas müde von der Reise.« Herr von Stein lächelte warm, als er von seinen Enkelkindern sprach. Karl vermutete, dass es sich dabei um die zwei Mädchen am See handelte.

»Natürlich, Herr von Stein, danke, dass Sie mich empfangen haben. Und wenn ich mir die Bemerkung erlauben darf: Sie haben ein wunderschönes Anwesen.«

Alexander von Stein lächelte. Man merkte, dass er müde war. »Vielen Dank, das Grundstück ist seit Jahrzehnten im Besitz meiner Familie. Wir fühlen uns hier sehr wohl. Ich werde mich nun verabschieden.«

Eine knarrende Stimme hallte durch den Raum und riss Karl aus seinen Gedanken: »Ich habe gehört, Sie benötigen meine Hilfe?«

Karl drehte sich um und blickte in das Gesicht eines kleinen, zierlichen Mannes, der aussah, als wäre er seit langer Zeit nicht mehr an der frischen Luft gewesen. »Sie müssen Edgar sein«, sagte er.

Der Butler sah ihn emotionslos an und erwiderte nur: »Wenn Sie mir bitte folgen würden.« Der Mann machte eine ausladende Handbewegung in Richtung Tür und trottete voraus. Auf dem Schrank neben der Haustür erblickte Karl bereits einen Karton mit Videobändern.

»Ich hoffe, Sie finden, was Sie suchen. Das sind unsere Aufzeichnungen der letzten acht Wochen, alles davor wurde automatisch gelöscht. Es tut mir leid, die Kassetten sind nicht beschriftet. Ich hätte nicht gedacht, dass diese jemals von Interesse für irgendjemanden sein könnten. Ich bitte Sie, mit den Aufzeichnungen nicht an die Öffentlichkeit zu gehen, falls Sie etwas finden. Privatsphäre ist den Herrschaften sehr wichtig, und ich möchte nicht, dass sie in diesen Medienrummel involviert werden.« Der Butler fixierte Karl mit einem scharfen Blick.

Karl spürte, dass seine Loyalität zu den von Steins felsenfest war. Es war ihm ein persönliches Bedürfnis, dass nichts ihre Ruhe störte. »Natürlich, die Bänder werden absolut vertraulich behandelt. Sie haben mein Wort.« Karl streckte ihm seine Hand hin.

Der Butler beäugte sie misstrauisch und drückte sie schwach.

»Ich will Sie nicht länger stören. Richten Sie Herrn von Stein bitte meinen Dank für seine Kooperation aus. Meine Karte lasse ich Ihnen hier. Falls Ihnen noch etwas einfällt, zögern Sie nicht, mich zu kontaktieren.«

Der Hausangestellte war bereits an der Tür und öffnete sie. »Guten Tag, Herr Suchanek.«

Karl schnappte sich die Kiste mit den Bändern und machte sich auf den Rückweg durch den Wald. Die Mädchen mit ihren Pferden waren bei den Stallungen angekommen und sattelten die Tiere ab.

Zurück auf der Straße fühlte sich Karl, als wäre er gerade in einer anderen Welt gewesen, in die keine schlimmen Dinge wie Morde oder Verbrechen eindringen konnten, in der man im Einklang mit der Natur lebte und nur die Dinge in sein Leben ließ, die einem guttaten. Jäh wurde er durch lautes Hupen in die Realität katapultiert. Er beschloss, Laura anzurufen. Sie würden sich zur Vernehmung von Victoria Kusch wiedertreffen.

KAPITEL 25

Laura hatte Karl gebeten, sie vom LKA abzuholen, um das bevorstehende Gespräch mit Victoria Kusch im Auto noch einmal durchzugehen. Karl hatte ihr vorhin am Telefon erzählt, was er bei den von Steins erfahren hatte. Viel war es nicht gewesen, immerhin hatten sie einen weiteren Anhaltspunkt. Diese Videobänder könnten sie einen entscheidenden Schritt weiterbringen. Das Notizbuch hatte sie an sich genommen, sie würde es eventuell heute Abend genauer betrachten – je nachdem, wie lange ihr Besuch bei Frau Kusch dauern würde.

Karl drückte ihr gleich beim Einsteigen in sein Auto einen Kaffeebecher in die Hand.

Ich habe dir auch einen Cappuccino bestellt. Koste mal! Ich hoffe, er ist noch nicht kalt.«

»Danke, Karl.« Laura riss ein Zuckerpäckchen auf, leerte es in ihr Heißgetränk und nahm einen Schluck. Der Kaffee war bereits lauwarm, weshalb sie ihn schnell zurück in den Getränkehalter der Mittelkonsole des Autos stellte.

»Wir sollten kurz durchgehen, wie wir die Vernehmung von Victoria Kusch handhaben wollen. Wenn es dich nicht stört, würde ich gern die Befragung leiten.«

Karl hielt den Blick gedankenverloren auf die Straße gerichtet und sagte nichts.

»Karl, hörst du mir überhaupt zu?«

Karl blickte kurz zu Laura. »Ja klar, du kannst gerne die Vernehmung durchführen, kein Problem.«

Das wunderte Laura, bei Sophie war Karl ganz erpicht darauf gewesen, die Befragung zu leiten. Laura legte sanft die Hand auf Karls Arm.

»Was ist denn los mit dir?«

Karl nahm einen Schluck von seinem Kaffee und verzog angewidert das Gesicht. »Es ist nichts. Der Besuch bei Herrn von Stein hat mich etwas zum Grübeln gebracht. Ich meine, sind wir einmal ehrlich: Wir haben bis jetzt nichts, keinen Anhaltspunkt, der auch nur im Entferntesten dazu führen könnte, dass wir den Mörder finden. Kein Motiv ist ausreichend, um Anklage zu erheben. Wir fischen im Trockenen. Und selbst wenn wir auf den Videobändern irgendwas finden, heißt das noch lange nicht, dass es etwas mit dem Mord an Severin zu tun hat.« Karl nahm einen weiteren vorsichtigen Schluck und stellte ihn mit einer energischen Handbewegung ebenso im Getränkehalter ab.

»Du hast recht, Karl. Aber trotzdem habe ich das Gefühl, dass wir der Lösung einen Schritt näherkommen.« Laura atmete tief durch. »Ich habe mir heute Elisabeth Brachs Akte besorgt. Ich denke, dass die beiden Fälle miteinander zu tun haben. Und um das sicherzustellen, müssen wir Nico Lercher einen Besuch abstatten. Es führt kein Weg daran vorbei. Ich habe seine Besucherliste angefragt, die mir hoffentlich heute noch ins Büro gefaxt wird. Die einzelnen Puzzleteile sind da, wir müssen sie nur richtig zusammensetzen.«

Sie nahm noch einmal einen Schluck von ihrem Kaffee. »Okay, das Gesöff kann man nicht trinken, sorry.«

Karl schaute Laura verwundert an: »Also irgendwie hast du dich in den letzten Tagen sehr verändert. Sonst bin ich immer derjenige gewesen, der dich aufbauen musste.«

Laura lächelte zaghaft. »Ich bin selbst ein bisschen erstaunt, aber ich will diesen Fall einfach abschließen. Ich habe gelernt, dass einen seine Vergangenheit immer einholen kann – ohne Vorwarnung. Wichtig ist nur, was man damit macht: ob man sich ihr stellt oder sich vor ihr versteckt. Ich habe mich entschlossen, mich ihr zu stellen.«

Karl musste lächeln.

Der Himmel war komplett zugezogen, und durch die dichten Wolken wirkte es, als wäre es schon Nacht. Bei der Hälfte des Weges hatte es stark zu regnen begonnen.

Dennoch erreichten sie pünktlich um 17 Uhr das Anwesen der Kuschs, wo sie vom Valet in Empfang genommen wurden. Das Haus strahlte in warmem Licht und wirkte in der Dunkelheit fast noch imposanter als bei Tag.

Eine Hausangestellte öffnete ihnen die Eingangstür. Laura erkannte sie wieder: Es war dieselbe Frau, die ihr bei ihrem letzten Besuch Tee serviert hatte.

»Frau Kusch wartet im Esszimmer auf Sie. Wenn Sie mir bitte folgen würden?«

Sie hatte einen leichten spanischen Akzent und sprach sehr laut.

Laura und Karl folgten dem Hausmädchen in einen großen Saal – ihn als Zimmer zu bezeichnen, wäre eine Untertreibung gewesen. An den Wänden hing sicher ein Dutzend Porträts von Männern. Laura vermutete, dass es sich dabei um die Verwandtschaft von Magnus Kusch handelte. Jeder der Männer war in einer Machtpose abgebildet worden: stark und herabschauend. Am Ende der Tafel hing ein Bild von Magnus Kusch selbst, auf einem Pferd sitzend, die Zügel straff gezogen, das Kinn angehoben. Victoria Kusch saß am Ende der Tafel, direkt unter dem Bild ihres Gatten, und strich sich mit den Händen über ihre Haare.

Im Vergleich zu ihr sah das Bild von Magnus Kusch übermenschlich groß aus. Es war, als ob er auf seine Frau herabsehen und jede ihrer Bewegungen überwachen würde. Laura wollte sich gar nicht vorstellen, wie es sein musste, die Ehefrau dieses Mannes zu sein, der nur auf seinen Ruf und seine Außenwirkung Wert legte.

Victoria Kusch erhob sich mit einem gequälten Lächeln, als sie Laura und Karl erblickte. »Vielen Dank, Frau Montez. Was darf es für Sie beide sein? Kaffee? Tee? Wasser?« Sie blickte Laura und Karl traurig an.

»Kaffee bitte, vielen Dank«, sagten Laura und Karl fast gleichzeitig.

Laura war nicht entgangen, dass die Hausangestellte in Anwesenheit von Frau Kusch ihre Schultern verkrampft hochgezogen hatte und fortwährend auf den Boden starrte. Frau Kusch machte einen netten Eindruck, doch ihre Angestellte hatten Angst vor ihr.

Frau Montez verließ schnell das Esszimmer, den Blick eisern gesenkt. »Natürlich, Frau Kusch, natürlich. Vielen Dank«, murmelte sie leise im Hinausgehen.

»Darf ich Sie bitten, Platz zu nehmen? Mein Mann hat mir erzählt, dass Sie bereits mit ihm gesprochen haben. Leider war ich zu dieser Zeit nicht imstande, jemanden zu empfangen.« Der schmerzliche Ausdruck in ihrem Gesicht festigte sich. »Als ich von Severins Tod gehört habe, hat es mir den Boden unter den Füßen weggezogen. Ich konnte mein Schlafzimmer nicht verlassen. Die Trauer, ein Kind zu verlieren …« Victoria Kusch stockte und stützte sich an der Tischkante ab. Sie wischte sich über die Augen und kramte ein Taschentuch aus ihrer kleinen blauen Handtasche.

Karl half ihr, sich in ihren Sessel zu setzen. »Sie haben unser tiefstes Mitgefühl. Niemand kann den Schmerz nachempfinden, den eine Mutter beim Verlust eines Kindes fühlen muss.«

Laura betrachtete Victoria Kusch sehr genau. Sie war bildhübsch. Sogar noch hübscher als auf den Fotos, die sie bis jetzt von ihr gesehen hatte. Ihre weichen, braunen Haare fielen wie ein Wasserfall über ihre Schultern. Sie trug ein hellblaues Kostüm, das ihre braun gebrannten, definierten Arme zur Geltung brachte. Laura erkannte, was sie störte: ihre Augen. Frauen, die wirklich trauerten, kannte Laura allzu gut. Und man sah es allen von ihnen an – ihr Aussehen war dabei nicht ausschlaggebend. Laura hatte Müttern gegenübergesessen, die Kinder verloren hatten. Sie hatten alle eine Trauer in ihren Augen, die tief aus der Seele kam. Diesen Ausdruck suchte sie vergeblich in Victoria Kuschs Augen.

Doch Laura wollte nicht vorschnell urteilen. Konnte es sein, dass Frau Kusch der Außenwelt diese Schwäche nicht zeigen wollte und es gewohnt war, nach außen hin die perfekte Frau zu spielen? Und vielleicht zeigte sich die Verletztheit in ihren Augen, wenn sie nicht *funktionieren* musste. Hatte ihr tyrannischer Mann ihr eingetrichtert, unter allen Umständen gut auszusehen und negative Emotionen mit sich selbst auszumachen? Trotzdem ließ Laura dieses ungute Gefühl nicht mehr los.

»Es geht wieder, vielen Dank.«

Karl hatte Frau Kusch ein Taschentuch gereicht, mit dem sie sich die Tränen aus den Augenwinkeln wischte.

»Jetzt setzen Sie sich aber bitte.«

Karl und Laura nahmen Platz.

Laura ergriff das Wort: »Vielen Dank, Frau Kusch. Wir wollen den Mord an Ihrem Sohn so schnell wie möglich aufklären.«

»Natürlich, natürlich, und ich werde Sie mit aller Macht dabei unterstützen.« Sie lehnte sich zurück, griff nach einer Haarsträhne und wickelte sie langsam um den Finger.

»Frau Kusch, wann haben Sie Ihren Sohn zuletzt gesehen oder mit ihm gesprochen?«

Victoria sah betrübt auf ihre Hände: »Ich … ich weiß es nicht genau. Es muss drei bis vier Wochen her sein. Unser Verhältnis war kompliziert, verstehen Sie? Er hat sich kaum noch gemeldet, und ich habe auch nicht nachgefragt. Vielleicht hätte ich es tun sollen.« Ihre Stimme klang weich, traurig, doch ihr Blick blieb hart, als wolle sie nicht mehr preisgeben als nötig.

Laura machte Notizen. »Und können Sie uns sagen, wo sie sich am 15. Dezember zwischen 18 und 22 Uhr aufgehalten haben?«

»Am 15. Dezember? Lassen Sie mich nachdenken …« Sie runzelte die Stirn, lehnte sich zurück und ließ sich Zeit, bevor sie weitersprach. »Ich war den ganzen Abend zu Hause, mein Mann war länger im Büro. Frau Montez hat mir mein Abendessen zubereitet und ich bin dann bald ins Bett gegangen. Ihre Stimme klang ruhig, fast beiläufig.

Laura beobachtete genau, wie Victoria Kusch sich in der sachlichen Routine der formalen Fragen bewegte – ruhig, kontrolliert, beinahe unberührt. Es war offensichtlich, dass sie sich in diesem Rahmen sicher fühlte, als würde sie ein längst eingeübtes Protokoll abarbeiten. Doch genau das war der Moment, in dem Laura wusste, dass sie ansetzen musste. Jetzt war die Zeit gekommen, um die Oberfläche zu durchbrechen – um die Fragen zu stellen, auf die es wirklich ankam.

»Frau Kusch, bitte beschreiben Sie uns Ihr Verhältnis zu Ihrem Sohn.«

Victoria räusperte sich, griff nach einer Haarsträhne und wickelte sie in einer mechanischen Geste um den Finger – wie automatisch. »Ich muss gestehen, es war nicht immer einfach. Ich habe ihn geliebt, aber es ist ihm sehr schwergefallen, diese Liebe anzunehmen. Ich hatte immer das Gefühl, dass er sich mir gegenüber nicht wirklich öffnen konnte. Er hat mich zwar sehr unregelmäßig besucht, aber wir sprachen dabei hauptsächlich über sein Studium, die neue Wohnung – oberflächliches Geplänkel. Ich denke, er sah diese Besuche als eine Art Pflicht an, weil Magnus ihm das Geld für die Wohnung gegeben hatte.« Victoria Kusch hob ihren Blick und sah Laura mit feuchten Augen an. Eine Träne tropfte auf ihren Schoß und hinterließ einen dunklen Fleck auf ihrem Kostüm. »Sie müssen wissen, ich bin einfach nicht zu ihm durchgekommen. Alles, was ich gesagt oder getan habe, hat ihn genervt. Er war so ein guter Junge, so klug, so empathisch, aber für mich hatte er nicht viel übrig. Das war nicht immer so. Als Kind hat er sich regelrecht an mich geklammert. Doch je älter er wurde, desto distanzierter ist er geworden.«

Laura tat so, als würde sie über ihre nächste Frage nachdenken. In Wahrheit wusste sie genau, was sie fragen würde. »Frau Kusch, wussten Sie über die Sexualität ihres Sohnes Bescheid?«

Victoria Kusch schnappte leise nach Luft. Laura merkte, dass ihr diese Frage unangenehm war.

»Wie meinen Sie das? Wir haben über so etwas nicht gesprochen.«

»Können Sie sich vorstellen, dass Severin möglicherweise asexuel war?«

Victoria Kusch nahm hastig eine andere Haarsträhne zwischen die Finger und begann, diese heftig zu zwirbeln.

»Nein, daran habe ich ehrlich gesagt nie gedacht. Warum fragen Sie das?«

»Wir haben diese Information von Ihrer Tochter bekommen.«

Bei dem Wort Tochter zuckten Frau Kuschs Mundwinkel leicht.

»Ach ja, das kann ich mir gut vorstellen. Mit ihr hat Severin viel geredet.«

Laura bemerkte den Unterton in ihrer Stimme.

Victoria Kusch sammelte sich rasch und richtete sich in ihrem Sessel auf. »Egal, welche Vorlieben Severin hatte: Ich habe ihn geliebt. Und ich weiß auch nicht, wie diese Fragen dabei helfen könnten, seinen Tod aufzuklären.«

Die zwei Strähnen, die Victoria Kusch zuvor wild um ihre Finger gezwirbelt hatte, standen wirr von ihrem Kopf ab.

Karl hielt sich im Hintergrund und sah gelegentlich auf sein Handy.

»Jede Information, die uns hilft, Verbindungen herzustellen, ist wichtig. Wir wollen lediglich herausfinden, mit wem Severin seine Zeit verbracht hat.«

»Ich habe Ihnen gesagt, dass wir über so etwas nicht gesprochen haben.«

Victoria Kuschs Stimme wurde etwas lauter. Sie versuchte, die abstehenden Haarbüschel mit ihren Händen wieder glatt zu streichen.

»Frau Kusch, waren Sie jemals bei Severin zu Besuch oder kam er immer nur zu Ihnen?«

»Ich war einmal kurz dort, als er frisch eingezogen ist: ein hübsches Appartement. Aber danach hat er mich nie wieder zu sich eingeladen. Und ich fand es auch schön, wenn er zu mir gekommen ist.«

»Wissen Sie, ob Ihr Mann oder Ihre Tochter Severin öfter besucht haben?«

Victoria Kusch stand auf.

»Was Sie für Fragen stellen! Nein, das weiß ich nicht. Bei meinem Mann bin ich mir ziemlich sicher, dass das selten passiert ist. Meine Tochter müssen Sie selbst fragen.«

»Frau Kusch, wie ist das Verhältnis zwischen Ihnen und Ihrer Tochter?«

Victoria stand auf und strich ihren Rock glatt. Ihre Hände zitterten leicht.

»Ich weiß nicht, was das Verhältnis zwischen mir und Sophie mit Severins Tod zu tun hat. Wenn Ihnen etwas einfällt, das Sie mich fragen wollen und das zur Aufklärung des Falls beiträgt: sehr gerne. Ansonsten muss ich Sie bitten zu gehen. Frau Montez wird Sie hinausbegleiten.«

Laura merkte, dass sie nicht mehr durchkommen würde. Sie war zufrieden. Das Gespräch war in etwa so verlaufen, wie sie es sich vorgestellt hatte. Sie erhob sich, Karl tat es ihr gleich.

»Vielen Dank, Frau Kusch, das war alles – für heute. Ich werde Sie kontaktieren, falls wir weitere Fragen haben.«

Frau Montez stand bereits in der Tür. Victoria Kusch hatte einen Handspiegel hervorgeholt und betrachtete ihre Haare. Laura und Karl folgten Frau Montez zur Tür. Karls Wagen stand bereits in der Einfahrt. Sie sprachen erst miteinander, nachdem sie das Anwesen der Kuschs verlassen hatten.

»Na, das war ja mal eine komische Befragung«, platzte es aus Karl heraus.

Laura hatte vermutet, dass es Karl schwerfallen würde, die ganze Zeit so still zu sein. Jetzt strömten die Worte wie ein Wasserfall aus seinem Mund.

»Also eines muss man ihr lassen: Diese Frau weiß wirklich, wie man perfekt auftritt. Sie blendet einen richtig mit ihrer Schönheit. Und ich bin ehrlich: Ich weiß nicht, ob ich die Fragen so hätte stellen können, wie du sie gestellt hast. Und man hat gemerkt, dass da etwas im Busch ist. Diese Familie Kusch ist seltsam. Da weiß man nicht, wem man trauen kann. Sophie ist die Einzige, die mir ehrlich vorgekommen ist. Du sagst ja gar nichts!«

Laura grinste Karl an: »Muss ich auch nicht, das hast du für mich erledigt.«

Karl blickte aus dem Fenster.

Laura wurde wieder ernst. »Nein, ganz ehrlich: Mit der stimmt irgendetwas nicht. Ich hatte das Gefühl, einer Schauspielerin gegenüberzusitzen. Die Gesten und ihre Mimik waren perfekt, zu perfekt. So sieht keine trauernde Mutter aus. Diese ganze Familie spielt ein Spiel mit uns. Es ist an der Zeit, dass wir den richtigen Zug machen.«

Karl schaute Laura verwundert an: »Wie meinst du das?«

»Ich meine, dass wir jeden einzelnen Stein umdrehen werden, den wir in Magnus und Victoria Kuschs Vergangenheit finden. Und wir werden mit Nico Lercher sprechen. Ich habe uns für morgen angekündigt. Es muss eine Verbindung geben und wir werden sie so bald wie möglich finden.«

»Alles klar, klingt nach einem Plan. Ich will gleich noch einmal ins Büro und nachsehen, ob die Besucherliste bereits da ist. Du musst ja noch Bo holen, oder? Ich ruf dich später an.«

Bo hatte Laura für einen kurzen Moment ganz vergessen. Sie hatte Anna gebeten, ihn aus dem Büro zu holen, weil sie nicht wusste, wie lang sie heute noch arbeiten musste. Das schlechte Gewissen traf sie.

»Alles klar, gib mir Bescheid, ob dir an der Liste etwas Besonderes auffällt. Ich bin jederzeit erreichbar.«

Karl setzte Laura vor dem LKA ab, wo sie ausstieg und direkt zu ihrem Auto ging. Ohne Zeit zu verlieren, startete sie den Motor und machte sich auf den Weg zu Anna. Am liebsten wäre sie gleich ins Büro gegangen und hätte sich hinter ihren PC gesetzt, um alles über die Familie Kusch herauszufinden. Aber sie wusste, dass Karl genau das erledigen würde. Außerdem war es nach 18 Uhr. Die Arbeit durfte nicht alle anderen Dinge in ihrem Leben überschatten. Sie musste Prioritäten setzen. Laura schob ihre Hand in die Außentasche ihres Mantels, um sicherzugehen, dass Elisabeth Brachs Notizbuch darin steckte.

KAPITEL 26

Anna wirkte überrascht, als Laura vor ihrer Tür stand, offenbar hatte ihre Freundin heute nicht mehr mit ihr gerechnet. Annas Haare waren nass und tropften auf ihr T-Shirt, die Haut war leicht gerötet, die Augen hatten einen fiebrigen Glanz.

»Störe ich dich etwa? Hast du gerade Sport gemacht?« Laura grinste. »Oder habe ich dich bei etwas anderem gestört?«

Anna fasste sich schnell wieder, schnappte sich ein Handtuch aus dem Bad und begann, ihre Haare damit trocken zu rubbeln. »Ich habe nur ein bisschen Yoga gemacht, das ist alles. Kein Ding.«

Laura wusste, dass Anna Sport verabscheute. Sie bemerkte, dass ihrer Freundin das Thema unangenehm war, und begann deshalb, ihre Aufmerksamkeit auf Bo zu lenken, der jauchzend an ihren Beinen hochsprang.

»Hallo, mein Kleiner. Du siehst gut aus.«

Als würde Bo jedes Wort aus Lauras Mund verstehen, wedelte er noch etwas schneller mit dem Schwanz und bellte laut auf.

Anna rubbelte an ihren Haaren herum, obwohl sie längst nicht mehr nass waren. »Holst du ihn etwa schon ab?«, fragte Anna mit einem Anflug von Enttäuschung in der Stimme. »Ich dachte, er bleibt über Nacht.«

»Tut mir leid, aber ich muss ein bisschen mehr Zeit mit

Bo verbringen. Ich kann die Verantwortung nicht dauernd auf dich abwälzen.«

Anna warf das nasse Handtuch achtlos über den Kleiderständer und fing an, sich mit den Händen durch die Haare zu fahren. Sie wirkte leicht zerstreut. So kannte Laura sie gar nicht.

»Bleib mal kurz still. Du hast da was.« Laura lehnte sich vor und holte eine kleine klebrige Kugel aus Annas Haaren. Sie sah fast so aus wie diese Klebekugeln, mit denen sie als Kinder ihre Mitschüler abgeschossen hatten. »Wie kommt das denn in deine Haare?«

Anna lachte laut auf. »Ach, ich habe so eine neue Haarmaske gekauft. Absoluter Mist, hat meine Haare total verklebt: Aloe vera, keine Silikone. Da gibt man Unsummen aus und bekommt nur diesen Blödsinn dafür.«

Verärgert nahm Anna Laura die Klebekugel aus der Hand und warf sie achtlos auf den Boden. »Wie geht es dir mit deinem Fall?«

Laura seufzte und setzte sich zu Bo auf den Fußboden. »Wir kommen voran, aber ganz schlau sind wir immer noch nicht geworden. Ich habe mit der Pflegerin meines Vaters gesprochen, das hat mich nicht wirklich weitergebracht.« Laura machte eine kurze Pause und beobachtete, wie Bo spielerisch nach ihrem Finger schnappte. »Karl und ich werden morgen zu Nico Lercher fahren.«

Laura hatte erwartet, dass ihr Anna eine Predigt darüber halten würde, wie sehr sie dieser Fall aufwühlte und dass sie sich Sorgen machte. Doch ihre Freundin schwieg.

Laura blickte hoch: Anna war immer noch damit beschäftigt, weitere Klebekügelchen aus ihren Haaren zu fischen. Als sie Lauras Blick bemerkte, hörte sie sofort damit auf. »Hm, alles klar. Dann halte mich auf dem Laufenden. Ich muss mal langsam weiterarbeiten. Bitte ruf nächstes Mal an, wenn du vorbeikommst.« Anna hatte ihr gar nicht richtig zugehört. Sie schien mit ihren Gedanken woanders zu sein.

Das war Laura nur recht, denn sie hatte kein Bedürfnis, über den Fall zu sprechen. Sie schnappte sich Bos Leine, hauchte Anna einen Kuss auf die Wange und ging nach draußen.

Es war eine pechschwarze Nacht. Diese kurzen, kalten Wintertage ließen sich im Haus besser aushalten. Dort hatte die Dunkelheit einen gewissen Zauber, der die Natur und den Wald in ein anderes, aufregendes Licht hüllte. Hier in der Stadt verschanzten sich die Leute in ihren Wohnungen und warteten auf den Anbruch eines neuen Tages. Der Wald wurde erst in der Nacht richtig lebendig und schenkte seinen Bewohnern Schutz und Geborgenheit. Die Stadt blieb still und unheimlich. Annas Wohnung lag direkt neben einem großen Park und Laura beschloss, Bo dort laufen zu lassen. Er war nicht besonders agil und trottete nur hinter ihr her. Auch Hunden konnte es manchmal zu kalt und ungestüm sein. Menschen waren keine unterwegs. Laura leinte Bo ab und stellte sich unter einen Baum. Während der Hund in aller Seelenruhe herumschnüffelte und gelegentlich sein Bein hob, begann Laura zu frieren. Sie hauchte sich warme Luft in die Hände und stieg von einem Fuß auf den anderen, um ihre kalten Zehen aufzuwärmen. Nach zehn Minuten pfiff sie und Bo kam sofort angeschossen. Er hatte wohl nach etwas im Schnee gegraben – er war pitschnass und das ansonsten weiße Fell um seine Schnauze war bräunlich gefärbt.

Als sie wieder im Auto angekommen waren, ließen sich alle Folgen des kurzen Spaziergangs erkennen. Dem

Geruch nach hatte sich Bo nicht nur in Schnee gewälzt. Laura musste den ganzen Weg mit geöffnetem Fenster zurücklegen, um trotz des Gestanks überhaupt einen klaren Gedanken fassen zu können.

Zu Hause steckte sie Bo sogleich in die Badewanne. Er hasste Baden und versuchte mehrmals zu entwischen. Nachdem er sauber und geföhnt war, glich das Badezimmer einem Schlachtfeld.

Laura betrachtete die Verwüstung auf den kalten Fliesen. Bo sprang wieder glücklich und schwanzwedelnd vor ihr herum. Sie brachte ihn in die Küche und machte sich daran, das Bad wieder auf Vordermann zu bringen.

Nach einer Stunde schloss sie erschöpft die Badezimmertür, schenkte sich ein Glas Weißwein ein und ließ sich auf die Couch plumpsen. Sie nahm einen Schluck und atmete tief durch. Was für ein Tag! Bo hatte es geschafft, die Küchentür zu öffnen, und hüpfte neben Laura auf die Couch. Er stupste sie mit seiner feuchten Schnauze an und Laura kraulte ihn hinter den Ohren.

Sie nahm noch einen Schluck Wein und ließ ihren Blick durch die Wohnung schweifen. Nichts hatte sich verändert, seit sie damals hier eingezogen war. Vielleicht sollte sie das ändern. Die Wohnung war zwar schön, spiegelte jedoch wenig von ihrer Persönlichkeit wider. Sie nahm sich vor, bei nächster Gelegenheit in ein Möbelgeschäft zu gehen und ihrer Wohnung einen neuen Anstrich zu verpassen. »Sei du selbst die Veränderung, die du dir wünscht für diese Welt«, sagte sie laut und musste daran denken, wie ihr Vater das früher oft zu ihr gesagt hatte.

Ihr Vater! Das Notizbuch!

Sie stellte hastig das Weinglas ab. Bo, der fast eingeschlafen war, schreckte hoch.

»Alles gut, mein Kleiner, schlaf weiter«, sagte Laura sanft und schnappte sich das Notizbuch aus ihrer Jacke an der Garderobe. Sie überlegte kurz, ob sie es tatsächlich heute noch in Angriff nehmen sollte. Es war bereits kurz vor Mitternacht und sie spürte die Müdigkeit kommen. Doch die Neugier siegte.

Das Büchlein war nicht besonders dick: ein schlichter schwarzer Einband, linierte Blätter; ein dünnes, goldenes Bändchen diente als Lesezeichen.

Auf der ersten Seite stand folgende Widmung:

Für Elisabeth, meine Perle, damit dir deine Gedanken immer wieder helfen, den richtigen Weg zu finden.

Für immer dein Martin.

Laura blätterte das Buch einmal schnell durch und konnte erkennen, dass Elisabeth jeden Eintrag mit einem Datum versehen hatte – fast wie in einem Tagebuch. Euphorisiert suchte Laura nach dem Eintrag an jenem Tag, an dem Elisabeth erstmals Kontakt mit ihrem Vater gehabt hatte. Laut Besucherliste des Pflegeheims hatte sie ihren Vater das erste Mal am 4. Oktober 2011 besucht:

Ich habe ihn wirklich besucht, ich habe mich getraut. Nachdem ich von seinem Schicksal gehört hatte, wollte ich zuerst gar nicht. Ich wollte dem armen Mann nicht noch mehr Kummer bereiten, aber er hatte das Recht, die Wahrheit zu erfahren. Ich habe sowieso schon viel zu lange damit gewartet. Ich habe es geschafft, diese Dinge zu verdrän-

gen, mein Leben zu leben und alles hinter mir zu lassen.
Doch nach Martins Tod ist alles anders. Das schlechte Gewissen prallt wie ein Hammer auf meinen Kopf. Es kommt so plötzlich, dass ich keine Luft mehr kriege. Ich habe unaussprechliche Dinge getan, die das Leben mehrerer Menschen grundlegend verändert haben. Und ich muss reinen Tisch machen.

Laura hörte auf zu lesen. Sie starrte auf die Tischplatte und lauschte Bos monotonen Atemgeräuschen. Elisabeth Brach war wohl doch kein so guter Mensch gewesen, wie sie bisher angenommen hatte. Sie hatte etwas getan, was mit Lauras Vater zu tun gehabt hatte. Wenn sie weiterlesen würde, würde sie vielleicht Dinge erfahren, die ihre Sichtweise grundlegend ändern würden. War sie dazu wirklich bereit?

Laura stand vorsichtig auf, nahm Bo hoch und legte ihn in sein Körbchen. Dann schnappte sie sich das Weinglas und trank es in einem Zug aus, ging in die Küche und kam mit der ganzen Flasche zurück. Sie schenkte sich ein neues Glas ein und öffnete das Buch erneut. Es führte kein Weg daran vorbei.

4. Oktober 2011

Ich fand heraus, dass er in einem Pflegeheim wohnt, er hatte einen Schlaganfall erlitten. Als ich ihn so daliegen sah, schnürte es mir den Hals zu. Er sah zerbrechlich aus, nur ein Schatten seiner selbst. Ich musste daran denken, wie dieser Mann wohl vor dem Unfall seiner Frau ausgesehen hatte, ein Mann

voller Träume und Visionen, ein Familienvater, gut aussehend, strebsam, erfolgreich. Jetzt vegetiert er vor sich hin. Und ich bin schuld daran.
Ich setzte mich an sein Bett. Er hatte mich anfangs gar nicht beachtet. Ich saß minutenlang nur an seiner Seite, er starrte aus dem Fenster, ich auf die Apparaturen um sein Bett. Ich musste mich zurückhalten, nicht in Tränen auszubrechen.
Irgendwann begann ich einfach zu sprechen und konnte nicht mehr aufhören. Ich erzählte ihm alles. Alles, was ich getan habe, alles, was ich verheimlicht habe, all die Jahre. Ich weiß nicht, ob es Erleichterung ist, die ich fühle, oder ob es einfach nur noch mehr Schmerz ist.
Es begann mit der Vertauschung der Kinder. Julia und Philip hatten so lange versucht, ein eigenes Kind zu bekommen. Sie waren sogar Pflegeeltern für eine Weile – dann endlich, das große Glück. Unsere Freundschaft hatte sich danach sogar intensiviert, ich habe viel Zeit mit dem kleinen Lukas verbracht. Doch irgendwann merkte ich, dass etwas nicht stimmte.
Lukas hatte immer wieder blaue Flecken, wirkte verwahrlost. Die Eltern waren streng, so furchtbar streng. Keine Umarmungen, kein Lächeln, nur Regeln, Strafen, Kontrolle. Am Anfang habe ich es mir noch schönzureden versucht. Vielleicht war es nur ihre Art, ihn zu erziehen? Aber mit der Zeit wurde es schlimmer. Ich sah es, ich wusste es – und ich tat nichts. Das Kind hatte dieses Schicksal im wahrsten Sinne des Wortes nicht verdient. Ich entfernte mich von der Familie, ich mied die Leute,

hielt mich fern, versuchte, Lukas und all das, was ich ihm angetan hatte, aus meinem Kopf zu verbannen. Aber es funktionierte nicht.
Und dann … dann der Unfall.
Ich war völlig aufgewühlt. Ich hätte nicht fahren sollen. Aber ich tat es. Ich war unkonzentriert, bin auf die Gegenfahrbahn gekommen, sie musste ausweichen und hat wohl die Kontrolle über das Auto verloren. Ich habe es nicht bemerkt. Jetzt ist sie tot. Ich bin davongefahren, ohne zu ahnen, was im Rückspiegel passiert ist. In den Nachrichten habe ich dann davon gehört und in der Zeitung die Bilder gesehen. Kein Zweifel, ich bin für ihren Tod verantwortlich. Ein Leben ausgelöscht, weil ich nicht in der Lage war, mit meiner eigenen Schuld zu leben. Seit diesem Tag weiß ich, dass ich nie wieder glücklich sein werde. Manche Fehler lassen sich nicht mehr rückgängig machen. Manche Schuld bleibt für immer.
Erst, als es vollends aus mir herausgebrochen war, sah er mich an. Ich hatte so große Angst vor diesem Blick, einem Blick voller Verachtung, Trauer, Wut. Doch er sah mich nicht auf diese Weise an. Er musterte mich und blickte mir dann fest in die Augen, öffnete leicht den Mund und presste drei Worte leise und undeutlich heraus:
»Menschen machen Fehler.«
Danach drehte er seinen Kopf wieder Richtung Fenster und schloss seine Augen. Ich stand leise auf und verließ das Zimmer. Es fühlte sich an, als hätte mir jemand einen großen Stein abgenommen, den ich jahrelang mit mir mitgeschleppt hatte. Ich

konnte wieder richtig atmen. Er hatte mir etwas gegeben, von dem ich zuvor nicht einmal zu träumen gewagt hatte: Vergebung.
Als wäre es so einfach, als hätte er gar nicht darüber nachdenken müssen. Vielleicht machte es für ihn einfach keinen Unterschied. Warum sollte er sich mit Grübeleien belasten? Er hatte weit tiefergehende Probleme: Er lag an ein Bett gefesselt in einem Pflegeheim.
Jetzt, da ich hier sitze und den Tag Revue passieren lasse, fühle ich mich schlecht. Die anfängliche Leichtigkeit ist verflogen. Ich habe Vergebung gefunden, aber was ich suche, ist Freiheit von Schuld. Wahrscheinlich kann sie mir niemand geben. Wahrscheinlich liegt es daran, dass er es mir zu leicht gemacht hat, wobei ich doch büßen sollte. Meine Taten sind vergeben, aber nicht vergolten. Auge um Auge, Zahn um Zahn, vermutlich ist es das, was ich brauche, um mich gut zu fühlen. Anfangs hatte ich gedacht, dass Martins Tod meine Strafe war. Er war das Wichtigste für mich und wurde mir genommen, wie ich meinen Opfern das Wichtigste genommen habe. Aber das war es nicht, die Schuld hört nicht auf.

26. Oktober 2011

Ich habe beschlossen, noch einmal hinzugehen. Ich weiß nicht, ob er das wollte oder ob ich es nur tat, damit es mir besser ging, aber das Verlangen war zu stark. Ich hatte in den letzten drei Wochen täg-

lich mit dem Gedanken gespielt, endgültig reinen Tisch zu machen und es allen Beteiligten zu erzählen. Doch je länger ich darüber nachdachte, desto sicherer war ich mir, dass es alle bereits wussten. Im Endeffekt war ich einfach zu feige.
Er lag in seinem Bett, genau wie beim letzten Mal, nur diesmal waren die Jalousien leicht geschlossen, ein paar Sonnenstrahlen drangen in das Zimmer. Er war weiß, die blauen Adern schimmerten durch die dünne Haut seines Handrückens. Ich hatte auf einmal das große Verlangen, seine Hand zu nehmen. Und ich tat es. Er ließ es über sich ergehen, ohne mit der Wimper zu zucken. So hielt ich ihn und fing an zu erzählen.
Ich erzählte ihm, wie es mir seit unserer letzten Begegnung ergangen war. Ich erzählte von Martins Tod, von meiner Pensionierung, von meiner heißgeliebten Katze. Ich weiß nicht, ob es fair von mir war, ihn mit all diesen Informationen zu überschütten. Vielleicht war ich ihm lästig, vielleicht wäre er am liebsten allein geblieben. Aber ich konnte nicht anders. Mein Schweigen war zu Ende und ich hatte jemanden gefunden, der mir zuhörte und mich nicht verurteilte. Das tat gut.

Lauras Hände zitterten, sie musste sich zwingen, eine kurze Lesepause einzulegen. Sie hatte nicht einmal bemerkt, dass Bo auf das Sofa gesprungen war und ihre Hand leckte. Er spürte sofort, wenn es ihr nicht gut ging.

Sie wusste nicht, was sie mit diesen Informationen anfangen sollte. Elisabeth sprach von einem Unfall, für den sie die Verantwortung trug. Meinte sie etwa …?

Laura fuhr ruckartig hoch, ihre Gedanken jagten in einem wirbelnden Chaos durch ihren Kopf, während sie rastlos durch den Raum wanderte. Könnte es sein, dass Elisabeth Brach den Tod ihrer Mutter verschuldet hatte? War sie der Grund dafür, dass ihre Mutter von der Straße abgekommen war? Hatte sie Unfallflucht begangen und später Lauras Vater aufgesucht, um ihn um Vergebung zu bitten? Hatte ihr Vater dieses Geheimnis all die Jahre mit sich herumgetragen, ohne ein Wort zu sagen? Und war diese Enthüllung überhaupt für den aktuellen Mordfall von Bedeutung – oder hatte sie nur für Laura selbst Gewicht?

Laura setzte sich wieder, blätterte ein paar Seiten um und überflog die Einträge der folgenden zwei Jahre. Die Beziehung zwischen ihrem Vater und Elisabeth Brach hatte sich intensiviert, er wurde ihr gegenüber aufgeschlossener, schenkte ihr Aufmerksamkeit und versuchte sogar, mit ihr zu kommunizieren. Elisabeth schrieb über die Zettelchen, die sie sich geschrieben hatten, erwähnte sie jedoch nur am Rande. Laura blätterte auf die letzte Seite und erkannte, dass davor über sieben Monate lang kein Eintrag gemacht worden war. Der letzte Eintrag stammte vom 28. Juli 2021, eine Woche, bevor Elisabeth Brach ermordet worden war.

28. Juli 2021

Ich hatte mich so sicher gefühlt. Ich hätte es besser wissen müssen. Jede schlimme Tat holt dich irgendwann einmal ein, egal, wie sehr du sie bereust. Ich habe es ihr gesagt. Sie weiß es jetzt. Sie war wütend, verstört, verletzt. Ich habe versucht, sie zu besänf-

tigen, aber der Hass, der aus ihren Augen gesprochen hat, saß so tief. Und ich verstehe sie. Sie hatte es schwer, hat nie eine Beziehung zu ihrem Kind aufbauen können. Sie hat so viel durchgemacht und ich kann es nicht rückgängig machen – nicht mehr. Sie tobte durch die Wohnung, schrie, weinte, lachte hysterisch, weinte wieder. Es war so schrecklich. Und ich konnte nichts tun. Ich fühlte mich hilflos. Nachdem ich ihr die Antworten, die sie gerne gehabt hätte, nicht geben konnte, stürmte sie davon. Mein schlechtes Gewissen wird mich bis in den Tod begleiten.

Die folgenden Seiten des Notizbuches waren leer. Laura legte es auf den Wohnzimmertisch und wischte sich mit dem Handrücken über die Augen. Die digitale Uhr auf dem Backofen zeigte bereits 0.44 Uhr. Sie fühlte sich unglaublich müde. Ihre Gliedmaßen waren schwer wie Blei, ihre Augenlider ebenso. Sie schaffte es gerade noch, sich ihre Kuscheldecke über die Füße zu legen, und fiel in einen unruhigen Schlaf.

KAPITEL 27

Laura hatte unglaublich schlecht geschlafen. Sie hatte von ihrem Vater geträumt, von den Wintern im Haus, von seiner warmen Stimme, seinem starken Händedruck. Der Traum hatte schön begonnen, sie hatten im Garten Fangen gespielt. Doch auf einmal waren schwarze Wolken aufgezogen, es hatte stark zu schneien begonnen. Laura und ihr Vater waren innerhalb von Sekunden von Schnee umgeben gewesen. Während Lauras Kopf unberührt geblieben war, hatte sie zusehen müssen, wie ihr Vater von den Schneemassen überschüttet worden war. Kurz bevor er vollständig im Schnee verschwunden war, hatte er geflüstert: »Menschen machen Fehler.«

Sie wachte um Punkt 8.00 Uhr schweißgebadet auf und fiel hart von der Couch. Das weckte Bo, der ihr gleich schwanzwedelnd das Gesicht ableckte.

»Danke, mein Kleiner, alles ist gut.« Sie wusste nicht, ob sie die letzten drei Worte an Bo oder sich selbst richtete.

Laura stand mit wackeligen Beinen auf und zog sich die Decke enger um die Schultern. Es war kälter geworden. Sie schlurfte in die Küche und setzte einen starken Kaffee auf. Sie musste ihren Vater besuchen und Karl anrufen, um ihm zu sagen, dass sie sich später direkt vor der Justizanstalt treffen würden.

Bo trippelte am Küchenboden auf und ab, er hatte Hunger.

»Nur ein paar Minuten, Bo, dann kümmere ich mich um dich. Versprochen!«

Kurz nach dem Aufwachen hatte sie sich eingebildet, alles nur geträumt zu haben. Dann war ihr Blick auf das Notizbuch auf dem Wohnzimmertisch gefallen und die Erinnerungen waren blitzartig zurückgekehrt.

Laura starrte in ihre Kaffeetasse. Sie musste herausfinden, warum ihr Vater ihr alles verheimlicht hatte. Sie schloss die Augen und fühlte, wie ihre Lebensgeister durch den Kaffee langsam zurückkehrten.

Bos aufforderndes Bellen riss sie aus ihren Gedanken.

Sie stand vom Küchentisch auf, gab Bo zu fressen und zog sich ihren Lieblingsnorwegerpulli und eine dunkle Bluejeans an. Bo musste gleich raus. Sie entschied sich, eine längere Runde mit ihm zu gehen, steckte ein paar Leckerlis in ihre Tasche, schlüpfte in ihren dicken Parka, zog sich eine Wollhaube über und schnappte sich die Leine. Nach dem Spaziergang würde sie zu ihrem Vater fahren.

Bo schoss direkt durch die Tür, als Laura sie öffnete. Sie musste zusehen, dass sie ihn schnell einholte.

*

Karl hatte absolut nichts über die Familie Kusch gefunden, was ein schlechtes Licht auf sie werfen würde. Die Medien berichteten ausschließlich überschwänglich über Magnus Kuschs bahnbrechende Projekte und Victoria Kuschs großen sozialen Einsatz: zwei perfekte Menschen, die sich perfekt vermarkten konnten. Er musste es mit anderen Mitteln versuchen, im Internet würde er nicht fündig werden. Er musste mit Leuten sprechen, die nicht gut auf die Kuschs zu sprechen waren, Mitbewerber am Markt zum Beispiel. Er konnte sich schwer vorstellen, dass sich Magnus Kusch mit seiner Art, Geschäfte zu machen, nur Freunde gemacht hatte.

Er notierte seine Gedanken auf einem Post-it. Es war heute Morgen zu spät dafür. Laura und er mussten in drei Stunden im Gefängnis sein. Die Besucherliste hatte er bislang nicht erhalten, was ihn ein bisschen nervös machte. Die Mitarbeiterin, die er gestern Abend noch erreicht hatte, hatte etwas von technischen Problemen und Unterbesetzung geschwafelt. Sie hatte ihm versprochen, die Liste gleich in der Früh zu faxen. Jetzt war es 9.00 Uhr.

Er sah aus dem Fenster. Auf den Straßen war erstaunlich viel los. Er musste sich immer wieder selbst daran erinnern, dass in vier Tagen Weihnachten sein würde. Einige seiner Kollegen waren bereits zu ihren Familien gefahren. Normalerweise fuhr er über die Weihnachtszeit zu seinen Eltern. Dieses Jahr machten die beiden eine Kreuzfahrt und flüchteten vor den kalten Temperaturen. Karl konnte es ihnen nicht verdenken. Er würde dieses Jahr Weihnachten wohl mit Stephan in irgendeinem Pub verbringen – sofern es die Arbeit überhaupt zuließ. Jetzt war nicht die Zeit, sich darüber Gedanken zu machen. Er musste sich die Aufnahmen vom Anwesen der von Steins anschauen.

Laura hatte vorhin angerufen und angekündigt, sie würde direkt in die Justizanstalt Stein kommen. Sie hatte sehr mitgenommen geklungen, jedoch nur gemurmelt, dass sie schlecht geschlafen habe und Bo ein bisschen kränkle. Er hatte nicht weiter nachgefragt. Wenn sie ihm hätte erzählen wollen, was los war, hätte sie es getan. Er musste sich auf seine Arbeit konzentrieren.

Karl öffnete seine zweite Schreibtischschublade und nahm den Karton mit den Videobändern heraus. Dabei stieß er mit seiner verletzten Hand gegen den Tisch. Der Schmerz schoss durch seinen Körper und die Tränen stiegen ihm unwillkürlich in die Augen. Seine Wunden hatten wieder zu bluten begonnen. Verdammt!

Er schnappte sich ein Taschentuch aus seiner Jackentasche und presste es auf die Fingerknöchel, um die Blutung zu stoppen. Er musste lernen, ein Ventil für seine Wut zu finden. Gedankenverloren nahm er einen weiteren Verband aus der Erste-Hilfe-Box und wickelte ihn um seine Hand.

Jede normale Überwachungskamera erlaubte es heutzutage, das Material direkt auf den PC zu spielen. Karl konnte sich gar nicht daran erinnern, wann er das letzte Mal Videokassetten in der Hand gehalten hatte. Gott sei Dank waren sie im LKA auf alles vorbereitet – vor allem, da sie Charly hatten.

Er schnappte sich den Karton, verließ sein Büro und machte sich auf den Weg zu ihr. Charly wartete bereits im großen Besprechungsraum und wippte ungeduldig mit ihrem Stuhl vor und zurück. Sie kaute an ihren schwarz lackierten Nägeln, während ihre kurzgeschnittenen, roten Haare wild von ihrem Kopf abstanden.

Charlys Erscheinung war schon immer auffällig gewesen. Wenn man sie nicht kannte, hätte man vielleicht sogar gesagt, sie wirke nicht besonders sympathisch – aber wer etwas von ihr brauchte, konnte sich auf sie verlassen.

Wortlos nahm sie ihm den Karton ab und begann, die Videos einzeln in den Videoplayer einzuspielen, welcher an ein Digitalisierungsgerät angeschlossen war und die Videos im MP4-Format auf dem großen Bildschirm ausspielte. Kaugummikauend murmelte sie Sätze wie: »Das ist ja altes Zeug« und »Steinzeitmenschen«. Dabei tippte sie gelegentlich auf der Tastatur herum. Rasch erschien das erste Video auf dem großen Bildschirm.

Ohne den Blick zu heben, sprach Charly ihn an: »Was ist mit deiner Hand passiert? Die blutet ja wie Sau!«

»Ich habe gegen die Mauer geboxt. Farkas hat mich wahnsinnig aufgeregt.«

Charly nickte, drehte sich zu Karl um und sah ihm in die Augen: »Brauchst du sonst noch etwas von mir? Die Videos sind auf dem PC. Du musst einfach das anklicken, das du sehen magst. Und so kannst du zoomen, kapiert?«

Ohne Karls Antwort abzuwarten, stand sie auf und bewegte sich Richtung Tür.

»Alles klar, danke dir, Charly.«

Bevor sie die Tür hinter sich schloss, hielt sie kurz inne und sagte: »Diese Scheißchefs hier! Die glauben, die können sich alles erlauben, weil sie in ihren fetten Büros sitzen und den ganzen Tag nur Leuten in den Arsch kriechen. Wenn ich dauernd mit denen zu tun hätte, würde ich auch gegen eine Wand boxen.« Mit diesen Worten warf sie die Tür hinter sich zu.

Karl schmunzelte.

Er widmete sich dem PC und spielte das erste Video, die Aufnahmen des gestrigen Tages, im Schnelldurchlauf ab. Kein außergewöhnlicher Verkehr, nur die von Steins, die aus dem Urlaub kamen, Hausangestellte, die Enkel. Karl erkannte sich selbst auf der Aufnahme, wie er das Tor des Anwesens durchschritt.

Sonst passierte nicht viel. Es war wirklich eine sehr ruhige Gegend.

Er klickte das Video von 15.12. an – jenes, das die Geschehnisse des Tages festhielt, an dem Severins Todeszeitpunkt bestimmt worden war.

Karl stützte den Kopf auf seine Hände und blickte fieberhaft auf den Bildschirm, das Sichtfeld der Kamera konzentrierte sich zum Großteil auf den Eingangsbereich der Steins. Lange passierte nichts, während die Dämmerung hereinbrach und die Straßenlaternen in einem sanften, goldenen Licht aufflammten. Dann, plötzlich, bemerkte er eine Bewegung in der rechten unteren Bildhälfte. Karl zoomte näher heran und setzte sich dicht vor den Bildschirm. Es war ein Auto, das auf der Straßenseite der von Steins geparkt hatte: ein kleiner roter Mini, soweit Karl das erkennen konnte.

Eine Frau stieg aus. Ihre Haare hatte sie unter einer Haube versteckt. Sie trug einen Pelzmantel und eine kleine Handtasche. Nachdem sie das Auto abgeschlossen hatte, blickte sie einmal nach rechts und nach links. Dank der Software konnte Karl das Video während der Wiedergabe vergrößern, um bestimmte Details näher zu betrachten. Er zoomte an das Gesicht heran. Die Frau hatte trotz eintretender Dunkelheit eine Sonnenbrille auf.

Karl blickte angestrengt auf den Bildschirm. Eine lange braune Haarsträhne löste sich unter der Haube und wehte im Wind.

Obwohl die Sonnenbrille einen großen Teil ihres Gesichts verdeckte, war sich Karl ziemlich sicher, wen er vor sich sah. Die Tasche hatte er schon einmal gesehen. Victoria Kusch hatte sie bei ihrem Besuch neben sich auf dem Sessel stehen gehabt, eine kleine blaue Tasche. Warum hatte sie ihren Sohn besucht? Sie hatte gesagt, dass sie ihn das letzte Mal vor drei oder vier Wochen besucht hatte. Warum die Lüge?

Karl stoppte das Video und lehnte sich im Stuhl zurück, die Arme hinter dem Kopf verschränkt. Er beobachtete, wie Victoria Kusch aus dem Sichtfeld der Kamera verschwand. Mit einem leichten Seufzen spulte er das Video weiter. Exakt 38 Minuten später, um 18.23 Uhr, leuchteten die Scheinwerfer des Minis erneut auf und das Auto fuhr davon. Es war an sich nichts Ungewöhnliches, wenn eine Mutter ihren Sohn besuchte. Doch erstens hatte Frau Kusch gelogen – und zweitens handelte es sich um den Tag, an dem ihr Sohn ermordet wurde. Da der Todeszeitpunkt auf den Zeitraum zwischen 18 und 22 Uhr eingegrenzt werden konnte, machte sie der verschwiegene Besuch unweigerlich zur Hauptverdächtigen. Karl nahm sein Handy heraus und wählte die Nummer der Kuschs. Das Telefon klingelte mehrmals, bevor die Mailbox ansprang. Karl hinterließ eine Nachricht: Frau Kusch solle morgen Vormittag ins LKA kommen – es gebe neue Entwicklungen, und er habe noch ein paar Fragen an sie.

Es war kurz nach 11 Uhr. Er hatte nicht mehr viel Zeit.

KAPITEL 28

Es war der 20. Dezember, Lukas' Geburtstag. Er hatte die geheimnisvolle Frau nicht aus dem Kopf bekommen. Sie ließ ihn einfach nicht los, nicht einmal richtig schlafen konnte er. Und jetzt hatte er auch noch Geburtstag. Er hasste diesen Tag. Alle Menschen waren voller positiver Gefühle, freuten sich auf ein besinnliches Weihnachtsfest mit ihren Liebsten und ein paar freie Tage. Die Wettervorhersage kündigte erneut Schnee an, was für Wien im Dezember unüblich war. Die Euphorie darüber, dass man dieses Jahr weiße Weihnachten haben könnte, war überall spürbar. Sogar Fat Jimmy ließ sich von der Stimmung anstecken. Seine Geschäfte liefen gut und er gab Lukas einige Botengänge zu erledigen. Mit dem verdienten Geld würde Lukas bis Neujahr einigermaßen über die Runden kommen.

Er war zu Mittag aufgewacht. Wenn ihn die Bauarbeiter nicht aufweckten, verliefen die Tage ohne festen Plan und Zeitgefühl. Er setzte sich auf. Fat Jimmy hatte den Fernseher aufgedreht und der Weihnachtsklassiker »Last Christmas« erfüllte auch Lukas' Wohnung. Es war zum Kotzen.

Wutentbrannt sprang Lukas auf, zog sich seine Jogginghose über die Boxershorts und stürmte hinüber zu Jimmy. Er verzichtete darauf anzuklopfen und riss einfach die Wohnungstür auf.

»Jimmy, schalt sofort diese Scheiße ab! Das kann kein Mensch mehr hören. Dauernd dieser kitschige Bullshit. Dass du so etwas schaust! Du willst mich verarschen!«

Fat Jimmy drehte sich langsam in seinem Fernsehstuhl um und schaute Lukas ausdruckslos an. Im Hintergrund lief einer von diesen Weihnachtsfilmen, die Lukas um diese Jahreszeit früher hundertfach geschaut hatte. Seine Eltern waren wie so oft nicht zu Hause gewesen und er hatte den ganzen Tag allein vor dem Fernseher gesessen.

»Okay, okay, ich mach leiser«, murmelte Jimmy. Die gute Stimmung hielt anscheinend an. Lukas hatte ihn förmlich angeschrien. Normalerweise hätte ihn Jimmy wortlos aus seiner Wohnung geschickt.

Lukas ließ sich auf Jimmys Sofa fallen. Er fror etwas. Die Heizungen in diesem Haus funktionierten schon lange nicht mehr zuverlässig und Jimmy hatte sein Fenster gekippt. Lukas schlang beide Arme um seinen nackten Oberkörper. Jimmy starrte wieder auf den Bildschirm. Seine langen Haare hingen ihm in die Augen, in seinem ungepflegten Bart hingen Chipsbrösel. Er hätte dringend eine Dusche vertragen können.

»Ich habe einen Auftrag für dich, jetzt gleich.«

Lukas hatte kurz die Augen geschlossen und darüber nachgedacht, ob er Jimmy das Geld zurückgeben sollte, das er sich ohne sein Wissen ausgeborgt hatte. Doch den Gedanken verwarf er sofort. Wahrscheinlich war es Jimmy nicht einmal aufgefallen. Lukas schlug die Augen auf. »Klar, Mann, was soll ich tun?«

Jimmy zeigte in die Wohnzimmerecke neben dem Regal. »Das Päckchen dort: Döblinger Hauptstraße 124/7/18. Fünf Prozent sind für dich.« Er starrte wieder in den Fernseher. Tim Allen hatte den Elfen gerade erklärt, dass er nicht der Weihnachtsmann sein konnte. Lukas hasste Weihnachtsfilme!

»Alles klar, Jimmy, wird erledigt.«

Es war wirklich kalt in der Wohnung. Er musste sich etwas anziehen. Der Adresse nach zu urteilen, sollte er dieses Mal vielleicht seinen Hoodie im Schrank lassen. Es handelte sich um eine der teureren Ecken Wiens und er wollte so wenig wie möglich auffallen. Es passierte selten, dass Jimmy etwas in dieser Gegend verkaufte.

Lukas entschied sich, rasch zu duschen. In seinem Badezimmer nahm er ein Stück Seife in die Hand und wusch sich damit notdürftig. Das Wasser war eiskalt. Er betrachtete sein Gesicht im Spiegel: Was war aus ihm geworden? Er konnte sich daran erinnern, wie früher alle gesagt hatten, was für ein hübsches Kind er sei: kastanienbraunes volles Haar und hellblaue Augen. Trotz der vielen Sommersprossen auf seinem Körper hatte er jeden Sommer eine schöne Farbe bekommen, wodurch seine Augen noch mehr zur Geltung gekommen waren. In der Pubertät hatte er sich dank seines Aussehens so einiges erlauben können. Die Mädchen waren Schlange gestanden, obwohl er nicht zu den größten Typen in seiner Schule gehört hatte. Er war auch nicht besonders sportlich oder athletisch gewesen. Aber Humor hatte er gehabt. Er hatte gewusst, wie er Leute zum Lachen brachte. Auch wenn er selbst nicht viel zu lachen gehabt hatte.

Sein jetziges Spiegelbild ließ ihn frösteln. Er hatte zwar immer noch volle Haare, war jedoch abgemagert und blass. Seine Augen waren blutunterlaufen und seine Haltung gekrümmt wie die eines alten Mannes.

Sein Vater hatte ihn gebrochen. Es war einfach so. Aber Vergangenheit war Vergangenheit, Schluss damit!

Er ging aus dem Bad und suchte in seinem Gewandstapel nach einem frischen Pulli. Er musste über seinen eigenen Gedanken lachen: dass er wirklich gedacht hatte, einen frischen Pulli zu haben! Er kramte ein weißes T-Shirt und eine dunkelgraue Weste hervor, die beide keine Löcher oder Flecken aufwiesen, schlüpfte in eine lange Bluejeans mit großen Taschen und ließ das Päckchen in einer davon verschwinden. Die Sachen rochen unangenehm modrig, aber daran konnte er nichts ändern.

Er ließ sich auf seine Matratze fallen und griff nach der offenen Bierflasche, die neben seinem Schlafplatz auf dem Boden stand. Er nahm einen großen Schluck, spuckte den Großteil aber gleich wieder aus.

Verdammt! Er hatte die Flasche gestern als Aschenbecher verwendet! Wütend warf er sie gegen die Wand, Bier und Asche verteilten sich auf dem Boden. Konnte er noch tiefer sinken?

Er stand auf, wagte einen letzten Blick in den Spiegel und machte sich auf den Weg zum Bus. Für eine Fahrkarte hatte er kein Geld. Er bemerkte, wie sich die anderen Fahrgäste demonstrativ weit von ihm wegsetzten und ihn abwertend ansahen. Es war der Geruch, der von ihm ausging. Jahrelanger Alkohol- und Drogenmissbrauch hatten ihre Spuren hinterlassen. Lukas war es recht. Solange ihm keiner auf die Nerven ging, sollten sie ruhig die Nase rümpfen.

Er musste zweimal umsteigen und fühlte alle paar Minuten, ob das Päckchen sich nach wie vor in seiner Hosentasche befand. Er tippte auf Marihuana. Wie gerne hätte er ein bisschen für sich selbst abgezweigt, aber er wusste, dass Jimmys Kunde das sofort bemerken würde.

Als er endlich vor der Adresse stand, fühlte er sich noch deplatzierter als zuvor im Bus. Er war eindeutig in einer Gegend gelandet, in der es den Leuten gut ging: kein Graffiti an den Wänden, keine herumgammelnden Gestalten vor der Eingangstür, keine Gitter vor den Fenstern.

Er schluckte schwer und läutete. Die Tür öffnete sich mit einem leisen Summen und Lukas trat ins Treppenhaus. Er setzte sich seine Kappe und eine Sonnenbrille auf – eine Vorsichtsmaßnahme. Der Kunde musste nicht wissen, wie er aussah.

Er machte sich auf den Weg zur Tür mit der Nummer 18 und las den Namen auf der Türklingel. Noch nie gehört. Er hatte vermutet, dass es sich vielleicht um einen früheren Kunden handelte, dem es im Leben gut ergangen war, der aber immer noch nicht auf seinen täglichen Joint verzichten konnte.

Er klingelte zweimal kurz und einmal lang, wie es bei Jimmys Kunden üblich war. Es kam ihm merkwürdig vor, dass ein Kunde seine richtige Adresse für eine Übergabe übermittelte. Sehr merkwürdig.

Er hörte leise Schritte, der Schlüssel drehte sich zweimal im Schloss und die Tür wurde geöffnet. Lukas blieb der Atem weg.

Vor ihm stand sie: die Frau, die ihn besucht hatte. Sie wirkte ein bisschen unsicher und starrte ihn einfach nur an, bis sich ihr Mund zu einem breiten Lächeln verzog.

»Komm nur rein, Lukas! Happy Birthday!«

Lukas stand weiterhin wie angewurzelt vor der Tür. Er spielte all seine Möglichkeiten im Kopf durch. Er könnte einfach abhauen und Jimmy sagen, dass die Alte nicht zu Hause gewesen sei. Das würde der Dealer durchschauen. Außerdem brauchte er das Geld heute noch für einen schönen Geburtstagsrausch. Oder er könnte sie fragen, warum sie letztens in seiner Wohnung gewesen war.

Bevor er sich weitere Szenarios ausmalen konnte, unterbrach die Stimme der Frau seine Gedanken: »Komm nur kurz rein! Ich hole das Geld.«

Wie ein Roboter folgte Lukas ihren Anweisungen. Ihre langen braunen Haare wippten, während sie in ihrer Handtasche kramte. Er war sich ganz sicher, dass sie es war.

»Woher wissen Sie, dass ich Geburtstag habe?« Er hatte seine Sprache wiedergefunden. Sie lächelte zaghaft und räumte den Inhalt ihrer Tasche auf den Fußboden aus: Autoschlüssel, ein Brillenetui, kleine schwarze Sackerln, Taschentücher. Anscheinend fand sie das Geld nicht.

»Ist das wirklich wichtig, Lukas?« Sie hatte ihr Portemonnaie gefunden und gab Lukas einen Hundert-Euro-Schein. »Stimmt so, danke.« Sie sah ihn herausfordernd an. »Und jetzt bekomme ich bitte mein Päckchen.«

Lukas kam die Situation absolut unwirklich vor, als würde er die Szenerie von oben betrachten. Er gab ihr das Paket.

»Super, danke dir. Dann bis zum nächsten Mal.«

Er trat in den Gang, sie schloss die Tür und drehte den Schlüssel im Schloss.

Er blieb für ein paar Augenblicke so stehen und nahm die Sonnenbrille ab. Am liebsten hätte er sich selbst geohrfeigt, nur um sicherzugehen, dass er nicht träumte. Hastig zog er sein Handy hervor und suchte mit zitternden Fingern, bis er schließlich ein Foto der Person fand. Eines stand fest: Die Frau, die ihn besucht hatte, war definitiv nicht Victoria Kusch. Er blickte noch mal zur Klingel und prägte sich den Namen ein. Woher verdammt noch mal kannte sie ihn?

KAPITEL 29

Vor dem Gefängnis wartete Laura auf Karl. Sie hatte sich an ihr Auto gelehnt und sah sehr müde aus. Die selbstbewusste Frau, die gestern vor ihm gesessen hatte, schien verschwunden zu sein. Ihre Haare hatte sie nicht wie sonst zu einem Zopf geflochten. Stattdessen standen sie ihr struppig vom Kopf ab. Sie blickte versonnen Richtung JA und bemerkte Karl erst, als er direkt vor ihr stand.

Ohne Umschweife kam er zur Sache.

»Ich habe mir die Videos angesehen«, begann er aufgeregt und tippte fröstelnd von einem Fuß auf den anderen. Dann hob er den Blick zu Laura und ließ die Worte einen Moment in der Luft hängen. »Rate mal, wer darauf zu sehen ist?« Laura sah ihn fragend an, doch er ließ ihr keine Zeit zum Rätseln. »Victoria Kusch. Sie fährt vor Severins Wohnung vor, steigt aus und geht hinein. Genau an dem Tag, an dem er ermordet wurde.«

Er ließ die Worte einen Moment wirken, während er in seiner Tasche nach seinen Zigaretten suchte. »Das allein macht sie noch nicht zur Täterin«, entgegnete Laura, doch ihre Stimme klang nachdenklich.

Karl nickte langsam. »Nein. Aber sie hat uns angelogen. Und ich wette, sie wird einen verdammt guten Grund dafür haben. Ich habe sie für morgen Vormittag ins LKA Wien bestellt.«

Laura nickte. »Das ist in der Tat sehr seltsam. Ich wusste, mit ihr stimmt irgendetwas nicht.«

Karl steckte sich eine Zigarette zwischen die Lippen, ließ das Feuerzeug aufklicken und sog genüsslich den ersten Zug ein, während der Rauch langsam in die kalte Luft stieg. Laura bemerkte den blutigen Verband an seiner Hand, öffnete bereits den Mund, um zu fragen, was da schon wieder passiert war – aber sie schloss ihn wieder. Sie entschied sich, es sein zu lassen. Sie hatten jetzt andere Probleme. »Und das ist noch nicht alles. Ich habe auf den letzten Drücker die Besucherliste von Nico Lercher bekommen.«

Karl ließ sich heute aber auch alles aus der Nase ziehen!

»Spann mich nicht auf die Folter! Es wird ja wohl kaum ein uns bekannter Name darauf zu finden sein, oder?«, witzelte Laura.

Karl ging auf den Spaß nicht ein, sondern schaute sie nur weiterhin ernst an. »Wie gesagt: Du wirst es nicht glauben.« Er gab Laura die Liste.

»Victoria Kusch? Das kann nicht sein! Warum besucht die Nico Lercher?«, platzte es aus Laura heraus.

»Ich bin genauso überrascht wie du. Wir werden selbst herausfinden, was es damit auf sich hat«, stellte Karl aufgeregt fest.

Laura fuhr sich mit den Fingern durch die strubbeligen Haare. Sie hatte kein Make-up aufgelegt, dunkle Schatten zeichneten sich unter ihren Augen ab. Sie senkte den Blick: »Das ändert natürlich alles. Wir müssen uns gut überlegen, wie unser nächster Zug aussehen wird. Ich würde ihn nicht sofort auf Victoria Kusch ansprechen. Er soll ihren Namen von selbst nennen. Und wir müssen mit ihm über Elisabeth Brach sprechen, auf ihr Verhältnis zueinander.«

»Das haben wir im Laufe der Ermittlungen damals zur Genüge durchgekaut! Glaubst du wirklich, dass wir noch etwas Neues erfahren werden? Ich würde auf jeden Fall den Besuch von Victoria Kusch thematisieren.«

Laura fuhr Karl genervt an: »Natürlich glaube ich, dass diese Frage wichtig ist! Wir müssen alle Zusammenhänge kennen. Und ich will nicht, dass er komplett dichtmacht, sobald er den Namen Victoria Kusch hört. Lercher ist gefährlich, aber keineswegs dumm.«

Erschrocken von diesem plötzlichen Gefühlsausbruch wich Karl einen Schritt zurück.

Laura schloss die Augen. Sie fischte ein Taschentuch aus ihrer Handtasche und schnäuzte sich. »Sorry, Karl, ich habe schlecht geschlafen, und das wirkt sich auf meine Laune aus. Nimm's nicht persönlich! Es geht schon wieder.«

Karl wusste genau, dass da etwas war, das Laura ihm nicht sagen wollte, beließ es aber fürs Erste dabei.

Laura richtete sich auf, strich sich die Haare hinter die Ohren und atmete tief durch. »Ich habe ihr die trauernde Mutter von Anfang an nicht abgekauft. Wer weiß, wie viel Dreck sie am Stecken hat.«

Karl legte Laura seine Hand auf die Schulter. »Okay, stopp! Das ist ja alles schön und gut, aber ich denke nicht, dass du die Befragung heute machen solltest. Versteh mich nicht falsch, aber du wirkst nicht besonders fit. Ich finde, ich sollte das allein machen.«

Laura setzte zu einem Protest an, sagte aber nichts.

Nico Lercher roch Schwäche auf 100 Meter Entfernung, und Laura war nicht gut darin, ihre Emotionen zu verstecken. Karl wusste, was er zu tun hatte. »Ich denke einfach, dass es in der jetzigen Situation mehr Sinn macht. Du kannst ja alles von außen beobachten.«

Resigniert erwiderte Laura: »Passt, so machen wir es.«

»Gut, lass uns reingehen, wir sind eh schon zehn Minuten zu spät dran.«

Karl und Laura mussten einige Schleusen passieren, bis sie endlich ins Innere der Justizanstalt Stein vordringen konnten. Der Anstaltsleiter empfing sie in seinem Büro und führte sie gleich in einen Vernehmungsraum. »Es werden zwei Wachmänner bei Ihnen im Raum bleiben. Der Gefangene ist nicht gerade als lammfromm bekannt, deshalb gehen wir lieber auf Nummer sicher«, erklärte er.

Nico Lercher hatte im Gefängnis nichts an seiner eindrücklichen Erscheinung eingebüßt: breite Schultern, Stiernacken, Muskulöse Arme. Er hatte sich lässig zurückgelehnt und starrte an die Decke. Karl glaubte, den Anflug eines Lächelns auf seinem Gesicht zu erkennen. In der nächsten Sekunde zeigte sein Gesicht keinerlei Regung mehr.

Karl setzte sich Nico gegenüber an den Tisch, während Laura ihren Stuhl zur Seite schob und in einer Ecke des Raumes Platz nahm. Sie nickte Karl zu, ihr Blick blieb an Lercher haften.

Nico Lercher hatte die Beine vor sich auf den Tisch gelegt und summte leise vor sich hin.

Karl nahm auf der anderen Seite des Tisches Platz. Lercher machte keine Anstalten, seine Sitzposition zu verändern. Er sah Karl herausfordernd an. Karl blickte zu den Wachen, die nicht den Anschein erweckten, irgendetwas unternehmen zu wollen.

Du wirst mich damit nicht provozieren, dachte er und schlug die Akte Elisabeth Brach vor sich auf. Dann richtete er den Blick das erste Mal auf Nico Lerchers Augen.

»Herr Lercher, können Sie sich denken, warum wir hier sind?«

Er richtete sich langsam auf, nahm die Beine vom Tisch und schlug sie übereinander.

»Absolut keinen Plan, Mann. Aber warum sitzt deine süße Kollegin hinten in der Ecke? Wir bekommen hier drinnen nicht allzu viele Frauen zu sehen. Da könnte sie ruhig ein Stückchen näher rutschen. Ich glaube, wir haben uns das letzte Mal ganz gut verstanden.« Lercher setzte ein schmieriges Grinsen auf.

Karl bemerkte, wie sich seine Hände von selbst zu Fäusten ballten.

Das blieb von Nico Lercher nicht unbemerkt, der entschuldigend die Hände hob: »Ah, sorry. Ich wusste nicht, dass du auf die Kleine stehst. Sie lässt dich wahrscheinlich nicht ran, oder? Ja, das Mäuschen hat Klasse. Kein Wunder, dass sie so einen Loser wie dich nicht haben will. Sie steht halt auf echte Kerle.«

Karl merkte, wie sein Herzschlag sich beschleunigte. Die Wut, die er stets in seinem Inneren trug, schlängelte sich wie ein lästiger Wurm von seinem Magen aus weiter hinauf. Einer der Wachmänner hatte bereits einen Schritt auf Nico Lercher zugemacht. Karl hob beschwichtigend die Hand und signalisierte, dass alles okay sei.

Der Typ will dich nur provozieren, das weißt du doch, beschwichtigte sich Karl in Gedanken. Er atmete tief durch und blickte Lercher in die Augen. Er schob das Bild der ermordeten Elisabeth Brach über den Tisch, ein nackter Körper im Lainzer Tiergarten. Die Stichwunden im Rücken waren gut sichtbar.

Lercher warf einen kurzen Blick auf das Foto. Karl entging nicht, dass er heftig schlucken musste. Er versuchte, in Lerchers Gesicht zu lesen, was das Bild in ihm ausgelöst hatte, aber seine Augen blieben kalt und leer.

»Wenn es wieder um die Geschichte geht: Da habe ich nichts mehr zu sagen. Ihr habt euch dazu eure eigene Meinung gebildet.« Er tippte energisch auf das Foto, »Ende der Geschichte. Ihr habt es geschafft, bravo. Jetzt lasst mich verdammt noch mal damit in Ruhe.« Seine Stimme war lauter geworden. Er beugte sich nach vorn und schob das Bild mit so viel Kraft über den Tisch, dass es in die Ecke des Raumes flatterte.

Karl lehnte sich zurück und entschied, seine Taktik zu ändern. »Sagt Ihnen der Name Victoria Kusch etwas?«

Lercher schien kurz zu überlegen. »Hm, ist das nicht die Alte von diesem Magnus Kusch? Ziemlich geiles Ding, soweit ich mich erinnern kann. Persönlich gekannt habe ich sie nicht, auch wenn ich es mir in meiner jetzigen Situation gewünscht hätte. So ein Bild im Kopf kann einen hier durch harte Zeiten bringen.« Er hatte erneut sein schleimiges Grinsen aufgesetzt und zwinkerte Karl zu.

Ohne auf die Anspielung einzugehen, fuhr Karl fort: »Ihr Sohn wurde vor fünf Tagen ermordet – auf dieselbe Weise, wie Sie Elisabeth Brach getötet haben: acht Messerstiche in den Rücken. Seine Leiche lag im Lainzer Tiergarten, exakt an jener Stelle, an der man vor vier Jahren Elisabeth Brach fand.«

Lercher fing schallend an zu lachen. Es war ein tiefes, gefährliches Lachen. »Na prima! Wenn ihr draufgekommen seid, wer das war, schickt ihn zu mir. Ich würde ihm gerne persönlich meinen Dank aussprechen. Es gibt eh viel zu viele reiche Schweine auf dieser Welt. Eines mehr oder weniger – wen kümmert das schon?«

Karl sah Nico abwartend an: keine Reaktion, als er Victoria Kuschs Namen ausgesprochen hatte. Konnte er sich so gut verstellen?

Nico Lercher ließ seinen Blick langsam zu Laura wandern.

»Deine Kleine hat wohl Angst davor, dass sie mir nicht widerstehen kann, wenn sie näher kommt, richtig?«

Karl schlug mit beiden Fäusten auf den Tisch und stand so hastig auf, dass sein Stuhl nach hinten fiel. Seine Hand schmerzte heftig, das war ihm in diesem Moment egal.

»Du kleines Stück Scheiße, sprich nicht so über sie! Ich schwöre dir, du kommst hier nie mehr raus! Nie mehr! Du verrottest hinter Gittern!«

Nico Lercher lehnte sich zurück. Er lächelte.

Er hatte Karl da, wo er ihn haben wollte. Das wurde Karl bewusst. Er stürmte zur Tür hinaus, Laura folgte ihm.

»Ich warte hier, Herr Inspektor. Ich habe ja Zeit!«, rief Nico ihm nach.

Karl warf die Tür mit einem lauten Knall hinter sich zu. »Das hätte dieser Mistkerl einfach nicht sagen dürfen. Was fällt diesem Arschloch eigentlich ein?«

Laura stand in der Ecke, drehte den Kopf langsam zu Karl und sah ihn vorwurfsvoll an: »Du hättest damit rechnen müssen, dass er diese Schiene fahren wird. Du weißt doch genau, wie manipulativ er ist. Er hat deine Schwachstelle gefunden und sie benutzt, um dich aus der Fassung zu bringen. Du bist leicht zu durchschauen.«

Karl starrte Laura fassungslos an. »Das ist nicht dein Ernst, oder? Ich habe dich da drinnen verteidigt. Hast du nicht gehört, was für Sachen er über dich gesagt hat? Das darf man ihm nicht durchgehen lassen!«

Lauras Stimme klang absolut nüchtern: »Natürlich darf man das nicht, aber hier geht es nicht darum, was man darf. Das war absolut unprofessionell von dir. Ich dachte, du hättest dich besser im Griff.«

Karl schwieg.

»Ab jetzt übernehme ich«, sagte Laura und strich erneut ihre wirren Haare hinter die Ohren.

Karl schritt unruhig den Flur vor dem Vernehmungszimmer auf und ab: »Na, das kannst du vergessen. Ich lasse dich nicht mit diesem Monster in einem Raum. Schau dich einmal an! Du siehst heute aus wie ein willkommenes Opfer.« Karls Kiefer mahlten.

Laura strafte ihn mit einem enttäuschten Blick. »Ich kann ihn deuten. Ich weiß, was er mit mir vorhat, und werde das gegen ihn einsetzen. Ich kenne diese Art von Mensch. Und ich kann besser mit ihnen umgehen als du.« Mit diesen Worten machte sich Laura auf den Weg in den Verhörraum und ließ Karl mit hängenden Schultern zurück.

»Sie weiß, was sie will«, sagte der Anstaltsleiter und klopfte ihm versöhnlich auf die Schulter.

*

Laura betrat den Raum und lächelte Nico Lercher sanft zu: »Hallo, Herr Lercher, schön, Sie zu sehen. Sie wollten ja unbedingt mit mir sprechen. Also – hier bin ich. Wie geht es Ihnen?«

Lercher war augenscheinlich überrascht, Laura zu sehen, setzte jedoch rasch sein anzügliches Grinsen auf. »Na, aber hallo, Puppe, da bist du ja. Ich muss zugeben, ich habe dich heißer in Erinnerung, aber in meiner Situation darf ich wohl nicht wählerisch sein. Und ich bin sicher, mir wird es nach ein paar Minuten mit dir viel besser gehen.«

Laura lächelte weiterhin und nahm ihm gegenüber Platz.

»Auch an mir gehen die Jahre nicht spurlos vorbei, Herr Lercher, aber immerhin sitze ich nicht hinter Gittern. Wenn wir fertig sind, verlasse ich diesen Raum, halte mein Gesicht in die warme Sonne und werde die kristallklare kalte Winterluft einatmen.«

Das traf ihn. Er bemerkte, dass seine Anspielungen nicht die erhoffte Wirkung auf Laura hatten. Trotzig lehnte er sich auf seinem Stuhl zurück und musterte sie. »Was wollt ihr eigentlich von mir? Ich habe alles gesagt, was ich zu sagen hatte – und das schon vor Jahren. Und dass dieser Junge auf die gleiche Weise wie Elisabeth ermordet wurde, ist zwar beschissen, aber wie gesagt: Da kann ich euch nicht weiterhelfen.«

Laura nahm den zusammengefalteten A-4-Zettel aus ihrer Hosentasche, den ihr Karl vorher noch übergeben hatte.

»Ich halte Ihre Besucherliste des letzten Jahres in den Händen. Besonders beliebt scheinen Sie ja nicht zu sein. Hier stehen nur drei Namen. Sie sagten vorhin, dass Ihnen der Name Victoria Kusch nichts sagt, richtig? Das ist äußerst seltsam. Auf dieser Liste, die ich gerade in den Händen halte, steht, dass eine Frau Victoria Kusch Sie nämlich erst vor ein paar Wochen besucht hat. Wie kann das sein?« Laura legte die Liste auf den Tisch und sah Lercher fragend an.

Er verharrte in der gleichen Position und wirkte gelangweilt. »Ich hatte nie Besuch von dieser Kusch, daran könnte ich mich erinnern. Keine Ahnung, woher ihr das habt.«

Er erinnerte sie an einen kleinen Jungen, der mit schokoladeverschmiertem Mund leugnete, dass er genascht hatte.

»Kommen Sie schon, Herr Lercher. Es bringt nichts, es zu leugnen. Es steht hier schwarz auf weiß. Es ist nur eine Frage der Zeit, bis wir alles selbst herausfinden werden. Wer weiß: Wenn Sie uns helfen können, könnten wir ja vielleicht etwas für Sie tun. Lassen Sie uns mit dem Leiter sprechen! Da fällt uns sicher etwas ein.«

Laura hätte darauf gewettet, spätestens jetzt eine kleine Regung in seinem Gesicht zu sehen, einen leichten Anflug von Panik, ein Stirnrunzeln, ein nervöses Wackeln mit dem Fuß – nichts. Lercher beugte sich langsam vor und stützte seine Ellbogen auf dem Tisch ab.

»Ich sage es dir jetzt noch einmal, Schätzchen. Bei mir war nie eine Victoria Kusch, egal, was auf diesem Scheißzettel steht.«

Nichts zu machen. Hätte Laura es nicht besser gewusst, hätte sie es ihm abgekauft. Sie blätterte kurz in der Akte und tat, als ob sie ganz genau über ihre nächste Frage nachdenken müsste.

»Es ist schon komisch, dass Sie nicht mehr Frauenbesuch bekommen haben. Ich hätte schwören können, dass ein Mann wie Sie sehr beliebt bei den Ladys ist.«

Seine Augen formten sich zu Schlitzen und die Ader auf seiner Stirn fing an zu pochen. Er streckte seinen Rücken durch und plusterte sich vor ihr auf. Die Wachen hatten schon zwei Schritte auf ihn zugemacht. Laura lächelte ihnen kurz zu und signalisierte, dass sie nicht eingreifen mussten – noch nicht. Der Moment war entscheidend.

»Die Mädels sind nicht mehr so scharf auf einen, wenn man im Gefängnis sitzt und es ihnen nicht mehr richtig besorgen kann. Klar, ich hatte einige Weiber vorher, aber die können mir gestohlen bleiben. Alle wertlos.«

»Also gibt es keine besondere Frau in Ihrem Leben?«

Nico verzog kurz den Mundwinkel, als wollte er lachen, doch in seinen Augen lag nichts als Kälte. Einen Moment lang schien er zu überlegen, dann lehnte er sich wieder zurück.

»Hab ich doch gesagt. Alle wertlos«, murmelte er und richtete den Blick auf einen Punkt an der Wand. Die plötzliche Stille im Raum zog sich unangenehm in die Länge.

Laura ließ ihm Zeit, doch er schwieg weiter. Kein provokanter Spruch, keine gespielte Gleichgültigkeit – nur eisernes Schweigen.

Laura ließ sich von seinem Schweigen nicht beirren. Statt sofort nachzuhaken, lehnte sie sich entspannt zurück, verschränkte die Beine und musterte ihn mit einem Ausdruck, der mehr wusste, als er preisgab. Sie ließ die Worte wirken, ließ ihn spüren, dass seine plötzliche Zurückhaltung auffälliger war als eine Lüge. Nico atmete hörbar aus, sein Blick blieb auf einen Punkt an der Wand gerichtet, als wolle er sich nicht eingestehen, dass er langsam nachgab.

»Gibt da eine …«, murmelte er schließlich, »die Einzige, die mir je was bedeutet hat. Und ja, ab und zu besucht sie mich.«

Laura spitzte die Ohren, doch er schwieg weiter. Kein Name, keine weiteren Details. Nur dieser eine, fast beiläufige Satz – und doch verriet er mehr als alles zuvor.

Sie lehnte sich zurück und ließ den Gedanken sacken. Wer war diese Frau? Victoria Kusch? Kaum vorstellbar. Warum sollte er sie decken? Die beiden hatten keine erkennbare Verbindung – jedenfalls keine, die Laura bisher gefunden hatte.

Wahrscheinlicher war, dass sich jemand als Victoria Kusch ausgegeben hatte. Aber wer? Und warum?

Sie musterte Nico erneut, suchte in seinem Gesicht nach einem Hinweis. *Wen versuchst du hier zu schützen?*

»Danke, Herr Lercher, das wäre dann alles. Bis zum nächsten Mal.«

Der Blick, den er Laura zuwarf, als sie den Raum verlies, sprach Bände. Es war nicht Wut, die aus ihm sprach, sondern blanke Enttäuschung und Schmerz.

Laura stieß auf dem Gang mit Karl zusammen, der sogleich begann, auf sie einzureden:

»Du denkst doch nicht, dass Nico Lercher und Victoria Kusch …?« Sie blickte gedankenverloren auf ihre Hände, als müsste sie sich erst sortieren. Dann schüttelte sie langsam den Kopf.

»Kann ich mir einfach nicht vorstellen. Aber so hätten wir den Zusammenhang zwischen den zwei Morden – Victoria Kusch.«

Karl rieb sich nachdenklich das Kinn. »Sie hat uns angelogen. Sie war an Severins Wohnung, genau an dem Tag, als er ermordet wurde. Und jetzt taucht ihr Name auch noch auf der Besucherliste auf? Das ist zu viel Zufall.«

Laura ließ den Gedanken wirken, dann sah sie Karl an. »Es ist wahrscheinlicher, dass sich jemand als Victoria Kusch ausgegeben hat. Aber wer? Und warum?«

Karl runzelte die Stirn. »Vielleicht jemand, der wusste, dass der Name Türen öffnet.«

Laura nickte langsam. »Oder jemand, der sich sicher war, dass Victoria Kusch niemals darüber sprechen würde.«

Karl sah sie scharf an. »Morgen kommt sie zur Befragung. Dann werden wir herausfinden, welche dieser Theorien stimmt.«

Laura nahm einen tiefen Atemzug. »Oder ob wir völlig auf der falschen Fährte sind.«

Mit diesen Worten machte sich Laura auf den Weg zum Ausgang. Karl blickte ihr erstaunt nach. Sie hielt ihm die erste Tür auf und blickte zurück: »Kommst du?«

Karl löste sich aus seiner Schockstarre und folgte Laura durch die Justizanstalt nach draußen. Es war ein erleichterndes Gefühl, als sie die trostlosen Mauern hinter sich gelassen hatten und wieder vor ihren Autos standen. Karl musterte Laura von der Seite. Sie sah besser aus, ihre Augen hatten diesen besonderen Glanz und von der Trostlosigkeit zu Beginn war nichts mehr zu sehen.

KAPITEL 30

Lukas hatte geträumt. Von ihr. Sie waren in seiner Wohnung, sie stand in der Küche und rührte in einem Kochtopf. Es roch köstlich nach frischen Tomaten und angebratenem Fleisch. Die Wohnung war sauber, die Sonne strahlte durch die Fenster und die Vögel zwitscherten. Anstelle seiner Matratze saß er auf einem geblümten Sofa und lächelte. Sie tanzte mit einem Kochlöffel in der Hand durch die Wohnung, summte dabei laut die Melodie des Songs »Happy Day«, hockte sich vor ihm nieder und streckte ihm den Kochlöffel hin. »Los, koste mal! Aber aufpassen, es ist heiß.« Lukas pustete und probierte vorsichtig. Es schmeckte widerlich und er spuckte die Soße über den Teppich. Die Stimmung schlug sofort um, Wolken schoben sich vor die Sonne, der Schimmel fing wieder an, an den Wänden zu wuchern.

Das Lächeln der Frau verzog sich zu einer hässlichen Fratze. »Was? Schmeckt es dir etwa nicht? Ich habe extra für dich gekocht! Du musst mir dankbar sein!«, schrie sie.

Lukas blinzelte mehrmals. Es war, als würde sich aus dem Nichts ein dichter Nebel vor seine Augen schieben und ihm die Sicht erschweren.

»Ich habe für Gerechtigkeit gesorgt, ob es dir passt oder nicht. Wir sind jetzt miteinander verbunden, für immer.« Die Frau schrie immer noch. Ihr Schreien verwandelte sich in ein hysterisches Lachen, das das ganze Zimmer erfüllte.

Lukas presste seine Hände an den Kopf, der jeden Moment zu explodieren drohte. Die Frau ging zurück in die Küche, vorbei an alten Pizzakartons, um die sich unzählige Fliegen tummelten. Sie öffnete eine Schublade und nahm ein Messer heraus. Er spürte die Gefahr, die von ihr ausging, glasklar, doch sein Körper war gelähmt. Er konnte sich nicht bewegen, geschweige denn die Flucht ergreifen. Leichtfüßig tänzelte sie auf ihn zu und fing erneut an, den Refrain von »Happy Day« zu summen. Vor ihm blieb sie stehen und strich eine Haarsträhne aus seinem Gesicht.

»Braver Severin, alles wird gut werden, wirst sehen.«

Lukas schrie laut auf.

Mit dem Schrei wachte er auf, schweißgebadet und verwirrt. Er sah sich in der Wohnung um, um sicherzustellen, dass es nur ein Traum gewesen war. Auf dem Küchentisch verteilt standen einige McDonald's-Tüten, sonst war die Küche leer. Im Bad nur das alte Bild der leeren Bierflaschen in der Badewanne.

Er konnte aufatmen.

Lukas wischte sich den Schweiß mit der Hand von der Stirn und setzte sich an den Küchentisch. In letzter Zeit schlief er öfter untertags ein, weil er von den Nächten so erledigt war. Was für ein Geburtstag! Zuerst der Besuch bei dieser geheimnisvollen Frau und jetzt dieser Traum. So konnte es nicht weitergehen. Er hatte nicht einmal Lust, sich zu betrinken.

Er fischte eine letzte zerdrückte Zigarette aus seiner Hosentasche, zündete sie an und inhalierte tief. Sogleich spürte er, wie er sich entspannte. Lukas musste Nachschub besorgen, das hieß, dass er wieder hinausgehen musste. Ihm graute davor, aber ein Blick in seinen Kühlschrank und in die McDonald's-Tüten zeigte ihm, dass es bitter nötig war.

Wie auf das Stichwort fing sein Magen an zu knurren. Er hatte heute noch nichts gegessen. Ein anderer Gedanke ließ ihn nicht zur Ruhe kommen: Warum tauchte der Name dieses reichen Schnösels in seinen Träumen auf?

Lukas aschte auf den Boden und stellte sich ans Fenster. Die Straßen waren dunkel und leer. Es war einer dieser ruhigen Tage, nur einige Fenster der umstehenden Häuser waren erleuchtet. Vor dem großen Weihnachtstrubel verließen die Leute ihre Wohnungen und fuhren zu ihren Familien, um gemeinsam zu feiern. Lukas spürte einen leichten Stich im Brustkorb. Diese schönen Erinnerungen waren ihm verwehrt geblieben. Er konnte sich an kein schönes Weihnachtsfest mit seiner Familie erinnern. Meistens waren sie vor dem Fernseher gesessen, Mutter hatte Essen bestellt, Vater hatte zu viel getrunken und Lukas hatte versucht, keine Aufmerksamkeit zu erregen. An Weihnachten waren wenigstens die Schläge ausgeblieben. Sein Vater hatte sich auf die paar freien Tage gefreut und Mutter und Lukas darauf, ihn ein paar Tage nicht zu sehen.

Eine Familie – Vater, Mutter, Kind – trat auf die Straße. Das Kind saß dick eingepackt auf einem Schlitten, der Vater zog ihn hinter sich her. Es hatte wieder geschneit.

Lukas öffnete das Fenster. Das Kind quietschte vor Freude, als sein Vater anfing zu laufen und mit dem Schlitten Schlangenlinien in den Schnee zeichnete. Dieses Lachen hallte in Lukas' Ohren nach, als die drei längst hinter der nächsten Häuserecke verschwunden waren.

Er nahm einen letzten Zug von seiner Zigarette und schnippte sie aus dem Fenster. Das hysterische Lachen der Frau aus seinem Traum drängte sich in sein Bewusstsein. Wer war sie? Und warum trat sie jetzt in sein Leben?

Sollte er zur Polizei gehen und aussagen, dass eine Frau bei ihm gewesen sei, die ihm einen Zettel hinterlassen hatte? Dass diese Frau bei seinem Freund beziehungsweise Dealer Drogen bestellt hatte, die er ihr geliefert hatte? Und dass ihn der Gedanke nicht losließ, dass das alles irgendwie im Zusammenhang mit Severin Kuschs Tod stand?

Er kam sich selbst lächerlich vor. Das alles war absolut unlogisch. Die Basis, auf der er sich die Geschehnisse zusammenreimte, war einzig und allein ein Traum. Absolut lachhaft.

Lukas ging zurück zu seiner Matratze. Es war bereits 17 Uhr, aber Zeit würde heute keine Rolle mehr spielen. Er hob eine leere Zigarettenschachtel vom Boden auf und öffnete den Deckel. Auf der Innenseite hatte er sich den Namen notiert, der auf dem Türschild der Frau gestanden hatte. Obwohl er sich das Hirn zermartert hatte, sagte ihm der Name absolut nichts.

Lukas musste selbst eine Möglichkeit finden, mehr über diesen Namen zu erfahren.

Er fuhr sich mit zitternden Fingern durch die Haare und seufzte leise. Er hatte keine andere Wahl. Wenn er Antworten wollte, musste er sein letztes Geld zusammenkratzen und ein Internetcafé aufsuchen. Es war ein riskanter Plan, aber besser, als weiter im Dunkeln zu tappen.

Er griff in die Taschen seiner abgetragenen Jacke, zählte die Münzen in seiner Hand – gerade genug für eine halbe Stunde am Rechner. Doch sein Magen zog sich schmerzhaft zusammen. Bevor er sich auf den Weg machte, musste er irgendwie an etwas zu essen kommen. Mit leerem Bauch würde er keinen klaren Gedanken fassen können.

Lukas zog die Kapuze über den Kopf und machte sich auf den Weg. Er hatte ein Ziel vor Augen – aber erst einmal musste er sich um das Nötigste kümmern.

KAPITEL 31

Laura saß an ihrem Schreibtisch und ließ ihre nackten Füße nervös auf und ab wippen. Sie versuchte, den Tag Revue passieren zu lassen und ihm eine Struktur zu geben. *Was für neue Erkenntnisse haben wir? Was werden unsere nächsten Schritte sein?*

Der Besuch in der Früh bei ihrem Vater hatte Laura nicht weitergebracht. Sie war sich unsicher darüber, ob es den Zusammenhang, den sie vermutete, überhaupt gab.

Als Laura ihren Vater auf das Tagebuch angesprochen hatte und auf das, was Elisabeth ihm erzählt hatte, hatte er nur apathisch aus dem Fenster gesehen. In solchen Momenten hätte sie ihn am liebsten geschüttelt und angebrüllt, dass er endlich den Mund aufmachen solle. Die Tatsache, dass er die Antwort auf alle Fragen sein könnte, die sie um den Schlaf brachten, hatte sie wütend gemacht. Nach ihrem Besuch hatte sie sich leer und machtlos gefühlt. Und jetzt stand Weihnachten kurz vor der Tür, ein Fest der Freude und der Hoffnung. Wie jedes Jahr würde sie bei ihrem Vater feiern. Sie würden einen Film ansehen und sich gegenseitig anschweigen. Jedoch ließ sie das Gefühl nicht los, dass Elisabeths Vergangenheit etwas mit dem aktuellen Fall zu tun haben musste. Sie musste herausfinden, wer die zwei vertauschten Kinder waren. Vielleicht war Victoria Kusch ja das fehlende Puzzlestück, das beide Fälle miteinander verband.

Das Gespräch mit Nico Lercher hatte ihren Verdacht

gegen Victoria Kusch nur weiter gefestigt – zuerst ihr Besuch bei Severin am Tag seines Mordes, nun auch die Verbindung zu Nico Lercher, auch wenn er es leugnete. Ob Zufall oder Absicht, ließ sich noch nicht sagen, aber eines war klar: Die Schlinge um Victoria Kusch zog sich unaufhaltsam zu. Morgen würden sie sehen, was sie dazu zu sagen hatte.

Auf Lauras Schreibtisch herrschte Chaos. Sie hatte den gesamten Inhalt der Akten Elisabeth Brach und Severin Kusch ausgebreitet und versucht, anhand der Fotos und Berichte einen Zusammenhang zu finden. Ihre Gedanken wanderten zu Nico Lercher. Ob Victoria Kusch und er einander wirklich kannten?

Die Unterlagen von Elisabeth Brach enthielten keine Informationen zu Nico Lerchers Beziehungsstatus. Auch die befragten Nachbarn hatten keine Freundin erwähnt, was nicht heißen musste, dass es keine gegeben hatte.

Laura entschied sich, morgen Nachmittag einen Abstecher zu Elisabeth Brachs ehemaliger Wohnung zu machen. Lercher hatte damals direkt neben ihr gewohnt – vielleicht erinnerte sich noch jemand an ihn. Er war schließlich kein Mann, den man leicht vergaß. Mit seiner lauten Art, den provokanten Sprüchen und seinem unruhigen Blick war er jemand, der auffiel, ob man wollte oder nicht. Vielleicht hatte ihn jemand mit einer Frau gesehen, vielleicht sogar mit Victoria Kusch. Mit Fotos von Victoria Kusch und Nico Lercher im Gepäck würde sie in den umliegenden Geschäften und Restaurants nachfragen. Manchmal waren es gerade die kleinen, alltäglichen Beobachtungen, die eine Spur freilegten.

Durch Bos leises Grummeln bemerkte Laura, dass sie sehr heftig mit dem Fuß wippte und dabei gegen sein

Körbchen stieß. Er öffnete ein Auge, sah sie vorwurfsvoll an und streckte ihr den Hintern entgegen.

Laura schrieb *Nico Lercher Freundin – Victoria Kusch?* auf ein gelbes Post-it und klebte es auf ihren Computerbildschirm.

Sie nahm beide Fotos zur Hand, die das kurze Wort zeigten, das in die Haut der beiden Leichen eingeritzt worden war. Jetzt, da sie die Bilder nebeneinanderlegte, wurde es unübersehbar: Beide Male stand dort »fur« – nicht »fut«, wie beim ersten Mord fälschlich angenommen.

Laura runzelte die Stirn. »fur« – wofür stand dieses Wort? War es ein Name, eine Botschaft, ein Zeichen? Oder vielleicht ein Anagramm, ein verdrehter Hinweis auf etwas viel Größeres?

Sie biss sich auf die Lippe.

Im direkten Vergleich sah es aus, als wären beide Wörter von derselben Person geschrieben worden. Das würde darauf schließen lassen, dass es nur einen Mörder gab, was jedoch nicht möglich war, da Nico Lercher zur Zeit des zweiten Mordes im Gefängnis gesessen hatte. Die Analyse hatte kein eindeutiges Ergebnis erzielen können, da die Buchstaben zu schlampig und unsauber eingeritzt worden waren. Dass die Handschriften übereinstimmten, hatte nicht eindeutig bestätigt werden können.

Laura gab das Wort »fur« in das Google-Suchfenster ein. Ins Englische übersetzt, bedeutete es »Pelz« oder »Kesselstein«. Ebenso stand »fur« für eine Sprache in Afrika, einen von Steven Shainberg produzierten Film aus dem Jahr 2006 und war der Name einer dänischen Insel. »Fur« war zudem die Abkürzung für »Ferric Uptake Regulator«, ein Protein, sowie für die furlanische Sprache, eine Regionalsprache in Italien. Die Liste und die damit einhergehenden Möglichkeiten waren endlos. Trotzdem tippte Laura Severin Kuschs Namen und das Wort »Fell« in das Google-Suchfenster ein. Fehlanzeige! Die Suche ergab nichts.

Zuletzt tippte sie das Wort »fur« sowie die Namen von Kusch und Brach ein: nichts, null Treffer. Laura lehnte sich zurück und starrte an die Decke. Sie hatte das Gefühl, dieses Wort irgendwo schon einmal gelesen zu haben, konnte sich aber nicht mehr erinnern, wann oder wo das gewesen war.

Bo war aufgewacht und bellte auf. Er musste hinaus. Es wäre vermutlich nicht das Schlechteste, ihre Gedanken an der frischen Luft zu ordnen.

»Okay, Kleiner, ich habe verstanden. Wir gehen ein Stück.«

Sie schnappte sich seine Leine, zog ihre Socken und Schuhe wieder an und schlenderte ohne Ziel durch die Straßen.

Es waren die letzten Tage des Jahres. Die Straßen waren um diese Uhrzeit wie ausgestorben, die meisten Menschen verbrachten ihren Winterurlaub mit der Familie in ihren Häusern, aßen zu viel, feierten und freuten sich über die Anwesenheit der anderen. Früher hatten Mama, Papa und sie die Winterferien immer im Haus verbracht. Manchmal war Anna dabei gewesen, aber meistens hatte sie über den Winter zu ihrer Verwandtschaft gemusst, worüber sie sich nicht gefreut hatte. Anscheinend war immer nur gestritten und in der Wohnung der Tante gesessen worden, die zu viele Katzen hatte.

Laura musste bei dem Gedanken schmunzeln: Anna, die ohnehin keine Tiere mochte und als kleines Mädchen jedes Jahr in einer miefigen Wohnung voller Katzen und grummeliger Menschen saß. Anna hatte davon stets so plastisch und trocken erzählt, dass sich Laura vor Lachen gar nicht auf dem Stuhl hatte halten können. In solchen Momenten bemerkte Laura schmerzlich, wie sehr sie das Haus zu dieser Jahreszeit vermisste. Ihr fehlten die Gespräche, das Lachen, die Menschen. Heute war es zu Weihnachten still. Zu Weihnachten war es immer still. Meistens waren es nur Bo und sie, eingeschneit in eine Welt aus kitschigen Weihnachtsliedern, frostiger Stille und Erinnerungen, die schwerer wogen als die Kälte draußen.

Bo war augenscheinlich ausgesprochen motiviert und schnell zu Fuß. Laura war so in Gedanken versunken gewesen, dass sie erst jetzt bemerkte, wohin er sie gezogen hatte. Sie standen vor Annas Wohnhaus und Bo kratzte an der Tür. Es war ein Glück, dass Anna so nah am LKA wohnte – so konnte Laura Bo jederzeit schnell bei ihr abliefern, wenn sie mal wieder einen langen Tag im Dienst hatte.

»Du kleiner Schlingel! Du weißt ganz genau, wo es etwas für dich zu holen gibt.« Laura tätschelte Bos Kopf und sah an der Fassade zu Annas Wohnung hoch, dann blickte sie auf die Uhr. 25 Minuten lang waren sie durch Wiens Straßen gelaufen und hier gelandet. Es brannte kein Licht, aber wenn sie schon einmal da waren, konnte sie läuten und »Hallo« sagen. Doch selbst nach dem vierten Läuten machte niemand auf.

»Sorry, Kleiner, Tante Anna ist nicht da. Aber du bekommst ein Leckerli, wenn wir zurück im Büro sind, versprochen.«

Das Wort »Leckerli« ließ Bo sofort aufhorchen und er begann, heftig an seiner Leine zu ziehen.

»Schon gut, wir gehen ja schon.«

Laura warf einen letzten Blick hoch und überquerte die Straße. Sie hatte sich eingebildet, dass einer der Vorhänge leicht zur Seite gezogen worden war. Doch jetzt waren sie alle wieder fest zugezogen, nichts bewegte sich. Wahrscheinlich war Anna beschäftigt und wollte nicht gestört werden. Wenn sie arbeitete, sperrte sie sich in ihrer Wohnung ein und ackerte stundenlang durch, mithilfe von Noise-Cancelling-Kopfhörern von der Außenwelt abgeschirmt, damit niemand ihre Konzentration störte.

Laura machte sich auf den Rückweg.

KAPITEL 32

»Ich kann Ihnen gleich sagen, dass ich es nicht war!«

Victoria Kusch sah schrecklich aus. Ihre sonst gepflegten Haare standen büschelweise von ihrem Kopf ab. Eine Strähne zwirbelte sie so stark zwischen ihren Fingern, dass die Kopfhaut darunter rot durchschimmerte. Ihr Anwalt wollte sie in ihrem Redeschwall bremsen, hatte jedoch keine Chance.

»Lassen Sie mich raten, hat mein Mann damit zu tun? Dieser Mistkerl wird sehen, dass er sich mit der Falschen angelegt hat, das sage ich Ihnen. Wenn ich hier wieder raus bin, werde ich ihn ausbluten lassen. Ich werde ihm alles nehmen. Sein aufgeplustertes Ego wird in sich zusammensinken und verpuffen. Ich werde ihn vernichten!«

Laura wusste, dass sie heute der wahren Victoria Kusch gegenübersaß. Keine Maske, kein Lächeln – in solchen Momenten zeigte sich, was für ein Mensch jemand war, roh und nackt.

»Frau Kusch, uns liegen leider einige Indizien vor, die Sie belasten.« Laura hatte bis jetzt gestanden, setzte sich nun aber an den Tisch und wartete Frau Kuschs Reaktion ab, die nicht lange auf sich warten ließ.

»Was denn für beschissene Indizien? Es *kann* gar keine Indizien geben, weil ich es nicht getan habe!«

Der Anwalt erhob seine Stimme: »Frau Kusch, ich muss Sie ausdrücklich darauf hinweisen, dass Sie sich nicht belasten müssen. Machen Sie jetzt bitte keinen Fehler.«

Laura blieb ruhig und blätterte in der Akte.

»Frau Kusch, wir wissen inzwischen, dass Sie am 15. Dezember in Severins Wohnung waren. Das steht im Widerspruch zu Ihrer ersten Aussage, in der Sie behauptet haben, Ihren Sohn seit Wochen nicht mehr gesehen zu haben. Möchten Sie dazu etwas sagen?«

Victoria senkte den Blick, atmete tief durch und sprach schließlich leise: »Ja okay … ich war dort. Ich wollte mit ihm reden. Über alles. Ich wollte wissen, wie es ihm geht, warum unser Verhältnis so schlecht war. Ich wollte … es endlich wieder gutmachen.«

Laura: »Aber?«

Victoria schüttelte den Kopf. »Er hat mich nicht ernst genommen. Hat mir vorgeworfen, ich sei eine Marionette seines Vaters, dass ich nie wirklich hinter ihm gestanden habe. Es ist eskaliert. Wir haben gestritten und schließlich bin ich gegangen.«

»Wann genau haben Sie die Wohnung wieder verlassen?«

Flüsternd fuhr Victoria fort: »Ich weiß es nicht mehr genau … Es war früher Abend, vielleicht gegen sechs oder halb sieben.«

Laura machte eine kurze Pause und blickte Victoria in die Augen. »Severin Kusch wurde an diesem Tag zwischen 18 und 22 Uhr ermordet.«

Victoria zuckte leicht zusammen, presste die Lippen aufeinander. »Ich habe es erst von Ihnen gehört. Und ich … ich hatte Angst. Ich wusste doch, dass es komisch aussehen würde, dass ich kurz vorher bei ihm war. Ich wollte nicht, dass Sie denken, ich hätte etwas damit zu tun. Deshalb habe ich gelogen.«

Laura beobachtete sie genau. Reue schwang in ihrer

Stimme mit – aber war es nur die Reue, gelogen zu haben, oder steckte mehr dahinter?

Karl zog sich einen Stuhl heran und ließ sich neben Laura am Tisch nieder.

»Sie haben also den Ermittlern gegenüber bewusst eine falsche Aussage gemacht, um sich *nicht verdächtig* zu machen?«

Victoria nickte langsam. »Ja. Ich weiß, das war ein Fehler.«

Mit einem tiefen Seufzen fuhr er sich durch die Haare, bevor er den Blick auf Victoria richtete.

»Dann erklären Sie uns doch bitte, warum Ihr Name auf der Besucherliste von Nico Lercher in der Justizanstalt Stein auftaucht.«

Victoria blinzelte irritiert. »Wessen Besucherliste?«

»Nico Lercher. Er sitzt in Stein wegen Mordes und hatte vor einigen Monaten Besuch – von Ihnen.«

Victoria hob abwehrend die Hände: »Ich kenne diesen Mann nicht! Ich habe keine Ahnung, warum mein Name dort steht.«

Laura beugte sich leicht nach vorn, ließ ihre Fingerspitzen über den Tisch gleiten, bevor sie den Kopf schieflegte.

»Sie wollen uns also ernsthaft erzählen, dass Sie noch nie in Ihrem Leben von Nico Lercher gehört haben?« Ihre Stimme klang ruhig, doch ihre Augen blieben wachsam auf Victoria gerichtet.

Victoria hob das Kinn leicht an, eine Spur Trotz blitzte in ihrem Blick auf. »Das sage ich nicht nur, das ist die Wahrheit. Ich kenne diesen Mann nicht.«

Laura schnaubte leise. »Und trotzdem taucht Ihr Name auf der Besucherliste der Justizanstalt Stein auf. Sie erwarten doch nicht ernsthaft, dass wir glauben, irgendjemand hat sich als Sie ausgegeben?«

Ein nervöses Flackern ging durch Victorias Miene. »Das ist doch absurd.«

Laura zuckte die Schultern. »Ja, absurd ist es. Es sei denn … jemand hat Ihren Ausweis gestohlen.«

Victoria öffnete den Mund, als wollte sie widersprechen, dann hielt sie inne. Ihr Blick huschte unruhig zur Seite, als würde sie sich an etwas erinnern, das sie längst vergessen hatte. »Warten Sie …« Sie runzelte die Stirn, als würde sie in ihren Gedanken kramen. »Ich … Ich habe tatsächlich vor knapp zwei Jahren gedacht, dass ich meinen Ausweis verloren habe.«

Karl stand abrupt auf. »Haben Sie den Verlust gemeldet?«

Victoria blinzelte, als würde sie die Frage nicht sofort begreifen. »Nein … ich war mir nicht sicher, ob ich ihn verloren oder einfach verlegt habe. Ich habe gewartet und er ist dann zwei Wochen später wieder aufgetaucht …«

Laura musterte sie einen Moment schweigend. Ihr Instinkt sagte ihr, dass hier etwas nicht stimmte. »Haben Sie Ihren Ausweis dabei?« Victoria griff in ihre Handtasche, wühlte kurz darin herum und reichte Laura das Dokument.

Kaum hielt Laura das Kärtchen in der Hand, runzelte sie die Stirn. »Danke.« Ihre Stimme blieb ruhig, doch in ihr zog sich etwas zusammen. Das Material fühlte sich zu starr an, das EU-Sternensymbol sah seltsam aus – und auch die Hologramme wirkten merkwürdig flach.

»Dann sollten wir vielleicht herausfinden, wer in den letzten zwei Jahren noch mit Ihrer Identität unterwegs war.« Victoria blickte sie irritiert an. »Wie meinen Sie das?«

Laura schob ihr den Ausweis langsam über den Tisch zurück.

»Dieser Personalausweis ist eine Fälschung.« Lauras Stimme klang sachlich, doch in ihrem Inneren formte sich bereits eine Theorie. Eine, die Victoria Kusch vielleicht nicht gefallen würde – aber möglicherweise ihre einzige Chance war. Sie musste Victoria Kusch zum Reden bringen. Ein kurzer Blick auf das Aufnahmegerät bestätigte ihr, dass es weiterhin das Gespräch aufzeichnete.

»Frau Kusch, ich verstehe Sie, wirklich. Es muss schlimm sein, in einem goldenen Käfig zu leben. Aber hier geht es nicht um Sie, hier geht es um Ihren Sohn. Sie müssen mir alles sagen, was mir helfen könnte, den wahren Mörder zu finden.«

»Egal, was ich sage, man wird es mir sowieso nicht mehr glauben.«

»Versuchen Sie es, bitte!«

Stille. Eine Zeit lang war nur das schwere Atmen von Victoria Kusch zu hören.

»Ich bin eine schlechte Mutter. Ich habe Severin nie so geliebt, wie ich es hätte sollen. Aber das hatte seinen Grund.« Erneut eine Pause. »Er war nicht mein leiblicher Sohn«, flüsterte sie.

Noch einmal Stille.

»Severin wurde adoptiert?«

Victoria Kuschs Stimme hatte sich einigermaßen gefestigt. »Nein, nicht adoptiert. Es ist ein bisschen komplizierter. Ich habe erst spät davon erfahren, aber diese Information hat alles verändert. Es gab einige Komplikationen bei Severins Geburt, und anscheinend wurden gravierende Fehler gemacht. Sie … es ist zu schwer. Ich kann das nicht.« Victoria Kusch presste die Augen zusammen.

»Bitte Frau Kusch, reden Sie mit mir. Das kann Ihnen helfen!«

Wieder Stille.

»Severin wurde bei der Geburt vertauscht!«, schrie sie förmlich heraus und drückte die Hände auf die Tischplatte. »Ich habe mehr als 20 Jahre lang ein Kind aufgezogen, das nicht mein Fleisch und Blut ist. Während mein echtes Kind irgendwo da draußen lebt und wahrscheinlich nichts von meiner Existenz weiß. Ich habe keine Ahnung von seinem Schicksal. Es könnte tot sein! Nachdem ich Magnus davon erzählt habe, hat er mir verboten, weitere Nachforschungen anzustellen. Es würde ein schlechtes Bild auf ihn werfen. Ich solle mich mit dem Sohn zufriedengeben, den wir haben. Magnus duldete keine Widerworte. Aber vergessen konnte ich es nie. Ab dem Tag war Severin für mich fremd. Ich habe mich dafür geschämt, aber ich konnte meine Gefühle nicht ändern. Deshalb war ich bei ihm in der Wohnung. Ich habe es ihm gesagt, wollte reinen Tisch machen.« Victoria Kusch fing an, leise zu weinen. Tränen rannen über ihre Wangen. »Er war außer sich. Vollkommen verzweifelt schrie er, dass er endlich verstünde, warum ich ihm gegenüber immer so kalt gewesen sei. Dass ich ihn dafür hätte büßen lassen, ohne dass es seine Schuld war. Dass ich ihn nie wirklich geliebt habe …«

»Und warum haben Sie nach all den Jahren Ihr Schweigen gebrochen?«

»Weil es mir zu viel wurde. Ich habe auf mein Leben zurückgeblickt und erkannt, dass darin keine Liebe mehr war. Ich wollte wieder Nähe zu meinen Kindern – egal ob leiblich oder nicht. Ich wollte, dass endlich wieder etwas in Ordnung kommt. Doch damit habe ich alles nur schlimmer gemacht …«

»Was hat er gesagt?«

»Er ließ mich nicht zu Wort kommen. Für ihn war ich eine Lügnerin und Betrügerin. Ich habe ihn gefragt, ob er für das Leben, das wir ihm geboten haben, nicht dankbar sei. Ich habe ihm vor Augen geführt, dass wir ihm alles ermöglicht haben. Daraufhin hat er mich angeschrien und mir vorgeworfen, er habe nie frei sein können, wir, Magnus und ich, hätten ihn zerstört. Es … es war schrecklich. Dann bin ich aus der Wohnung gestürmt, und das war das letzte Mal, dass ich ihn gesehen habe.«

»Das tut mir sehr leid, Frau Kusch.«

Lauras Stimme klang sanft und einfühlsam. »Aber ich muss Sie fragen, was das mit Severins Tod zu tun hat. Ich meine, es ist natürlich tragisch. So wie Sie es geschildert haben, scheint es, dass Ihr Sohn todunglücklich gewesen ist. Aber Selbstmord können wir ausschließen. Denken Sie nach, Frau Kusch! Wer hat außer Ihnen und Ihrem Mann noch von der Sache gewusst? Und wer hat Ihnen überhaupt davon erzählt?«

»Sophie wusste es auch. Aber für sie hat das nie eine Rolle gespielt. Ich kann mir also nicht vorstellen, dass sie etwas damit zu tun hat.«

»Aber woher wussten *Sie*, dass Severin nicht Ihr leiblicher Sohn ist?«

»Ich hätte nicht gedacht, diese Person jemals wiederzusehen. Aber eines Tages stand sie einfach vor der Tür, vollkommen aufgelöst, und sagte, sie müsse mir etwas beichten.«

»Wer stand vor Ihrer Tür?«

»Es war die Person, die für das alles verantwortlich ist, die meinen kleinen Jungen vertauscht hat: Elisabeth Brach.«

Laura stoppte die Aufnahme und hob den Blick zu Karl. Erst jetzt bemerkte sie, dass sie unbewusst die Luft angehalten hatte. Sie atmete tief aus, während sich die angespannte Stille im Raum ausbreitete.

Victoria Kusch saß zusammengesunken auf dem Stuhl, der vorherige Trotz aus ihren Augen gewichen. Sie wirkte erschöpft, als hätte das Verhör mehr an ihr gezehrt, als sie zugeben wollte. Doch all die Widersprüche, die Lügen – nichts davon war ein Beweis dafür, dass sie Severin getötet hatte.

Laura lehnte sich zurück und rieb sich kurz die Schläfen. »Wir müssen Sie gehen lassen.« Ihre Stimme war ruhig, doch unmissverständlich. »Aber das heißt nicht, dass Sie aus unserem Fokus verschwunden sind.«

Karl verschränkte die Arme und fügte hinzu: »Sie stehen weiterhin unter Beobachtung, Frau Kusch. Ich würde Ihnen raten, nichts zu tun, was uns erneut in Ihre Richtung blicken lässt.«

Victoria hob kaum merklich den Kopf, als wollte sie noch etwas sagen, doch sie schwieg. Wortlos stand sie auf, richtete ihren Mantel und verließ den Raum.

Laura blickte ihr nach, dann ließ sie sich mit einem leichten Seufzen in den Stuhl sinken. »Das war nicht das letzte Mal, dass wir sie hier hatten.«

Doch eine entscheidende Erkenntnis hatten sie gewonnen – Elisabeth Brach hatte zwei Babys vertauscht, und Victoria Kusch hatte erfahren, dass ihr Sohn nicht ihr leibliches Kind war. Das war die Verbindung zwischen den beiden Fällen!

Aber reichte das als Mordmotiv? Wurde Severin deshalb getötet?

Laura tippte ungeduldig mit dem Stift auf den Schreibtisch. »Wer hätte ein Motiv?«

Karl ließ sich in den Sessel gegenüber sinken und verschränkte die Arme. »Der Vater? Wenn diese Geschichte an die Presse geht, könnte das seiner Karriere und seinem Geschäft schaden. Oder die Mutter – wenn sie nie eine echte Bindung zu Severin hatte und ihn als Lüge empfunden hat …«

Laura schüttelte den Kopf. »Vielleicht. Aber das ist nicht der Kern. Die eigentliche Frage ist: Wer ist der Junge, mit dem Severin vertauscht wurde?«

Ein Moment der Stille.

Dann griff Karl nach einer der Akten. »Wenn wir das herausfinden, wissen wir, wer in dieser Geschichte wirklich etwas zu verlieren hat.«

Laura nickte langsam. »Dann fangen wir genau da an und rufen jetzt im Krankenhaus an. Ich werde gleich einen Durchsuchungsbefehl für das Anwesen der Kuschs beantragen. « Karl nickte zustimmend und wählte bereits die Nummer des Krankenhauses.

KAPITEL 33

Karl hatte das Telefon bereits auf Lautsprecher gestellt, während Laura ungeduldig mit dem Kugelschreiber auf den Tisch klopfte. Nach ein paar Klingeltönen meldete sich die kühle Stimme des ärztlichen Direktors.

»Krankenhausverwaltung, Dr. Nowak am Apparat.«

Karl räusperte sich. »Guten Tag, hier spricht Chefinspektor Karl Suchanek vom LKA Wien, zusammen mit meiner Kollegin Inspektorin Laura Sturm. Wir brauchen dringend eine Liste der Geburten vom 20. Dezember 2000 aus Ihrem Krankenhaus. Es ist ein absoluter Notfall – es geht um Leben und Tod.«

Eine Pause. Ein hörbares Einatmen am anderen Ende der Leitung.

»Tut mir leid, Herr Suchanek, aber ich fürchte, ich kann Ihnen diese Informationen nicht ohne eine gerichtliche Anordnung herausgeben. Das unterliegt dem Datenschutz und der ärztlichen Schweigepflicht.«

Laura verzog das Gesicht, lehnte sich mit verschränkten Armen zurück und ergriff das Wort.

»Hören Sie, wir haben hier einen Mordfall, und diese Informationen könnten entscheidend sein. Können Sie wirklich damit leben, uns unnötig aufzuhalten?«

Dr. Nowak: »Ich verstehe Ihre Dringlichkeit, wirklich, aber ohne eine offizielle Anordnung kann ich nichts tun. Es tut mir leid, aber so sind die Regeln.«

Karl stütze seinen Kopf auf seine Händen und sagte

mehr zu sich selbst als zu Dr. Nowak: »Wie lange würde das dauern?«

»Ein Antrag über die Staatsanwaltschaft? Mindestens ein paar Tage, je nach Bearbeitungszeit.«

Laura rollte mit den Augen, stand auf und begann, unruhig durch den Raum zu tigern.

»Alles klar, danke.«

Karl beendete das Gespräch und ließ das Handy auf den Tisch fallen.

Karl: »Das war's dann wohl. Bis wir die gerichtliche Anordnung haben, kann das Tage dauern.«

Laura schnaubte. »Ja, super. Falls unser Mörder noch irgendwo rumläuft, hat er genug Zeit, seine Spuren zu verwischen.« Sie trat ungeduldig von einem Fuß auf den anderen, ließ ihren Blick durch das Büro schweifen – und blieb an einem unscheinbaren Karton in der Ecke hängen. »Der Karton mit Elisabeth Brachs alten Sachen …«

Karl folgte ihrem Blick. »Und du glaubst, da könnte was drin sein?«

Laura seufzte, zog den Karton zu sich heran und ließ sich auf den Boden sinken. »Ich glaube gar nichts mehr, aber es ist das Einzige, was wir haben.«

Sie öffnete den Deckel und begann, sich durch den chaotischen Inhalt zu wühlen. Lose Blätter, vergilbte Notizen, ein paar Briefe – alles wirkte willkürlich zusammengestopft. Sie stieß auf einen Stapel alter Fotos, einige Dekoartikel, dann ein paar Krankenhausunterlagen, die scheinbar wahllos zwischen den Papieren lagen.

»Irgendwas Brauchbares?«, wollte Karl wissen.

Laura schüttelte den Kopf, kurz davor, den Karton entnervt wieder beiseitezuschieben. Dann fiel ihr Blick auf einen schwarzen Ordner, der ganz unten lag, halb unter einem Haufen loser Papiere vergraben. Auf dem Deckblatt stand mit dicker, leicht verwischter Schrift: »GEHEIM«.

Ihr Herz machte einen kleinen Sprung. »Moment mal ...«

Sie zog den Ordner hervor, blätterte ihn mit schnellen Fingern durch. Es sah nach gewöhnlichen Krankenhausunterlagen aus, nichts Auffälliges, bis sie abrupt innehielt. Zwei Namen stachen ihr ins Auge. »Severin Kusch ... und Lukas Kretschmayer.«

Karl beugte sich vor. »Lukas Kretschmayer? Wer zum Teufel ist das?«

Lauras Finger glitten über die erste Seite von Severins Akte. »Nichts, was wir nicht schon wissen ...« Sie überflog die Angaben und blätterte dann hastig zur zweiten Akte. Ihre Hände zitterten leicht, als sie den Namen auf der Geburtsurkunde las.

Laura flüsterte: »Lukas wurde am 20. Dezember 2000 geboren. Im selben Krankenhaus wie Severin.« Ein Kloß bildete sich in ihrem Hals, als sie zur nächsten Zeile sprang – die Namen der Eltern. »Julia und Philip Kretschmayer ...« Sie hielt den Atem an, blinzelte, als müsse sie es noch einmal lesen, um sicherzugehen. Dann sah sie Karl mit weit aufgerissenen Augen an. »Das muss er sein! Das ist der Junge, mit dem Severin vertauscht wurde!«

Karl ließ sich langsam gegen die Stuhllehne sinken, offenbar wurde ihm die Tragweite dieser Entdeckung langsam bewusst. »Heilige Scheiße...«

Ein Moment der Stille.

Laura richtete sich auf, hielt die Akte fest umklammert.

»Wir wissen, mit wem Severin vertauscht wurde. Aber was wir nicht wissen: Warum musste er dafür sterben?« Karl schnappte sich sein Handy und hatte nach ein paar

Klicks die Adresse von Lukas Kretschmayer herausgefunden.

Bo wimmerte einmal laut auf. Er träumte und ruderte mit seinen Pfoten, als würde er einer Katze nachjagen.

»Ich muss Bo schnell zu Anna bringen, dann können wir los.«

Laura hoffte inständig, dass ihre Freundin zu Hause war und ihren Anruf hörte. Einen Plan B hatte sie nicht. Und tatsächlich: Nach dem zweiten Klingeln meldete sich die vertraute Stimme.

»Hey, Anna, super, dass ich dich erreiche. Sag mal, bist du eventuell zu Hause? Wir sind in unserem Fall ein ganzes Stück weitergekommen und ... Ach, das geht jetzt alles zu weit. Ich erzähle es dir ein anderes Mal. Also meine Frage: Könntest du bitte ein paar Stunden auf Bo aufpassen? Ich weiß, es ist sehr kurzfristig, aber du würdest mir damit echt das Leben retten!«

Anna klang etwas überrumpelt: »Ähm ... puh ... eigentlich passt es mir gerade nicht wirklich.« Wahrscheinlich saß sie immer noch konzentriert vor ihrem Laptop.

»Bitte, Anna, ich schwöre dir, es ist wirklich wichtig. Wir sind so kurz davor, diesen Fall zu lösen«, bettelte Laura. »Wenn diese Ermittlung erledigt ist, verbringen wir mal ein paar Tage im Haus, nur du, Bo und ich, wie früher.«

Die Härte in Annas Stimme wich. Sie klang zwar immer noch nicht begeistert, erkannte aber vermutlich, dass sie gegen Lauras Beharrlichkeit keine Chance hatte. Resigniert seufzte sie: »Okay, okay, ich hol ihn aus deinem Büro. Bin sowieso gerade auf dem Sprung.«

»Danke, Anna, mega! Karl und ich machen uns auf den Weg. Ich gebe Bernhard am Empfang Bescheid, du weißt ja, er kennt sich aus. Danke noch mal, du bist wirklich ein Schatz!«

»Jaja, schon okay. Aber bitte schau, dass du ihn heute noch abholst. Ich habe Pläne für den späteren Abend.«

Laura sah auf die Uhr: Es war kurz nach eins. »Alles klar, danke dir!« Sie legte auf und sah Bo an. »Du bleibst brav da. Tante Anna holt dich gleich ab.«

Karl hatte sich seine Jacke geschnappt und stand in der Tür. »Können wir?«

Das Haus glich eher einer Ruine als einem Ort, an dem Menschen lebten. Überall bröckelte der Putz ab, die Fassade war mit Schimpfparolen beschmiert und die Eingangstür hing lose in den Angeln. Im Stiegenhaus roch es nach einer Mischung aus Moder, vollen Windeln und Schimmel. Man hörte lautes Geschrei durch die Wände dröhnen, die nicht allzu dick zu sein schienen. Das Haus hatte nichts Freundliches an sich. Wer hier lebte, hatte wohl keine andere Wahl.

»Da ist es: Tür Nummer zwölf, Lukas Kretschmayer. Boah, das stinkt bestialisch!« Karl hielt sich seinen Ärmel vor die Nase, um den Gestank nicht einatmen zu müssen. Der Erfolg blieb aus. Aus der Wohnung Nummer zehn konnte man den Fernseher laut durch die geschlossene Tür hören. Dem Lachen nach zu urteilen, lief gerade eine amerikanische Sitcom.

»Okay, ich klopfe an«, sagte Laura laut.

Auf das erste Klopfen meldete sich niemand. Karl klopfte erneut. Und erneut. Dann änderte er seine Taktik: »Herr Kretschmayer, hier spricht der Arbeitsmarktservice. Wir haben Ihnen in den letzten paar Monaten unabsichtlich zu wenig Arbeitslosengeld überwiesen. Sie erhalten eine Nachzahlung, dafür brauche ich bitte Ihre Unterschrift.«

Das war derartig an den Haaren herbeigezogen, dass sich Laura ein Lachen verkneifen musste. Darauf konnte keiner reinfallen! Aber Karl hatte direkt ins Schwarze getroffen.

Die Tür wurde mit einem Ruck aufgerissen. Herr Kretschmayer hatte anscheinend die ganze Zeit dahinter gewartet.

»Ihr seid nicht vom AMS!«, rief er und wollte die Tür bereits wieder zuschlagen.

»Herr Kretschmayer, wir sind vom Landeskriminalamt Wien.« Karl hielt ihm seinen Ausweis unter die Nase. »Keine Sorge, Sie haben nichts verbrochen. Wir sind nur hier, um etwas zu überprüfen. Sagt Ihnen der Name Severin Kusch etwas?«

Laura versuchte, einen Blick in die Wohnung zu erhaschen. Es sah schlimm aus, wie eine Messie-Wohnung aus TV-Dokus. Bierflaschen und Zigarettenkippen stapelten sich neben einer fleckigen Matratze, die wohl als Bett herhalten musste. Lukas Kretschmayer sah nicht besser aus. Verdreckte Klamotten, blutunterlaufene Augen und fettige Haare. Sie erkannte auch das Besteck auf dem kleinen Tisch neben der Matratze und das festgezogene Band um Lukas Kretschmayers Oberarm. Auf dem Löffel sah sie geronnene Heroinspuren.

Er hatte sich gerade einen Schuss gesetzt.

KAPITEL 34

»Verdammt, was machen wir jetzt?«

Kretschmayer war vor Karl zusammengebrochen, der ihn im letzten Moment hatte auffangen und auf die Matratze betten können. Sein Gesicht war ungesund blau angelaufen. Mit einer unkontrollierten Handbewegung hatte er das gesamte Besteck quer über den Fußboden verteilt.

»Karl, ich glaube, das sind Anzeichen einer Überdosis. Wir müssen sofort die Rettung rufen.«

Es klopfte gegen die Wand und eine laute Stimme ertönte: »Oida, Lukas, was soll der Scheiß? Warum machst du da drüben so einen Wirbel? Dreh deine verdammten Pornos leiser, ich kann meinen Fernseher nicht mehr verstehen, Herrgott noch mal!«

Laura sah Karl an. »Der Nachbar kennt ihn anscheinend. Hol sofort die Rettung, ich schau mal zu dem Typ rüber, vielleicht kann er uns helfen, bis der Notarzt da ist.«

Karl hatte zum Handy gegriffen und sprach gleich darauf mit einem Rettungsbeamten: »Ja genau, wir sind in der … Überdosis … Lukas … nein, ich kenne ihn nicht …«

Laura klopfte energisch bei dem Nachbarn an. Dieses Mal blieb sie bei der Wahrheit. »Polizei, sofort aufmachen!«

Sie hörte ein lautes Schnaufen und schlurfende Schritte. »Ich komm ja schon. Wozu die Aufregung?«

Die Stimme deutete nicht darauf hin, dass sie es mit einem angenehmen Gesprächspartner zu tun haben würde.

Es dauerte gefühlte Stunden, bis der Nachbar Laura die Tür geöffnet hatte. In einer Hand hielt er eine Chipstüte, mit der anderen schaufelte er sich die Chips in den Mund. Auch aus dieser Wohnung schlug Laura ein bestialischer Gestank entgegen.

»Guten Tag, Herr …« Laura sah zur Klingel, stellte jedoch schnell fest, dass dort kein Namensschild angebracht war, was sie nicht sehr verwunderte. »Herr Kretschmayer hatte einen Unfall und wird gleich von der Rettung abtransportiert.« In diesem Augenblick hörte sie die Sirenen näherkommen.

Der dicke Nachbar lachte einmal laut auf und spuckte Laura dabei Chipsbrösel ins Gesicht. »Herr Kretschmayer! Was ist denn das für ein Bonzenname?«

Angewidert machte Laura einen Schritt zurück und fuhr sich mit der Hand über das Gesicht. »Es ist keine Zeit für Späße. Sie kennen Herrn Kretschmayer also?«

»Na ja, kennen … Er war ein paar Mal bei mir und wir haben gemeinsam Bier getrunken. Das war's auch schon. Ein ziemlich schräger Kerl, schwerer Alkoholiker. Und mit den Drogen hat er ja anscheinend auch so seine Probleme.«

Die Rettungssanitäter stürmten die Stufen hinauf und brachten Lukas Kretschmayer in den Rettungswagen.

Laura wollte in den Rettungswagen steigen, aber Karl hielt sie zurück und flüsterte ihr ins Ohr: »Das übersteigt unsere Kompetenz. Sie bringen ihn ins Hanusch-Krankenhaus. Wir können nichts mehr für ihn tun.«

Laura gefiel das ganz und gar nicht. Sie fühlte sich für den jungen Mann verantwortlich, obwohl sie ihn gar nicht kannte.

Karl schien das bemerkt zu haben. »Wir lassen ihn in den kompetenten Händen der Ärzte. Und morgen früh schauen wir gleich nach ihm.«

Lauras Anspannung ließ etwas nach. »Okay, klingt vernünftig.«

Der Rettungswagen war bereits mit quietschenden Reifen und lautem Sirenengeheul losgefahren. Neugierige Nachbarn hatten ihre Köpfe durch die Fenster gesteckt. Ein paar von ihnen rauchten und unterhielten sich lauthals miteinander. Das Fenster des Nachbarn blieb geschlossen.

*

Jimmy brauchte nicht auf die Straße zu schauen, um zu wissen, was passiert war. Er hatte es ja hautnah erlebt. Es war nur eine Frage der Zeit gewesen, bis Lukas es einmal übertreiben würde. Heute war er nicht er selbst gewesen, hatte ihn, Jimmy, gefragt, ob er seine Kunden persönlich kannte. Er hatte zu viele Fragen gestellt, speziell zu einer Kundin, was Jimmy gar nicht passte. Anonymität war ihm sehr wichtig – für sich selbst und für seine Geschäftspartner. Sonst funktionierte das Business nicht.

Er musste lächeln. Diese kleine Polizistin! Süß, dass sie tatsächlich geglaubt hatte, sie könnte seinen echten Namen vom Klingelschild ablesen. Oder dass er in dieser Wohnung bleiben würde, nachdem ein Bullenschwein seinen Fuß über die Schwelle gesetzt hatte. Er würde sich gleich etwas Neues suchen, weit weg von hier.

Er ging gemächlich zurück zum Fernsehsessel und ließ sich darauf plumpsen. Was wollten die Bullen eigentlich von Lukas? Ja, er war ziemlich kaputt, aber richtig kriminell war er nicht. Abgesehen von den paar Jobs, die er für

Jimmy machte, und der Dealerei in seiner Jugend hatte er nicht viel Dreck am Stecken. Das hatte Jimmy bei seinem Backup-Check festgestellt. Leute mit schmutziger Vergangenheit konnte er in seinem Team nicht brauchen. Lukas war bis heute solide gewesen, hatte wenig wissen wollen und die Jobs schnell und gewissenhaft erledigt.

Ob sein Verhalten in den letzten Tagen etwas mit dem angeblichen Besuch dieser fremden Frau zu tun hatte? Jimmy hatte das als betrunkene Fantasie abgetan. Lukas redete viel, wenn der Tag lang war. Nachdem er heute von seinem letzten Job zurückgekommen war, hatte er ihm erzählt, er habe die Frau gesehen, die bei ihm zu Hause gewesen sei. Sie sei schön und habe lange braune Haare. Jimmy hatte ihm nur den Vogel gezeigt. Lukas musste vollkommen high gewesen sein.

Er blickte da nicht mehr durch. Und er hatte andere Probleme, um die er sich kümmern musste. Er wusste, dass er selbst nicht mehr viele Schritte machen konnte. Dafür war er in den letzten Jahren einfach zu sehr in die Breite gegangen. Jede Anstrengung hinterließ Spuren, seine Knochen schmerzten. Er brauchte einen neuen Kurier. Gleich morgen stand eine neue Lieferung an. Es war die Kundin, bei der Lukas gewesen war. Sie hatte explizit nach ihm verlangt. Na ja, so war es nun einmal. Sie würde sich mit einem anderen Boten begnügen müssen.

Jimmy bemerkte, dass er zum wiederholten Mal in die leere Chipstüte griff. »Ach Mist«, nuschelte er und hievte sich angestrengt aus seinem Sessel. Er trottete in die Küche, öffnete seine Chipslade und musste zu seinem Bedauern feststellen, dass sie leer war. Auch in den anderen Laden und Kästen ließen sich keine Chips finden. Das konnte nicht sein. Er war sicher, dass er vor einer Woche genug

Packungen geliefert bekommen hatte. Dieser kleine Mistkerl Lukas musste ihm welche geklaut haben!

Sollte er dafür tatsächlich seine Wohnung verlassen? Für ein paar Chips? Er könnte einfach seinen Lieferanten anrufen und ihn um eine neue Fuhre bitten. Das würde mindestens eine Stunde dauern. Jimmy wusste, dass er nicht so lang warten konnte. Und da der kleine Junkie abtransportiert worden war und sicher die Wohnung nicht verschlossen hatte, konnte er ruhig einen Blick riskieren.

In Lukas' Wohnung stank es noch übler als bei ihm selbst. Das kam wahrscheinlich vom Schimmel, der in der gesamten Küche wucherte. Jimmy musste am Küchentisch eine kurze Pause einlegen und setzte sich auf einen der Stühle, der unter seinem Gewicht gefährlich knarrte. Er wusste, dass er selbst nicht gerade Ordnung pflegte, aber hier sah es wirklich furchtbar aus: Die Wohnung war übersät von ausgedrückten Kippen, Brandlöchern und leeren Bierflaschen, der Boden war klebrig. Den Tüten und Kartons auf dem Küchentisch nach zu schließen, hatte sich Lukas in den letzten Tagen nur von Fast Food ernährt.

Angeekelt wandte er sich ab und machte sich mit zugehaltener Nase daran, die Kästen zu durchsuchen. Fünf Minuten später musste Jimmy feststellen, dass keine Chips in der Wohnung zu finden waren. Doch er hatte etwas anderes gefunden, das ihn in Erstaunen versetzte. Er ließ sich wieder auf dem wackeligen Stuhl am Küchentisch nieder und starrte auf die Wand neben dem Kühlschrank. Mit einem dicken schwarzen Stift war dort der Name einer Frau vermerkt worden. Von diesem Namen gingen einige Pfeile weg, die zu weiteren Namen, Adressen und wirren Worten führten, die Jimmy nicht verstand. Es schien, als hatte Lukas wirklich einiges über die geheimnisvolle Frau herausgefunden. Ein Wort war sogar mehrfach umrahmt und unterstrichen worden. Aber was, bitte schön, sollte »fur« bedeuten?

KAPITEL 35

Sie hatten Herrn Kretschmayer retten können. Er hatte sich eine Überdosis Heroin gespritzt. Wenn Laura und Karl nicht gekommen wären, wäre er laut den Ärzten an den Folgen gestorben.

Das war gestern gewesen, jetzt war es 10 Uhr morgens am Tag danach. Laura saß vor Lukas' Bett, sein Atem war flach, aber regelmäßig. Sie musterte ihn eingehend. Er war früher sicher einmal ein schöner Junge gewesen. Hinter dem fahlen Teint, den gelben Zähnen und den fettigen Haaren erkannte Laura Züge, die attraktiv hätten sein können. Und diese Wimpern! Sie hatte nur zweimal solche vollen und langen Wimpern gesehen, und zwar bei Victoria und Sophie Kusch. Laura war ohne DNA-Analyse sicher, dass Lukas Kretschmayer der leibliche Sohn von Magnus und Victoria Kusch war.

Das Leben hatte seine Spuren an ihm hinterlassen. Laura hatte Nachforschungen angestellt. Seine Kindheit war mehr als schrecklich gewesen. Der Vater hatte ihn und die Mutter regelmäßig geschlagen. Die Schule hatte das Jugendamt informiert und dieses hatte ihn mit 14 Jahren in eine Pflegefamilie gesteckt. Dort war es ihm auch nicht besonders gut gegangen. Lukas war mit 16 Jahren aus der Familie ausgebrochen und hatte sich die nächsten Jahre auf der Straße durchgeschlagen, wo er in Kontakt mit Drogen gekommen war.

Ein solches Schicksal wünschte man keinem. Hatte

Lukas Kretschmayer von der Verwechslung gewusst? War das vorstellbar?

Sein Herzschlag beschleunigte sich und er blinzelte ein paar Mal schwach.

»Wo bin ich?«, presste er hervor. Er sah Laura an. »Und wer bist du?«

Auf diesen Moment hatte Laura gewartet.

»Mein Name ist Laura Sturm. Sie sind im Krankenhaus. Sie …« Laura stockte kurz. »Wir haben Sie ohnmächtig in Ihrer Wohnung gefunden und die Rettung gerufen.«

Lukas ließ seinen Kopf auf das Kissen zurücksinken und schloss die Augen.

»Ich habe ewig nicht mehr in einem ordentlichen Bett geschlafen«, murmelte er leise.

Laura dachte, er wäre wieder eingeschlafen, als er die Augen aufschlug.

»Verdammt, du bist doch diese Bullentussi, die in meine Wohnung einbrechen wollte! Von wegen AMS! Ich zeige euch an!«

Laura atmete tief durch. Also konnte er sich erinnern. Ein entscheidender Moment – doch jetzt musste sie vorsichtig sein.

Lukas war immer noch einer der Verdächtigen. Er hatte ein Motiv. Vielleicht war er unschuldig, vielleicht nicht. Doch wenn sie ihn jetzt unter Druck setzte, würde er dichtmachen – oder schlimmer noch, lügen.

Also änderte sie ihre Taktik. Sie ließ ihre Schultern ein wenig sinken, entspannte ihre Miene und zwang sich zu einem fast beiläufigen Tonfall. »Wissen Sie, Herr Kretschmayer, ich versuche nur, das hier zu verstehen. Ihr Name ist im Zusammenhang mit einer Mordermittlung aufgetaucht – und ich versuche, das Puzzle zusammenzusetzen.« Lukas hatte sich im Bett aufgerichtet und sah Laura wütend an. »Diesen Dreck könnt ihr jemand anderem erzählen. Das glaubt euch doch niemand, verdammt noch mal! Ich muss hier raus, ich kann mir das nicht leisten!« Er fing an, wie wild an den Kabeln zu ziehen.

»Okay, jetzt reicht es aber!«, schlug Laura einen härteren Ton an. »Wenn Sie so weitermachen, muss ich eine Schwester holen. Sie hatten eine Überdosis. Was ist los mit Ihnen?«

Lauras Worte hatten Eindruck hinterlassen. Lukas lehnte sich wieder im Bett zurück. »Aber ich sage es gleich, ich zahle keinen Cent für das hier. Hättet ihr mich einfach liegen gelassen, dann wäre es für alle einfacher gewesen. Was wollt ihr von mir?«

Laura hatte lang überlegt, was sie auf diese Frage antworten würde. Dass er und Severin Kusch bei der Geburt vertauscht worden waren und dass seine leibliche Mutter unter Verdacht stand, ihren »falschen« Sohn ermordet zu haben?

Laura stand auf und ging zum Fenster.

»Sagt Ihnen der Name Severin Kusch etwas?« Laura heftete ihren Blick auf ihn. Die Reaktion war mehr als eindeutig. Sein ganzer Körper spannte sich augenblicklich an.

»Ja klar, aus dem Fernsehen. Das war ja dieser reiche Schnösel, der ermordet wurde. Aber was um Gottes willen habe ich damit zu tun?«

»Wissen Sie, dass Sie beide am gleichen Tag Geburtstag haben?«

Kretschmayer sah Laura verblüfft an: »Nein, woher sollte ich das wissen? Und warum, verdammt noch mal, sollte mich das interessieren?«

Es gab nur einen Weg, etwas aus Lukas Kretschmayer herauszubekommen. Auch wenn es ein riskanter Zug war.

»Okay, ich erzähle Ihnen jetzt etwas, aber Sie müssen versprechen, mir genau zuzuhören und mich nicht zu unterbrechen. Es ist sehr wichtig.«

Kretschmayer hatte die Hände hinter dem Kopf verschränkt. »Hast du vielleicht eine Kippe für mich?«

»Tut mir leid, ich rauche nicht.«

»Okay, dann besorg mir eine Kippe und ich lausche aufmerksam«, sagte er und sah Laura auffordernd an. Laura lächelte. »Wie wäre es damit: Du hörst mir zuerst zu, dann besorge ich dir eine Zigarette? Du hast mein Wort.« Das Du fühlte sich irgendwie angemessener an.

»Mir bleibt wohl nichts anderes übrig.« Lukas fing an, eine seiner fettigen Haarsträhnen um den rechten Zeigefinger zu zwirbeln.

Laura starrte ihn verdutzt an: »Machst du das öfter?«

»Was?«

»Deine Haare zwirbeln.«

Lukas fühlte sich ertappt und hörte augenblicklich damit auf. »Was hast du mit meinen Haaren?«

Für Laura gab es keinen Zweifel mehr. »Okay, fangen wir an.«

Lukas Kretschmayer lag da wie ein Häufchen Elend. Er hatte sich die Decke bis ans Kinn herangezogen. Die Tränen liefen ihm über die Wangen.

Seit Laura die Geschichte beendet hatte, war die Stille im Raum erdrückend.

»Das kann nicht sein«, wisperte er. »Das kann nicht euer Scheißernst sein!«

Laura sagte nichts. Sie hatte das Gefühl, dass Lukas zunächst seine Gedanken ordnen musste.

Er wischte sich mit dem Handrücken über die Augen und fing an, sich am Oberarm zu kratzen. »Also, ihr wollt mir weismachen, dass ich eigentlich in eine stinkreiche Familie hineingeboren worden bin, aber bei der Geburt vertauscht wurde und dass ihr dafür keine Beweise habt.«

»Noch nicht, aber glaub mir. Ich bin zu 99 Prozent sicher.«

Kretschmayer sah Laura in die Augen. »Und ihr seid der Meinung, dass der Mörder von Severin Kusch von der Verwechslung wusste. Und da macht es am meisten Sinn, dass der missratene echte Sohn, der eine Scheißvergangenheit hat, sich rächen will und den Typen abmurkst.«

Laura wollte eingestehen, dass sie die Annahme nicht ausschließen konnte. Doch Lukas kam ihr zuvor und klatschte ein paar Mal laut in die Hände. »Bravo, Frau Inspektor, bravo. Die ganze Geschichte hat nur einen Haken: Ich hatte bis vor ein paar Minuten keine Ahnung, dass man mich bei der Geburt vertauscht hat. Und ich habe, bevor ich es in den Nachrichten gesehen habe, noch nie von Severin Kusch gehört. Und der Name Elisabeth Brach sagt mir auch nichts. Also – tut mir leid, aber ihr seid wirklich auf der falschen Spur.«

Laura sah den jungen Mann ruhig an.

»Ich habe Ihnen aufgezählt, was wir haben. Ich habe nicht gesagt, dass alles Hand und Fuß hat. Und im Vertrauen: Ich traue Ihnen eine solche Tat nicht zu. Nichts für ungut, aber in Ihrer momentanen Situation wären Sie nicht in der Lage, einen derart sauberen Mord zu begehen: keine Fingerabdrücke, keine Anhaltspunkte, die auf Sie schließen lassen.« Laura machte eine kurze Pause, um das Gesagte sacken zu lassen. Sie hatte mit offenen Karten gespielt. Jetzt würde sich herausstellen, ob sie zu weit gegangen war. »Aber wir haben trotzdem gehofft, dass Sie uns helfen können.«

Sie holte ein Foto aus ihrer Hosentasche und betrachtete es. Die gesamte Familie Kusch lächelte ihr entgegen. Es war das Foto von Severins Abschlussfeier.

»Mein Kollege hat heute Ihren Nachbarn besucht, einen gewissen Herrn Jakob Schneider. Dieser war anscheinend in Plauderlaune. Er hat ihm erzählt, dass Sie nächtlichen Besuch von einer Dame bekommen haben und danach ziemlich aufgewühlt gewesen sind. Und dann hat er uns noch das gezeigt.«

Laura blätterte in ihrem Handy, bis sie das Foto des Gekritzels an Lukas Wand fand, das Karl ihr geschickt hatte. Sie setzte sich wieder neben Lukas und ließ ihn auf den Bildschirm schauen.

»Was bedeutet ›fur‹?«

KAPITEL 36

Laura konnte ihr Glück kaum fassen. Nachdem Lukas Kretschmayer das Foto gesehen hatte, sprudelten die Worte nur so aus ihm heraus. Er erzählte von dem nächtlichen Besuch und von seiner Lieferung an eine Kundin, die genau diese Frau gewesen sei, und von seinen Nachforschungen.

Der Name an der Türklingel war natürlich nicht der richtige gewesen, das hatte Lukas schnell mittels Internetrecherche herausgefunden. Er stammte aus einem Buch namens »Der Dieb« von Fuminori Nakamura. Mit dem Buch hatte Lukas nichts anfangen können. Dann hatte er den Zettel wiedergefunden, den die geheimnisvolle Frau bei ihrem ersten Besuch hinterlassen hatte, zerknüllt in einer Ecke in seiner Wohnung.

Wir sind beide Opfer unserer Vergangenheit. Doch ich werde Gerechtigkeit schaffen. Achte auf mein Zeichen!

Er hatte ihn umgedreht und das Wort »fur« darauf entdeckt, allerdings keine Ahnung davon gehabt, was es zu bedeuten hatte. Es hatte ihn damals auch nicht interessiert. Doch nach seinem gestrigen Traum konnte er nicht untätig bleiben. Er hatte sein letztes Geld zusammengekratzt und war in ein Internetcafé gegangen. Die Google-Suche hatte für das Wort »fur« zunächst nichts ergeben, was ihm hätte weiterhelfen können. Doch er hatte nicht aufgegeben. Nachdem er den Namen des Buches und das Wort »fur« in die Suchmaschine eingegeben hatte, war er fündig geworden. »Fur« bedeutete »Dieb« auf Lateinisch. Das war das Letzte, was er gestern hatte herausfinden können, für mehr Zeit im Internet hatte sein Geld nicht gereicht, bevor er sich den Schuss gesetzt hatte.

Laura hatte sich alles ruhig angehört. Diese Geschichte klang fast zu absurd, um wahr zu sein. Aber er hatte ihr auf jeden Fall geholfen: »fur« bedeutete »Dieb«. Den Opfern war das lateinische Wort für »Dieb« eingeritzt worden. Das würde zu der Theorie passen, dass die Kindesverwechslung etwas mit den Taten zu tun hatte. Victoria Kusch hatte erst gestern zugegeben, dass sie ihren vermeintlichen Sohn, Severin, nie wirklich lieben konnte. Hatte sie sich um die Jahre mit ihrem echten Kind betrogen gefühlt? Hatte sie Severin insgeheim als denjenigen gesehen, der ihr gestohlen wurde – oder der ihr echtes Kind gestohlen hatte?

Aber auch Magnus Kusch war nicht aus dem Spiel. Für einen Mann wie ihn, der Kontrolle über alles hatte, musste die Vorstellung, dass sein eigener Sohn nicht wirklich sein Sohn war, ein unerträglicher Gedanke gewesen sein. Sah er die Verwechslung als persönlichen Betrug? Als einen Diebstahl, der ihm sein eigen Fleisch und Blut genommen hatte?

Und dann war da noch Lukas Kretschmayer. Er könnte das größte Motiv von allen haben. Was, wenn die Geschichte von der Frau mit dem Zettel nur eine Ablenkung war? Was, wenn er wusste, dass er mit Severin vertauscht worden war? Hatte er Severin »Dieb« genannt, weil er glaubte, dieser hätte ihm sein ganzes Leben weggenommen?

Er wirkte aufrichtig, aber sie war sich nicht sicher.

»Hast du den Zettel noch?«

»Klar, irgendwo in der Wohnung, keine Ahnung, wo genau.«

Laura beschloss, Karl darauf anzusetzen. Vielleicht fand man ja die Fingerabdrücke der geheimnisvollen Frau darauf. Sie tippte ihm eine Nachricht und bekam gleich darauf die Antwort, dass er sich darum kümmern würde.

»Wenn wir diesen Zettel ernst nehmen, dann klingt es so, als ob diese Person eine Rechnung zu begleichen hätte.« Laura fing an zu grübeln. »Bitte denk nach! Hast du diese Frau vorher schon oder danach noch einmal irgendwo gesehen?«

»Ja, in ihrer Wohnung, als ich ihr das Marihuana gebracht habe. Habe ich ja schon gesagt! Glaubst du nicht, dass ich mir diese Frage schon selbst tausend Mal gestellt habe?«

»Wie war die Adresse?«

»Verdammt, so etwas merke ich mir doch nicht, aber ich kann euch sagen, wie ich hingefahren bin, ich glaube, es war der 9. Bezirk. Ich würde die Wohnung sicher wiedererkennen.«

»Okay, also abgesehen davon, dass dich diese Frau zu Hause besucht hat und du ihr Gras gebracht hast: Hast du sie sonst schon einmal irgendwo gesehen?«

Laura hielt noch immer das Foto der Kusch-Familie in den Händen. Sie streckte es Kretschmayer hin. »War es zum Beispiel eine von diesen Frauen?«

Kretschmayer nahm das Bild und musterte es eingehend.

»Ich habe einmal kurz gedacht, dass es diese Frau gewesen ist.« Er tippte auf Victoria Kusch. »Ich habe sie im Fernsehen gesehen.« Sein Blick wanderte zu Sophie. »Wow, die zwei sehen sich echt verdammt ähnlich. Aber nein, es war keine von beiden.« Er hielt das Foto etwas länger in den Händen. »Also so hätte mein Leben aussehen können: ein Abschluss auf einem Elitegymnasium, eine Familie und Geld ohne Ende. Da hatte ich wohl echt Pech.«

Die Tür öffnete sich und eine Krankenschwester kam ins Zimmer geeilt: »So, Herr Kretschmayer, es ist Zeit für die abschließenden Untersuchungen.«

Ihr Blick fiel auf Laura. »Sie können ihn später wieder besuchen. Er kommt jetzt mit mir.« Sie schob Lukas Kretschmayer aus dem Zimmer.

Laura stand auf und streckte sich. Ihre Knochen knacksten laut. Wo war die Verbindung zu Elisabeth Brach? Kretschmayer hatte geschworen, dass er den Namen noch nie gehört hatte. Es war zum Haareraufen. Hoffentlich fand Karl diesen Zettel, dann hätten sie wenigstens einen Beweis dafür, dass Lukas Kretschmayer die Wahrheit sagte.

*

Karl war gerade auf dem Weg ins LKA, als er eine Nachricht von Laura erhielt. Der Besuch bei Lukas Kretschmayers Nachbarn frühmorgens hatte ihm eigentlich schon den Rest gegeben. Er wünschte sich nichts sehnlicher, als den Dreck und den Gestank von sich abzuwaschen. Er hatte Jakob Schneider gerade rechtzeitig abgefangen. Der Kerl hatte sein bescheidenes Hab und Gut in einen offenen Koffer auf dem Küchentisch gepackt und war gerade dabei gewesen, das Regal im Wohnzimmer abzuräumen.

»Wollen Sie um diese Uhrzeit umziehen?«

Schneider war erschrocken und hatte eine kitschige Keramikkatze auf den Teppichboden fallen gelassen. Die Tür war offen gestanden, gehalten von einem Umzugskarton.

Karl zückte seinen Ausweis. »Karl Suchanek vom LKA Wien. Ich war gestern mit meiner Kollegin hier. Und ich werde Ihre Wohnung nicht betreten, keine Sorge.«

Jakob Schneider drehte sich schwer ächzend um und sah Karl das erste Mal in die Augen. »Ach, Sie sind's. Sie sind ganz schön früh dran. Geht es unserem Luki schon besser?« Er fuhr fort, die unnützen, verstaubten Dinge aus seinem Regal in den riesigen Koffer zu räumen.

»Herr Kretschmayer ist nicht mehr in Lebensgefahr, wenn Sie das wissen wollen.«

Jakob Schneider war im Fortgang der Unterhaltung unglaublich kooperativ, bot Karl sogar einen Tee an, was der nach einem Blick in die Küche dankend ablehnte. Schneider erzählte Karl von Lukas Kretschmayers ominösem nächtlichen Frauenbesuch, von seiner schweren Abhängigkeit und wie er immer versucht hatte, ihn wieder auf den rechten Weg zu bringen.

»Sie müssen wissen, er hatte es nicht leicht: beschissene Kindheit. Wenn er besoffen war, sprach er oft darüber. Der Vater war wohl ein richtiges Schwein, hat seine Mutter und ihn verprügelt. Das Jugendamt hat Lukas dann in eine Pflegefamilie gesteckt, auch dort ging es ihm nicht besonders gut.« Er zeigte Karl ein Foto von wirren Namen und Worten an einer Wand, das er gestern in Kretschmayers Küche gemacht hatte.

Auf die Frage, was er in der Wohnung seines Nachbarn gesucht habe, antwortete er ausweichend. Er habe sich Sorgen gemacht, nachdem Kretschmayer von der Rettung abgeholt worden war, und habe nur sicherstellen wollen, dass seine persönlichen Sachen an ihrem Platz waren.

»Man weiß ja nie in dieser Gegend. Die sind wie die Geier. Die riechen krankes Fleisch, wenn da einer mit dem

Rettungswagen abtransportiert wird, sehen die das als Einladung, mal in der Wohnung vorbeizuschauen. Kranke Menschen, wirklich schlimm.« Schneider legte Karl seine fleischige Hand auf die Schulter.

Nach dem Gespräch ließ sich Karl das Foto des Gekrakels an der Wand schicken und leitete es an Laura weiter. Vielleicht konnte sie etwas damit anfangen. Anschließend machte er sich gleich aus dem Staub, er wollte sich keine Sekunde länger in dieser versifften Umgebung aufhalten.

Kurze Zeit später erfuhr er, dass er noch einmal dorthin musste, um nach einem Zettel zu suchen. Laura hatte geschrieben, dass auf der Notiz wichtige Fingerabdrücke sein könnten und er sie im Büro gleich Charly geben sollte.

Karl drehte bei der nächsten Möglichkeit um und stand zehn Minuten später erneut vor dem verfallenen Haus. Schneiders Tür war verschlossen. Anscheinend hatte er sich nach Karls Abgang aus dem Staub gemacht.

Karl ging weiter zu Kretschmayers Wohnung und öffnete die Tür. Diese war nach wie vor nicht versperrt, Kretschmayer hatte Laura die Einwilligung gegeben, dass Karl die Wohnung betreten durfte. Und in diesem Chaos sollte er jetzt einen kleinen Zettel suchen! Dafür würde er eindeutig andere Kleidung brauchen. Und Handschuhe. Und etwas, das diesen schlimmen Geruch übertünchte.

Bevor er es sich anders überlegen konnte, sprintete er zum Auto, nahm Handschuhe sowie einen Tiegel »WICK-Erkältungssalbe« aus dem Kofferraum, die er sich großzügig unter die Nase schmierte. Er wollte es einfach hinter sich bringen.

Karl begann im Badezimmer, hob jede einzelne Bierflasche auf und untersuchte deren Inhalt – ergebnislos. In der Küche ließ sich auch nichts finden. Er blieb in der Tür zum Wohnzimmer stehen und schmierte sich noch etwas Balsam unter die Nase. Langsam überkam ihn Ärger. Er war nicht Polizist geworden, um so eine Drecksarbeit zu machen. Würde im Landeskriminalamt alles mit rechten Dingen zugehen, müsste er nicht selbst in der Scheiße wühlen. Er wusste, dass er diesen Zettel finden musste, koste es, was es wolle, sofern er überhaupt existierte. Laura hatte ein großes Herz und Menschen wie Lukas Kretschmayer lösten in ihr Beschützerinstinkte aus. Karl hoffte, dass das ihren Scharfsinn nicht getrübt hatte.

Zuerst entfernte er alle Zigarettenreste vom Boden und stellte die leeren Bierflaschen gesammelt in eine Ecke. Anschließend hievte er die Matratze weg, um darunter noch weitere Zigarettenstummel zu finden. Doch da war auch etwas anderes. In einer der Matratzenfedern hatte sich etwas verfangen.

Mit seinen großen Händen hatte Karl alle Mühe, den kleinen Zettel herauszuziehen, ohne ihn zu zerstören, er war wirklich sehr klein. Es sah aus, als wäre nur ein Stück von einem größeren Zettel abgerissen worden. Vorsichtig strich er ihn glatt und las laut: »Wir sind beide Opfer unserer Vergangenheit. Doch ich werde Gerechtigkeit schaffen. Ach…«

Es sah aus, als wäre der Zettel an dieser Stelle abgerissen worden. Er drehte ihn um, um sich das Wort »fur« auf der Rückseite genauer anzusehen.

KAPITEL 37

Laura hatte gerade an Annas Tür geklingelt, als ihr Handy vibrierte. Eine Nachricht war eingegangen: *Hab ihn. Lass ihn gleich auf Fingerabdrücke untersuchen. LGK.*

Für einen Moment atmete Laura auf und tippte schnell zurück: *Steht ›fur‹ auf der Rückseite?*

Fast zeitgleich kam Karls Antwort: *Der Zettel war zerrissen, aber man konnte »fu« erkennen – also ja, könnte »fur« heißen.* Sie ging in die Hocke, um ihre offenen Schnürsenkel des rechten Schuhs neu zu binden, als Anna ihr die Tür öffnete.

»Na hallo!«, begrüßte Anna sie.

Laura hatte erwartet, dass Bo gleich durch Annas Beine schießen und sie begrüßen würde. »Ich habe ihn kurz in der Küche gelassen. Musste was erledigen, da hätte er gestört«, entgegnete Anna, die Lauras überraschten Blick bemerkt hatte.

Laura hatte Bo gestern nicht mehr abgeholt. Anna hatte ihr geschrieben, dass sich ihr Termin verschoben habe und sie über Nacht auf Bo aufpassen könne.

Anna sah gut aus, richtig erholt. Für Ende Dezember hatte sie einen tollen Teint, ihre Brille hatte sie abgelegt und sich leicht geschminkt.

»Du siehst ja super aus!

Anna lachte auf und fuhr sich verlegen mit der Hand durch die Haare. »Was du immer siehst! Aber ja, vielleicht habe ich mir heute besonders viel Mühe gegeben, ich habe gleich eine Verabredung.«

Anna öffnete die Tür zur Gänze und ließ Laura eintreten.

»Danke noch mal für deine schnelle Hilfe. Das war echt notwendig.«

Anna musterte Laura von Kopf bis Fuß. »Wie geht es dir?«

Laura atmete erschöpft aus. »Ganz gut. Ich glaube, wir haben heute einen entscheidenden Schritt gemacht. Wir haben herausgefunden, dass Severin Kusch bei der Geburt vertauscht worden ist. Und rate mal, wer damals die zuständige Hebamme war? Genau: Elisabeth Brach. Langsam fügen sich die einzelnen Puzzleteile zusammen, und ich habe das Gefühl, endlich Licht am Ende des Tunnels zu sehen.«

»Und was ist mit Victoria Kusch und den Beweisen, die ihre Schuld bezeugen?«, erwiderte Anna.

»Indizien. Das ist zu wenig, wir können keine handfesten Beweise finden. Zu vieles passt einfach nicht zusammen. Diese ganze Geschichte geht tiefer, das spüre ich. Und wir haben ihn gefunden, den echten Sohn.«

Anna sah Laura abwartend an. »Wie meinst du das?«

»Laut DNA-Test ist Lukas Kretschmayer der leibliche Sohn von Magnus und Victoria Kusch.«

Laura beschloss zu verschweigen, dass bislang kein positives Ergebnis der Analyse vorlag. Das wäre zu kompliziert geworden. Lukas Kretschmayer hatte ihnen eine Speichelprobe gegeben. »Also der Mann, den wir gestern ausfindig gemacht haben. Es ist alles ein bisschen verzwickt, und eigentlich darf ich dir nichts erzählen. Ich habe gerade einfach das Gefühl, dass endlich etwas weitergeht – auch wenn ich nicht weiß, wie ehrlich Kretschmayer zu uns ist.«

Anna nahm ein paar Tic Tacs aus ihrer Tasche und schob sie sich in den Mund. »Versteh schon. Erzähl es mir einfach ein anderes Mal! Du, ich will nicht unhöflich sein, aber ich muss dann auch …«

Laura lächelte schelmisch und zwinkerte der Freundin zu. »Alles klar, na dann viel Spaß bei deinem heißen Date!«

Anna errötete leicht: »Ja, danke.«

»Kein Problem, du musst mir nichts erzählen. Freut mich für dich. Ich bin schon weg. Kannst du schnell Bo holen? Ich möchte meine Schuhe nicht extra ausziehen.«

»Klar, kein Problem.« Anna schwebte leichtfüßig in die Küche. Dieser Mann schien ihr wirklich gutzutun. »Ach, und wegen unseres gemeinsamen Wochenendes im Haus«, rief Anna aus der Küche. »Ich hätte ein paar Wochenenden zur Auswahl. Am besten ist es, wenn wir noch im Winter hinfahren. Was hältst du von 3. bis 5., 10. bis 12. oder 24. bis 26. Jänner? Wir können natürlich auch in den Februar gehen. Da könnte ich an folgenden Wochenenden: Freitag …«

»Halt! Stopp! Das merke ich mir ja nie!« Laura riss ein Blatt von Annas Notizblock auf dem Schlüsseltisch ab und schrieb die Daten auf. »Okay, ich schau in meinen Kalender und gebe dir Bescheid. Peilen wir mal Februar an.«

Anna und Bo kamen ihr entgegen. Anna hatte den Hund bereits angeleint, was ihm gar nicht gefiel.

Laura ging in die Knie und kraulte ihn hinter dem rechten Ohr. »Hallo, mein Kleiner, ab nach Hause.« Sie richtete sich auf.

»Also, danke noch mal. Und wenn du früher ins Haus willst, ist das kein Problem. Du hast ja den Schlüssel. Gib mir nur kurz Bescheid. Und bitte keine fremden Gäste, auch wenn es verlockend wäre.« Den letzten Satz hatte Laura sich nicht verkneifen können. Sie beobachtete belustigt, wie Annas Gesicht rot anlief.

»Haha, sehr witzig. Na, mal schauen, ich melde mich. Tschüss!«

Laura sah auf die Uhr. Es war bereits Mittag. Sie sollte sich auf den Weg ins Büro machen. Karl wartete bestimmt schon.

»So, kleiner Mann, los geht's.«

Laura hatte ein schlechtes Gewissen, ihn so hin und her zu schieben, aber zurzeit ging es einfach nicht anders. Zu ihrem Vater konnte sie ihn schlecht geben. Als sie an ihn dachte, kam ihr der Gedanke, dass er Elisabeth Brachs Geheimnis die ganze Zeit gekannt hatte.

Bo zerrte bereits wild an der Leine. »Okay, du hast gewonnen«, murmelte Laura und ließ sich von dem kleinen Fellknäuel nach draußen ziehen. Im Auto fand sie Zeit, auf Karls Nachricht zu antworten: *Komisch, aber immerhin haben wir den Zettel! Komme später ins LKA. Besuche noch kurz meinen Vater. Alles Liebe, Laura.*

Sie wusste, dass sie etwas zu schnell fuhr, aber das Adrenalin in ihrem Körper war zu mächtig. Und sie liebte es, fühlte sich frei, als könnte sie nichts erschüttern.

Zehn Minuten später war sie beim Pflegeheim ihres Vaters angelangt, schnappte Bo und betrat die Einrichtung. Die Pflegerinnen waren erstaunt, sie gleich zweimal innerhalb so kurzer Zeit zu sehen. Eine von ihnen, die Laura früher oft behilflich gewesen war, kam auf sie zu. »Frau Sturm, ihr Vater schläft gerade und …«

Laura schnitt ihr das Wort ab: »Ich weiß, es tut mir leid, aber es ist dringend. Ich befinde mich in einer laufenden Ermittlung, und es kann nicht mehr warten.« Sie schaute zu Bo, der die Pflegerin schwanzwedelnd ansah. »Und der kleine Kerl kommt mit.«

Laura stürmte in das Zimmer ihres Vaters und stieß die Tür mit solcher Kraft auf, dass diese laut gegen die Wand knallte. Ihr Vater drehte langsam den Kopf und warf ihr einen kurzen ausdruckslosen Blick zu.

»So, jetzt reicht es!« Laura bemerkte, dass der Druck zu groß geworden war, sie brauchte Antworten. »Du musst mir sagen, was passiert ist! Warum war Elisabeth Brach bei dir? War sie schuld an Mamas Unfall? Und was hat sie dir über die vertauschten Babys erzählt? Ich verstehe es einfach nicht! Ein junger Mann wurde ermordet, gerade einmal Anfang 20, auf die gleiche Art und Weise wie Frau Brach. Das kann kein Zufall sein!« Laura spürte, wie ihr die Tränen in die Augen schossen und sie ruhiger wurde. Sie kniete sich vor dem Bett ihres Vaters auf den Boden und nahm seine Hand. »Du musst mir helfen, ich bitte dich. Was hat dir Elisabeth Brach noch erzählt?«, schluchzte Laura und vergrub ihr Gesicht in der Bettdecke.

Bo setzte sich neben sie und legte seinen Kopf an ihre Seite.

Ihr Vater sah Laura immer noch an, doch der gleichgültige Blick war gewichen. Er stöhnte laut auf. Laura wandte sich ihm zu. Er versuchte, ihr etwas zu sagen. Sein ganzer Körper spannte sich an, bereit, Worte auszuspucken.

Laura stand auf und drückte seine Hand. Doch so schnell sich sein Körper aufgebäumt hatte, so schnell sackte er wieder in sich zusammen. Er brachte keinen Ton heraus. Jetzt liefen auch ihm Tränen über die Wangen. Er hatte noch nie so alt ausgesehen wie in diesem Moment. Laura streichelte ihrem Vater über den Kopf und sagte leise, dass alles gut sei und sie ihn nicht habe erschrecken wollen.

Laura hatte gar nicht bemerkt, dass zwei Pflegerinnen das Zimmer betreten hatten. Eine von ihnen meldete sich räuspernd zu Wort: »Ermittlung hin oder her, wir müssen Sie bitten, das Zimmer zu verlassen. Herr Sturm braucht Ruhe. Sie haben ihn sehr aufgeregt.«

Sie kam von hinten auf Laura zu und legte ihr behutsam die Hand auf die Schulter. »Ich weiß, dass das schwer zu verstehen ist, aber ihr Vater kann ihnen nicht antworten. Auch wenn ich sicher bin, dass er es gerne tun würde.«

Laura wagte einen letzten Blick auf ihren Vater, der bereits die Augen geschlossen hatte, und verließ, ohne ein weiteres Wort an die Pflegerinnen zu richten, mit Bo das Heim.

Draußen atmete sie die kalte Winterluft ein. Die Sonne drängte sich durch die Wolken und warf ihre Strahlen auf den trostlosen Parkplatz. Sie hatte verstanden, dass sie von ihrem Vater keine Hilfe erwarten konnte, auch wenn sie spürte, dass er ihr gerne geholfen hätte. Das musste sie akzeptieren.

Ein Sonnenstrahl fiel ihr ins Gesicht. Laura schloss für einen kurzen Moment die Lider und genoss die prickelnde Wärme auf der Haut. Es würde alles gut werden. Immerhin hatte ihr Vater ihr gegenüber Emotionen gezeigt. Sie steckten noch in ihm, er war keine leere Hülle.

15 Minuten später war sie im LKA, nahm auf der Treppe zwei Stufen auf einmal und stolperte in ihr Büro. Der arme Bo keuchte. Das war selbst für ihn zu schnell gewesen.

Laura war fest davon überzeugt gewesen, dass Karl auf sie warten würde, doch das Büro war leer.

Sie kramte in ihrer Tasche, fand die Notiz, die sie bei Anna geschrieben hatte, und klebte sie auf das Bild von Anna und sich auf ihrem Schreibtisch. Dort lugte unter einem Zettelberg eine neongelbe Ecke hervor. Laura schob den Stapel zur Seite und förderte ein Post-it zu Tage.

Nico Lercher Freundin – Victoria Kusch, stand darauf.

Sie hatte in der Umgebung von Elisabeths Wohnung nach möglichen Anhaltspunkten suchen wollen, die Nico Lercher mit einer Frau in Verbindung brachten. Vielleicht sogar mit Victoria Kusch.

Laura konnte sich nur zu gut an Lerchers Gefühlsausbruch im Gefängnis erinnern, als sie ihn auf die besondere Frau in seinem Leben angesprochen hatte. Ob Victoria Kusch diese Frau gewesen war? Auch wenn sie nach ihrem Gespräch mit Lercher nicht davon überzeugt gewesen war, kamen ihr Zweifel. Victoria Kuschs Name stand auf der Besucherliste und bei einem Besuch in der JA musste man sich ausweisen. Aber da war auch noch der gestohlene Ausweis …

Laura ließ ihren Kopf zurückfallen und starrte an die Decke.

Nico Lercher und Victoria Kusch bestritten beide eine Bekanntschaft. Worin könnte der Zusammenhang bestehen?

Victoria Kusch hatte erfahren, dass Elisabeth Brach ihren Jungen bei der Geburt vertauscht hatte und Severin nicht ihr leibliches Kind war. Sie hatte Laura gegenüber zugegeben, dass sie, nachdem sie diese Information bekommen hatte, nicht mehr jene Liebe für Severin hatte empfinden können, die dieser verdient gehabt hätte. War sie deshalb so wütend auf Elisabeth Brach gewesen, dass sie die Hebamme tot sehen wollte?

Lauras Finger fingen an zu kribbeln.

Es wäre für eine Frau wie Victoria Kusch ein Leichtes gewesen, einen Kerl wie Lercher um den Finger zu wickeln. Aber wäre er dazu bereit gewesen, für sie zu morden? Konnte sie jemanden dazu bringen, freiwillig für sie ins Gefängnis zu gehen?

Laura wusste, dass sie ihre Gedanken eine Ewigkeit so hätte weiterspinnen können, doch sie brauchte stichhaltige Beweise. Hirngespinste brachten sie nicht weiter.

Sie musste zu Elisabeth Brachs Wohnung fahren.

Laura sprang auf und schritt energisch Richtung Tür, als diese mit einem Schwung aufging und Karl hereinstürmte.

»Da bist du ja endlich!«

Karl wedelte mit dem DNA-Befund in der Luft herum. »Dein Gespür hat dich nicht im Stich gelassen: Lukas Kretschmayer ist der leibliche Sohn der Kuschs. Der Zettel aus Kretschmayers Wohnung wird auch gerade analysiert. Du glaubst gar nicht, was das für ein Drecksloch war. Es hat mich wirklich Überwindung gekostet.«

»Danke, gute Arbeit! Weißt du noch, wie heftig Nico Lercher reagiert hat, als ich ihn auf seine Freundin angesprochen habe? Ich denke, diese Freundin bringt uns ein ganzes Stück weiter. Mich kribbelt's in den Fingern, Karl.« Laura griff nach ihrer Jacke. »Und wenn er es uns nicht sagen will, dann müssen wir eben anders an die Information kommen.«

Sie schnappte sich die Fotos von Nico Lercher und den Kuschs, steckte sie in ihre Tasche und sah Karl mit einem aufgeregten Funkeln in den Augen an. »Ich fahre zu Elisabeths alter Wohnung. Vielleicht erinnert sich in den umliegenden Restaurants und Shops noch jemand an ihn – und vielleicht auch an eine Frau an seiner Seite.«

Karl hob eine Augenbraue. »Meinst du wirklich, nach vier Jahren erinnert sich da noch jemand?«

Laura zuckte mit den Schultern. »Nico hat lange dort gelebt. Und er war eine Erscheinung – der Typ fällt auf. Wenn er regelmäßig mit jemandem unterwegs war, stehen die Chancen gut, dass sich jemand daran erinnert. Ich werde nachfragen.«

Laura warf einen Blick zu Bo, der längst begriffen hatte, was als Nächstes passieren würde. Kaum hatte sie ihre Jacke übergezogen, stand er bereits erwartungsvoll an der Tür, die Ohren aufmerksam aufgerichtet. »Könntest du derweil bitte …« Laura sah Karl flehend an.

»Jaja, ich pass so lange auf Bo auf.«

»Ich komme so schnell wie möglich zurück.«

»Alles klar, pass auf dich …«

Laura war schon unterwegs zum Parkplatz.

KAPITEL 38

Laura stand vor dem kleinen Greißler, die Hände tief in den Taschen vergraben. Der Nachmittag war ernüchternd verlaufen. Sie hatte in allen umliegenden Geschäften und Restaurants nachgefragt, die Fotos von Nico Lercher und den Kuschs herumgezeigt – doch ohne Erfolg. Ein paar Leute konnten sich zwar an Nico erinnern, aber nicht an eine Frau an seiner Seite, geschweige denn, wie sie ausgesehen hatte.

Der kleine Greißler, der sich direkt beim Eingang von Elisabeth Brachs ehemaligem Wohnhaus befand, war ihre letzte Hoffnung. Vielleicht hatte der Besitzer damals etwas mitbekommen – vielleicht kannte er Nico sogar besser als die anderen. Eigentlich hatte das Geschäft längst geschlossen, aber Laura hatte es geschafft, den Besitzer telefonisch zu erreichen. Jetzt wartete sie vor der Tür, während der Wind eisig durch die Gasse zog. Sie zog fröstelnd ihre Jacke enger und hoffte, dass sich das Warten lohnen würde.

Es war bereits 18 Uhr und stockdunkel, die Straßen lagen wie ausgestorben vor ihr. Für die meisten Leute startete der Countdown. Weihnachten stand vor der Tür und bald würde ein neues Jahr beginnen.

Laura hatte sich nie viel aus den Silvesterfeierlichkeiten gemacht. Warum musste man auf den 31. Dezember warten, um etwas in seinem Leben zu verändern? Nicht nur einmal hatte sie Karl sagen hören, er werde im neuen Jahr mit dem Rauchen aufhören. Und nie hatte er seinen

Vorsatz gehalten. Silvester war in ihrer Kindheit natürlich anders gewesen. Den letzten Tag des Jahres hatten ihr Vater, ihre Mutter und sie gewöhnlich im Haus verbracht und das Feuerwerk im Dorf von der kleinen Bank neben dem Apfelbaum aus bestaunt. Manchmal war Anna dabei gewesen. Feuerwerk hatte die beiden Mädchen schon immer fasziniert: Diese intensiven Farben, der hell erleuchtete Himmel und die wilden Formen waren einfach magisch. Laura musste zugeben, dass ihr beim Anblick eines Feuerwerks auch heute noch der Mund offenblieb. Für ein paar Minuten waren alle Probleme wie weggeblasen und die schönen Erinnerungen kamen wieder hoch.

Laura überlegte, ob sie sich nicht zurück ins Auto setzen sollte, da sah sie zwei Scheinwerfer auf sich zukommen. Das Auto parkte direkt vor ihr. Der Fahrer hatte Probleme beim Einparken, weshalb Laura helfende Anweisungen gab, bis das Auto endlich in der Parklücke stand. Die Tür ging auf und eine kleine, zierliche Frau stieg aus. Laura schätzte sie auf Anfang zwanzig.

»Entschuldigen Sie, die Leute fahren wie die Trotteln, wenn Schnee fällt, als würde die Straße augenblicklich zu einer Eisbahn werden, sobald die erste Schneeflocke den Asphalt berührt. Unglaublich!« Sie zog ihre dünnen Lederhandschuhe aus und hielt Laura die Hand hin.

Laura erwiderte den Gruß und war erstaunt, was für einen festen Händedruck die Fahrerin hatte.

»Maggie Bauer, also eigentlich Margarete Bauer, aber so nennt mich kein Mensch. Ich bin ja noch keine 70.« Frau Bauer musterte Laura. »Also Sie sind Polizistin, ja? Mamma mia, die werden ja auch immer jünger. Sie schauen aus, als könnten Sie einen heißen Kakao vertragen. Lassen Sie uns reingehen.«

Diese Maggie Bauer war nicht auf den Mund gefallen, das wurde Laura sofort klar. »Ich habe eigentlich mit einem Herrn Bauer telefoniert …«

»Ja, das ist mein Vater. Ihm gehört der Laden, ich helfe manchmal aus, wenn ich Zeit habe. Ist ein Familienbetrieb, dieser Greißler, aber in der heutigen Zeit werden diese Geschäfte ja gar nicht mehr genutzt. Da geht man lieber zum Billa oder kauft sich seine Lebensmittel online. Greißler wie unserer sterben langsam aus, aber sagen Sie das ja nicht meinem Papa.« Frau Bauer lächelte verschmitzt und sperrte die Tür auf.

Laura war seit Ewigkeiten nicht mehr in einem Greißlerladen gewesen. Sie ließ sich ihren Wocheneinkauf jeden Samstag direkt nach Hause liefern. Sie hatte einfach keine Zeit mehr, sich mit so etwas zu beschäftigen. »Es riecht immer noch wie früher«, murmelte sie.

»'tschuldigung, was haben Sie gesagt?« Maggie Bauer war in der kleinen Küche verschwunden und kramte zwei Tassen hervor.

»Ach, gar nichts. Schön haben Sie es hier«, sagte Laura etwas lauter.

»Danke, danke. Dafür ist Mama verantwortlich. Sie steht auf so Dekozeug und Krimskrams an den Wänden. Sie sagt, die Leute müssen sich wie zu Hause fühlen, dann kommen sie auch wieder. Wollen Sie Zucker in Ihren Kakao?«

Laura mochte eigentlich gar keinen Kakao. Sie fand es eklig, wenn die Milch an der Oberfläche eine Haut bildete. »Bitte ohne Zucker, danke.«

Laura schlenderte durch die Gänge, während Maggie in der Küche beschäftigt war.

Es sah wirklich alles so aus, wie ein Greißler in ihrer Erinnerung auszusehen hatte. Die Preise der einzelnen

Waren hatte man mit einer Etikettiermaschine händisch angebracht. Die Schokolade lag neben den Zierdecken, den Suppenpäckchen und den Zeitschriften. Chaos mit System hätte ihr Vater das genannt.

»Kakao ist fertig!«

Laura machte sich auf den Weg in die Küche.

Frau Bauer hatte ihren Kakao auf den Tisch gestellt und Platz genommen. »Ich habe Ihnen ein paar Marshmallows hineingetan. Ein Kakao ohne Marshmallows schmeckt einfach nicht.« Sie nahm genüsslich einen Schluck, schmatzte und stieß ein lautes »Ah!« aus. »Lassen Sie es sich schmecken!«

Laura starrte angewidert auf ihren Kakao. Die Marshmallows hatten sich bereits braun gefärbt und schwammen als verschrumpelte Klumpen an der Oberfläche. Sie schloss ihre Hände um die heiße Tasse und merkte, wie ihre Finger die blaue Färbung verloren.

»Danke schön, Frau Bauer, ich will Sie gar nicht lang aufhalten.« Laura kramte die zwei Fotos hervor, die sie schon den ganzen Nachmittag mit sich herumtrug. »Ich ermittle in einem aktuellen Mordfall und suche nach Informationen. Vielleicht können Sie mir weiterhelfen. Haben Sie diese Personen schon einmal gesehen?«

Frau Bauer nahm beide Fotos in die Hand und betrachtete sie aufmerksam. Ihre Stirn legte sich in Falten, während sie mit dem Finger über die Gesichter auf den Bildern fuhr.

»Bitte nennen Sie mich Maggie! Frau Bauer ist meine Mum.« Sie lachte kurz und nahm einen Schluck ihres Kakaos, bevor sie erneut auf das eine Foto tippte. »Der Typ hier … ja, der kommt mir bekannt vor. Aber die Frauen?« Sie schüttelte nachdenklich den Kopf.

»Und du bist dir ganz sicher?«, fragte Laura hoffnungsvoll.

Maggie fischte ein geschmolzenes Marshmallow aus ihrer Tasse und steckte es sich genüsslich in den Mund. »Meine Mama sagt ja immer, ich hab ein Gedächtnis wie ein Spatz, aber an den Mann kann ich mich sogar ziemlich gut erinnern. Ich war damals 16 oder 17 und hab Papa im Laden geholfen, neue Ware einzusortieren. Und dann ist der Kerl hier reingestürmt.«

Sie verzog das Gesicht, als würde sie die Szene noch einmal durchleben. »Richtig wütend war er. Hat Zigaretten verlangt und das Bargeld so hart auf den Tresen geknallt, dass ich zusammengezuckt bin. Und dann, kaum war er da, kam hinter ihm eine Frau reingestürmt. Und die beiden … boah, die haben sich angeschrien, als wär's die letzte Runde vor der Scheidung.«

Laura spürte, wie ihr Puls schneller wurde. Sie beugte sich leicht vor. »Kannst du dich erinnern, wie die Frau aussah? War es vielleicht eine von denen auf dem zweiten Foto?«

Maggie nahm noch einmal das Bild zur Hand, musterte es mit zusammengekniffenen Augen und seufzte dann. »Ich weiß nicht … Ich erinnere mich nur noch daran, dass sie lange, richtig schöne braune Haare hatte. Ich dachte mir damals, wow, wie kann jemand so perfekte Haare haben? Generell war sie echt hübsch, hat mich ein bisschen an Meghan Markle erinnert. Aber ob es wirklich eine von den beiden hier war?« Sie zuckte entschuldigend mit den Schultern.

Laura nickte, enttäuscht, aber nicht überrascht. Sie hatte nicht mehr erwartet.

Maggie redete weiter. »Jedenfalls war's echt heftig. Die zwei haben sich so sehr gestritten, dass Papa schon nervös wurde. Und dann, plötzlich – zack! – hat er ihr eine Ohrfeige verpasst. Ich schwöre, ich hab das Klatschen noch ewig in den Ohren gehabt. Papa ist sofort dazwischengegangen, hat ihm gedroht, die Polizei zu rufen, und dann sind beide abgehauen. War echt ein ziemlicher Wirbel damals.«

Laura presste die Lippen aufeinander. Das passte genau zu dem Bild, das sie von Nico Lercher hatte. Jähzornig, gewaltbereit – er schreckte nicht davor zurück, Frauen etwas anzutun. Vielleicht hatte er sich tatsächlich mit Victoria gestritten. Vielleicht hatte sie ihn um etwas gebeten, das er nicht tun wollte. Hatte sie ihn gebeten, Betty zu töten? Oder wollte sie sich absichern, dass er wirklich dichthielt?

»Ich kann die Fotos auch noch an meinen Papa schicken,« sagte Maggie plötzlich, schon mit dem Handy in der Hand. »Vielleicht kann er sich genauer erinnern.«

Laura hob eine Hand. »Aber bitte vertraulich behandeln.« Doch da war die Nachricht schon abgeschickt.

»Zu spät,« grinste Maggie verlegen. »Er tippt schon.«

Beide starrten gespannt auf den Bildschirm. Sekunden später tauchte die Nachricht auf.

Ja, der Mann war nicht zum ersten Mal bei uns. Aber meistens war er allein, hat Zigaretten gekauft und ist gleich wieder gegangen. Ein paarmal war er mit einer älteren Frau da. Sie wirkten wie Mutter und Sohn, haben oft Katzenfutter gekauft. Keine Ahnung, wer seine Freundin war, aber sie war auch sehr hübsch. Vielleicht ist sie eine von denen auf dem Foto. Bussi, Papa.

Laura las die Nachricht mehrmals. Nico Lercher war also auch mit Elisabeth Brach hier gewesen. Mutter und Sohn – zumindest hatten sie so gewirkt. War das alles nur eine Masche gewesen? Hatte er sich bei ihr eingeschmeichelt, um gemeinsam mit Victoria ihren Plan so sauber wie möglich auszuführen? Wenn sich das Opfer sicher fühlt, ist es umso leichter, es in eine Falle zu locken.

Laura drückte Maggie dankbar die Hand. »Danke, das war wirklich hilfreich. Falls euch noch etwas einfällt, hier ist meine Karte.«

»Kein Ding,« erwiderte Maggie mit einem Lächeln. »Ich hoffe, Sie finden, wonach Sie suchen.«

Laura verließ den Laden und trat hinaus in die kalte Nacht. Es schneite immer noch. Sie musste so bald wie möglich noch einmal mit Victoria Kusch sprechen. Diese trauernde Mutterrolle nahm sie ihr nicht mehr ab – da steckte viel mehr dahinter. Noch während sie ging, schrieb sie Karl eine Nachricht und bat ihn, Bo mit zu sich nach Hause zu nehmen. Sie würde den Abend lieber nutzen, um sich in Ruhe auf die Verhöre vorzubereiten – und nicht mehr extra ins Büro fahren.

KAPITEL 39

Karl wurde durch eine feuchte Schnauze in seinem Gesicht geweckt.

»Ihh! Bo, wie bist du denn auf das Bett gekommen? Runter da!«

Nachdem er den kleinen Wirbelwind von der Matratze gescheucht hatte, war der Hund abermals hochgesprungen und schleckte Karls Zehen ab. Fast hätte er Bo im Reflex einen Fußtritt verpasst. Karl war unglaublich kitzelig.

»Okay, okay, ich habe schon verstanden. Du willst irgendetwas von mir!«

Bo setzte sich hin und wedelte wild mit dem Schwanz.

»Da du an meinen Zehen knabberst, nehme ich an, dass du Hunger hast, richtig? Okay, dann lass uns schauen, was wir dahaben.« Karl schwang seine Beine aus dem Bett, Bo sprang auf den Boden und kratzte an der Tür.

»Ja, ja, Moment, ich bin nackt.«

Das schien Bo nicht zu interessieren. Karl nahm sein Handy vom Nachttisch. Es war 6.43 Uhr am 23. Dezember.

Karl stand auf und zog sich eine Boxershorts an. Er öffnete die Tür. Bo presste sich durch und sprintete in die Küche. Fast wäre er mit Stephan zusammengeprallt, der im selben Moment schlaftrunken aus seinem Zimmer kam. »Haben wir vielleicht Ratten?« Stephan war kurzsichtig und hatte neun Dioptrien. Vor seinem Besuch im Bad, wo er die Kontaktlinsen aufbewahrte, sah er so gut wie nichts, weigerte sich jedoch, eine Brille aufzusetzen, aus Angst, sie würde ihn dumm aussehen lassen.

»Nein, das ist Lauras Hund, Bo. Sie hat mich gebeten, heute Nacht auf ihn aufzupassen. Und weil ich wusste, dass du nichts dagegen hast, habe ich ihn mitgenommen.«

Stephan unterdrückte ein Gähnen und rieb seine Augen. »Mir ist das wurscht. Hauptsache, er verrichtet sein Geschäft nicht in unserer Wohnung und benimmt sich anständig.« Damit war er im Bad verschwunden – das konnte dauern. Um diese Uhrzeit war Stephan noch nicht bereit, sich über irgendetwas aufzuregen. Karl wunderte sich, dass er überhaupt schon auf war.

Er schlurfte in die Küche. Die letzten Tage steckten ihm ziemlich in den Knochen. Er betrachtete sein Gesicht im Spiegel im Vorzimmer und gelangte zur Ansicht, dass er schon einmal fitter ausgesehen hatte. Die Augenringe würde er wohl nicht durch eine kalte Dusche vertreiben können. Sport würde helfen.

Er öffnete den Kühlschrank und hoffte, dass Stephan in den letzten Tagen einkaufen gewesen war. Karl atmete erleichtert auf. Der Kühlschrank war prall gefüllt mit allerlei Köstlichkeiten. Stephan war ein typischer Billa-Plus-Einkäufer. Er liebte exquisite Dinge wie Serano-Schinken, Kaviar oder diesen besonders teuren französischen Käse, der nach zu lange getragenen Schuhen roch. Schließlich fand Karl, was er gesucht hatte. Die Extrawurst, die Stephan dankenswerterweise immer für Karl mitnahm, würde er jetzt mit Bo teilen müssen.

»Na, Lust auf Wurst?«

Bo quietschte laut auf und sah Karl erwartungsvoll an.

Karl fand eine Plastikschüssel unter der Abwasch, das musste reichen. Er füllte Wasser in die Schüssel und legte die Extrawurstscheiben daneben. Bo stürzte sich darauf, als hätte er seit Wochen nichts gegessen. Karl packte sich selbst ein paar Scheiben auf einen Teller, musterte den Käse skeptisch – ein Luxusprodukt, das vermutlich pro Bissen zehn Euro kostete – und entschied sich dagegen. Er schnitt sich eine Scheibe Brot ab, legte die Wurst lose darauf und setzte sich an den Küchentisch.

Für den Moment fühlte er sich zu geschlaucht, um sich Kaffee zu machen. Er starrte ins Narrenkastl und bemerkte gar nicht, wie Stephan die Küche betrat.

Stephan musterte ihn aufmerksam. »Du siehst wirklich scheiße aus.« Er setzte Kaffee auf und der angenehme Geruch breitete sich sogleich in der Küche aus.

Stephan schenkte zwei dampfende Becher ein und stellte sie auf den Tisch. Karl zog seinen zu sich heran und nickte seinem Mitbewohner dankbar zu.

»Magst du darüber reden?«

Karl war erstaunt, diese Worte aus dem Mund des Freundes zu hören. Normalerweise redeten sie nicht viel über die Dinge, die sie beschäftigten. Erst recht nicht um diese Uhrzeit. Er seufzte. »Nein, alles gut. Dieser Fall ist nur etwas komplizierter, als wir gedacht haben. Halb so schlimm. Ich komme nur wenig zum Schlafen oder Essen.«

Stephan nickte bedächtig. »Wie wär's, wenn wir irgendwo hinfahren, wo du deinen Kopf abschalten kannst? Ich habe in der ersten Jännerwoche frei. So ein paar Tage weg vom Alltag, nur wir zwei Männer, ein paar Bier und keine Arbeit …?« Stephan zwinkerte Karl zu.

Karl musste lächeln. Es war nett gemeint. Stephan war der Überzeugung, man könnte jedes Problem mit ein bisschen Abstand und der richtigen Menge Alkohol lösen.

Und vielleicht war dieser Gedanke nicht verkehrt. »Klar, klingt gut. Ich weiß halt nicht, wie lang wir noch an dem Fall arbeiten. Wenn es nach mir geht, ist er bald gelöst. Langsam ergibt alles Sinn. Ich habe nur irgendwie ein ungutes Gefühl. Ich weiß nicht, als ob … Ach egal, wird schon passen.« Karl stand mit einem Ruck auf und Bo tat es ihm gleich.

»Ich mach mich auf den Weg ins Büro. Komm, Bo, los geht's!«

Als er fast aus der Tür war, drehte er sich um und sah seinen Mitbewohner an, der am Küchentisch saß und in seinen Kaffee starrte, als würde er dort die Antwort auf all seine Fragen suchen. »Danke für den Vorschlag. Das mit dem Männerwochenende machen wir auf jeden Fall. Ich freue mich drauf.« Karl schenkte Stephan ein breites Lächeln und zog die Tür hinter sich zu.

Warum fühlte er sich so getrieben? Es lief doch alles nach Plan. Sie waren auf der Zielgeraden. Laura hatte ihm gestern Abend noch geschrieben, was sie beim Greißler herausgefunden hatte und dass sie Sophie und Victoria Kusch heute ins LKA bestellt hatte. Alles deutete darauf hin, dass sie kurz davor waren, den Fall zu lösen. Victoria Kusch war mehr als verdächtig – sie mussten sie nur noch mit den neuen Erkenntnissen konfrontieren. Und doch nagte dieses Gefühl an ihm. Das Gefühl, dass sie etwas Entscheidendes übersahen.

Für ihn war Lukas Kretschmayer noch lange nicht aus dem Spiel. Er hatte ein Motiv. Und diese absurde Geschichte, die er Laura aufgetischt hatte – war das nicht viel zu konstruiert? Vielleicht war sie nur ein geschickt platzierter Nebelvorhang, um sie von der Wahrheit abzulenken.

Wenn dem so war, hatte er es verdammt gut geschafft. Für Laura war der Fall im Grunde klar – Victoria musste die Mörderin sein.

Aber warum konnte er dieses ungute Gefühl in seinem Bauch nicht abschütteln? Was, wenn sie sich irrten?

Bo zerrte an der Leine.

»Okay, auf ins Büro«, sagte er laut. *Und zu Laura*, dachte er leise.

KAPITEL 40

Laura betrat das LKA und ging zügig durch die Flure. Bo lag bereits zusammengerollt in ihrem Büro, hob nur kurz den Kopf, als sie eintrat, und ließ sich dann wieder entspannt in sein Körbchen sinken.

Victoria und Sophie Kusch waren bereits eingetroffen. Als Laura sich dem Aufenthaltsbereich näherte, spürte sie sofort die angespannte Atmosphäre.

Sophie saß zusammengesunken auf einem der grauen Stühle, ihr Freund neben ihr, der ihre Hand fest umschlossen hielt. Sie sah blass aus, müde, als hätte sie kaum geschlafen. Ihr Blick war ins Leere gerichtet, als wäre sie gedanklich weit weg.

Victoria hingegen saß aufrecht, die Beine übereinandergeschlagen, die Hände im Schoß gefaltet. Ihre Augen lagen auf Sophie, aufmerksam, prüfend. Doch sie sagte nichts. Keiner von ihnen sprach.

Laura ließ ihren Blick kurz über die beiden Frauen gleiten, dann trat sie ins Wartezimmer. »Frau Sophie Kusch, kommen Sie bitte mit.«

Sophie blinzelte, als würde sie aus einem Halbschlaf gerissen, ihr Freund hob den Kopf. »Ich komme mit.«

Laura schüttelte den Kopf. »Das geht leider nicht.«

Er sah aus, als wollte er protestieren, aber Sophie drückte kurz seine Hand. »Schon gut. Ich bin gleich wieder da.« Sie erhob sich langsam und folgte Laura in den Verhörraum.

Laura schloss die Tür, setzte sich Frau Kusch gegenüber und schob ihr eine Tasse Kaffee hin.

»Danke, aber ich brauche gerade nichts«, murmelte Sophie und fuhr sich mit einer Hand über die Stirn.

Sie wirkte müde, erschöpft, aber auch angespannt – als würde sie darauf warten, wohin dieses Gespräch führen würde.

Laura musterte sie einen Moment, dann begann sie ruhig: »Die letzten Tage der Ermittlungen haben neue Erkenntnisse gebracht. Wir wissen von der Kindesverwechslung.« Laura hielt ihren Blick fest. »Und wir wissen, dass nicht nur Ihre Eltern, sondern auch Sie davon wussten.«

Sophie atmete flach aus, ihr Blick wanderte kurz zur Seite.

»Und Severin hat es am Tag seiner Ermordung erfahren.« Laura ließ den Satz kurz wirken. »Von ihrer Mutter.«

Ein Zucken ging durch Sophies Gesicht, ihre Finger verkrampften sich ineinander. Ein paar Sekunden lang herrschte Stille, dann hob sie den Kopf und sagte leise, aber bestimmt: »Ja, ich weiß!«

Laura lehnte sich leicht nach vorne. »Das wissen Sie?«

Sophie schnaubte leise und fuhr sich mit den Fingern durch die Haare. »Ich habe ihr gesagt, sie muss es ihm sagen. Wenn sie noch eine Chance haben will, ihre Beziehung zu ihm zu retten. Er hat es einfach verdient, die Wahrheit zu erfahren. Severin musste verstehen, warum unsere Mutter nie wirklich Gefühle für ihn hatte. Jeder hat ein Recht darauf. Jahrelang hat er unter ihrer Kälte gelitten, er musste verstehen, dass er die Schuld dafür nicht bei sich selbst suchen durfte.« Sie blickte Laura direkt an, in ihren Augen lag keine Reue. »Severin hat sein ganzes Leben lang gespürt, dass er nicht dazugehört. Er hat es vielleicht nie bewusst benennen können, aber er hat es gefühlt. Diese Familie – sie war für ihn ein goldener Käfig. Glänzend von außen, aber innen kalt, leer, falsch.«

Sophie sprach jetzt schneller, als hätte sie all das schon lange mit sich herumgetragen.

»Dieses Gefühl, nicht dazuzupassen – er sollte endlich wissen, warum.«

Laura ließ die Worte sacken. »Wie hat er reagiert?«

Sophie verzog das Gesicht. »Ich konnte ihn nicht erreichen.« Sie schüttelte den Kopf. »Diese Familie ist falsch, Frau Sturm. Nur Lügen, nur Geschäft. Gefühle haben hier keinen Platz.«

Laura betrachtete sie nachdenklich. »Ihre Mutter hat sich also nie groß für ihn interessiert?«

Sophie schnaubte bitter. »Victoria ist ein Produkt dieser Familie. Vielleicht kann sie gar nicht anders. Und außerdem …«

Sie stockte kurz.

»Was?«, fragte Laura.

Sophie lehnte sich zurück und verschränkte die Arme. »Sie wird seit Jahren von meinem Vater betrogen. Und sie weiß es. Ich meine, er gibt sich nicht mal die Mühe, es zu verbergen. Hier mal eine Begleitung bei einer Veranstaltung, da mal eine ›Bekannte‹, die ganz zufällig auch noch im Haus auftaucht. Victoria müsste blind sein, um das nicht zu sehen. Aber sie ignoriert es einfach.«

»Warum?«

Sophie ließ einen Moment verstreichen. »Vielleicht, weil sie keine andere Wahl hat. Eine Scheidung war nie eine Option – nicht mit einem Ehevertrag wie dem, den sie unterschrieben hat.«

Laura nickte langsam. »Und dann kam die Wahrheit über Severin ans Licht.«

»Ja.« Sophie atmete tief durch. »Ich glaube, das war das Tüpfelchen auf dem I. All die Jahre, all die Demütigungen – und dann erfährt sie, dass der Junge, den sie nie lieben konnte, nicht einmal ihr richtiger Sohn war? Vielleicht hat sie es einfach nicht mehr ausgehalten.«

Laura ließ sich ihre Gedanken nicht anmerken. Noch ein weiteres Puzzlestück, das Victoria Kusch stärker in den Mittelpunkt der Ermittlungen rückte.

»Danke, Sophie. Falls Ihnen noch etwas einfällt, Sie wissen, wo Sie mich erreichen.«

Sophie nickte langsam, wirkte erleichtert, dass das Gespräch vorbei war.

KAPITEL 41

Lukas würde heute aus dem Krankenhaus entlassen werden. Nachdem sie erkannt hatten, dass er nur über das AMS versichert war, konnten sie ihn gar nicht schnell genug aus dem Bett werfen. Die zwei Übernachtungen im Krankenhaus hatten sich für ihn auf jeden Fall ausgezahlt. Allein die Nächte auf der sauberen Matratze waren himmlisch gewesen. Außerdem hatte er traumlos geschlafen.

Lukas verspürte gar keine Lust, zurück in seine Wohnung zu gehen. Er war sich sicher: Wenn Fat Jimmy mitbekommen hatte, dass ihn die Rettung abgeholt hatte, würde in seiner Wohnung kein Stein mehr auf dem anderen liegen.

Er hatte heiß und ausgiebig geduscht und war anschließend zaghaft in seine Klamotten geschlüpft, die stark nach Schweiß und Zigaretten stanken.

Als er sich im Spiegel betrachtete, fand er, dass er das erste Mal seit langer Zeit wie ein Mensch aussah. Sein Gesicht hatte eine natürliche Farbe angenommen. Nur die Zähne brandmarkten ihn weiter als das, was er war: ein Junkie und Säufer.

Er schob die Ärmel des Pullis hoch und betrachtete seine Arme. Sie waren übersät mit verkrusteten Einstichstellen, blauen Flecken und großen, teils vernarbten Schnittwunden. Der Scheiß hätte ihn fast sein Leben gekostet.

Schnell verdeckte er seine Arme wieder und starrte in den Spiegel. Die äußeren Wunden konnte man vielleicht verstecken, war das auch mit seinen inneren möglich? Er rückte mit seinem Gesicht näher an den Spiegel heran. »Was hast du nur mit dir gemacht?«, fragte er sich laut.

Seine Augen füllten sich mit Tränen. Wann hatte er das letzte Mal geweint? Wie ein kleines Kind beobachtete er sich im Spiegel: heulend, voller Schmerz, verwundet, überrascht, dass er noch so fühlen konnte.

Lukas erschrak, als die Zimmertür mit einem lauten Knall zufiel.

»Sodala, Herr Kretschmayer, wir wären so weit«, hörte er den Arzt rufen. »Herr Kretschmayer? Hallo! Wo sind Sie denn?«

Lukas löste sich von seinem Spiegelbild, strich seine Haare sorgfältig hinter die Ohren und verließ das Badezimmer.

»Ah, da sind Sie ja!«

Lukas mochte den Arzt. Er war sehr nett zu ihm gewesen.

»Na, Sie schauen ja viel besser aus!« Der Arzt lachte laut auf, die Brille auf seiner Nase wackelte dabei gefährlich. Er ging zu Lukas und klopfte ihm auf die Schulter. »Ab jetzt sind Sie wieder auf sich allein gestellt. Ich vertraue darauf, dass Sie das meistern werden.« Er wurde auf einmal sehr ernst und schaute Lukas tief in die Augen. »Wir wissen beide, dass es Ihnen nicht gut geht. Und ich kenne Leute, die Ihnen helfen können. Es gibt Einrichtungen, die genau auf Probleme wie Ihre spezialisiert sind. Da spielt auch Geld keine Rolle: Diese Einrichtungen werden vom Staat gefördert und sollen Menschen wie Ihnen auf die Beine helfen.«

Lukas sah beschämt zu Boden und nuschelte ein leises »Danke«.

Der Arzt klopfte ihm erneut auf die Schulter und wollte schon wieder zur Tür hinaus, drehte sich dann jedoch nochmals um. »Ach ja, Herr Kretschmayer, fast hätte ich es vergessen: Ihre Freundin hat Ihnen Ihr Handy gebracht. Es liegt hier auf dem Tisch. Und ein Kuvert hat Sie Ihnen auch gebracht. Gut, das war's dann. Machen Sie es gut!« Er zwinkerte Lukas zu und verließ mit einem lauten Türknallen den Raum.

Verwundert ging Lukas Richtung Tisch und nahm das Handy in die Hand. Er hatte seit zehn Jahren kein eigenes Mobiltelefon mehr besessen und eine Freundin hatte er auch keine. Er sah sich das Handy genau an. Es war kein besonders neues Modell – so gut kannte Lukas sich aus –, aber es würde seinen Zweck erfüllen. Er klappte es auf und der Bildschirm leuchtete. Er hatte eine neue Nachricht – und zwar von Laura Sturm:

Lukas, hier ist Laura Sturm. Betrachte das Handy und das Geld als Geschenk von mir. Ich habe dir meine Nummer gespeichert. Ich hoffe, du hilfst mir, den Fall aufzuklären. Bitte melde dich, wenn du entlassen wirst. Es wäre wirklich wichtig zu wissen, wo die Wohnung der Frau ist. Aber komm zuerst auf die Beine. Und wenn du Hilfe brauchst, egal wobei: Meine Visitenkarte mit meiner Büroadresse steckt im Kuvert. Alles Liebe, Laura.«

Lukas starrte auf das Handy. Er musste auf irgendwelche Tasten drücken, damit der Bildschirm nicht schwarz wurde. Ein ums andere Mal las er die Nachricht. So nett hatte ihm selten jemand geschrieben. Der Polizistin schien wirklich etwas an ihm zu liegen.

Lukas sah aus dem Fenster und lächelte. Von draußen ertönte lautes Sirenengeheul. Er beobachtete, wie die Vögel, aufgeschreckt durch die Geräusche, wild zwitschernd aus den umstehenden Bäumen flogen. Lukas fing an zu grübeln. Warum sollte ihr etwas an ihm liegen? Es war wohl eher so, dass ihr etwas daran lag, ihren Fall aufzuklären.

Lukas griff sich an den Kopf. Nach dem anfänglichen Adrenalinschub spürte er, wie schwach sein Körper war. Er konnte sich über Laura Sturm keine Gedanken machen, er brauchte ein Bier.

Er ging zum Tisch und öffnete das Kuvert. Vor lauter Schreck hätte er es fast fallen gelassen. Es steckten einige 20-Euro-Scheine darin. Lukas begann zu zählen: Es waren insgesamt 200 Euro, die Laura Sturm gemeinsam mit ihrer Visitenkarte in das Kuvert gesteckt hatte. Lukas musste sich setzen. Warum sollte sie ihm so viel Geld schenken?

Sein erster Gedanke war, wie viel Heroin er sich damit wohl kaufen könnte, der zweite, wie viel sich von dem Rest in Bier investieren lassen würde. *Dummer Junkie*, fluchte er innerlich. Dafür hatte ihm Laura das Geld sicher nicht gegeben.

Er beschloss, zunächst in seine Wohnung zurückzugehen. Vielleicht war dort ja noch etwas zu finden. Er würde überlegen, was er mit dem Geld anstellen sollte. Sollte er der Ermittlerin eine Nachricht schreiben, dass er entlassen worden war? Lukas entschied sich dagegen. Er wusste nicht, ob er ihr trauen konnte. Darüber musste er erst einmal nachdenken.

Lukas versicherte sich, dass er alle zehn Zwanzigeuroscheine sicher in seiner Hosentasche verstaut hatte, zog seine Jacke an, steckte das Handy in die Innentasche und verließ das Krankenhaus.

Er konnte sich nicht daran erinnern, dass er jemals Aufzug gefahren war, ohne dass die anderen Fahrgäste sich einen Schritt von ihm entfernten oder angeekelt die Nase rümpften. Eine ältere Dame wünschte ihm sogar einen schönen Tag, als er den Fahrstuhl verließ.

Lukas setzte sich in den erstbesten Bus, der vom Krankenhaus wegfuhr, und versuchte, seine Gedanken zu ordnen. Er sehnte sich nach der Stille und Unordnung seiner Wohnung, wollte sich zudröhnen, ein Bier nach dem anderen kippen, im Nachgang ein paar Gläser Whisky in sich hineinschütten und dann seelenruhig einschlummern und sein Leben wie bisher weiterleben.

Er griff in die Hosentasche, um sich zu versichern, dass das Geld noch da war. Mit 200 Euro kam er einige Wochen über die Runden. Er könnte sogar das neue gute Zeug probieren, für das er bisher nie genug Geld gehabt hatte.

Bei dem Gedanken kribbelte Lukas' Haut am ganzen Körper, und er fing an, sich am Unterarm zu kratzen. Die Frau, die sich neben ihn gesetzt hatte, musterte ihn abwertend und rümpfte die Nase.

Er hörte sofort mit dem Kratzen auf und starrte wieder aus dem Fenster. Sie fuhren an einem Park vorbei, in dem einige Punsch- und Weihnachtsstände aufgebaut waren. Fröhlich lachende Menschen standen um Heizpilze, unterhielten sich und wärmten die Hände an ihren Tassen. Sie sahen glücklich aus.

Lukas' Blick blieb an einem Mann hängen, der in seinem Alter sein musste. Er hatte lockiges, dunkles Haar und wirbelte ein kleines Mädchen durch die Luft. Die Frau daneben versuchte, das Theater zu stoppen, musste aber selbst immer wieder lachen. Der Mann setzte das Mädchen wieder in den Kinderwagen, die Wangen des Kindes waren von der Aufregung und der Kälte knallrot. Dann sah es zu Lukas. Irgendetwas erregte seine Aufmerksamkeit und ihr Blick fand den seinen. Die Kleine starrte ihn regelrecht an, ein breites Lächeln auf dem Gesicht.

Zum zweiten Mal an diesem Tag liefen Lukas die Tränen über die Wangen. Er bemerkte es erst, als die Frau neben ihm fragte, ob alles in Ordnung sei.

Er schniefte und wischte sich mit dem Handrücken über die Augen.

»Natürlich. Im Winter sind nur meine Augen immer sehr trocken und ich kämpfe schon länger mit einer Erkältung.« Die anfängliche Skepsis der Frau schwang in Verständnis und Redseligkeit um – scheinbar störte sie nicht einmal mehr sein Geruch. Sie plapperte munter drauf los: »Jaja, diese Zeit, da werden alle krank. Aber ich sage Ihnen, das ist, weil sich die Jugend von heute nicht mehr gescheit anziehen kann. Überall diese zerrissenen Hosen! Meine Enkerl haben die auch an – und das bei dieser Eiseskälte. Ich sag ihnen immer, dass sie sich so den Tod holen werden, aber wer hört schon auf die alte Oma? Bis sie wirklich krank werden. Dann wollen sie, dass sich die Oma um sie kümmert. Aber so ist das halt. Wenn Sie mal Kinder haben, werden Sie das verstehen. Oder haben Sie schon welche? Bei der heutigen Jugend weiß man ja nie, die fangen früh an.«

Mit dieser Frage hatte Lukas nicht gerechnet. Er stammelte ein leises »Nein« und drückte auf den Knopf, damit der Bus bei der nächsten Station hielt.

»Na ja, Die Männer haben ja Zeit. Wir Frauen sind da ein bisserl mehr im Stress. Meine Maria war auch ganz spät dran, das sag ich Ihnen, aber sie …«

Lukas sah, wie der Bus in die Station einfuhr und musste die Dame unterbrechen. »Entschuldigen Sie, aber ich muss da …«

»Ach ja, Sie müssen raus und ich quatsche Sie voll. Warten Sie kurz, ich muss nur meine Einkaufstaschen …«

Lukas hatte keine Zeit, der Bus war bereits in die Station eingefahren. Er hüpfte über die Dame und stieß dabei einen Sack mit Kartoffeln um.

»'tschuldigung! Wiedersehen«, murmelte er und verließ den Bus.

Draußen atmete er tief durch – genug Sozialkontakte für heute. Die Frau starrte ihn entgeistert durch das Busfenster hindurch an. Einige andere Mitfahrenden hatten begonnen, die Kartoffeln einzusammeln. Damit musste sie leben.

Lukas sah sich um. Er hatte keine Ahnung, wo er war. Er nahm das Handy aus der Jackentasche und stellte fest, dass er damit sogar ins Internet konnte. Schnell fand er heraus, wie er am besten zu seiner Wohnung kam, und machte sich auf den Weg. Er entschied, einen Fahrschein zu kaufen – das erste Mal in seinem Leben.

KAPITEL 42

Kaum hatte Laura das Verhör mit Sophie Kusch beendet und die Tür des Vernehmungsraums hinter sich geschlossen, stieß sie auf Karl, der mit verschränkten Armen an der Wand lehnte. Sein Blick war ernst, aber in seinen Augen lag ein Hauch von Aufregung.

»Endlich gute Nachrichten.« Er stieß hörbar die Luft aus. »Der Durchsuchungsbefehl für die Kuschs wurde bewilligt. Das Team ist seit gut einer Stunde auf dem Anwesen und durchsucht jeden Winkel.«

Laura richtete sich auf. »Und? Haben sie etwas gefunden?«

Karl zuckte mit den Schultern, sein Gesichtsausdruck verriet nicht viel. »Magnus Kusch war natürlich nicht begeistert, aber er hat die Beamten ohne großes Theater ins Haus gelassen. Keine großen Proteste, kein Aufstand – was mich fast noch misstrauischer macht.«

»Das heißt, sie haben nichts gefunden?«

Karl zog die Stirn in Falten. »Nicht viel, nein … aber eine Sache könnte entscheidend sein.« Er machte eine kurze Pause, bevor er weitersprach. »Pass auf – im Vorzimmer, direkt an der Kommode, hing Victorias Pelzmantel. Der, den sie am Tag von Severins Ermordung getragen hat.« Laura spürte, wie sich ihr Puls beschleunigte. »Und?«

»Die Beamten haben ihn sofort sichergestellt und analysiert. Ein Schnelltest hat bestätigt, dass Blutspritzer darauf sind.«

Laura runzelte die Stirn. »Blut? Severins Blut?«

»Das wissen wir noch nicht. Es dauert mindestens 24 Stunden, um das genau festzustellen.« Karl fuhr sich mit einer Hand durchs Haar. »Ich habe den Kollegen ordentlich Druck gemacht, aber sie können den Prozess nicht beschleunigen.«

Laura presste die Lippen zusammen. Ein Pelzmantel mit Blutspritzern. Wenn es sich tatsächlich um Severins Blut handelte, wäre das ein starkes Indiz gegen Victoria. Aber noch war es nicht bewiesen.

»Ich nehme das mit ins Verhör mit Victoria Kusch.« Ihre Stimme war ruhig, aber entschlossen.

Karl nickte. »Mach das. Ich bin gespannt, wie sie darauf reagiert.«

Laura atmete tief durch – Showtime.

Laura bat Victoria Kusch in den Vernehmungsraum, Sophie und Thomas waren bereits gegangen. »Danke, dass Sie sich noch einmal die Zeit nehmen.«

Victoria setzte sich, ihr Gesicht blieb ausdruckslos. »Habe ich eine Wahl?«

Laura hakte direkt ein: »Nun, Sie wissen, dass die Ermittlungen weiterlaufen. Und wir haben inzwischen einige neue Erkenntnisse.« Sie ließ den Satz bewusst im Raum stehen.

Victoria schwieg.

»Wir haben Ihr Haus durchsucht.«

Victoria hob kaum merklich das Kinn. »So?«

»Ja. Und dabei haben wir Ihren Pelzmantel gefunden. Den, den Sie am Tag von Severins Ermordung getragen haben.«

Ein Moment der Stille. Dann zog Victoria die Augenbrauen zusammen und schüttelte den Kopf. »Ja und? Es ist kalt, ich trage diesen Mantel fast täglich. Ich wüsste nicht, was Sie damit anfangen sollten.«

»Das kann ich Ihnen ganz genau sagen.« Laura ließ sich nicht beirren. »Wir haben dunkle Flecken auf dem Mantel sicherstellen können. Ein Schnelltest hat bestätigt, dass es sich dabei um Blutspritzer handelt.«

Victoria schnaubte wütend. »Das ist lächerlich! Ich wüsste nicht, wie Blut auf meinem Mantel gekommen sein sollte. Vielleicht hat mir jemand diesen verdammten Mantel untergeschoben oder ihn gegen meinen Mantel ausgetauscht.«

»Jemand untergeschoben? Wer hätte Grund dazu?«

Victoria presste die Lippen aufeinander, dann atmete sie scharf aus. »Magnus.«

Laura runzelte die Stirn. »Ihr Mann?«

»Ja. Wer sonst?« Ihre Stimme klang hart, aber in ihrem Blick lag eine seltsame Leere.

»Warum sollte er so etwas tun?«

Victoria lachte kurz, bitter. »Weil es ihm nichts ausmacht, andere für seine Fehler bluten zu lassen. Das hat er immer schon getan. Vielleicht will er mich einfach nur aus dem Weg räumen, ich traue diesem Mann alles zu. Sogar, einen falschen Mantel mit angeblichen Blutspritzern in unser Haus zu hängen.«

Laura ließ den Satz im Raum stehen. Die DNA-Analyse ist in 24 Stunden abgeschlossen, dann würden sie Gewissheit haben. Sie beschloss, das Thema zu wechseln. »Ich habe mit Ihrer Tochter gesprochen.«

Victoria zuckte nicht einmal.

»Sie hat mir erzählt, dass Magnus seine Affären nie sonderlich diskret hielt – er machte sich nicht einmal die Mühe, sie geheim zu halten. Manche dieser Frauen lud er sogar direkt in Ihr Haus ein.«

Zum ersten Mal wandte Victoria den Blick ab. Ihr Kiefer spannte sich noch mehr an. Sie blickte in die Ferne, als würde sie in die Vergangenheit zurückreisen.

»Ja. Die hatte er.« Ihre Stimme war kühl, emotionslos. »Am Anfang hat es wehgetan. Irgendwann habe ich mir gedacht: Hauptsache, er lässt mich in Ruhe und holt sich seine Befriedigung an anderer Stelle.«

Laura lehnte sich vor. »War Ihnen nie nach Vergeltung? Nach jemandem, der für Sie da ist? Waren Sie nie einsam?«

Victoria schüttelte leicht den Kopf. »Vergeltung? Nein. So etwas liegt mir nicht. Ich habe mich einfach ... damit arrangiert.«

»Also haben Sie nie jemanden kennengelernt? Vielleicht jemanden, dem Sie sich anvertraut haben?« Laura ließ den Namen bewusst noch nicht fallen.

Victoria schüttelte den Kopf. »So etwas könnte ich nicht.«

»Auch nicht einen Mann namens Nico Lercher?«

Victoria verzog irritiert das Gesicht. »Ich habe Ihnen doch schon gesagt, ich habe keine Ahnung, wer das sein soll.«

»Sind Sie sich da ganz sicher?« Lauras Stimme blieb ruhig, doch die Skepsis war unüberhörbar. »Das nimmt hier eine ziemlich kuriose Wendung. Erst soll jemand Ihren Ausweis gestohlen und damit Nico Lercher in der Justizanstalt besucht haben. Und jetzt behaupten Sie, dass Ihnen auch noch ein Mantel mit Blutspritzern untergeschoben wurde?« Laura musterte Victoria aufmerksam. »Das würde bedeuten, dass jemand sich außerordentlich viel Mühe gibt, um Ihnen die Schuld in die Schuhe zu schieben. Aber Hand aufs Herz – wie wahrscheinlich ist das wirklich?«

Victoria öffnete den Mund, schloss ihn wieder. Dann schüttelte sie langsam den Kopf. »Das … das, ich weiß doch auch nicht! Fakt ist, ich habe Severin nicht ermordet, ich habe niemanden ermordet!«

Laura ließ die Spannung kurz wirken, bevor sie einen neuen Pfeil auf die Sehne legte. »Wir wissen jetzt, mit wem Severin vertauscht wurde.« Sie wartete einen Moment, dann sagte sie den Namen. »Lukas Kretschmayer.«

Victoria blinzelte. Einen Hauch zu lang.

Laura ließ sich nichts anmerken. »Sagt Ihnen der Name etwas?«

Victoria zuckte mit den Schultern. »Nein. Sollte er?«

Lüge. Laura hatte es gesehen – dieses eine Zucken, die winzige Verzögerung, die leichte Anspannung in ihren Gesichtszügen. Ein paar Sekunden lang herrschte Stille, dann atmete Victoria hörbar aus. »Ja.« Sie flüsterte beinahe. »Ja, ich habe Nachforschungen angestellt.«

Laura nickte langsam, ließ sie weiterreden.

»Ich musste es einfach wissen.« Victorias Blick flackerte, als sie sprach. »Ich konnte nicht damit leben, dass ich all die Jahre den falschen Sohn großgezogen habe, während mein richtiges Kind irgendwo da draußen war, ohne dass ich es wusste.«

Laura wurde hellhörig. »Haben Sie ihn besucht?«

Victoria schüttelte sofort den Kopf. »Nein. Ich war nie in seiner Wohnung.«

»Aber Sie waren dort.«

Victoria presste die Lippen zusammen. »Ja. Ich bin hingefahren. Ich wollte ihn sehen.«

»Und? Haben Sie mit ihm gesprochen?«

»Nein.« Victorias Stimme war brüchig. »Ich habe nur gesehen, wie er aus dem Haus ging. Und ich …« Sie schluckte schwer. »Ich war so erschrocken, dass ich es nicht konnte. Ich konnte ihn nicht ansprechen.«

Laura wusste, dass Victoria log. Alles passte einfach zu gut zusammen. Lukas hatte gesagt, eine Frau hätte ihn aufgesucht. Eine Frau, die von der Vergangenheit gesprochen hatte. *Wir sind beide Opfer unserer Vergangenheit.*

Lukas musste sich geirrt haben. Es war Victoria Kusch.

Vielleicht hatte sie ihr Gesicht verändert – Make-up, eine Perücke. Vielleicht wollte sie nicht erkannt werden. Aber es war sie gewesen.

»Victoria.« Laura richtete sich auf. »In 24 Stunden haben wir das Blutergebnis. Wenn es Severins Blut ist, dann war's das für Sie.«

Victoria starrte sie nur an. Keine Tränen, keine Wut – nur ein unerschütterliches Schweigen.

Laura war klar, dass aus ihr nichts mehr herauszubekommen war. Aber das machte nichts. Bald würden die Beweise sprechen.

KAPITEL 43

Lukas traute seinen Augen nicht, als er die Wohnung betrat. Die Tür war nicht mehr vorhanden und innen sah es aus, als hätte eine Bombe eingeschlagen. Nichts stand mehr an seinem Platz. Der Küchentisch war umgestoßen worden, die Kästen standen sperrangelweit offen, der dürftige Inhalt lag auf dem Fußboden verteilt. Doch am schlimmsten sah es im Badezimmer aus. All die leeren Bierflaschen, die Lukas in der Badewanne gelagert hatte, waren zerstört worden, der Boden war bedeckt von einem grün-weißen Scherbenmeer. Der Spiegel war zerbrochen und aus der Toilette kam ihm ein widerlicher Gestank entgegen.

Er traute sich nicht, den Klodeckel zu öffnen. Mit einem Ärmel vor der Nase verließ er so schnell wie möglich das Bad. Auch von seinem ehemaligen Schlaf- und Wohnbereich war nicht mehr viel übrig. Seine Matratze lag aufgeschlitzt in einer Ecke. Die Bierflaschen, die Lukas als Aschenbecher gedient hatten, waren gegen die Wand geschleudert worden. Eine zähe Mischung aus Asche und Bier tropfte von der Tapete auf den Boden und hinterließ dunkle Flecken.

Lukas hatte nie eine besondere Bindung zu dieser Wohnung gehabt, aber sie so zerstört vorzufinden, versetzte ihm einen leichten Stich. Sie hatte ihm immerhin ein Dach über dem Kopf geboten und er hatte sich darin von der Außenwelt abschotten können.

Schmerzhaft blickte er auf die Stelle, an der sich die Eingangstür befinden sollte.

Er konnte hier nicht bleiben. Die Menschen waren wie Ratten über seine Sachen hergefallen und hatten keinen Stein auf dem anderen gelassen. Er würde sich nicht sicher fühlen. Sogar seine Kleidung hatten sie mitgenommen, die Schweine.

Lukas' Augen füllten sich mit Tränen. Was war heute nur mit ihm los? Noch einmal ging er langsam durch die Küche und blieb neben dem umgekippten Tisch stehen. Sein Blick fiel auf sein Gekrakel an der Wand. Er hatte das Wort »fur« mehrmals eingekreist. Damals, auf der Suche nach der geheimnisvollen Frau, war es ihm wichtig vorgekommen. Die Frau hatte ja immer davon gesprochen, dass ihm und ihr etwas gestohlen worden sei. Diese Worte hatten große Trauer und Wut in ihm ausgelöst. Er erinnerte sich an das leere Gefühl, als die Nadel in seine Haut eingedrungen war.

Er nahm das Handy aus seiner Jackentasche und klappte es auf. In seinem Adressbuch befand sich genau eine Nummer, und zwar die von Laura Sturm.

Er würde sie anrufen und ihr helfen. Auch wenn er keine Ahnung hatte, wie ein Junkie und Säufer bei der Aufklärung des Falles helfen sollte. Er tastete seine Hosentasche ab: Die Geldscheine waren noch da. Wenn er das wirklich machen wollte, musste er mit seinem alten Leben abschließen. Entschlossen steckte er das Handy zurück, verließ die Wohnung und klopfte an Fat Jimmys Tür. Es blieb still. Keine lauten Sitcomlacher, keine genervte Aufforderung, sich zu verpissen.

Lukas legte sein Ohr an die Tür. Kein Mucks kam aus der Wohnung. Er griff nach der Türklinke und drückte sie herunter. Es war nicht abgeschlossen.

Er öffnete die Tür und wurde fast ohnmächtig vom Geruch, der aus Fat Jimmys Wohnung drang. Er lief ein paar Schritte auf den Gang zurück und übergab sich würgend. Der Gestank war bestialisch. Es roch, als wäre die ganze Wohnung voller Kot.

Lukas wischte sich über seine tränenden Augen, atmete ein paar Mal tief durch, hielt die Luft an und stieß die Tür zu Fat Jimmys Wohnung abermals auf.

Er hatte mit seiner Vermutung gar nicht so falsch gelegen. Alle Fenster waren geschlossen, die Heizung lief anscheinend auf Hochtouren. Es war brütend heiß, und der Boden war mit einer braunen flüssigen Substanz bedeckt. Bevor Lukas sich erneut übergeben musste, warf er die Tür ins Schloss.

Er lehnte sich an die kalte Mauer am Gang des Wohnhauses und ließ sich auf den Boden sinken, den Kopf in die Hände gestützt. Hoffentlich war Fat Jimmy nicht mehr dadrinnen! Diesen Gedanken verwarf er jedoch sofort wieder. Fat Jimmy würde nicht so enden. Der hatte sich bestimmt abgesetzt, nachdem er gesehen hatte, wie Lukas abtransportiert worden war. Vielleicht hatten ihm die Bullen sogar einen Besuch abgestattet und er hatte sich ein neues Nest gesucht. Aber nicht, ohne Lukas' Wohnung vorher auszuräumen.

Lukas ballte die Hände zu Fäusten. Für einen Joint hätte er gerade gemordet!

Eines war klar: Jimmy hatte seine Wohnung vor seiner Abreise unbetretbar gemacht. Ein guter Plan, das musste man ihm lassen. So würde es kein Nachbar schaffen, die Wohnung zu durchsuchen, geschweige denn, auch nur einen Schritt hineinzusetzen, ohne umzukippen.

Eine Zigarette würde es auch tun.

Lukas fischte einen Zwanzigeuroschein aus seiner Hosentasche. Damit würde er sich eine Schachtel Kippen und ein paar Bier genehmigen, das war okay. Die 20 Euro taten ja keinem weh und Laura Sturm musste es nicht wissen. Er würde anschließend trotzdem genügend Geld haben, um sich ein paar neue Klamotten zu kaufen – und alles andere, das man für knapp 180 Euro bekam. Er hatte keine Ahnung. So viel Geld hatte er noch nie besessen.

Lukas begann, sich wieder am Unterarm zu kratzen. Nein, er durfte nicht rückfällig werden. Der Scheiß hätte ihn fast gekillt!

Der Plan war, zuerst in eine Bar zu gehen und danach Laura Sturm anzurufen. Damit war er zufrieden. Wo er heute Nacht schlafen würde, konnte er sich danach überlegen.

Lukas fand schnell, wonach er gesucht hatte. Um diese Uhrzeit war die Bar so gut wie ausgestorben. Ein einzelner Gast saß am Tresen, las Zeitung und schlürfte an seinem Cappuccino. Lukas setzte sich an einen kleinen Ecktisch und bestellte ein großes Bier sowie zwei Packungen rote Marlboro. Er hätte sich ein paar Flaschen aus dem Discounter checken sollen. Für das Geld hätte er mindestens acht bekommen. Aber das Bier vom Fass schmeckte köstlich. Er musste sich beherrschen, es nicht in einem Zug auszutrinken.

Lukas lehnte sich zurück, ließ seinen Blick durch die Bar schweifen und beobachtete, wie die Kellnerin alle leeren Tische mit einem Lappen abwischte und sich dabei immer wieder schmerzverzerrt aufrichtete und an den Rücken griff. Sie war wohl nicht mehr die Jüngste, mutmaßte Lukas. Ihr Gesicht ließ auf ein wildes und von Zigaretten und Alkohol geprägtes Leben schließen.

Lukas nahm eine Zigarette aus der Schachtel, zündete sie an, inhalierte tief und ließ den Rauch für ein paar Sekunden in seiner Lunge, bevor er ihn langsam ausatmete. Aus den Lautsprechern hörte man leise Musik, irgendeinen Countrysong, den Lukas schon einmal gehört hatte. Er war nie besonders gut darin gewesen, sich Songtitel oder Interpreten zu merken. Er schloss die Augen und summte leise mit. Hier könnte er es ewig aushalten. Aber er musste entscheiden, wie es weitergehen sollte.

Er winkte die Kellnerin heran und bestellte ein weiteres Bier. Dann nahm er sein Handy heraus und wählte Frau Sturms Nummer. Seine Hände zitterten.

Er gelangte gleich zu ihrer Mailbox, legte auf und entschied sich, ihr stattdessen eine Nachricht zu schreiben. Fieberhaft suchte er nach den einzelnen Buchstaben, als die Kellnerin ihm das Bier hinknallte.

»Hier, macht dann noch mal 4,20 Euro.«

Lukas bezahlte der Kellnerin genau den Preis.

Sie schnaubte verächtlich. »Von Trinkgeld hat der werte Herr wohl nie etwas gehört?« Wütend stapfte sie zurück zum Tresen.

Lukas widmete sich unbeeindruckt wieder der Nachricht. Er brauchte eine gefühlte Ewigkeit dafür, die Tasten waren einfach zu klein für seine großen Hände. Dann hatte er es endlich geschafft: *Hallo, Laura, hier ist Lukas Kretschmayer. Danke für die Sachen – und das Geld. Ich will dir helfen. Kann ich zu dir kommen? Meine Wohnung ist zerstört. Weiß nicht mehr weiter. Bitte schreib mir.*

Er klappte das Handy zu und trank sein Bier aus. Aus den Lautsprechern drang nun ein Weihnachtssong, den Lukas des Öfteren bei Fat Jimmy gehört hatte. Es war Zeit zu gehen.

Er fischte ein Zwanzigcentstück aus seiner Hosentasche und legte es neben sein leeres Bierglas. Vielleicht würde das die Kellnerin besänftigen. Für ihn waren 20 Cent viel Geld.

Ohne ein Wort der Verabschiedung trat er auf die Straße hinaus und blieb vor der Bar stehen. Es war eiskalt und sein Magen knurrte. Er brauchte etwas zu futtern.

Als er sich auf den Weg zum nächsten Burger King machen wollte, klingelte ein Handy. Es dauerte, bis er realisierte, dass es sich um sein eigenes handelte. Es war Laura Sturm. Sie freue sich, dass er angerufen habe, und er solle doch gleich zu ihr ins Büro kommen. Er stammelte, dass er noch nichts gegessen habe, woraufhin sie ihm von ihrer LKA-Kantine vorschwärmte.

Lukas lief ein Schauer über den Rücken. Ein Raum voller Polizisten – das war ihm nicht geheuer. Frau Sturm klang jedoch so vergnügt am Telefon, dass er ihr die Bitte einfach nicht abschlagen konnte. Er googelte die Adresse, sah sich die Route an und machte sich auf den Weg.

KAPITEL 44

Karl lehnte sich mit verschränkten Armen gegen den Türrahmen, als Laura mit energischen Schritten in ihr Büro trat. Er erkannte sofort ihre Anspannung – nicht einmal Bo, der aufgeregt um ihre Füße sprang, schaffte es, ihre Aufmerksamkeit zu erregen.

»Und? Wie lief's mit Victoria?«

Laura ließ sich auf ihren Stuhl fallen, fuhr sich durch die Haare und atmete einmal tief aus.

»Sie hat es zugegeben, Karl. Sie hat nachgeforscht, hat herausgefunden, dass Severin vertauscht wurde, und sie weiß, wer ihr richtiger Sohn ist.«

Karl zog die Augenbrauen hoch. »Und? Hat sie ihn getroffen?«

»Sie sagt Nein.« Laura lehnte sich vor, stützte die Ellenbogen auf den Tisch. »Aber ich glaube ihr kein Wort.«

Karl musterte sie skeptisch. »Warum?«

»Lukas hat uns erzählt, dass ihn eine Frau besucht hat, die von der Vergangenheit gesprochen und sich selbst als Opfer gesehen hat.« Laura hielt kurz inne, bevor sie nachsetzte: »›Wir sind beide Opfer unserer Vergangenheit‹ – genau das hat diese Frau ihm als Nachricht hinterlassen.«

Karl rieb sich über das Kinn. »Und du denkst, es war Victoria Kusch?«

Laura nickte entschlossen. »Wer sollte es sonst gewesen sein? Es passt einfach alles zusammen. Sie hat herausgefunden, wer ihr richtiger Sohn ist, sie war in seiner Wohnung. Er behauptet, sie war es nicht, aber ich traue Lukas nicht mehr. Er hat allen Grund zu lügen.«

»Ja, das denke ich auch.« Karl nickte langsam, seine Gedanken setzten sich zu einem klaren Bild zusammen. »Victoria hat ihn aufgesucht. Beide waren fest davon überzeugt, dass ihnen etwas genommen wurde – dass sie beraubt wurden. Und so haben sie beschlossen, ihre eigene Gerechtigkeit walten zu lassen.« Er machte eine kurze Pause, dann fuhr er fort: »Victoria hatte damals eine Affäre mit Nico Lercher. Entweder haben sie gemeinsam Betty ermordet, oder er deckt sie aus Liebe – vielleicht beides. Und jetzt war Severin an der Reihe. Also nimmt sie Kontakt zu Kretschmayer auf, und gemeinsam schmieden sie ihren Plan.«

Laura verschränkte die Arme und sah Karl nachdenklich an. »Das könnte sein.« Dann runzelte sie die Stirn. »Aber eine Sache passt nicht ins Bild.«

Karl hob fragend eine Augenbraue.

»Am Tatort wurden alle Spuren penibel beseitigt – kein Fingerabdruck, kein verwertbares Haar, nichts. Warum sollte Victoria dann ausgerechnet den Mantel, den sie während der Tat getragen hat, einfach im Flur ihres Hauses hängen lassen? Sie ist nicht dumm. Sie musste doch wissen, dass er als Beweisstück gegen sie verwendet werden könnte.«

Karl schwieg für einen Moment. Dann seufzte er. »Vielleicht war sie sich einfach zu sicher.«

Laura schüttelte den Kopf. »Oder jemand anderes wollte, dass wir ihn finden.«

Ein kurzer Moment der Stille, bevor sie entschlossen nach ihrem Handy griff.

»Ich habe Lukas herbestellt. Er soll mir endlich zeigen, wo diese Wohnung ist, in der er das Gras verkauft hat. Vielleicht liegt dort der Schlüssel zu allem.«

Karl stieß sich vom Türrahmen ab. »Und wenn du dich irrst?«

Laura hielt kurz inne, sah ihn ernst an. »Dann klären wir verdammt noch mal auf, warum Lukas lügt.«

Laura sah auf die Uhr: Lukas musste in gut 15 Minuten hier sein, sie hatte eine Spyware-App auf seinem Handy installiert und sah genau, wo er sich gerade befand. Sie stieß mit dem Fuß gegen die Kiste mit Elisabeth Brachs persönlichen Sachen, die sich noch unter ihrem Schreibtisch befand. Ziellos zog sie diese zu sich heran und stöberte darin herum. Der Ordner mit der Aufschrift »GEHEIM« fiel ihr wieder ins Auge. Sie schlug den Ordner auf, blätterte durch die bekannten Dokumente – Krankenhausnotizen, alte Briefe, medizinische Berichte. Alles, was sie bereits gelesen hatte. Doch dann fiel ihr ein loser Zettel in die Hände, den sie vorher übersehen hatte.

Er war mit einer hastigen Handschrift beschrieben, teils verwischt, als hätte Elisabeth ihn mitten in einem aufgewühlten Moment geschrieben.

Ich mache mir Sorgen um Annika. Sie ist noch so klein, aber viel zu still. Ich habe das Gefühl, sie traut sich nicht zu sprechen. Julia und Philip bemühen sich, aber irgendetwas stimmt nicht. Und jetzt – einfach zurück ins Heim, weil das »echte« Kind da ist …? Das wird sie nicht verstehen. Keiner versteht das in dem Alter. Aber vielleicht ist es auch besser so, vielleicht kommt sie dann zu einer Familie, die ihr mehr Liebe zeigen kann.

Laura runzelte die Stirn. Annika? Der Name sagte ihr nichts. Sie blätterte weiter, suchte nach weiteren Erwähnungen.

Dann stieß sie auf eine Seite, aus der ein Teil herausgerissen worden war. Nur ein paar durchgedrückte Worte auf der Rückseite waren noch lesbar:

Annika – Pflegekind, zwei Jahre dort – jetzt zurückgegeben, sie war vier. Hat kaum gelächelt. Blaue Flecken an den Armen. Hätte ich was tun sollen?

Ein unangenehmes Ziehen machte sich in Lauras Magen breit. Wovon sprach Elisabeth hier? Sie lehnte sich zurück und tippte gedankenverloren mit dem Finger auf den Tisch. Dabei ließ sie ihren Blick durch das leere Büro schweifen, Karl war vorhin schon mit Bo spazieren gegangen. Sie nahm ihr Notizbuch und begann, die Informationen zusammenzutragen.

Julia und Philip Kretschmayer – Severins (bzw. Lukas') leibliche Eltern.
Pflegekind (Mädchen, Annika), bevor ihr eigener Sohn geboren wurde.
Nach zwei Jahren gaben sie es zurück, als ihr eigener Sohn kam.
Elisabeth wusste davon? Warum nichts gemacht?

Ein Detail ließ Laura nicht los. *Blaue Flecken an den Armen?*

Hatte Elisabeth damals den Verdacht gehabt, dass Annika nicht gut behandelt wurde?

War das ein Muster? Julia und Philip hatten erst Annika aufgenommen und wieder weggegeben und Jahre später wuchs auch Lukas in einem lieblosen, gewalttätigen Zuhause auf.

Laura klappte das Notizbuch zu, ihr Blick blieb für einen Moment auf der abgegriffenen Lederhülle haften. War diese Information wirklich von Bedeutung? Annika war damals noch ein Kleinkind gewesen, nur zwei Jahre lang bei den Kretschmayers. Konnte sie überhaupt etwas mit dem Fall zu tun haben? Oder war es nur eine Randnotiz aus der Vergangenheit?

Ihr Handy vibrierte, riss sie aus ihren Gedanken. Eine neue Nachricht.

Ich bin da und rauche noch eine. Warte vor dem LKA auf dich.

Laura atmete tief durch, warf einen letzten Blick auf ihre Notizen und steckte das Büchlein in ihre Hosentasche. Später würde sie sich damit genauer beschäftigen – jetzt musste sie erst herausfinden, wem Lukas das Gras verkauft hatte und wo diese ominöse Wohnung lag.

KAPITEL 45

Lukas rauchte bereits seine dritte Zigarette, als er Laura Sturm durch die Tür kommen sah. Sie trug keine Jacke und winkte ihn hastig zu sich. Der starke Wind löste einige Haare aus ihrem Zopf und ließ sie wild um ihren Kopf tanzen.

Lukas drücke die Zigarette aus und steckte den verbliebenen Stummel zurück in die Schachtel. Er hastete zu Laura und wäre dabei fast auf einer der vielen Eisplatten ausgerutscht, die sich auf den gefrorenen Pfützen auf dem Parkplatz des LKA gebildet hatten. Die Polizistin stand bereits wieder im Gebäude und hielt die Tür einen Spalt breit auf. Lukas huschte hinein.

Im Gang standen sie einander gegenüber. Laura Sturms Wangen waren rot von der Kälte und sie trat von einem Fuß auf den anderen, um sich aufzuwärmen. Lukas erkannte erst, dass er sie anstarrte, als sie ihn fragte, ob alles in Ordnung sei. Peinlich berührt senkte er seinen Blick.

»Deine Wohnung wurde verwüstet?« In ihrer Stimme schwang Besorgnis mit. Sie sah ihn mit großen Augen an.

Lukas wollte seine Obdachlosigkeit nicht zu ihrem Problem machen. »Na ja, sie haben die Wohnung ganz schön auseinandergenommen, aber zum Schlafen reicht es wohl noch.« Bei dem Gedanken, dass er das heute vielleicht tatsächlich würde tun müssen, wurde ihm ganz bang.

Sie passierten die Sicherheitskontrolle. Laura Sturm besorgte ihm einen Besucherausweis und sie stiegen in den Aufzug. Sie wirkte nervös. Lukas musterte sie unauffällig von der Seite. Immer wieder strich sie sich die gleiche Strähne der herausgelösten Haare hinter das rechte Ohr und schwärmte unaufhörlich von dem tollen Essen in der Kantine.

»Weißt du, Lukas, es freut mich wirklich, dass du hergekommen bist. Es gibt da noch ein paar Sachen die … sagen wir mal so …«, die Ermittlerin suchte die richtigen Worte, »… noch nicht ganz klar sind.«

»Und wie kann ich da helfen?«

Jetzt starrte die Polizistin auf den Boden. Dachte sie, dass er etwas mit dem Mord zu tun hatte? Nein, unmöglich.

Lukas bemerkte, wie ihm das Atmen schwerfiel und sein Verlangen nach einem Bier, – nein, lieber einem Schuss – größer wurde. Er fing an, sich an seinem Unterarm zu kratzen. Dann ging die Tür des Aufzugs auf und sie befanden sich in der Kantine. Laura bat Lukas, an einem Tisch Platz zu nehmen, und holte ihnen beiden jeweils das Menü des Tages: faschierte Laibchen mit Kartoffelpüree und grünem Salat.

Sie saßen einander gegenüber und stocherten in ihrem Essen herum. Von Lukas' anfänglichem Bärenhunger war nichts übrig geblieben.

Laura ergriff das Wort »Ich möchte, dass du mich heute noch zu der Wohnung bringst, wo du das Gras verkauft hast. Wir denken, dass das ein wichtiges Puzzlestück im Fall ist. Denkst du das nicht auch?«

Lukas bemerkte die Skepsis in Lauras Worten und überlegte, bevor er weitersprach.

»Schau ich aus, als könnte ich jemanden umbringen? Ich schaffe es ja nicht einmal, meine Wohnung aus eigener Kraft zu verlassen – außer für Bier und Stoff. Ich hätte nicht einmal die Kraft, jemanden festzuhalten, geschweige denn, einen jungen, sportlichen Mann außer Gefecht zu setzen – oder sogar umzubringen. Also welche Rolle spiele ich in den Ermittlungen, was willst du von mir?« Frau Sturm hob den Kopf und sah Lukas eindringlich in die Augen.

»Du riechst nach Bier,« sagte sie nüchtern.

Lukas hob abwehrend die Hände: »Okay, okay, ich habe heute schon was getrunken. Aber glaub mir: Nach zwei Bier bin ich absolut zurechnungsfähig. Ich bin Schlimmeres gewohnt.«

Laura biss nachdenklich in ihr Fleischlaberl, kaute langsam und musterte Lukas dabei genau. »Ich will ehrlich mit dir sein.« Sie legte das Besteck zur Seite. »Ich habe herausgefunden, dass Victoria Kusch wusste, dass du ihr echter Sohn bist. Sie kannte deine Adresse und hat sie sogar aufgesucht. Angeblich unbemerkt – aber genau das bezweifle ich.«

Sie stützte die Ellenbogen auf den Tisch, ihre Stimme blieb ruhig, aber bestimmt. »Versteh mich nicht falsch, Lukas. Aber es ist ein verdammt großer Zufall, dass du genau in dieser Zeit von einer Frau mit langen braunen Haaren besucht wurdest – und dass Frau Kusch zugibt, in deine Nähe gewesen zu sein. Doch du bestehst darauf, dass es nicht sie war.« Sie machte eine Pause, um seine Reaktion zu beobachten.

»Ihr wart beide Opfer eurer Vergangenheit. Vielleicht habt ihr beschlossen, gemeinsam für Gerechtigkeit zu sorgen. Vielleicht ist das hier ein abgekartetes Spiel.« Sie nahm einen letzten Bissen, dann stand sie auf. »Wir fahren jetzt zu dieser Wohnung. Und wenn dort der Name Victoria

Kusch an der Tür steht, dann hast du ein verdammt großes Problem.«

Lukas spürte, wie ihm plötzlich heiß wurde. Er wurde verdächtigt. Aber er hatte nichts damit zu tun! Sein Herz schlug schneller, seine Hände verkrampften sich unter dem Tisch. Wie konnte er das Frau Sturm nur klarmachen?

»Ich habe gesagt, ich helfe dir, wo ich kann.« Seine Stimme klang fester, als er sich erhob. »Wir fahren jetzt zu dieser Wohnung, und dann wirst du sehen, dass ich nicht lüge.«

Laura betrachtete ihn argwöhnisch. Er sah besser aus als an dem Tag, als sie ihn ins Krankenhaus hatten bringen lassen. Aber wie glaubwürdig war er? Die letzten Jahre war er entweder betrunken oder auf Heroin gewesen.

Lustlos schob sie das Tablett mit dem Essen von sich weg und stand auf, Lukas tat es ihr gleich. Schweigend fuhren sie mit dem Aufzug in die Tiefgarage, die Spannung zwischen ihnen greifbar. Auch während der Autofahrt blieb es still – kein überflüssiges Wort, kein Versuch, die drückende Atmosphäre zu durchbrechen.

Laura lenkte den Wagen in eine Parklücke direkt vor dem Wohnhaus. Ein gepflegtes Gebäude im 9. Bezirk, hell gestrichen, mit großen Fenstern und schmiedeeisernen Balkonen. Irgendwie konnte sie sich gut vorstellen, dass sich Victoria Kusch hier wohlfühlen würde.

Kaum hatte sie den Motor abgestellt, sprang Lukas aus dem Auto, als könnte er es nicht erwarten, endlich hier zu sein. Laura warf ihm einen kritischen Blick zu, ehe sie selbst ausstieg und die Straße überquerte.

Wie sollten sie reinkommen? Ein Türcode oder eine Gegensprechanlage – das hätte problematisch werden können. Doch sie hatten Glück. Eine junge Mutter mit Kinderwagen kam gerade aus der Tür, hielt sie für einen Moment offen, um das Baby zu beruhigen.

Lukas ließ sich nicht zweimal bitten. Mit schnellen Schritten eilte er ins Gebäude, bevor die Tür ins Schloss fiel. Laura folgte ihm dichtauf.

Das Treppenhaus war sauber und modern, die Luft roch nach Reinigungsmitteln und einem Hauch von Parfüm. Lukas kannte den Weg genau – er ging zielstrebig auf eine Wohnung im zweiten Stock zu. Doch dann stoppte er abrupt.

Laura zog eine Augenbraue hoch, als sie sah, dass die Tür einen kleinen Spalt offenstand.

»LKA! Ist hier jemand?«, rief sie laut und legte eine Hand an ihre Waffe. »Geh hinter mich.«

Lukas nickte und verschwand im Flur, während Laura langsam die Tür aufstieß.

Der Name auf dem Türschild hinterließ ein Gefühl der Enttäuschung, es wäre auch zu einfach gewesen.

»Saeko.«

Nicht Kusch. Nicht irgendein Name, der ihr bekannt vorkam. Wer zur Hölle war Saeko? Lukas erklärte noch mal, dass der Name Saeko aus einem Buch namens »Der Dieb« von Fuminori Nakamura stammte. Wieder ein Schuss in den Ofen.

Die Wohnung wirkte wie ausgestorben.

Keine Jacken an der Garderobe. Keine Schuhe im Eingangsbereich. Es fühlte sich nicht an, als hätte hier jemals jemand richtig gewohnt. Laura wusste, dass sie sich in der Wohnung nicht einfach umsehen durfte. Aber wenn hier jemand lebte, der mit dem Fall zu tun hatte, konnte sie sich keinen Fehler erlauben. Sie zog ein Paar dünne Handschuhe aus der Jackentasche und schlüpfte hinein. Dann reichte sie auch Lukas welche – ohne ein Wort. Er nahm sie stumm entgegen und streifte sie über.

Laura öffnete jede Tür, sah in jedes Zimmer.

Ein karger Wohnbereich, ein Bettgestell ohne Matratze, kahle Wände. Keine persönlichen Gegenstände, keine Fotos. Als hätte jemand die Wohnung absichtlich leergeräumt.

Plötzlich rief Lukas aus dem Wohnzimmer: »Hier ist was!«

Laura drehte sich um und eilte zurück in den Flur. Lukas stand vor einer geöffneten Kommodenschublade im Vorzimmer, sein Gesicht wirkte fassungslos.

Eine Perücke mit langen, braunen Haaren lag ordentlich zusammengelegt darin.

Daneben: Make-up in dunklen Tönen, Foundation, Konturenstifte, Lippenstifte in gedeckten Farben. Und ganz unten in der Schublade – farbige Kontaktlinsen. Lauras Blick verharrte darauf, bevor sie die Verpackung vorsichtig herausnahm und eingehend betrachtete. Ein Detail, das ihr den Atem stocken ließ.

Smaragdgrün.

Sie blinzelte, als müsse sie sicherstellen, dass sie sich nicht täuschte. Die Farbe war unverkennbar.

Lauras Gedanken rasten.

Jemand hatte hier seine Identität verändert. Sich eine neue Person geschaffen. Victoria oder Sophie Kusch imitiert.

Sie hob den Blick zu Lukas, der fassungslos auf die Fundstücke starrte.

»Was zum Teufel hat das zu bedeuten?«, fragte er leise.

Laura sog scharf die Luft ein. Hier lebte jemand, der sich als Victoria Kusch ausgab. Jemand, der nie wollte, dass man wusste, wer er wirklich war. Und plötzlich hatte Laura das Gefühl, dass sie einem ganz anderen Spiel auf der Spur waren, als sie bisher gedacht hatten.

KAPITEL 46

Karl blickte auf die Uhr. Laura war schon eine Stunde weg. Er wusste nicht, was so lang dauerte. Er vertraute diesem Lukas Kretschmayer nicht. Er war genau die Art Mensch, die Laura immer zu retten versuchte, und Karl hatte Angst, dass der Mann das ausnützen würde. Beim nächsten Treffen der beiden musste er auf jeden Fall dabei sein. Ihn würde keiner so leicht um den Finger wickeln. Obwohl er sich, wenn er ehrlich war, sehr schwer vorstellen konnte, dass dieser Junkie selbst den Mord verübt hatte. Dafür hatte er schlicht nicht die Kraft. Es waren immerhin mehrere Messerstiche in den Rücken und die Leiche wurde ohne die geringste Spur in den Lainzer Tiergarten gebracht. Lukas Kretschmayer konnte nicht viel mehr als 50 Kilo wiegen, er ging schwer davon aus, dass Victoria und er gemeinsame Sache gemacht hatten. *Sie bringt Severin um, Lukas hilft ihr, die Leiche abzulegen.*

Karls Kopf rauchte und seine Augen schmerzten. Er hatte die letzte Stunde über dem Durchsuchungsbericht gebrütet, doch abgesehen von dem Mantel hatten die Ermittler nichts Verdächtiges gefunden. Kein weiteres Indiz, keine eindeutige Spur – nur noch mehr Fragen.

Warum zur Hölle musste die DNA-Analyse so lange dauern? Jede Minute, die verstrich, konnte entscheidend sein.

Laura kam gerade zur Tür herein, als Karl die letzte Seite las. »Und? Neue Erkenntnisse?«, fragte sie. Sie schien ziemlich fertig zu sein. Strähnen hatten sich aus ihrem Zopf gelöst, ihre Haut wies einige rote Flecken auf.

»Leider nichts. Der Mantel ist unsere einzige Hoffnung.«

Laura schien nicht besonders überrascht.

»Wie war's bei dir?«, fragte Karl und versuchte, seine Aufregung unter Kontrolle zu halten.

Laura betrachtete nachdenklich ihre Fingernägel, rieb mit dem Daumen über den Rand ihres Zeigefingers.

»Ich weiß gerade gar nichts mehr.«

Mit einem tiefen Atemzug griff sie in ihre Tasche und zog das Plastiksäckchen hervor, in dem sie die Perücke und die Kontaktlinsen verstaut hatte. Ein Glück, dass sie sie sofort gesichert hatte – ein Reflex aus jahrelanger Ermittlungsarbeit.

»Wir haben das hier gefunden.« Sie drehte das Säckchen leicht, sodass Karl einen besseren Blick auf den Inhalt werfen konnte. Die langen braunen Haare der Perücke schimmerten im sterilen Licht des Büros, die Verpackung der grünen Tageslinsen schien sie fast herausfordernd anzustarren.

Karl verschränkte die Arme und stieß einen leisen Laut aus. »Das ist … verstörend.« Er fuhr sich mit der Hand über das Gesicht und lehnte sich in seinem Stuhl zurück. »Jemand gibt sich also als Victoria aus …« Er schüttelte langsam den Kopf. »Das bedeutet, wir haben es mit jemandem zu tun, der verdammt vorsichtig ist. Und klug.«

Laura nickte nachdenklich. »Und der genau weiß, wie er uns an der Nase herumführen kann.«

Ein Moment der Stille breitete sich zwischen ihnen aus. Das Neonlicht über ihnen summte leise, während draußen im Gang gedämpfte Stimmen zu hören waren.

Karl brach schließlich die Stille. »Wenn jemand ihre Identität gestohlen hat – wer hätte ein Motiv, genau das zu tun?«

Laura schüttelte langsam den Kopf. »Das ist die große Frage. Es muss jemand sein, der einen direkten Bezug zu Victoria hat. Jemand, der Zugang zu ihr hatte, vielleicht über längere Zeit hinweg.«

Karl ließ die Worte sacken und sah dann wieder zur Tür. »Und Kretschmayer?«

Laura seufzte, als hätte sie auf diese Frage gewartet. »Er hat die Wahrheit gesagt, zumindest teilweise. Und wir haben nichts gegen ihn in der Hand.« Sie trommelte mit den Fingern auf die Tischplatte. »Aber irgendetwas sagt mir, dass er uns nicht alles erzählt hat.« Laura erhob sich und strich sich über die Stirn.

»Ich habe ihn gehen lassen, er ist nach Hause gefahren. Aber wir behalten ihn im Auge.«

Karl drehte sich zu ihr. »Meinst du, wir setzen jemanden auf ihn an?«

Laura nickte leicht »Das ist bereits erledigt, solange er das Handy bei sich trägt, wissen wir immer, wo er sich gerade aufhält.«

Karl musterte sie für einen Moment, dann verzog er den Mund zu einem schiefen Grinsen. »Du traust ihm also doch nicht so ganz.«

»Sagen wir es so«, erwiderte Laura trocken, »ich habe aufgehört, an Zufälle zu glauben.«

Beide versanken in ihren Gedanken, jeder für sich nach Antworten suchend.

»Ich hoffe, wir finden auf dem Zettel aus Kretschmayers Wohnung Fingerabdrücke«, meinte Laura irgendwann.

Karl nickte schwach. »Wir sollten heute noch das Ergebnis bekommen.«

»Gut.«

Erneut schwiegen sie.

Die Stimmung war auf dem Tiefpunkt angelangt. Laura hatte das Gefühl, die Stille schnürte ihr die Luft zum Atmen ab. Sie musste raus. Bo lief aufgeregt durch das Büro, er spürte sofort, wenn Laura angespannt war.

»Wir sollten uns beide kurz die Beine vertreten. So können wir nicht arbeiten, dieses ewige Warten.«

Dieses Mal war es Karl, der sofort aufsprang, ein knappes »Ja« murmelte und zur Tür hinausstürmte. Es wirkte fast so, als müsste er vor Laura fliehen.

Sie stand langsam auf. Die Luft hier unten war nicht gut.

So schnell, wie sich Karl aus dem Staub gemacht hatte, war er sicher auf die Dachterrasse im vierten Stock gegangen, um eine Zigarette zu rauchen.

Laura schnappte sich Bo und machte sich auf den Weg zum Aufzug.

Der Fahrstuhl hielt im vierten Stock. Laura konnte durch die Glastür erkennen, wie Karl wild gestikulierend draußen im Schnee herumstapfte, in einer Hand sein Handy, in der anderen eine Zigarette. Mit wem telefonierte er so aufgeregt?

Auch Bo hatte Karl entdeckt und zog Laura schwanzwedelnd Richtung Dachterrasse.

»Warte, mein Kleiner, einen Moment noch.«

Bo kratzte an der Balkontür. Schnell öffnete Laura, und Bo stürmte auf Karl zu, der überrascht die Zigarette fallen ließ und sein Telefonat beendete.

»Was macht ihr zwei denn hier oben? Hat man denn nicht einmal bei seiner Zigarettenpause Ruhe vor euch?«

Karl merkte gleich, dass das härter geklungen hatte, als es beabsichtigt gewesen war, und setzte sein Spitzbubenlächeln auf. »Sorry, Laura, so war das nicht gemeint. Und sorry auch wegen vorhin. Es ist nur deprimierend, dass wir nicht vorankommen. Das ist alles.«

Laura lächelte und zuckte mit den Schultern. »Ja, tut mir auch leid.«

Bo hatte begonnen, im Schnee nach einem geeigneten Platz zu suchen, um sich zu erleichtern. Laura pfiff einmal laut und der Hund lief auf sie zu.

»Wir gehen ganz raus. Komm, mein Kleiner! Und Karl, wir müssen noch diesen Bericht für Farkas schreiben …«

Laura sah auf die Uhr: Es war bereits fünf. Die Zeit lief ihnen davon. Es würde wohl eine lange Nacht werden.

Zurück in ihrem Büro zog Laura wieder Schuhe und Socken aus, setzte sich auf ihren Schreibtischsessel und startete den Computer. Bo lag eingerollt unter dem Schreibtisch in seinem Körbchen.

Lukas Kretschmayer ließ sie nicht los.

Laura nahm ihr Handy in die Hand und tippte eine kurze Nachricht: *Hallo, bitte komm morgen um 9 Uhr ins LKA! LG, Laura Sturm.*

Zwei Sekunden später vibrierte ihr Handy.

Okay, bin dann da.

Das war erledigt. Sie würde ihn morgen mit allen offenen Fragen konfrontieren, die ihr im Kopf herumspukten und die sie heute aus Zeitgründen nicht mehr hatte ansprechen können. Sie wollte ihr Handy gerade zur Seite legen, als es erneut vibrierte. Dieses Mal war es eine Botschaft von Karl: *Bin gleich bei dir. Ergebnisse des Fingerabdruckabgleichs sind da. Haben neben Kretschmayers Abdrü-*

cken noch weitere darauf gefunden, sind nicht in unserer Datenbank. Deshalb Sackgasse. Bis gleich.

Damit hatte Laura fast gerechnet. Sie legte das Handy weg und atmete tief aus. Unvermittelt spannte sich ihr Körper an, auch Bo hatte den Kopf gehoben und sah Laura erwartungsvoll an.

Sie hatten im Laufe der Ermittlungen von allen Mitgliedern der Kusch-Familie Fingerabdrücke genommen. Das bedeutete, dass keiner der Kuschs Kretschmayer die Nachricht hinterlassen hatte. Die anfängliche Euphorie flachte wieder ab. Genauso gut wäre es möglich, dass besagte Frau klug genug gewesen war, Handschuhe zu tragen. Hatte Kretschmayer etwas von Handschuhen bemerkt? Eine weitere Frage, die sie ihm morgen stellen musste.

KAPITEL 47

Karl und Laura hatten die halbe Nacht im Büro verbracht und waren all ihre Theorien in Ruhe durchgegangen. Sie waren dadurch schlussendlich um kein bisschen schlauer geworden. Seit sie gestern die Perücke und die Kontaktlinsen gefunden hatte, wuchsen ihre Zweifel, was die Schuld von Victoria Kusch betraf.

Als Laura für ein paar Stunden in einen unruhigen Schlaf fiel, blieb nur die Hoffnung, dass der morgige Tag neue Erkenntnisse bringen würde.

Sie wachte durch einen lauten Knall auf und suchte instinktiv nach ihrer Waffe. Nach einem kurzen Blick aus dem Fenster dämmerte es ihr, dass bald Silvester war und die ersten Leute schon an den Tagen davor wie wild böllerten. Bo gefiel das ganz und gar nicht. Er kratzte an Lauras Beinen. Sie nahm ihn hoch und versuchte, das zitternde Bündel in ihren Armen zu beruhigen. Bei jedem weiteren Knall vergrub er seinen Kopf tiefer in Lauras Armbeuge.

Laura warf einen Blick auf ihren Wecker. Es war 8 Uhr, sie hatte fünf Stunden geschlafen.

Sie strich Bo sanft über den Kopf und ging mit ihm in die Küche. Dort setzte sie ihn in sein Körbchen und legte seine Kuscheldecke über ihn, da ihm das stets ein Gefühl von Sicherheit gab.

Sie versicherte sich, dass alle Fenster geschlossen waren, und sprang schnell unter die Dusche. Mit nassen Haaren setzte sie danach Kaffee auf. Bo lag immer noch unter seiner Decke und rührte sich nicht. Immerhin hatte das Zittern aufgehört.

Mit einer dampfenden Tasse ging sie ins Bad, föhnte ihre Haare und schlüpfte in ihre Kleidung. Ein weiterer Blick auf die Uhr verriet ihr, dass es bereits nach halb neun war. Sie war um 9 Uhr mit Lukas Kretschmayer verabredet. Karl würde auch dabei sein.

Sie versuchte, Anna zu erreichen. Bo würde sich wohler fühlen, wenn er den Tag nicht im Büro verbringen musste. Doch sie kam nicht zu ihr durch. Stets meldete sich sofort die Mailbox.

Laura seufzte und hob die Decke. Bo sah sie mit großen Augen an.

»Komm, mein Kleiner, es geht wieder ins Büro. Wenn du heute ganz brav bist, gibt es am Abend eine große Wurst für dich.«

Bei dem Wort »Wurst« fing Bos Schwanz an zu wedeln und die Energie kehrte in seinen Körper zurück. Laura musste schmunzeln.

Als sie ihr Büro betrat, saß Karl bereits an ihrem Schreibtisch, der Duft von frischem Kaffee erfüllte den ganzen Raum. Die Sonne blitzte durch die Wolken und erhellte das gesamte Büro. Es hätte ein guter Tag werden können, wäre da nicht dieser Mordfall gewesen.

Karl hatte die Akte von Elisabeth Brach vor sich gelegt und studierte sie aufmerksam. Als er Laura und Bo erblickte, hellten sich seine Gesichtszüge auf.

»Na, grüß Gott, Herr Kompott. Für dich habe ich natürlich auch etwas an diesem besonderen Tag.«

Bo hatte den Duft bereits wahrgenommen und bellte einmal laut und erwartungsvoll auf.

»Na, na, so nicht! Jetzt mach erst mal Sitz!«

Der Hund befolgte das Kommando.

»Braver Hund, hier hast du deine Wurst. Frohe Weihnachten!«

Karl holte zwei dicke Salamischeiben aus seiner Jackentasche. So schnell konnte er gar nicht schauen, da hatte Bo sie ihm bereits aus der Hand geschnappt und sie genüsslich verspeist.

»Na, da war wohl jemand hungrig«, murmelte Karl und lächelte Laura keck an. »Auch dir frohe Weihnachten!«

Laura bemerkte erst jetzt, dass heute der 24. Dezember war, Weihnachten.

Karl schenkte ihr einen Becher Kaffee ein und machte ihr auf dem Stuhl Platz. »Hier, bitte schön. Kretschmayer ist schon zehn Minuten zu spät.« In dem Moment vibrierte Lauras Handy, sie hatte eine Nachricht bekommen.

Bin gleich da, sorry. Chaos wegen des Wetters.

»Er ist gleich da«, teilte Laura Karl mit und nahm einen kräftigen Schluck von ihrem Kaffee. »Hast du noch einmal im Labor nachgefragt, ob das Ergebnis der Blutanalyse schon vorliegt?«

»Klar, schon vor zwei Stunden, wir müssen uns leider noch etwas gedulden.« Das gestrige aufgeregte Kribbeln in den Fingern, dass sich bei Laura einstellte, wenn sie kurz vor der Lösung eines Falls war, ließ heute auf sich warten. Sollte sich bestätigen, dass das Blut auf Victorias Mantel von Severin stammte, wäre es nur eine Frage der Zeit, bis der Fall abgeschlossen werden würde. Und doch – das gewohnte Kribbeln blieb aus.

Gerade als Laura sich ihren zweiten Becher Kaffee einschenkte, vibrierte ihr Handy auf dem Tisch. Lukas Kretschmayer war eingetroffen und wartete im Wartezimmer.

Sie stellte die Tasse ab, griff nach ihren Notizen und machte sich auf den Weg, um ihn zu empfangen – doch bevor sie die Tür erreichte, wurde sie mit einem lauten Knall aufgestoßen.

»Guten Morgen, die Herrschaften! Lassen Sie sich Ihren Kaffee schmecken!«

Farkas quetschte sich durch die Tür und stand jetzt mitten im Büro. Laura schielte unter ihren Schreibtisch und hoffte inständig, dass Bo sich ruhig verhielt. Wenn Farkas bemerkte, dass sie ihren Hund mitgenommen hatte, würde das für sie beide nicht gut enden. Karl bemerkte Lauras nervösen Blick und streichelte den Hund beruhigend mit seinem Fuß. Er war nach der üppigen Mahlzeit Gott sei Dank sofort in einen tiefen Schlaf gefallen und schlummerte seelenruhig vor sich hin.

Farkas ließ seinen Blick durch das Büro streifen und funkelte Karl herausfordernd an. Er wedelte mit einigen A-4-Zetteln in der Luft herum.

»Danke für den Bericht, Sturm. Ist ein bisschen schlampig geschrieben, aber ich lasse es gut sein. Ich bin ja kein Unmensch. Hauptsache, der Fall ist bald abgeschlossen, sieht ja alles danach aus, als ob es Victoria Kusch getan hätte. Also, hopp hopp, je schneller der Fall abgeschlossen ist, desto besser. Ich rechne mit einer Verhaftung, sobald die entsprechenden Testergebnisse da sind. Übrigens: Die Akten, die ich Ihnen auf den Tisch gelegt habe – ich hätte gern, dass Sie die durchgehen und überprüfen. Ich weiß, keine allzu anspruchsvolle Tätigkeit, aber ich habe mir gedacht, nachdem der Fall Kusch bald erledigt ist, ist es vielleicht einmal an der Zeit, ein bisschen herunterzuschalten und Büroarbeit eignet sich dafür hervorragend.« Farkas konnte ein schelmisches Grinsen nicht unterdrücken. »Ich wünsche noch einen schönen Tag, die Herren und die Dame!« Mit einem Nicken in die Runde drehte er sich um und ließ die Bürotür hinter sich zuknallen.

Karl verzog keine Miene und starrte Laura an.

»Ach ja, das habe ich dir ja noch nicht erzählt: Farkas überschüttet uns gerade mit Scheißarbeit, die jede Sekretärin machen könnte, um uns an der kurzen Leine zu halten. Für ihn ist der Fall erledigt.«

Laura seufzte und zuckte mit den Schultern. »Ich hole Lukas Kretschmayer in mein Büro. Im Vernehmungszimmer wird er sich nur verschließen – dort sagt er uns wahrscheinlich gar nichts. Vielleicht gelingt es uns hier, ihn zum Reden zu bringen.«

Lukas saß Laura und Karl gegenüber, seine Finger spielten unruhig mit einer Haarsträhne, während sein Blick rastlos durch den Raum wanderte. Er wirkte angespannt, als könnte er jeden Moment aufspringen, und zog immer wieder geräuschvoll die Nase hoch – ein nervöser Tick oder vielleicht ein Zeichen einer Erkältung.

Laura räusperte sich und öffnete ihr Notizbuch.

»Danke, dass du gekommen bist.« Laura lehnte sich leicht nach vorn, ihren Blick fest auf Lukas gerichtet. »Nach der gestrigen Entdeckung haben sich noch einige Fragen ergeben.« Sie ließ einen Moment verstreichen, um seine Reaktion zu beobachten, dann fuhr sie fort: »Erinnerst du dich, ob die Frau, die dich besucht hat, Handschuhe trug?«

Lukas ließ seinen Blick von Karl zu Laura wandern und zog die Nase hoch. »Ähm nein, also ich denke nicht. Das wäre mir glaube ich aufgefallen.«

Laura notierte sich ein paar Stichpunkte, während sie nickte. Karl hingegen musterte Lukas ausdruckslos. Eine drückende Stille füllte den Raum, nur unterbrochen vom beständigen Nasehochziehen des jungen Mannes und dem leisen, gleichmäßigen Schnarchen von Bo. Es lag eine seltsame Spannung in der Luft, als würde jeder darauf warten, dass etwas passiert.

Gerade als Laura zur nächsten Frage ansetzen wollte, begann ihr Telefon zu klingeln. Sie hob entschuldigend die Hand, nahm den Anruf entgegen und schirmte ihr Gesicht mit der Hand ab.

»Wir kommen sofort … Eine Minute … Ja, verstanden.«

Sie legte auf und beugte sich zu Karl hinüber, flüsterte ihm etwas zu, dann wandte sie sich wieder an Lukas.

»Entschuldige, wir sind in fünf Minuten zurück – dauert nicht lange.«

Ohne eine weitere Erklärung verließen Laura und Karl das Büro.

*

Lukas starrte ihnen ungläubig hinterher. Einfach so hatten sie ihn hier sitzen lassen? Bo rührte sich nicht, sein Atem ging ruhig.

Er verzog das Gesicht und zog erneut die Nase hoch. Über Nacht hatte sich seine Erkältung verschlimmert, seine Nase lief unaufhörlich. Wenn er nicht bald ein Taschentuch bekam, würde er das ganze Büro volltropfen.

Mit einem zaghaften Blick zur Tür, um sicherzugehen, dass niemand zurückkam, stand er auf und trat hinter Lauras Schreibtisch. Ein heilloses Durcheinander aus Akten lag dort verstreut – Berichte, Fotos der Kuschs, Fingerabdrücke.

Und da – eine Packung Taschentücher.

Dankbar griff Lukas danach, zog eines heraus und schnäuzte sich herzhaft. In diesem Moment erstarrte er.

Sein Blick blieb auf Lauras Schreibtisch haften. Etwas hatte ihn getroffen wie ein Schlag. Sein Atem stockte. In seinem Kopf begann es zu rauschen.

Es war ein Foto. Ein Foto, das alles veränderte.

*

Laura und Karl waren gerade dabei, die Tür wieder zu öffnen, als ihnen Lukas Kretschmayer taumelnd entgegenkam. Karl runzelte die Stirn. »Geht es Ihnen gut? Sie sind kreidebleich.«

Lukas öffnete den Mund, schloss ihn wieder. Seine Lippen bebten, als könnte er keine Worte finden. »Ja … nein … ich … ich weiß nicht … keine Ahnung …« Er rieb sich fahrig über das Gesicht. »Sorry, ich muss weg. Mir geht's nicht gut!«

Er stürmte aus dem Büro, stolperte beinahe über seine eigenen Füße und verschwand durch die Tür.

Laura wollte ihm nach, doch Karl hielt sie zurück.

»Bleib hier, der Typ könnte gefährlich sein. Ich habe dir ja gesagt, irgendwas stimmt mit dem nicht. Wer weiß, ob die Geschichte von der Wohnung der geheimnisvollen Frau überhaupt wahr ist. Wahrscheinlich hat er Schiss bekommen, als er gemerkt hat, dass es ernst wird. Aber es ist nicht notwendig, ihm nachzulaufen.«

Laura nickte langsam. Es war besser, ihn jetzt gehen zu lassen und ihn im Auge zu behalten. Sein Verhalten war zu aufgebracht, zu panisch gewesen, als dass sie es einfach ignorieren konnte. Ohne zu zögern, griff sie nach ihrem

Handy und öffnete die Spyware-App. Nicht der legalste Weg, aber auch nicht der erste moralische Graubereich, den sie in diesem Fall betreten hatte.

»Das bleibt zwischen uns«, murmelte sie, mehr zu sich selbst als zu Karl.

Ihr Blick fixierte den kleinen, rot blinkenden Punkt, der sich stetig über die Karte bewegte – weg vom LKA, hinaus in die Stadt.

Sie hatten die Akten nicht ohne Grund offen auf Lauras Schreibtisch liegen gelassen. Anscheinend hat ihr Anblick etwas in ihm ausgelöst. Ganz so unschuldig war er dann wohl nicht.

Karl wirkte zufrieden mit sich. Sein Trick hatte funktioniert.

Lukas blieb erst stehen, als er aufgrund des Seitenstechens fast keine Luft mehr bekam und sich keuchend an einer Mauer abstützen musste. Er blickte gehetzt nach links und rechts. Es sah nicht so aus, als ob ihm jemand gefolgt wäre.

Er schlug sich mit der flachen Hand an den Kopf. So ein Mist! Wie musste das jetzt bitte ausgesehen haben? Jetzt war er als Mordverdächtiger auf der Flucht, verdammt! Das hatte er nicht gewollt. Es war eine Kurzschlussreaktion gewesen. Doch er musste der Sache auf den Grund gehen. Wenn er recht hatte, würde das alles ändern, einfach alles.

Er wühlte in seiner Hosentasche und fand im unteren Teil, gleich neben dem Kleingeld, was er suchte. Er kramte das Foto hervor, strich es glatt und musterte es.

Scheiße, er hatte sich nicht geirrt. Er brauchte mehr Informationen, und er wusste genau, von wem er die bekommen würde. Und dieses Mal hatte er Geld, um ihn zu bezahlen.

Er nahm die einzelnen Scheine aus seiner Hosentasche und begann zu zählen. Alles in ihm schrie nach einem Whisky.

KAPITEL 48

Laura und Karl starrten auf Karls Handy. Der rote Punkt, der Lukas signalisierte, bewegte sich seit mehreren Minuten nicht mehr. Er hatte sich nur ein paar Kilometer vom LKA entfernt und verharrte dort.

»Da stimmt etwas nicht. Will er bei der Kälte etwa Wurzeln schlagen?«

Karl war genervt und langsam stieg die Wut in ihm hoch, wie Laura an seinen geballten Fäusten erkennen konnte. Sie hob den Kopf und ließ ihren Blick durch das Büro schweifen.

Lauras Ungeduld wandelte sich langsam in Zorn. Wenn sie sich nicht einmal mehr auf ihre Menschenkenntnis verlassen konnte, worauf dann? Vielleicht hatte Karl von Anfang an recht gehabt und ihre Theorie, dass Kretschmayer Victoria bei der Ermordung ihres »Sohnes« geholfen hatte, war gar nicht so verkehrt. Vielleicht hatte Kretschmayer den hilflosen Jungen die ganze Zeit nur gespielt und Lauras Gutmütigkeit schamlos ausgenutzt.

Laura ballte ebenfalls die Fäuste. So leicht würde er damit nicht durchkommen!

Der Punkt hatte sich nur ein winziges Stück weit bewegt. Ein kurzer Blick auf Google Maps zeigte ihnen, dass Kretschmayer vermutlich in ein kleines irisches Pub eingekehrt war. So wie Laura ihn einschätzte, würde er dort ein paar Stunden bleiben und die 200 Euro versaufen, die sie ihm gegeben hatte. Es sah nicht aus, als würde er sich schnell aus dem Staub machen wollen. Trotzdem mussten sie ihm folgen.

Während Laura die Fotos sorgfältig zurück in die Akten einsortierte, vibrierte ihr Handy erneut. Doch dieses Mal war es kein fingierter Anruf wie zuvor – kein Ablenkungsmanöver, um Lukas für ein paar Minuten unbeobachtet zu lassen. Auf dem Display leuchtete ein Name auf: *Farkas.*

Sie seufzte und nahm ab.

»Sturm, kommen Sie in 30 Minuten in mein Büro.« Seine Stimme war knapp, fordernd. »Ich brauche Ihre Unterstützung.«

Laura schloss kurz die Augen. Was wollte er genau jetzt? Aber Farkas klang nicht wie jemand, der sich mit einer Absage zufriedengeben würde. Sie hatte keine Wahl.

»Wir sollten uns aufteilen. Ich gehe zu Farkas und du fährst zu Kretschmayer in das Pub. Und pass auf: In seinem Zustand weiß ich nicht, wozu er fähig ist. Rede vor Ort mit ihm, der Alkohol wird seine Zunge lockern.«

»Okay, ich mache mich gleich auf den Weg. Sollte schnell erledigt sein.«

Sie nickten einander zu. Karl schnappte sich sein Handy und verschwand. Bo hatte sich auf Lauras Füße gesetzt und sah sie erwartungsvoll an. Sie musste einen Platz für ihn finden, bevor sie von Farkas den ganzen Tag eingespannt werden würde.

Sie klemmte das Handy zwischen rechtem Ohr und Schulter ein und legte Bo sein Geschirr an, der aus Vorfreude kurz aufbellte.

»Ruhig, mein Kleiner, wir gehen zu Tante Anna.«

Ihr Anruf wurde gleich an die Mobilbox weitergeleitet. Laura stellte ihr Handy auf Lautsprecher und legte es auf ihrem Schreibtisch ab. Auch bei zwei weiteren Versuchen meldete sich nur Annas vertraute Stimme auf Band: »Ich bin gerade nicht erreichbar. Hinterlassen Sie mir bitte eine Nachricht! Ich rufe zurück.«

Laura runzelte die Stirn. Anna hatte ihr Handy nie so lang ausgeschaltet. Hatte sie gestern ein Date gehabt und schlief heute aus? Es war ja schließlich Heiligabend.

Wenig später saß sie bei laufendem Motor in ihrem Auto und dachte angestrengt nach. Wie sie es auch drehte und wendete: Es gab nur eine Möglichkeit, sie wollte so flexibel wie möglich sein. Zu ihrem Vater konnte sie Bo unmöglich bringen. Anna fiel auch aus. Aber war das nicht ein bisschen zu dreist? Es konnte ja durchaus sein, dass er gar nicht zu Hause war.

Laura warf erneut einen Blick auf ihre Uhr, dann auf Bo, der durch den kurzen Spaziergang im Schnee ganz nass geworden war und sich aufgeregt über die Schnauze schleckte. Erneut blickte sie auf die Uhr.

Okay, wir probieren es!

Karl konnte seinen Blick nicht von dem roten Punkt lösen, der sich seit Längerem nicht bewegte. Es wäre doch gelacht, wenn Lukas Kretschmayer ihnen durch die Lappen ginge. Er steckte das Handy in seine Hosentasche, schloss seine Augen und massierte mit langsamen, kreisenden Bewegungen seine Schläfen. Er hatte von Anfang an ein schlechtes Gefühl bei dem Typ gehabt. Der Aufzug schien sich quälend langsam nach unten zu bewegen, hielt gefühlt in jedem Stockwerk einmal an. Mit jeder Unterbrechung wuchs seine Ungeduld, sein Puls schlug schneller.

Als die Türen sich schließlich öffneten und er ausstieg, griff er automatisch nach seinem Handy – doch in dem

Moment, als sein Blick auf das Display fiel, stockte ihm der Atem. Der Punkt hatte sich bewegt! Und er bewegte sich weiter – und zwar in ziemlich rasantem Tempo! »Genug jetzt! Schnapp ihn dir!«, sagte er laut zu sich selbst.

Ein paar Minuten später stürmte er hastig in das Pub. Die Bardame erschrak, als er die Tür laut hinter sich zuschlug. Er wedelte mit seinem Ausweis vor ihrem Gesicht herum. »Landeskriminalamt«, keuchte er.

Er bemerkte ihren ängstlichen Blick, den so gut wie alle Leute bekamen, sobald er sich als Kriminalinspektor auswies – auch diejenigen, die gar nichts verbrochen hatten.

Karl hielt ihr ein Foto von Kretschmayer unter die Nase, das Laura gestern geschossen hatte.

»Dieser Mann war gerade bei Ihnen. Es ist sehr wichtig, dass Sie mir alles erzählen. Was hat er gemacht? Was hat er bestellt? War er allein? Wie ist er von hier abgehauen? Einfach alles – und ein bisschen zackig!«

Karls Stimme war so laut geworden, dass alle anderen Gäste ihre Gespräche unterbrochen hatten und zu ihm herübersahen. Die Stimmung in dem Raum schlug schlagartig um. Die Bardame fischte eine Lesebrille aus ihrer Hosentasche, musterte das Foto genauer und nickte leicht.

»Ja, der war gerade hier. Hat ein Bier bestellt und sich dahinten in die Ecke gesetzt.«

Karl folgte ihrem Blick in eine Ecknische des Pubs, wo das leere Bierglas stand.

»Abgesehen davon hat er nur telefoniert und mich um einen Stift und einen Zettel gebeten.« Sie zuckte mit den Schultern. »Das war's. Er war sehr unauffällig. Ich beobachte meine Gäste ja auch nicht die ganze Zeit. Er hat bezahlt – kein Trinkgeld, das weiß ich noch – und ist hinaus auf die Straße gegangen.«

Die anderen Gäste des Pubs begannen, sich angeregt zu unterhalten.

Karl sah weiterhin zur Kellnerin.

»Und weiter?«

Die Angst war aus den Augen der Frau gewichen. Stattdessen sah Karl jetzt ihre Ungeduld aufsteigen, was daran liegen mochte, dass sich gerade eine Gruppe Studenten an einen großen Tisch gesetzt hatte und ihre Bestellung aufgeben wollte. Sie nahm ihre Brille ab und zückte ihren Block.

»Wenn Sie mich dann entschuldigen würden. Zahlende Gäste warten.«

Sie hatte sich bereits von Karl abgewandt, aber er hielt sie leicht am Arm fest.

Sie drehte den Kopf und sah ihn entrüstet an. »Na, hören Sie mal, was fällt Ihnen ein? Nehmen Sie gefälligst Ihre Griffeln von mir!«

Karl löste augenblicklich seine Hand und die Bardame strich sich über den Arm.

Er senkte seine Stimme und beugte sich weit über den Tresen. »Es geht hier um Leben und Tod, gute Frau. Dieser Mann …«, er tippte auf das Foto, »… ist unter Umständen ein Mörder. Wenn Sie keinen weiteren Mord auf dem Gewissen haben wollen, denken Sie noch einmal scharf nach: Ist Ihnen irgendetwas aufgefallen?«

Seine Worte hatten Eindruck hinterlassen, doch er las immer noch Skepsis in ihren Augen. Mit einem lauten Schnaufen legte sie den Block hin und rief ihren Kollegen herbei, damit dieser den Tisch der Studenten übernahm. Dann schloss sie die Augen.

Der Punkt bewegte sich stetig weiter vorwärts. Es sah fast so aus, als wollte Lukas Kretschmayer Wien verlassen.

»Da war doch noch etwas. Ich habe mich so über das fehlende Trinkgeld geärgert, dass Mani, mein Kollege, gesagt hat, ich solle mal an die frische Luft gehen und eine rauchen. Ich kann sehr impulsiv sein, wissen Sie. Da ist es ganz gut, wenn ich kurz keine Kunden bediene und zur Ruhe komme. Also war ich eine rauchen. Und da habe ich gesehen, wie Ihr gesuchter Mann auf der anderen Straßenseite gestanden ist. Ein Auto hielt vor ihm in zweiter Spur. Der Fahrer stieg aus und ging schnellen Schrittes in die entgegengesetzte Richtung. Dieser Mann ...«, sie tippte auf das Foto, »... setzte sich stattdessen hinter das Steuer und fuhr los. Aus die Maus! Mehr weiß ich wirklich nicht. Und Kennzeichen und solche Dinge brauchen Sie mich gar nicht erst zu fragen. Ich hatte meine Brille nicht auf. Ich kann gerade einmal sagen, dass das Auto dunkel war.«

Ein Auto! Das erklärte es.

Karl legte der Dame einen Zehneuroschein auf den Tresen, bedankte sich knapp und sprintete zu seinem Auto.

Während er lief, schielte er auf sein Handy. Der Punkt fuhr gerade auf die Südautobahn auf. Wo wollte er hin?

Im Auto angekommen, versuchte Karl, Laura auf ihrem Handy zu erreichen. Sie hob nicht ab. Wahrscheinlich war sie bei Farkas und hatte ihr Mobiltelefon auf lautlos gestellt. Dann musste eine kurze Nachricht reichen. Er tippte: *Kretschmayer haut ab. Hat ein Auto und fährt Richtung Süden. Ich hefte mich an seine Fersen und melde mich. Karl.*

Er warf sein Handy auf den Beifahrersitz und startete den Motor. Kretschmayer musste knappe 20 Minuten Vorsprung haben. Das sollte er aufholen können, wenn da nicht der Schnee wäre, der gerade in diesem Moment anfing, in dicken Flocken vom Himmel zu fallen.

Karl schaltete das Radio an. Gerade war die Rede von dichten Schneefällen im ganzen Land. Er durfte keine Zeit verlieren.

KAPITEL 49

Es war der 24. Dezember, und er hatte nichts Besseres zu tun, als sie in seinem Büro festzuhalten. Und nicht einmal für etwas Dringendes! Stattdessen zwang er sie, alte Fälle durchzugehen, die längst abgeschlossen waren. Es wirkte fast wie eine Strafe.

Aber weshalb? War es eine Machtdemonstration? Ein Versuch, sie zu verunsichern? Hatte er geahnt, dass sie in einer Sache herumschnüffelte, die nicht offiziell war?

Laura schüttelte den Gedanken ab. Zwei Stunden hatte sie hier vergeudet. Zwei endlose, quälende Stunden, die sich angefühlt hatten wie ein ganzer Tag.

Als sie endlich das Büro verließ, fühlte sie sich ausgelaugt. Ihr Kopf dröhnte, ihre Geduld war aufgebraucht.

Sie zog ihr Handy aus der Jackentasche und schaltete den Ton wieder ein. Auf dem Display leuchteten zwei verpasste Anrufe und drei neue Nachrichten von Karl.

Ein ungutes Gefühl machte sich in ihrem Magen breit. Hastig öffnete sie die letzte Nachricht: *Habe ihn gleich. Bin in Gloggnitz tanken. Keine Ahnung, wo der Kerl hinfährt. Aber ich komme klar. Gebe dir Bescheid, wenn ich weiß, wo er hinwill. Es schneit ganz schön stark. Karl.*

Laura kannte die Tankstelle in Gloggnitz. Dort legte sie immer ihre erste Pause ein, wenn sie ins Haus fuhr. Es war eine Strecke, die sie im Schlaf kannte. Normalerweise brauchte sie von Wien etwa 50 Minuten dorthin.

Aber warum zum Teufel war Lukas Kretschmayer auf dem Weg nach Gloggnitz?

Sie biss sich auf die Lippe und zog ihre Jacke enger um sich. Die Luft war eiskalt, und doch hatte sie das Gefühl, als würde ihr von innen heraus die Hitze aufsteigen. Lukas hatte in einem Zustand panischer Aufgewühltheit das LKA verlassen. Und jetzt fuhr er irgendwohin, wo er nicht sein sollte.

Ihr Blick fiel erneut auf das Handy. Keine weiteren Neuigkeiten von Karl.

Wären sie offiziell in laufende Ermittlungen eingebunden, wäre es ein Leichtes, Verstärkung anzufordern und Karl abzusichern. Doch sie bewegten sich längst außerhalb der Protokolle. Die Spyware auf Lukas' Handy war illegal installiert worden.

Wenn etwas schiefging, würden sie es allein ausbaden. Es gab nur eine Möglichkeit der Unterstützung – und das war sie selbst.

Laura rieb sich die Hände, schob die Zweifel beiseite und öffnete die Autotür. Wenn sie schnell fuhr und das Wetter mitspielte, könnte sie in einer Stunde in Gloggnitz sein.

*

Lukas trommelte mit den Fingern ungeduldig auf das Lenkrad. Dieser verdammte Schnee brachte die Leute dazu, wie komplette Vollidioten zu fahren.

Noch 30 Minuten.

Sein Blick flog zum Navi. Die blaue Route schlängelte sich durch das weiße Chaos vor ihm, eine dünne Linie, die ihn zum einzigen Ort führte, an dem er Antworten finden konnte. Er hatte keinen anderen Ausweg gesehen, als das

LKA so überstürzt zu verlassen. Was hätte er tun sollen? Warten, bis sie ihn auseinandernahmen? Bis sie ihm Fragen stellten, auf die er selbst keine Antwort hatte?

Laura würde es verstehen. Später.

Jetzt musste er diese Sache klären.

Er wischte mit dem Handrücken über seine Nase, schniefte. Seine Erkältung wurde schlimmer. Es konnte ihm gerade nicht egaler sein.

Er griff in seine Jackentasche, zog das Foto hervor und strich es erneut glatt.

Nein. Kein Zweifel.

Er hatte zweimal hinschauen müssen, aber diese Augen würde er nie vergessen. Das Foto hatte ihn wie ein Faustschlag getroffen.

Sein Atem beschleunigte sich. Etwas passte hier ganz und gar nicht zusammen.

Die Kolonne bewegte sich langsam weiter. Lukas ließ den Motor anrollen, wechselte in den ersten Gang. Das Navi zeigte an, dass er die Unfallstelle gleich passieren würde.

Hinter ihm tauchten die rot-weißen Lichter der Feuerwehr auf, ein dumpfes Blaulicht spiegelte sich auf der Windschutzscheibe.

Er wagte es nicht, hinzusehen.

Die Fahrer vor ihm taten es. Einige verlangsamten ihre Fahrt, einer hielt sogar sein Handy aus dem Fenster, um Fotos zu machen.

Lukas schüttelte den Kopf. Ein Mensch war vielleicht gerade gestorben – und diese Arschlöcher machten Fotos.

Er biss die Zähne zusammen, fixierte die Straße vor sich. Noch 28 Minuten.

Noch 28 Minuten, bis er wissen würde, ob das alles ein verdammter Albtraum war – oder die Wahrheit.

KAPITEL 50

Gerade als Laura an der Tankstelle in Gloggnitz eine Pause einlegte, schickte Karl ihr noch eine Nachricht mit seinen Koordinaten. Ob das Zufall war? Ihr war diese Strecke mehr als bekannt, und dort, wo Karl sich gerade befand, kannte sie sich bestens aus. Er schrieb, dass sich Kretschmayer seit mehr als einer Stunde nicht mehr bewege. Das GPS-Signal auf seinem Handy blinkte stetig, ohne sich von dieser bestimmten Stelle zu entfernen. Sie ließ sich die Koordinaten, die Karl ihr gerade geschickt hatte, auf Google Maps anzeigen und war sicher: Kretschmayer befand sich in ihrem Haus. Aber wieso? Welche Verbindung bestand zwischen ihm und dem Haus? Laura war mehr als verwirrt.

Sie brauchte erst einmal eine Cola. Zucker half ihr beim Denken.

Sie setzte sich mit der eiskalten Flasche hinter das Steuer und versuchte, sie zwischen ihren Händen zu erwärmen. Karl hatte keine Ahnung davon, dass es sich bei den Koordinaten um die Adresse von Lauras Ferienhaus handelte. Woher auch? Sie hatte niemandem im LKA davon erzählt. Ihre Privatsphäre war ihr heilig. Das Haus musste gerade völlig eingeschneit sein. Dort hinauf schaffte es um diese Zeit kein Auto mehr. Außerdem gab es nur an einer bestimmten Stelle im Haus Empfang. Einzig Laura und ihre Eltern wussten davon. Sobald Karl dort war, würde er also keine Nachrichten mehr schicken können.

Laura schaute auf die Uhr. Er musste bald ankommen. Und er brauchte ihre Hilfe. Sie würde sich später den Kopf über den Zusammenhang zermartern können. Jetzt war keine Zeit dafür.

Sie nahm einen großen Schluck aus der Colaflasche und verzog das Gesicht. Das Getränk war immer noch eiskalt. Bei Cola musste sie an Farkas denken. Ob sie ihm sagen sollte, wohin sie gerade unterwegs waren? Würde er ihnen Unterstützung anbieten?

Laura verwarf den Gedanken sofort. Farkas hatte mit dem Fall abgeschlossen. Er wäre sehr wütend, wenn er von ihrer Mörderjagd auf eigene Faust erfahren würde.

Laura nahm noch einen Schluck und fuhr weiter.

Karl kam nur im Schritttempo voran. Links und rechts lag der Schnee so schwer auf den Bäumen, dass die Äste unter dem Gewicht fast am Boden streiften. Die kleine Forststraße war nur mäßig geräumt und er hatte alle Mühe zu verhindern, dass das Auto den Abhang hinunterrutschte. Was wollte Kretschmayer hier? Die einsetzende Dämmerung und der leichte Schneefall erleichterten sein Vorhaben nicht gerade. Er konnte nur darauf hoffen, dass ihm kein Auto entgegenkam. Laut dem Navi musste Karl nach der nächsten Kurve links abbiegen und dem Weg ein paar Hundert Meter folgen. Doch gab es ab hier kein Durchkommen mehr. Der Schnee war nicht geräumt worden. Kretschmayer war vor über einer Stunde angekommen.

Karl stellte sein Auto so ab, dass andere Fahrzeuge vorbeifahren konnten, und stieg aus. Es war kalt, aber nicht unangenehm, was wohl am fehlenden Wind lag. Er schnappte sich eine Taschenlampe aus dem Kofferraum und steckte seine Pistole in sein Holster. Sollte er die schusssichere Weste anziehen? Wer wusste, wozu der Junkie fähig war? Angesichts der Aussichtslosigkeit seiner Situation war es nicht unwahrscheinlich, dass sich Kretschmayer eine Waffe zugelegt hatte.

Karl zog die Weste über seinen Pullover, knöpfte die Jacke zu und schloss den Kofferraumdeckel. Laut Navi waren es nicht einmal zehn Minuten zu Fuß. Karl warf einen Blick auf seine Jeans und seine Sportschuhe, dann auf den verschneiten Weg. Er seufzte tief. Das würde eine nasse und kalte Angelegenheit werden. Er schaltete die Taschenlampe ein und stapfte los.

KAPITEL 51

Laura bemerkte Karls Auto erst, als sie um die Kurve bog. Bis zu diesem Augenblick hatte sie gehofft, dass er ihr die falschen Koordinaten geschickt hatte. Jetzt war es furchterregende Gewissheit.

Sie ließ ihr Auto direkt an der Straße stehen und leuchtete mit dem Handy ein Stück des dick beschneiten Weges zum Haus ab. Frische Fußspuren: Männerschuhe. Sie mussten von Karl stammen. An manchen Stellen konnte Laura deutlich Handabdrücke erkennen. Karl musste häufig das Gleichgewicht verloren und sich im Schnee abgestützt haben.

Laura bewegte sich in Karls Fußspuren vorwärts und starrte auf den Boden, bis ihr bewusst wurde, dass sie ohne Jacke oder irgendeine Ausrüstung unterwegs war. Sie trat den Rückweg an und war dank Karls Vorarbeit schnell zurück bei ihrem Auto. Sie schnappte sich ihre Funktionsjacke sowie ein paar knöchelhohe Wanderschuhe aus dem Kofferraum und zog sich um. Sie hatte stets ein Paar feste Schuhe dabei. Diese Angewohnheit hatte sie von ihrem Vater übernommen, der ihr eingeschärft hatte, auf jeden Anlass vorbereitet zu sein. Neben den Wanderschuhen und der Funktionsjacke befanden sich deshalb auch ein paar Pumps, ein schwarzes Kostüm, eine Jeans, zwei T-Shirts, ein paar Laufschuhe, eine Fein- sowie eine Thermostrumpfhose und drei verschiedene Hauben im Koffer. Nicht zu vergessen: eine kleine Auswahl an Make-up und ein Taschenmesser. Dieser Koffer hatte ihr oft das Leben gerettet, doch so dankbar wie in diesem Moment war sie ihrem Vater selten gewesen.

Als sie das Messer erblickte, überlegte sie, es einzustecken. Sie fühlte sich mit ihrer Pistole relativ sicher und Messer waren ihr immer schon suspekt gewesen, doch sie entschied sich dafür und schob es in die Jackentasche.

Bevor sie sich auf den Weg machte, blickte sie sich genau um. Von ihrem Standpunkt aus konnte man das Haus selbst bei Tageslicht nicht sehen. Es lag ziemlich versteckt hinter zwei weiteren Kurven. Direkte Nachbarn gab es nicht. Allein der Rauch, der gelegentlich aus dem Kamin drang, ließ tagsüber erahnen, dass auf diesem Fleck im Wald überhaupt ein Gebäude stand. In der Dunkelheit sah Laura nichts dergleichen. Wo stand Kretschmayers Auto?

Der starke Schneefall hatte gestern eingesetzt. Er hätte denselben Weg unmöglich passieren können. Außerdem hätten sich Reifenspuren abzeichnen müssen. Trotz der kleinen Flocken, die gerade vom Himmel fielen, hätten man sie sehen müssen.

Laura leuchtete die Umgebung ab. Es gab nicht viel Platz für ein Auto. Die mehr schlecht als recht geräumte Forststraße führte weiter hinauf und verschwand hinter der nächsten Kurve.

Laura schloss die Augen und fuhr die Straße in Gedanken ab. Die nächstmögliche Parkgelegenheit kam nach 300 Metern, und zwar auf dem Feld eines Bauern.

Laura folgte der Forststraße ein paar Meter weiter und leuchtete den Boden ab. Wie vermutet: keine frischen Reifenspuren. Die Bauern, deren Haus ein bisschen weiter oben am Berg lag, benutzten diesen Weg selten, um in die Stadt zu gelangen. Kretschmayer musste das Auto in der Stadt losgeworden sein und den ganzen Weg hinauf zu Fuß auf sich genommen haben. Vielleicht hatte er sich ein Taxi genommen und war am Beginn der Forststraße ausgestiegen, um abseits des Weges weiterzugehen. Das wäre äußerst mühsam gewesen. Der Schnee war sehr hoch. Oder war er von der anderen Seite gekommen? Dort gab es einen schmalen Weg, den Spaziergänger und Wanderer gern nutzten, weshalb er von Zeit zu Zeit freigeschaufelt wurde. Er führte jedoch nicht direkt zum Haus. Kretschmayer musste das letzte Stück auf gut Glück hinter sich gebracht haben und direkt durch den Wald gegangen sein.

Lauras Gedanken drifteten ab. Das war jetzt nicht wichtig. Wichtig war, dass Karl im Haus war – womöglich mit Severin Kuschs Mörder.

Nach der zweiten Kurve konnte sie endlich das Haus sehen – und blieb wie angewurzelt stehen.

Es brannte Licht. Das Haus war geschmückt mit Lichterketten und aus dem Kamin kam tatsächlich Rauch. Vor der Tür stand ein Auto, eingeschneit, fast nicht mehr zu erkennen. Die Person, die gerade in der Küche zugange war, kannte Laura nur zu gut.

Anna wirbelte mit dem Kochlöffel herum und es sah so aus, als ob sie lautstark singen würde.

Laura folgte Karls Fußspuren mit den Augen. Sie führten nicht zur Eingangstür, sondern – durch das hell erleuchtete Haus gut zu erkennen – einmal um das Gebäude herum. Er musste etwas gesehen haben.

Laura blickte zu ihrer Freundin und zwang sich, Karls Fußspuren weiter zu folgen. Sie führten bis zur Kellerluke, die Laura mit einem schweren Eisenschloss versperrt hielt. Diese Luke war früher genutzt worden, um

Holz zum Heizen in den Keller zu transportieren, doch Laura fühlte sich sicherer, wenn es nur einen Eingang ins Haus gab.

Das Schloss war an seinem Platz. Laura zog einmal vorsichtig an der Eisenkette – es war abgeschlossen.

Die Fußspuren endeten. Laura leuchtete hastig den Schnee links und rechts von ihr ab, es waren keine weiteren Fußspuren mehr zu sehen. Sie musste zusehen, dass sie ihre Freundin aus dem Haus bekam. Wenn Kretschmayer sich tatsächlich hier irgendwo herumtreiben sollte, war sie vielleicht in großer Gefahr.

Laura lief zurück zur Eingangstür, die nicht verschlossen war, und stürmte ins Haus. Sogleich schlug ihr der Geruch von Orangenduftkerzen und Kaminfeuer entgegen. Der Duft und die Geräusche versetzten sie sofort in eine andere Zeit zurück, als alles noch in Ordnung gewesen war. Sie dachte an wunderschöne Tage mit Anna und ihrer Familie.

Laura ergriff die pure Angst. Ihrer Freundin durfte nichts passieren.

Sie hastete in die Küche und blieb wie angewurzelt im Türrahmen stehen. Der Backofen war eingeschaltet, auf einem Rost mit Backpapier lagen ausgestochene Sterne und Tannenbäume aus Teig.

Anna war nicht in der Küche. Im ersten Moment wollte Laura laut nach ihrer Freundin rufen, dann hielt sie sich zurück. Kretschmayer konnte irgendwo im Haus lauern. Sie musste unauffällig bleiben.

Laura hörte etwas. Sie ging zurück in den Vorraum und lauschte angestrengt. Michael Bublés Stimme erfüllte das ganze Haus, doch gab es noch ein anderes Geräusch, ein leises melodisches Summen, das aus dem Keller kam.

Langsam ging Laura die Stufen zum Keller hinab, darauf bedacht, nicht auf eine der knarrenden Dielen zu steigen. Sie bemerkte, dass sie wie von selbst den Atem anhielt, und zwang sich, einmal tief auszuatmen. Sie legte die Hand auf ihre Waffe und versicherte sich, dass das Taschenmesser griffbereit in ihrer Jackentasche war.

Im Keller brannte Licht und die Tür zum Vorratsraum stand offen. Dort stand Anna, die zufrieden summend nach etwas suchte. Lauras Griff um ihre Waffe löste sich. Anna ging es gut, Gott sei Dank.

In diesem Moment drehte sich ihre Freundin um. Sie hielt ein Päckchen Backpulver in der Hand und schrie bei Lauras Anblick auf.

»Oh mein Gott, Laura! Du hast mich fast zu Tode erschreckt! Was machst du denn hier?« Anna starrte sie mit weit aufgerissenen Augen an.

»Dasselbe könnte ich *dich* fragen.«

Anna hatte sich wieder gefasst. Laura bemerkte ein wütendes Funkeln in ihren Augen. »Was ich hier mache? Du hast gesagt, ich kann jederzeit ins Haus, und bevor ich Weihnachten allein zu Hause verbringe, habe ich mir gedacht, ich nehme das Angebot an. Aber mich hier so zu erschrecken und sich wie ein Triebtäter anzuschleichen …! Also wirklich, Laura! Was soll das?«

Anna hatte recht. Aber dafür war keine Zeit. Laura blickte nervös nach allen Seiten und kam mit ihrem Mund ganz nah an Annas Ohr, die für einen Moment zurückschreckte, sich dann aber erwartungsvoll vorbeugte.

»Hör gut zu, Anna: Lukas Kretschmayer ist irgendwo hier, der Typ, der vermutlich Severin Kusch umgebracht hat. Ich weiß nicht, ob er im Haus ist oder draußen herumirrt.« Anna wollte den Mund aufmachen, aber Laura kam ihr zuvor. »Es ist jetzt nicht die Zeit für Fragen. Schau, dass du rauskommst. Dein Auto wirst du nicht nehmen können, also hör mir gut zu. Ich will, dass du dich anziehst und meinen Fußspuren zu meinem Auto folgst. Nimm meine Waffe mit.«

Aus Annas Augen sprach die blanke Angst.

»Nur zur Sicherheit. Mein Auto steht an der Kurve. Du kannst es nicht übersehen. Ich habe es direkt auf der Forststraße geparkt. Sobald du Empfang hast, rufst du im LKA an und sagst ihnen, wo wir sind. Aber zuallererst musst du dich in Sicherheit bringen. Fahr schnurstracks in die Stadt. Hast du mich verstanden?«

Anna nickte vorsichtig und nahm geistesabwesend Lauras Autoschlüssel entgegen. Bei der Waffe zögerte sie.

»Aber ich kann doch nicht ... Ich weiß doch nicht ... Ich habe noch nie ...«

»Hast du dein Handy bei dir?«

Anna nickte.

»Dann benutz die Taschenlampe, damit du die Fußspuren findest. Wenn du schnell bist, kannst du in zehn Minuten bei meinem Auto sein. Und jetzt nimm die Waffe.«

Mit zittrigen Fingern nahm Anna die Pistole entgegen und blickte sie entgeistert an. »Ich weiß wirklich nicht, ob ...«

»Und ob du kannst! Und jetzt los, wir haben keine Zeit zu verlieren. Ich muss den Keller sichern.«

Anna nickte abermals und hatte einen Fuß auf die Stufen gesetzt.

»Und Anna: Versuch, nicht auf die knarrenden Stellen der Stufen zu steigen. Je unauffälliger du dich verhältst, desto besser. Du weißt doch noch, wie wir uns früher angeschlichen haben.« Laura musste lächeln.

Anna schmunzelte und nickte Laura etwas entschlossener zu, bevor sie geschickt die Stufen hinaufging und aus Lauras Sichtfeld verschwand.

Okay, das war geschafft. Aber Laura hatte keine Waffe mehr – abgesehen von dem Taschenmesser. Sie zückte es und sah sich weiter im Keller um. Der Vorratsraum war leer, ebenso der Heizkeller, in dem massenhaft Holz eingelagert war.

Sie sah sich die Luke von innen an und versuchte, sie aufzustemmen, doch sie war fest verschlossen.

Da war ein Geräusch!

Laura drehte sich schlagartig um, das Messer gezückt. Das Geräusch kam aus dem alten Skikeller. Ein kleiner Raum, in dem sie früher ihre Ski und Skischuhe gelagert und zum Trocknen abgestellt hatten. Die Tür war zu.

Sie hörte es wieder. Es klang wie der Alarm eines Handys!

Laura verstärkte ihren Griff um das Messer und stieß mit einem Tritt die Tür auf. Das konnte nicht sein! Was hatte er mit Karl gemacht?

Karl saß gefesselt auf einem Stuhl. Blut tropfte von seinem Hinterkopf auf die metallene Lehne. Er bewegte sich nicht. Die Uhr an seinem Handgelenk piepste leise, anscheinend hatte er sich einen Wecker gestellt.

Tränen schossen Laura in die Augen. War er …? Konnte er …? Laura hastete zu ihm, um seinen Puls zu fühlen. Dann wurde alles schwarz.

KAPITEL 52

Zuerst fühlte sie sich wie in dichtem Nebel, als hätte ihr jemand ein Beruhigungsmittel verabreicht. Mit der Zeit erwachten ihre Sinne und sie spürte Schmerz, der rasch stärker wurde.

Sie versuchte, die Augen zu öffnen, und starrte in vollkommene Dunkelheit. Kurz überkam sie die Angst, lebendig begraben worden zu sein, dann hörte sie, wie jemand hinter ihr leise atmete. Ihr Herzschlag normalisierte sich. Das musste Karl sein.

Ihr rechte Gesichtshälfte tat höllisch weh, in ihrem Mund steckte irgendetwas, vermutlich ein Stofflappen. Als sie ihr rechtes Auge, das sich geschwollen anfühlte, vorsichtig abtasten wollte, bemerkte sie, dass ihre beiden Hände hinter ihrem Rücken an den Sessel gebunden waren, auf dem sie saß. Ihr kleiner Finger ertastete etwas Kaltes. Reflexartig wollte sie die Hand zurückziehen. Dadurch schnürte sich das Seil fester in ihre Handgelenke. Es brannte furchtbar.

Ihr Aufschrei wurde von dem Knebel erstickt.

Sie tastete noch einmal nach dem Gegenstand und erkannte, dass es sich um Karls Finger handelte. Kalt wie Eiszapfen.

Laura und Karl waren Rücken an Rücken an zwei Stühle gefesselt worden. Wahrscheinlich war Karl immer noch ohnmächtig. Aber er atmete, das war das Wichtigste. Hoffentlich hatte Anna es rechtzeitig aus dem Haus geschafft. Es war davon auszugehen, andernfalls würde sie wohl mit ihnen gefesselt hier sitzen. Laura musste Karl und sich selbst befreien. Das Messer konnte sie vergessen. Das hatte ihr Kretschmayer wahrscheinlich längst abgenommen.

Ihr Vorteil war, dass sie den Raum auch im Dunkeln wie ihre Westentasche kannte. Sie wusste, dass hinter ihnen ein Regal stand, auf das sie ihre Skischuhe zum Abtropfen gestellt hatten. Ihr Vater, der kein besonders begabter Heimwerker war, hatte es damals zusammengebaut. Sie wusste, dass er die letzte Schraube nicht richtig hineingedreht hatte. Sie ragte ziemlich weit aus dem Regal heraus. Früher hatte Laura sich des Öfteren daran gekratzt, wenn sie ihre Schuhe abstellte. Ihre Mama hatte mit Papa geschimpft und er hatte versichert, das Problem zu beheben, doch bis zuletzt hatte sie sich gelegentlich an der Schraube verletzt.

Zuerst musste sie Karl aufwecken. Ohne ihn würde sie es nicht schaffen.

Sie nahm all ihre Kraft zusammen und bäumte sich in ihrem Stuhl auf. Dabei hatte sie das Gefühl, dass sich bei jeder Bewegung die Schwellung über ihrem Auge verschlimmerte. Egal, an den Schmerz durfte sie jetzt nicht denken. Nach dem sechsten Aufbäumen, als ihr bereits der Schweiß über die Stirn rann, zeigten ihre Anstrengungen Wirkung. Karl gab ein leises Stöhnen von sich, er war wach. Nun musste sie ihm vermitteln, in welche Richtung sie sich bewegen wollte, damit er mit seinem Körpergewicht mithalf. Wie sollte sie das anstellen?

Laura streckte ihren kleinen Finger aus und bekam damit den von Karl zu fassen. Sie zog ihn ein paar Mal in die Richtung, in die sie sich bewegen wollte. Gott sei

Dank verstand Karl schnell, was sie von ihm wollte. Zur Bestätigung drückte er ganz leicht ihren Finger.

Mit einer enormen Kraftanstrengung bewegten sie sich zentimeterweise in Richtung des Regals. Nach einer gefühlten Ewigkeit konnte Laura es mit der rechten Hand berühren. Doch die Schraube befand sich viel weiter unten. Es gab nur eine Möglichkeit: Sie musste riskieren, direkt auf die Schraube zu fallen.

Sie nahm all ihre Kraft zusammen und riss ihren gesamten Körper mit einem Ruck zur Seite. Karl stemmte sich instinktiv dagegen. Natürlich wollte er nicht umfallen, aber er musste Laura vertrauen. Sie griff erneut seinen Finger und zog ihn nach unten. Laura bemerkte, dass Karls Atem schneller wurde. Er legte drei Finger in ihre Hand und zog einen nach dem anderen weg. Als kein Finger mehr in Lauras Hand lag, spannte sich sein Oberkörper an und er warf sich mit einem Schwung Richtung Boden. Laura tat es ihm gleich und schickte ein letztes Stoßgebet zum Himmel. Sie wartete jeden Augenblick darauf, dass sich die Schraube in ihren Oberschenkel bohrte – doch da war kein neuer Schmerz, nur die pochende Augenbraue.

Zwar waren beide mit ihren Schultern gegen die Wand geprallt, doch weniger heftig, als Laura befürchtet hatte. Die Position war allerdings recht unangenehm, denn sie mussten mit dem Gewicht der Beine die Balance halten, um nicht in das Regal hineinzufallen. Nun zählte jede Sekunde.

Laura tastete nach der Schraube und tatsächlich: Sie bekam sie zu fassen und hielt sie nach drei Umdrehungen lose in der Hand. Jetzt musste sie ihr Gleichgewicht wiederfinden, um die Fesseln zu lockern.

Sie bedeutete Karl, dass sie sich aufrichten mussten, und mit letzter Kraft brachten sie sich wieder in die sitzende Ausgangsposition zurück.

Karl keuchte schwer. Laura brauchte ein paar Minuten, um neue Kraft zu tanken, ehe sie begann, an den Seilen zu schaben, die um ihre Hände geschlungen waren.

Sie bemerkte, wie sich das Seil lockerte. Karl versuchte, es mit seinen Händen so gut wie möglich zu straffen, um Laura die Arbeit zu erleichtern.

Als das Seil durch war, konnte Laura ihr Glück kaum fassen. Sie wollte aufspringen, wurde aber sofort unsanft in den Sessel zurückgezogen, da ihre Beine ebenso gefesselt waren.

Sie befreite sich vollständig, tastete behutsam an der Wand entlang und fand den Lichtschalter.

Karl blinzelte ihr entgegen, als das helle Licht den Raum erleuchtete. Er hatte eine Platzwunde am Hinterkopf. Abgesehen davon konnte sie keine äußeren Verletzungen feststellen.

Sie befreite ihn von seinen Fesseln und dem Knebel. Er schnappte gierig nach Luft.

Leise flüsterte sie Karl zu: »Anna war hier im Haus. Wir müssen sofort nach oben gehen. Ich will mir nicht vorstellen, was Kretschmayer mit ihr macht, wenn er sie erwischt hat.« Sie konnte nicht weiterreden. Ein Kloß im Hals verhinderte es, und Tränen schossen ihr in die Augen. »Hast du ihn gesehen?«

Karl schluckte schwer. »Nein, er hat mich gleich überwältigt. Ich bin ums Haus geschlichen und wollte durch die alte Kellerluke rein. Ich habe Anna kurz durch das Fenster in der Küche gesehen. Sie hatte eine Kochschürze an. Er hat mich von hinten überrascht. So schnell konnte ich gar nicht schauen. Er muss mich irgendwie bemerkt haben. Dann bin ich in diesem Scheißkammerl aufgewacht, Herrgott noch mal. Dieser kleine Bastard, wenn ich den in die Finger bekomme! Anscheinend ist er stärker, als wir ihm zugetraut haben.« Karl griff sich mit schmerzverzerrtem Gesicht an den Hinterkopf. Frisches Blut schimmerte an seinen Fingern.

»Ich weiß, Karl. Ich habe sie gleich weggeschickt. Ich hoffe, sie konnte entkommen, als er mir den Schlag verpasst hat.«

Karl legte ihr den Zeigefinger auf die Lippen. Sie hörten Schritte über sich und hielten den Atem an.

»Ich muss schauen, was da oben los ist. Nimm die Schaufel, die im Heizungsraum liegt«, flüsterte Laura Karl zu.

Karl stellte fluchend fest, dass sich seine Pistole selbstverständlich nicht mehr im Holster befand.

Laura schnappte sich einen Skistock und ging langsam die Treppe hinauf. Sie versuchte, sich daran zu erinnern, an welchen Stellen die Stufen nicht knarrten.

Karl blieb ihr dicht auf den Fersen und mühte sich, in Lauras imaginäre Fußstapfen zu treten.

Beinahe lautlos erreichten sie das Erdgeschoss und arbeiteten sich vom Eingangsbereich aus durch den gesamten unteren Stock vor. Aus der Küche kam nach wie vor leise Musik und der Kamin knisterte beruhigend vor sich hin, als wäre nichts geschehen.

Keine Spur von Anna. Aber auch keine Spur von einem Kampf. Sie mussten sich das obere Stockwerk ansehen, um auszuschließen, dass ihr etwas zugestoßen war.

Laura legte nun ihrerseits den Zeigefinger an die Lippen. Das Haus war aus Holz gebaut, und Holz ächzte, besonders wenn man es gerade nicht brauchen konnte.

Karl tippte Laura auf die Schulter und zeigte nach oben. Jetzt hörte sie es auch. Oben war jemand.

Laura signalisierte Karl, dass er ihr folgen sollte, und ging mit gezücktem Skistock die Stufen in den ersten Stock hinauf. Das Holz unter ihren Füßen knarrte ein paar Mal laut auf und ließ ihr das Blut in den Adern gefrieren.

Die Schritte waren aus dem Schlafzimmer im oberen Stock gekommen. Sie wartete, bis Karl neben ihr stand, und fasste seinen Arm. In seinem Blick erkannte Laura Angst, jedoch siegte die Entschlossenheit.

Er schob sich vor sie, umfasste mit der einen Hand die Schaufel etwas fester und stieß mit der anderen Hand die Tür weit auf. Laura blieb der Atem weg.

KAPITEL 53

Laura hatte mit dem Schlimmsten gerechnet. Sie hatte sich ausgemalt, wie Lukas Kretschmayer Anna verschleppte und knebelte, wie er sie mit einen Messer aus der Küche quälte, nachdem er davor seinen Spaß mit ihr gehabt hatte.

Auf das Bild, das sich Karl und ihr in diesem Augenblick bot, war sie jedoch nicht vorbereitet gewesen. Sie blieben beide wie angewurzelt im Türrahmen stehen, Karl mit der Schaufel in der erhobenen Hand, Laura mit dem Skistock. Anna lächelte ihnen entgegen, sie saß ruhig in Papas großem Ledersessel. Mit dem Lauf der Waffe, die sie in ihrer Hand hielt, bedeutete sie den beiden, auf dem Bett Platz zu nehmen und Stock und Schaufel fallen zu lassen.

Laura erkannte ihre eigene Waffe. Karls Pistole lag neben Anna auf dem Frisiertisch. Auf dem Bett saß Lukas Kretschmayer und blickte sie mit großen Augen an. Seine Hose war völlig durchnässt, unter ihm hatte sich auf dem Boden ein Pfütze gebildet, Gesicht und Hände waren von der Kälte knallrot angelaufen.

»Anna, was …?«, presste Laura hervor, nachdem Karl und sie sich neben Kretschmayer gesetzt hatten.

»Tststs, habe ich dir gesagt, dass du reden darfst?« Anna schüttelte leicht den Kopf. Die Mündung der Waffe schwenkte hin und her. Sie richtete ihren Blick auf Karl. »Ich hoffe, ich habe dich nicht zu doll erwischt. Ich bin nicht wirklich geübt mit der Schaufel.«

Alle Blicke fielen auf die Schaufel am Boden, an der das getrocknete Blut klebte.

Karls Hände ballten sich zu Fäusten. »Du dreckige …!«

»Na, na, na! Jetzt wollen wir aber nicht ausfallend werden. Ganz ehrlich: Wo du immer diese Ausdrücke herhast? Das ist ja schrecklich!« Anna schüttelte tadelnd den Kopf und stand auf. »Meine Mutter hätte mir früher den Mund mit Seife ausgewaschen, wenn ich so geredet hätte. Und dann hätte sie mir ein paar Hiebe auf den Po verpasst. Und auf den Arm, das Knie, den Bauch und …« Anna zeigte mit der Waffe auf das jeweilige Körperteil und hielt auf einmal inne. Es schien fast so, als wäre ihr der nächste Begriff entfallen. Sie sah gedankenverloren durch Laura hindurch, als sich ihre Augen plötzlich aufhellten. »Und natürlich auf den Kopf.« Anna hielt sich die Waffe an ihre Schläfe.

Laura schrie entsetzt auf: »Anna, was machst du denn? Nimm die Waffe herunter!«

Anna legte ihren Kopf schief, die Waffe immer noch auf ihre Schläfe gerichtet, und grinste. »Keine Sorge, ich wollte nur ein bisschen Spannung aufbauen. Ihr seht ja alle aus wie sieben Tage Regenwetter. Nein, ich werde heute nicht sterben, aber ich bin mir nicht ganz sicher, ob wir vier alle lebend hier wieder herauskommen.« Sie zuckte mit den Schultern und bewegte sich langsam auf Lukas zu, die Pistole im Anschlag.

»Und du, du kleiner Halunke, warum musstest du meinen Plan durchkreuzen? Ich dachte, ich habe verständlich gemacht, warum ich das alles tue: wegen Leuten wie dir. Und jetzt sitzt du hier und zwingst mich zu etwas, das ich eigentlich nicht tun wollte. Es ist nicht meine Aufgabe, die Guten zu bestrafen. Aber so, wie wir jetzt dasitzen …«, sie fuchtelte mit der Pistole herum, »,… kann ich euch einfach nicht gehen lassen.«

Anna strich Kretschmayer zärtlich über die Haare. Er zuckte und ließ die Berührung über sich ergehen. Sie ging zurück zu ihrem Stuhl und setzte sich.

»So, ich denke, ihr seid ganz heiß darauf, dass ich euch eine Geschichte erzähle. Vor allem in deinen Augen, Laura, sehe ich große Verwirrung. Bei Karl ist es mehr der Hass. Und bei Lukas, ja, bei Lukas ist es Angst. Ich kann sie förmlich riechen. Obwohl er am wenigsten zu befürchten hat. Das haben wir doch gerade besprochen, Lukas. Du hast alle Chancen dieser Welt, also ergreif sie. Keiner weiß, dass du verdächtigt wirst, alle denken, es war Victoria. Es wird auch kein Weg zu dir führen. Geh zu den Kuschs und hol dir, was dir rechtmäßig zusteht. Wenn du mich verpfeifst, werde ich dafür sorgen, dass du den Rest deines Lebens in einer Gefängniszelle verbringst. Glaub mir, ich habe dafür genug Beweise platziert. Es wäre nicht das erste Mal, dass ich jemanden wegsperren lasse. Und jetzt verschwinde, bevor ich es mir anders überlege! Hopp, hopp!«

Lukas Kretschmayer blickte Anna ungläubig an.

»Na los, verpiss dich!«, schrie Anna laut auf.

Kretschmayer stand zitternd auf, ein unangenehmer Geruch von Urin erfüllte den Raum.

»Und schau nicht wie ein verängstigter Hase. Alles wird gut. Du wirst von mir hören«, sagte Anna sanfter. Sie wies mit der Waffe zur Tür und Kretschmayer lief los, stolperte über die Schaufel, fiel hin und robbte in den Vorraum. Die Stufen knarrten und eine Tür schlug zu.

Anna schloss für einen Moment die Augen. Am Rande ihres Blickfelds sah Laura, wie Karl sich aufrichtete, bereit, den Skistock zu schnappen, der näher beim Bett lag. Doch als er die Hand ausstreckte, öffnete Anna die Augen und richtete die Pistole auf ihn.

»Hände weg, Suchanek! Glaub mir, bei dir habe ich die geringsten Skrupel, du starker Mann du. Ich konnte dich noch nie leiden: deine aufbrausende Art, deine ständigen Wutanfälle. Laura hat sich viele Gedanken gemacht, hat gesagt, sie mache sich Sorgen um dich. Wie oft hätte ich ihr gerne gesagt, dass manche Menschen, solche wie du, einfach weniger wert sind, weil sie sich selbst nicht im Griff haben. Wenn man schon Gewalt anwendet, dann sollte sie durchdacht sein – mit einem klaren Ziel. Blinde Impulsivität hingegen ist nichts als sinnlose Energieverschwendung.«

Karls Stimme klang kratzig, als er antwortete: »Hast du Kusch deshalb umgebracht? Weil du den Sinn dahinter gesehen hast?«

Anna lachte laut auf – ein Lachen, das Laura bei ihrer Freundin nie zuvor gehört hatte. Sie spürte, dass ihr Tränen übers Gesicht liefen.

»Ich bin bei Weitem nicht so einfach gestrickt wie du, Karlchen. Der Sinn dahinter war da, aber ich bin einer größeren Bestimmung gefolgt.« Annas Blick veränderte sich. Es war, als würde sie durch Karl und Laura hindurchsehen. »Ich habe einzig und allein Gerechtigkeit gebracht und denen geholfen, die sich selbst nicht helfen konnten. Aber das hätte alles anders laufen sollen. Das große Finale war erst in einem Monat geplant.« Anna war wieder bei ihnen, ihr Blick wieder klar. Sie schaute zu Laura. »Hör auf zu weinen, Laura! Sei nicht immer so schwach! Unglaublich! Alles muss sich immer um dich drehen. Die arme Laura, die von der ganzen Welt geliebt wird, sich aber trotzdem so aufführt, als würde ihr nur Schlechtes passieren. Wie oft du mir die Ohren vollgejammert hast, dass du keinen Mann findest, dass dir die Arbeit zu viel wird, dass das mit deinem Vater so schrecklich ist! Blablabla, ich kann es nicht mehr hören! Hast du mich ein einziges Mal jammern hören? Nein! Obwohl ich allen Grund dazu gehabt hätte.«

Laura wollte etwas sagen, aber statt Worten drang aus ihrem Mund nur ein undefinierbares Gurgeln und sie musste husten.

Anna betrachtete sie voller Verachtung.

Laura schluckte schwer und brachte ein gepresstes »Warum?« hervor.

Anna starrte Laura an wie ein Tiger, der seine Beute ins Visier nimmt. »Warum?«, äffte sie Laura mit piepsiger Stimme nach. »Warum? Ist das dein Ernst?«

Laura wurde schwindelig. Karl schien das zu bemerken und lenkte Annas Aufmerksamkeit auf sich.

»Erklär uns den Zusammenhang, Anna! Jetzt, wo du uns ohnehin umbringen wirst, hast du ja nichts zu verlieren. Und wir wollen verstehen.«

Laura durchfuhr bei dem Wort »umbringen« ein Schauer.

Das war Anna aufgefallen und sie lächelte. »Hm, daran führt wohl kein Weg vorbei. Na gut, wo fange ich nur an?« Sie kratzte sich mit dem Lauf der Waffe am Kinn und blickte nachdenklich Richtung Decke.

»Elisabeth Brach«, murmelte Laura und schloss die Augen.

KAPITEL 54

Anna holte sich einen zweiten Stuhl, legte ihre Füße darauf und zündete sich eine Zigarette an. Lauras Mutter war des Öfteren so dagesessen, wenn sie sich vor ihrem Vater versteckt und heimlich geraucht hatte. Laura musste die Galle hinunterwürgen, die den Weg von ihrem Magen in den Mund gefunden hatte. Sie war kurz davor, ohnmächtig zu werden, bevor Karl sie mit dem Ellbogen unsanft in die Rippen stieß. Völlig erschöpft ruhte ihr Blick auf Anna.

»Ach ja, Elisabeth, meine gute alte Freundin Betty. Mit ihr hat alles begonnen.« Anna zog langsam und genüsslich an ihrer Zigarette. »Betty wusste, was mit mir passiert war. Sie wusste, wie meine Pflegeeltern mich jahrelang misshandelt hatten, wie sie mir Ohrfeigen gaben oder mich für zwei Tage in mein Zimmer einsperrten – ohne Essen, ohne Möglichkeit, auf die Toilette zu gehen. Sie war eine Freundin meiner Pflegeeltern, ihre Hebamme. Sie hat weggesehen. Ob aus Gleichgültigkeit oder aus Bequemlichkeit, weiß ich nicht. Aber sie hat nichts unternommen.

Dann kam ihr eigenes Kind zur Welt, und ich war nicht mehr von Bedeutung. Ich wurde abgeschoben. Ich habe lange gebraucht, um dieses Kapitel für mich abzuschließen. Zumindest dachte ich das. Bis ich meine ehemalige Pflegemutter vor fünf Jahren wieder sah, im Supermarkt. Sie stand da, mit eingefallenem Gesicht und leerem Blick, erkannt hat sie mich natürlich nicht. Aber für mich kam in dem Moment alles zurück, alle schmerzhaften Erinnerungen, die Misshandlungen, die Kälte.

Ich wollte wissen, ob sie ihr eigenes Kind genauso behandelt hatte. Ob er eine ähnliche Kindheit hatte wie ich. Also habe ich Nachforschungen angestellt. Ich habe herausgefunden, dass es ihm schlecht ging. Dass er ein Junkie war, ein Alkoholiker. Dass auch er eine schreckliche Kindheit hatte.« Anna blies den Rauch Richtung Bett und schloss die Augen für einen Moment. Im nächsten Augenblick starrte sie Laura wieder hasserfüllt an. »Ich bin immer wieder auf ihren Namen gestoßen. Elisabeth Brach. Die verantwortliche Hebamme. Die Frau, die dabei war, als mein Leben gestohlen wurde. Nicht nur das – sie war danach immer wieder bei Julia und Philip zu Besuch. Freundschaft? Mitleid? Oder war es Schuld? Ich musste es genau wissen. Ich brauchte Antworten. Also habe ich sie aufgespürt. Mich als Journalistin ausgegeben. Sie war sofort bereit, über ihren Beruf zu sprechen – stolz darauf, Leben zu begleiten, Mütter zu unterstützen. Als hätte sie keines zerstört. Als würde sie mich nicht kennen. Ich habe sie reden lassen, freundlich gelächelt, die richtigen Fragen gestellt. Und dann das Gespräch langsam in die Richtung gelenkt, die mich wirklich interessierte. Julia und Philip. Das Kind. Da wurde sie plötzlich merkwürdig. Ihre Finger verkrampften sich um die Teetasse. Sie wich meinem Blick aus. Sagte, sie habe versucht zu helfen. Dass die beiden mit Lukas überfordert gewesen seien. Dass sie es für ihre Pflicht gehalten habe, da zu sein – weil sie Scheiße gebaut hatte. Ich habe weiter nachgehakt. Mich nicht abschütteln lassen. Und irgendwann hat sie nachgegeben. Dann brach es aus ihr heraus: Sie hat die Kinder vertauscht. Sie hat sein Leben genommen und es einem anderen gegeben. Und sie wusste, dass sie einen Fehler gemacht hatte. Dass Lukas gequält wurde. Sie hatte es gesehen. Und trotzdem nichts gesagt. Sie hätte alles beenden können. Aber sie hatte Angst. Angst, dass die Wahrheit ans Licht kommt. Also hat sie sich zurückgezogen, die Augen verschlossen. Und als es nicht mehr ging, als der Druck zu groß wurde, hat sie auch noch einen Autounfall verursacht und dir die Mutter genommen. Sie saß mir gegenüber, ihre Stimme brach, Tränen standen in ihren Augen. ›Ich muss mit all meinen Fehlern leben‹, sagte sie. ›Ich werde nie wieder glücklich sein.‹ Ich saß da, und mir wurde klar: Diese Frau dachte wirklich, das sei Strafe genug. Ein paar schlaflose Nächte, ein paar Jahre voller Schuldgefühle – und damit sei alles erledigt? Nein. So einfach läuft das nicht. Nicht für mich. Nicht für Lukas. Nicht für dich. Dafür wird sie büßen.« Anna drückte die Zigarette in den Aschenbecher und beobachtete, wie die rote Glut langsam erlosch. »Tja, sagen wir einmal so: Die Gerechtigkeit hat gesiegt.« Eine fast kindliche Vorfreude hatte sich auf ihr Gesicht gelegt. Langsam erhob sich Anna von ihrem Stuhl, streckte sich, als würde sie die Anspannung der letzten Minuten abschütteln – bereit für das, was als Nächstes kommen würde. »Das Leben wollte es so. Es hat mir den Weg zur Vergeltung gezeigt. Und ich musste mit der Wurzel allen Übels beginnen. Das ging nicht ohne einen Plan.«

»Also hast du Elisabeth Brach umgebracht«, stellte Karl fest und blickte kurz zu Laura, die Annas Geschichte mit entsetztem Blick lauschte.

»Und wie bist du damit davongekommen?« Seine Stimme war ruhig, aber bestimmt. »Wie hast du es geschafft, dass Nico Lercher an deiner Stelle im Gefängnis sitzt?«

Anna setzte sich seufzend und schlug die Beine übereinander.

»Dieser Trottel hat es mir fast zu einfach gemacht. Ich habe ihn beobachtet, er war ja Elisabeths Nachbar. Und sobald ich gewusst habe, worauf er bei Frauen steht, haben sich unsere Wege gekreuzt und er hat sich in mich verliebt. Natürlich hat er das. Zu dem Zeitpunkt wusste ich, dass er mit Betty befreundet war, sonst hätte er mir ja nichts genützt. Es war perfekt. So konnte ich in dem Wohnhaus ein- und ausgehen, ohne dass es jemand bemerkte. Ich kam an Bettys Schlüssel, den sie Nico gegeben hatte, damit er ihre Katze füttern konnte, wenn sie nicht da war. Ich hatte alles perfekt vorbereitet, nahm ein Messer aus Nicos Wohnung – seine Fingerabdrücke waren bereits darauf. Zusätzlich sammelte ich ein paar andere Gegenstände, die ich bei Elisabeth platzierte, damit ihr schön viele Spuren von ihm finden würdet. Natürlich habe ich Handschuhe getragen. Und ebenso selbstverständlich sein Lieblingsshirt – das Shirt, auf dem später einige Blutspritzer landeten und das ihr im Müll gefunden habt. Ihr kennt ja die ganze Geschichte. Ihr habt die Tatwaffe gefunden, das Shirt, die Fingerabdrücke – und das war's dann. Es war fast schon zu einfach.« Anna fuhr sich mit dem Zeigefinger leicht über die Lippen, sie lächelte.

»Dann ging ich zu Betty und spielte die verzweifelte Frau, die wieder einmal mit Nico gestritten hatte. Ich war sehr überzeugend. Sie wollte mich beruhigen, sie wusste, wie aufbrausend Nico oft sein konnte. Als sie sich zur Küchenanrichte umdrehte, um einen Tee zu kochen, ist es passiert. Ich habe sie erstochen. Der erste Stich war sehr ungewohnt, ich kann mich gut erinnern. Man sagt ja: Das erste Mal wird man nie vergessen.« Anna legte sich die rechte Hand auf die Brust, wo ihr Herz war, und sah Laura verträumt an. »Ich glaube sogar, ich habe kurz daran gezweifelt, ob ich wirklich das Richtige tue. Nach dem zweiten Stich ging es mir besser. Der dritte fühlte sich schon gut an, fast so, als ob ich mit jedem Herausziehen der Klinge die Welt zu einem reineren Ort machen würde. Ganze acht Mal – acht ist meine Glückszahl. Anschließend habe ich die Beweise drapiert, ein bisschen aufgeräumt und meine Fingerabdrücke beseitigt. Und ich musste die Leiche wegbringen. Das war bei der kleinen Lady kein Problem. Ich habe sie in ihren Teppich gerollt und in mein Auto getragen.«

»Und warum die eingeritzte Botschaft, Anna?«, fragte Karl.

»Ach Gott, eure Fragen werden immer dümmer! Aber von dir hätte ich auch nicht mehr erwartet, Karlchen. Das Wort ›fur‹ ist lateinisch für ›Dieb‹. Und sie war ein Dieb. Sie war der Dieb unter den Dieben, und das sollten alle wissen. Sie hat Leben gestohlen! Sie soll in der Hölle schmoren. Ich hätte es so gerne gemacht, während sie noch lebte, aber das Geschrei – das war mir zu riskant. Aber eines muss man euch lassen«, Anna lehnte sich nach vorn und stützte den Kopf in ihre Hände, »dass ihr gedacht habt, das da ›fut‹ steht, war einfach köstlich. Als Laura mir das erzählte, musste ich mich zusammenreißen, um nicht laut loszulachen.« Anna lehnte sich zurück und setzte einen nachdenklichen Gesichtsausdruck auf. »Wenn ich das Szenario im Nachhinein durchgehe, muss ich sagen, dass das ganz schön gefährlich war. Es hätte mich jederzeit jemand sehen können, als ich sie zum Auto geschleppt habe. Sie hätte vorher laut schreien oder mich angreifen können. Aber es lief alles wie am Schnürchen. Und dann habe ich sie im Lainzer Tiergarten abgelegt, weil ich nicht länger mit ihr herumfahren wollte. Sie hatte angefangen zu stinken. Ich habe sie ausgezogen. Es hat mir gefallen, sie so nackt daliegen zu sehen und mir vorzustellen, wie die Tiere an ihr nagen. So hat ihr Körper wenigstens einen Nutzen in diesem Leben gehabt. Ja, so war das.« Anna fischte eine weitere Zigarette aus der Schachtel und zündete sie sich an.

»Aber warum hat Nico nicht gesagt, dass er dich kennengelernt hat? Er hat uns gegenüber nie etwas von einer Freundin erzählt. Ich würde an seiner Stelle alles sagen, damit ich nicht ins Gefängnis komme«, stammelte Karl, ahnte die Antwort jedoch bereits.

»Du warst wohl noch nie richtig verliebt, Karl?« Annas Stimme klang beinahe amüsiert, als hätte er etwas Grundlegendes nicht verstanden. »Wie man so schön sagt: Liebe versetzt Berge. Und manchmal sorgt sie sogar dafür, dass jemand freiwillig ins Gefängnis geht.«

Sie lehnte sich zurück, verschränkte die Arme und musterte ihn mit einem herausfordernden Blick.

»Mütter und Väter tun es für ihre Kinder. Nico Lercher hat es für mich getan.«

Ein zufriedenes Lächeln huschte über ihr Gesicht. »Ich besuche ihn noch ab und zu – natürlich nicht unter meinem Namen, aber das wisst ihr ja bestimmt bereits. Doch dazu später mehr.«

Ein spöttisches Lächeln huschte über ihr Gesicht. »Er soll weiterhin glauben, dass ich draußen auf ihn warte. Dass ich für ihn da bin. Er hat hier draußen nichts mehr außer mich. Und deshalb wird er mich nie verraten.« Sie spielte mit einer Haarsträhne, als wäre das alles eine simple Wahrheit, die Karl längst hätte begreifen müssen. »Natürlich habe ich ihm nicht die ganze Geschichte erzählt.« Ihre

Stimme wurde leiser, fast verschwörerisch. »Ich habe ihm gesagt, es sei im Affekt passiert. Dass ich verzweifelt war. Und er?« Sie zuckte mit den Schultern. »Er hat nicht nachgefragt.« Ein Lächeln stahl sich auf ihre Lippen, während ihre Augen kalt blieben. »Als die Polizei dann vor seiner Tür stand, hat er nichts gesagt. Er hat sich einfach abführen lassen.« Anna senkte die Stimme – nur um dann mit einem süffisanten Grinsen fortzufahren: »Das ist Liebe.« Und mit einem leisen Säuseln brach sie in schallendes Gelächter aus. »Für mich war er auf jeden Fall der perfekte Sündenbock.« Anna drückte die zur Hälfte gerauchte Zigarette aus und stand auf. »Okay, meine Lieben, genug geschwafelt. Wenn ihr brav seid, erzähle ich euch auch noch, wie ich den hübschen Jungen umgebracht habe. Aber dazu ein bisschen später. Jetzt holen wir erst mal meine Kekse aus dem Ofen und machen einen kleinen Spaziergang.«

KAPITEL 55

Anna hatte sich Karls Pistole vom Frisiertisch geschnappt und ließ Laura und Karl vor sich die Stufen hinuntersteigen, während sie ihnen die erbeuteten Waffen in den Rücken drückte. Die Treppe war nicht breit genug für zwei Menschen, die nebeneinander gingen. Deshalb befahl Anna Laura, vorn zu gehen, danach wollte sie selbst und zuletzt Karl hinabsteigen.

Sie presste einen Pistolenlauf in Lauras Rücken und den anderen in Karls Bauch. Um keinen der beiden aus den Augen zu lassen, musste sie abwechselnd nach oben und nach unten sehen. Karl bemerkte es und nutzte seine Chance.

Flink wie ein Wiesel stürzte er sich auf Anna, als sie Laura gerade mit der Pistole einen Schubser gab und sie anschrie, dass sie gefälligst schneller gehen sollte. Er ließ sich mit seinem gesamten Körpergewicht auf Anna fallen, sodass alle drei die Stufen hinunter in den Vorraum stürzten.

Es folgte ein Schrei. Ein Schuss hatte sich gelöst. Karl lag am Ende der Treppe und hielt sich mit schmerzverzerrtem Gesicht das Bein. Laura war sich sicher, dass es vorbei war. Sie nahm den Geruch von verbranntem Teig wahr. Sie öffnete vorsichtig ihr linkes Auge – das rechte war immer noch geschwollen – und sah Karl neben sich liegen. Anna stand aufgerichtet über ihnen und hielt beide Waffen fest umklammert.

»Dass du es wagst, du Arschloch!«, zischte sie und wischte sich das Blut unter ihrer Nase wütend mit dem Handrücken weg. »Schau nur, was du angerichtet hast! Mein Gesicht.« Ihre Nase war blau und eindeutig gebrochen, das konnte man aufgrund der Deformierung auf den ersten Blick ausmachen. »Wenn du so etwas noch einmal machst, wird es nicht mehr dein Bein sein, auf das ich schieße, glaub mir! Und jetzt aufstehen, alle beide!« Ihre Augen waren unnatürlich dunkel, sodass man Pupille und Iris nicht mehr voneinander unterscheiden konnte.

Laura löste sich aus ihrer verkrampften Haltung und stand mit zitternden Knien auf. Karl tat es ihr gleich, musste sich aber am Geländer abstützen und fiel mit einem Schmerzensschrei gleich wieder zu Boden.

»Ach, komm schon! Der starke Boxer wird sich doch nicht von so einem kleinen Wehwehchen aus der Bahn werfen lassen. Laura, hilf ihm auf! Na, wird's bald?«

Laura blickte auf Karl und sein blutendes Bein.

»Anna, wir müssen die Blutung stoppen. Er wird sonst nicht mehr lang …«

Anna unterbrach sie sofort: »Papperlapapp! Was glaubst du denn, was ich mit euch mache? Aber ich will ihn ungern herumschleppen, also hilf ihm auf die Beine! Sofort!«

Laura fühlte nichts mehr. Sie ging fest davon aus, dass sie nicht mehr lange leben würde. Seltsamerweise rief das keine Angst hervor, keine Trauer. Um Bo tat es ihr ein bisschen leid und um ihren Vater. Aber beide würden es überleben. Sonst gab es niemanden, für den sie kämpfen musste. Außer ihnen hatte Laura niemanden mehr. Das nahm sie nüchtern zur Kenntnis. Bei ihrem Job setzte sie sich großen Gefahren aus – auch, um sich selbst zu spüren, um zu fühlen, dass sie einen Zweck auf dieser Welt hatte.

Die Menschen, die dank ihr weiterleben konnten, waren das, was sie am Leben hielt. Und jetzt schaffte sie es nicht einmal, Karl hochzuheben, der immer an ihrer Seite stand.

»Du musst ein bisschen mithelfen, Karl. Ich pack das nicht allein, du bist zu schwer«, flüsterte Laura ihm zu.

Anna hatte sich auf die Stufen gesetzt und sah zu, wie Laura sich abmühte. Sie lächelte. Trotz der gebrochenen Nase und des Blutes auf ihrer Oberlippe sah sie wunderschön aus. Sie genoss das Schauspiel vor ihren Augen sichtlich.

»Ich kann nicht. Es tut echt verdammt weh«, wisperte Karl mit Tränen in den Augen.

»Aber du musst! Willst du wirklich hier drinnen verbluten? Wir müssen raus, dann wird mir etwas einfallen.«

Karl sah sie liebevoll an, seine Lippen hatten eine unnatürliche blasse Farbe angenommen. »Was willst du schon machen? Du kannst mich ja nicht einmal hochheben.« Sein Blick wurde entschlossener. Er schielte zu Anna hinüber, die sich vor dem Vorzimmerspiegel die Nase abtastete. »Du musst versuchen zu fliehen, wenn wir draußen sind. Ich werde sie ablenken. Verschwinde in der Dunkelheit. Tauch ab, lauf zu deinem Auto und dreh dich nicht um! Du wirst heute nicht sterben, das lasse ich nicht zu. Nicht so.« Karl biss die Zähne zusammen und stemmte sich hoch.

Laura half mit voller Kraft mit. Und auf einmal stand er.

Anna hatte die Waffen wieder auf sie gerichtet.

»Na endlich. Habt ihr euer Kaffeekränzchen beendet? Sehr schön, dann lasst uns gehen. Wir wollen ja keine Wurzeln schlagen.«

Karls Worte gaben Laura zu denken. Sie war Karl nicht egal. So wie sie ihn in der Vergangenheit immer wieder beruhigt und aufgebaut hatte, wenn die Wut in ihm hochgekocht war, hatte nun er es geschafft, ihr Selbstbewusstsein zu stärken. Anna hatte Laura eingeredet, wie labil sie war und dass nicht jeder Mensch stark sein konnte. Sie hatte sich als ihre Beschützerin hervorgetan – selbst als Laura niemanden mehr gebraucht hatte, der sie beschützte.

Laura öffnete die Tür. Sogleich kam ihr ein kalter Luftzug entgegen und wirbelte Schnee in ihr Gesicht. Sie schloss für einen Moment die Augen und prägte sich den Geruch ein: den Geruch des Holzes, des Schnees, des Waldes. Dann spürte sie wieder kalten Stahl in ihrem Rücken und all die positiven Eindrücke waren wie weggeblasen.

»Kommt, wir sehen nach den Vögeln und schauen, ob sie genügend Futter haben«, sagte Anna mit einem süffisanten Unterton.

Langsam dämmerte es Laura. Der Baum mit dem Vogelhaus stand auf einer großen schräg nach links abfallenden Wiese, an deren Ende sich eine tiefe Schlucht befand. Anna und Laura hatten früher Steine geworfen und die Sekunden gezählt, bis von unten der Aufprall zu hören war. Später hatten sie begonnen, Obst hinunterzuwerfen, um zu beobachten, wie es auf den kleinen Kieselsteinen am Grund der Schlucht zerbarst. Es war sehr gefährlich, auf der abschüssigen Wiese ungesichert am Abhang zu stehen. Deshalb hatten sie sich in einem unbeobachteten Augenblick davonschleichen müssen. Wenn Mama und Papa gewusst hätten, in welche Gefahr sich Anna und Laura begaben, hätte das ein Riesendonnerwetter gegeben.

Obwohl ihre Freundin gerade eine Waffe auf sie richtete, hatte sie Mitleid mit Anna.

»Warum musste Severin sterben?« Laura war selbst überrascht, wie fest und ruhig ihre Stimme klang.

Sie kamen sehr langsam voran. Karl rutschte mehr durch den Schnee, als dass er ging, und Laura hatte große Mühe, ihn halbwegs gerade zu halten. Das Blut rann von seinem Bein und hinterließ rote Spuren. Bald würden sie aus dem Lichtkegel des Hauses in die Dunkelheit treten.

Annas Lachen hallte von den Bäumen wider: »Also ich dachte wirklich, du wärst schlauer. Der Mord an Betty hat irgendwas in mir verändert. Ich dachte, es würde mich fertig machen. Aber das Gegenteil war der Fall. Es hat sich angefühlt, als hätte ich plötzlich die Kontrolle. Über alles. Als würde ich in einer anderen Welt leben. Aber ich war nicht fertig. Nicht komplett. Irgendwas hat gefehlt. Und dann – hab ich's rausgefunden. Ich habe die Informationen dazu in Bettys Wohnung gefunden, es war Severin, der mit Lukas damals vertauscht wurde. Und als mir klar wurde, *wer* Severin war – was für ein Leben er geführt hat, all die Möglichkeiten, das scheinbar perfekte Umfeld ... da hat sich alles in mir zusammengeschoben. Mein Lukas – der hat sich alles hart erkämpfen müssen. Und dieser Severin? Hat in Saus und Braus gelebt, als hätte er es verdient. Ich habe Lukas immer wieder beobachtet. Nicht zu nah, aus der Ferne. Ich wollte es vergessen, hab versucht, die Sache auf sich beruhen zu lassen. Hat manchmal sogar funktioniert. Ein paar Monate vielleicht. Dann kamen die Gedanken wieder. Immer wieder. Bis ich wusste: Ich *muss* es tun, ich bin noch nicht fertig. Nur ... diesmal war's schwieriger. Kein offensichtlicher Sündenbock wie Nico Lercher war in Sicht. Das hat's komplizierter gemacht. Ich musste mir überlegen, wie ich an die Familie rankomme. Und tja – es war ja kein Geheimnis, dass Magnus kein Kind von Traurigkeit ist, wenn's um andere Frauen geht, das habe ich zu meinem Vorteil genutzt. Ich habe mein Aussehen verändert – neue Frisur, lange braune Haare und andere Kleidung – genau nach seinem Geschmack. Ich wusste genau, was ich tun muss. Und er? Hat's geschluckt. War total hin und weg von mir, wollte mich immer wieder sehen, bis er mich sogar zu sich nach Hause eingeladen hat. Jackpot! Oh, wie er geredet hat. Männer schalten sofort ihr Hirn aus, wenn man ihnen ein bisschen den Bauch pinselt und sich im Bett was traut. Er hat mir alles erzählt. Wie kaputt seine Ehe ist. Dass Victoria ihn nur noch nervt, dass er sie am liebsten nie mehr sehen würde. Und ich? Ich habe nur zugehört. Gelächelt. Und mir gemerkt, was ich wissen musste.«

Laura wollte sie weiter zum Reden bewegen. Anna schien unaufmerksamer geworden zu sein. Der Druck der Waffe in ihrem Rücken hatte sich gelockert. Und sie brauchte eine kurze Pause.

»Ich verstehe dich. Du wolltest nur das Richtige tun und die Welt ins Gleichgewicht bringen. Aber wie hast du es angestellt?«

Anna war stehen geblieben und hatte sich vor Karl und Laura gestellt. Karl war bereits in den Schnee zu ihren Füßen gerutscht und lag dort laut atmend.

»Es ist Wahnsinn, was Haare ausmachen.« Anna fuhr sich durch ihren kurzen, strubbeligen, schwarzen Schopf und zuckte mit den Schultern. »Du setzt dir eine Perücke auf, veränderst deine Augenfarbe, ein bisschen Make-up hier und da – und schon sehen dich die Leute an, als wärst du jemand völlig anderes. Sie erkennen dich nicht. Sie sehen nur, was sie sehen wollen.« Anna blickte verträumt auf Lauras Haare. »Weißt du, ich hatte als kleines Kind auch ganz lange Haare. Das hat meiner Mutter nicht gefallen. Also mussten sie weg. Die Welt da draußen kennt mich als die taffe Anna mit den kurzen Haaren und dem strengen Blick. Aber auf meiner Mission war ich die hübsche Anna mit den langen Haaren, dem weichen Gang und den weiblichen Zügen.« Anna nahm ihre Brille ab und sah Laura tief in die Augen. »Und jetzt stell dir einmal dieses Gesicht mit Make-up und ein bisschen Sonnenbräune vor.«

Es traf Laura wie ein Blitz. Anna war die Frau, die Lukas Kretschmayer besucht hatte. Die Frau, die alles darum gegeben hat, wie Victoria Kusch auszusehen. »Also wolltest du Victoria Kusch den Mord in die Schuhe schieben.« Laura konnte es nicht glauben.

»Richtig! Und gib es zu, ihr habt es geglaubt. Vor zwei Jahren war ich in Victorias Zimmer, habe ihren Ausweis an mich genommen und ihr eine Fälschung untergeschoben. Ich habe Nico mit dem Ausweis in der Justizanstalt besucht und wollte auch Lukas davon überzeugen, dass ich Victoria bin. Leider habe ich ihn unterschätzt, er hat sich nicht täuschen lassen. Aber das war im Grunde egal. Ich hatte bereits genug Indizien gestreut, genug Zweifel gesät. Als ich am Tag von Severins Ermordung bei seiner Wohnung war, habe ich Victoria von Weitem gesehen. Sie kam gerade aus dem Haus – trug ihren Pelzmantel. Und in dem Moment hatte ich die Idee. Ich hatte zu Hause einen ähnlichen Mantel. Du kennst ihn sogar, Laura. Ich bin zurückgefahren, hab ihn geholt – und mich entschieden, dass heute der Tag sein würde, an dem Severin stirbt. Natürlich sind beim Mord Blutspritzer auf dem Mantel gelandet. Genau das war Teil des Plans. Drei Tage später war ich bei Magnus Kusch und habe im Hinausgehen einfach die Mäntel vertauscht. Victorias hing im Vorzimmer. Ich zog ihren an – und ließ meinen da.

Anna klatschte betont langsam in die Hände. »Da muss ich mir ja fast selbst applaudieren, dass mein Plan so gut aufgegangen ist!«

Karl hatte die Lider geschlossen. Laura spürte, dass er immer kraftloser an ihrem Bein hing.

Auch Anna war das nicht entgangen. »Na, kommt schon. Es ist nur noch ein kleines Stück. Und den Rest erzähle ich euch auch noch, versprochen!«

Laura zog Karl mit letzter Kraft auf die Beine und trat weiter in die Dunkelheit – aber nicht, ohne die fremden Fußspuren ein paar Meter neben sich im Schnee zu bemerken, ehe sie von der Finsternis verschluckt wurden.

KAPITEL 56

Anna fror, das konnte Laura an ihrem Zittern erkennen. Deshalb ging sie auch um einiges schneller als vorhin. Laura musste Karl schleppen. Sie wusste nicht, wie lange sie das noch durchhalten konnte.

»Keine Sorge, wir sind gleich da, und dann ist alles vorbei. Es wird schnell gehen, du trägst keine Schuld. Aber da ihr mich so überrascht habt, geht es nicht anders. Eigentlich schade, mir hat unsere Freundschaft wirklich etwas bedeutet«, sagte Anna sichtlich enttäuscht.

Laura musste Zeit gewinnen. Sie waren fast an der Schlucht angekommen. »Wie hast du das mit Severin angestellt? Wir konnten dich nicht auf den Überwachungsbändern sehen…«

Annas Schritte wurden langsamer, es funktionierte. »Glaubst du wirklich, ich wäre so naiv, einfach durch die Haustür zu spazieren? Ich bin durch den Garten gekommen – wie jemand, der weiß, was er tut.«, sagte sie, immer noch bebend.

»Und hat dir Lukas Kretschmayer geholfen?«, fragte Laura angespannt.

»Ach, quatsch, nicht der Waschlappen. Der kann keiner Fliege was zuleide tun! Ich habe es selbst getan, wie beim ersten Mal. Severin saß im Halbdunkel seines Wohnzimmers, als ich durch die Gartentür eintrat. Der Besuch seiner Mutter hatte ihn ausgelaugt zurückgelassen. Er war in Gedanken versunken, regungslos – nicht einmal das Knacken des Türrahmens ließ ihn aufmerken. Er bemerkte mich erst, als ich schon im Raum stand. ›*Was machen Sie hier?*‹«, äffte Anna Severins Stimme spöttisch nach. »Aber seine Worte waren brüchig. Ohne Widerstand. Ohne echte Überraschung. Ich trat näher, langsam, fast bedächtig. Ich fing an zu erzählen. Er sollte wissen, warum ich da war. Dass ich von der Vertauschung wusste. Dass ich seine echten Eltern kannte. Dass ich ihm eine Chance geben wollte – zur Wiedergutmachung. Dass er Lukas helfen könne, mit Geld, mit einem Neuanfang. Aber Severin … er hat nur gelacht. ›Ich habe kein Geld. Und wieso sollte ich für irgendwas geradestehen? Ich habe damit nichts zu tun.‹ Dann wandte er sich ab – ohne ein weiteres Wort – und ging zur Tür, um mich rauszuwerfen. Er kehrte mir den Rücken zu. Ganz selbstverständlich. Weil er nicht im Traum daran dachte, für Gerechtigkeit zu sorgen. Das war sein Fehler. Damit hatte er seine Chance vertan. Der erste Stich traf ihn unvorbereitet. Keine Gegenwehr. Kein Schrei. Nur ein erstickter Laut. Er blickte mich an – nicht voller Angst, beinahe mit einer Mischung aus Enttäuschung und Erleichterung. Ein ersticktes Warum war das Letzte, was aus seiner Kehle drang. Die nächsten Stiche setzte ich ruhig, kontrolliert. Sieben an der Zahl. Kein Chaos. Ich wusste, wie ich mich bewegen musste. Ich wusste, wie ich die Blutspritzer auf dem Mantel platzieren wollte. Präzise. Als es vorbei war, fühlte ich Erleichterung. Ich prüfte mein Gesicht im Spiegel. Kein Zittern. Kein Zögern. Dann wickelte ich ihn in Folie, wie ich es geplant hatte, trug ihn zu meinem Wagen, der hinter der Wohnung im Wald parkte – und legte ihn im Lainzer Tiergarten ab. Genau wie Elisabeth Brach. Sie beide hatten es verdient, ich habe alles richtig gemacht.«

Sie waren nur ein paar Meter vom Abgrund entfernt. Laura überlegte fieberhaft, wie sie Anna überwältigen konnte.

Auf einmal hörte sie statt Karls Keuchen ein Krächzen. Karl hatte die Augen geöffnet und fixierte Anna.

Die Wiese fiel nun deutlich steiler ab. Unvermittelt holte Karl mit dem rechten Arm aus, um Annas Beine zu packen. Doch er war nicht schnell genug, sodass Anna rechtzeitig zur Seite springen konnte und dabei in den Schnee fiel.

Mit wutverzerrtem Gesicht rappelte sie sich auf, schrie ein lang gezogenes »Arschloch« und drückte ab. Der Schuss war ohrenbetäubend. Laura hatte das Gefühl, ihr Trommelfell würde platzen. Sie hörte nur einen kontinuierlichen Piepton und realisierte erst dann, dass Anna auf Karl geschossen hatte. Dieses Mal in die Brust.

Er sackte vor ihren Augen gänzlich zusammen und blieb im Schnee liegen. Laura warf sich über Karl und schrie laut auf. Sie hörte Annas Stimme kaum. Es kümmerte sie nicht. Anna hatte Karl erschossen.

Sie legte zwei Finger auf sein Handgelenk und atmete auf. Sie konnte einen Puls spüren, sehr schwach. Jetzt zählte jede Sekunde. Sie sah auf: Der Mond hatte sich vor die Wolken geschoben, sodass sie erkennen konnte, dass Anna wild mit den Pistolen herumfuchtelte und auf sie einredete. Das sollte also das letzte Bild sein, das Laura vor ihrem Tod sehen würde.

Sie nahm Karls Kopf in ihre Hände und hielt ihn. Die Tränen liefen ihr über die Wangen und tropften auf sein Gesicht. Langsam kehrte ihr Hörvermögen zurück und die Situation kam ihr realer vor.

Anna sprach mehr mit sich selbst als mit Laura. »Scheiße, warum hat er …? Das war alles so nicht geplant! Jetzt muss ich ihn selbst da runterrollen. Was für ein Scheiß, wirklich! Aber es geht nicht anders. Tu es einfach, Anna! Je länger du hier stehst, desto unsicherer wirst du. Du hast es fast geschafft. Keiner weiß, dass die beiden da sind. Und keiner wird hier nach ihnen suchen. Der Schnee wird ihre Körper unter sich begraben und die Tiere werden den Rest erledigen. Komm schon, Anna! Los!« Anna zielte mit beiden Waffen auf Laura. »Aufstehen! Stell dich an den Abhang!«, sagte sie eiskalt. Kein Zittern war mehr zu sehen.

Stattdessen bebte Laura umso mehr. So würde sie sterben. Sie warf einen Blick auf das Haus, das ihr so viel Wärme und das Gefühl von einem Zuhause gegeben hatte. Es sah friedlich aus: die hell erleuchteten Fenster, die weich fallenden Schneeflocken, das Vogelhäuschen, das leicht hin- und herschaukelte. Es waren schöne Zeiten gewesen. Die Erinnerungen konnte ihr keiner nehmen. Sie lächelte schwach. Die Vögel, die in der Früh aus den Büschen schossen und sich auf die Sonnenblumenkerne stürzten. Die Eichhörnchen, die aus den Baumspitzen heruntergelaufen kamen und sich mit den Vögeln um das Futter stritten. Die Spechte, die mit ihrem lauten Klopfen das Schauspiel untermalten. Das Geräusch des knisternden Kaminholzes. Der Duft frisch gepflückter Wiesenblumen im Sommer. Der malerische Wald.

Sie schloss die Augen und wartete auf einen Schuss, einen Schubs. Wie lange ein Mensch wohl brauchte, bis er unten aufschlug? Nichts passierte.

Sie öffnete die Augen. Anna stand wie angewurzelt vor ihr. Sie hielt die Waffen in der Hand. Die Wolken hatten sich wieder vor den Mond geschoben, sodass Laura nur Annas Silhouette erkennen konnte. Und hinter ihr eine weitere.

Dann ging alles ganz schnell. Laura hörte einen Schrei und sah, wie Anna an ihr vorbeitaumelte und in die Tiefe stürzte. Wie in Trance fing Laura an, die Sekunden zu zählen: einundzwanzig, zweiundzwanzig, dreiundzwanzig. Doch sie hörte keinen Aufschlag, kein dumpfes Geräusch eines Körpers, der am Boden zerschellte. Es war totenstill.

Sie rappelte sich auf und hechtete zum Abhang. Es war zu dunkel, um etwas zu erkennen. War das gerade wirklich passiert?

Sie drehte sich ungläubig um und blickte auf die zwei Menschen, die vor ihr im Schnee saßen. Der Mond erleuchtete die Schneedecke wieder. Lukas Kretschmayer kniete neben Karl und fühlte seinen Puls. Er sah Laura an und sprach aufgeregt auf sie ein: »Laura, er atmet nur noch sehr schwach. Ich brauche deine Hilfe. Wir müssen ihn zu seinem Auto bringen. Worauf wartest du? Los, hilf mir!«

Laura begriff, was gerade geschehen war.

Kretschmayer hatte Karl die Jacke ausgezogen. Darunter kam die schusssichere Weste zum Vorschein. Sie hatte die Kugel abgefangen, deshalb atmete er. Aber die Wunde in seinem Bein hatte nicht aufgehört zu bluten.

Lukas presste etwas Schnee darauf und Karl stöhnte auf. »Komm jetzt, Laura!«, schrie Kretschmayer sie panisch an. »Er darf nicht sterben!«

Anna konnte sie nicht helfen, aber Karl lebte noch.

Sie fasste seine Arme, Kretschmayer schnappte sich die Beine und sie kämpften sich in Richtung Auto. Laura warf einen letzten Blick in den Abgrund, konnte aber immer noch nichts erkennen außer einem schwarzen Loch. Ob Anna auch die Sekunden gezählt hatte?

KAPITEL 57

Drei Monate später

Der Schnee fing bereits zu schmelzen an und tropfte von den dicken Ästen. Die Sonne ließ sich immer öfter blicken und der Gesang der Vögel erfüllte den ganzen Wald.

Laura blickte durch das Fenster und nippte vorsichtig an ihrem Kaffee. Er war noch ziemlich heiß. Es hatten sich ein paar Eichhörnchen dazugesellt und es war ein heftiger Kampf mit den Vögeln um die Sonnenblumenkerne entbrannt. Je wärmer es werden würde, desto seltener würden sie kommen. Der Wald in seiner vollen Blüte gab im Sommer genug Nahrung her. Deshalb genoss Laura jede Sekunde dieses Schauspiels.

Sie drehte sich um und ließ ihren Blick durch die Küche schweifen. Es war so viel passiert, und doch sah alles aus wie immer. Das Feuer im Kamin knisterte vor sich hin, die Kaffeemaschine surrte, der Holzfußboden knackte bei jeder Bewegung.

Laura hatte befürchtet, nach dieser Nacht keinen Schritt mehr in das Haus machen zu können, in dem Karl und sie fast ermordet worden wären. Tatsächlich konnte sie nur das Zimmer im oberen Stock nicht mehr betreten. Sie mied das Obergeschoss, so gut es ging. Sie hatte ihr Schlafzimmer im Erdgeschoss eingerichtet. Sie konnte den Zigarettenrauch riechen, auch wenn er längst verflogen war. Sie sah die Freundin im Stuhl sitzen, die Beine übereinandergeschlagen, selbstgefällig lächelnd. Das eingetrocknete Blut am Ende der Treppe war kaum noch sichtbar. Karl hatte sich darum gekümmert. Er hatte gesagt, das sei das Mindeste, was er für Laura tun könne. Er hatte vier Wochen im Krankenhaus gelegen. Sein Zustand war zu Beginn kritisch gewesen, sie hatten um sein Leben bangen müssen. Aber Karl war ein Kämpfer. Laura hatte jeden Tag an seinem Krankenbett gesessen und hatte ihm Geschichten über Bo, das LKA oder ihren Vater erzählt. Auch Stephan hatte ihn oft besucht. Nachdem Laura Bo an jenem Tag bei ihm abgesetzt hatte, hatte er sich in den Hund verliebt. Er hatte tatsächlich »verliebt« gesagt. Sogar Karl hatte schmunzeln müssen.

Laura schenkte sich Kaffee nach, zog ihren Mantel und ihre Stiefel an und trat nach draußen. Sofort flitzte Bo zwischen ihren Füßen vorbei und schreckte alle Vögel auf, die gerade am Frühstücken waren.

Sie setzte sich auf die Bank vor dem Haus und hielt ihr Gesicht in die Sonne. Die Zeit nach dieser Nacht war die Hölle gewesen. Sie hatte Farkas erklären müssen, warum ihr Kollege angeschossen im Krankenhaus lag und wieso sie weiter auf eigene Faust ermittelt hatten. Sie hatte ihn nie so wütend gesehen. Sein Kopf war knallrot gewesen und die Knöpfe seines Hemdes hatten gedroht, in alle Richtungen davonzuspringen. Doch die wahren Verbrecher hatten zur Rechenschaft gezogen werden müssen. In Karls Jacke hatte man ein Handy gefunden. Lukas Kretschmayer hatte es ihm zugesteckt, nachdem er Anna überwältigt hatte. Das Handy hatte das gesamte Gespräch an dem besagten Abend aufgezeichnet: Annas Geständnis. Das konnte nicht einmal Farkas ignorieren. Victoria Kusch wurde freigesprochen, Magnus Kusch war untergetaucht.

Laura war nach wie vor überzeugt, dass Anna beim Mord an Severin nicht allein gehandelt hatte. Es war kaum vorstellbar, dass sie die Leiche allein ins Auto verladen und bis in den Lainzer Tiergarten gebracht hatte.

Bei einer zierlichen Frau wie Elisabeth Brach wäre das noch machbar gewesen – aber Severin war ein großer, sportlicher Mann. Fast unmöglich, das allein zu schaffen.

Laura ging fest davon aus, dass Magnus ihr geholfen hatte. Und sollte er je wieder auftauchen, würde das ganz sicher nicht gut für ihn ausgehen.

Anna. Laura vermisste ihre Freundin.

Am nächsten Tag war ihre Leiche gesucht worden, jedoch hatte man nur den Abdruck eines Körpers sowie ein paar Tropfen Blut im dicken Schnee gefunden. Sie hatte anscheinend wie durch ein Wunder überlebt.

Die Ermittler waren der Blutspur tief in den Wald hinein gefolgt, doch Anna war unauffindbar geblieben. Sie kannte den Wald wie ihre Westentasche. Laura war beunruhigt. Sie hatte so viele Fragen, die nie beantwortet werden würden.

Sie öffnete die Augen. Bo war klitschnass und hatte sich auf ihre Füße gelegt. Sie stand auf, öffnete die Tür nur einen Spaltbreit und schnappte sich das Handtuch, das auf dem Heizkörper am Eingang hing. Sie warf es über Bo und rubbelte so lang, bis das Tropfen aufhörte. Das gefiel dem Hund gar nicht. Laura musste bei seinem Anblick laut auflachen.

Sie ging zurück ins Haus und schnappte sich ihr Handy vom Wohnzimmertisch. Zwei Anrufe in Abwesenheit und eine Nachricht von Karl. Das konnte nichts Gutes bedeuten. Laura las zuerst die Nachricht.

Hallo, ich bin's. Sorry, ich weiß, ich störe dich schon wie-

der in deinem Urlaub. Das ist wie verhext. Aber ich brauche dich hier. Danke, Karl.

Laura seufzte tief und wählte Karls Nummer.

Nach dem ersten Läuten hob er ab. »Hallo, sorry noch einmal, aber es ist echt dringend.«

»Das will ich dir geraten haben, sonst gnade dir Gott!«, sagte Laura mehr neckisch als streng.

»Uh, na, da habe ich aber Angst«, witzelte Karl zurück.

Das hatte Laura vermisst. Sie waren fast wieder die Alten – aber nur fast.

»Okay, schieß los! Was gibt es so Dringendes?«

Laura hörte Papier rascheln.

»Manchmal würde ich mir ja echt wünschen, dass ich einfach anrufe, um zu fragen, wie es dir geht, oder über das Wetter zu reden. Übrigens: In Wien scheint die Sonne.« Karl seufzte tief, Laura konnte sich ein Schmunzeln nicht verkneifen. »Es wurde eine Leiche gefunden.«

Laura betete innerlich, dass Karl ihr nicht gleich sagen würde, dass die Leiche erstochen im Lainzer Tiergarten aufgefunden worden war.

Karl schien das zu spüren. »Keine Sorge, es ist nicht das, was du denkst. Glaubst du, ich würde sonst so lange Small Talk führen?« Karl machte eine kurze Pause. »Es wurden heute vier Leichen gefunden. Alle in ihrem Bett liegend.«

An diesen Informationen konnte Laura nichts Ungewöhnliches finden.

Karl zögerte. »Die Todesursache wird gerade untersucht. Auf den ersten Blick konnten wir keine Fremdeinwirkung feststellen.«

Laura wurde langsam ungeduldig. Bis jetzt wies nichts darauf hin, dass das ein Fall für das LKA war. Das war kein Grund, ihren Urlaub zu unterbrechen. Karl druckste herum und zog das Gespräch in die Länge. Laura tippte genervt mit ihren Fingern gegen die Kaffeetasse.

»Ich weiß, du fragst dich jetzt, was daran so komisch ist. Und ich kann es selbst ja gar nicht glauben. Sagen wir mal so: Die Opfer haben auf den ersten Blick nichts gemeinsam: unterschiedliches Alter, unterschiedliches Geschlecht, unterschiedliche Leben, keine optischen Gemeinsamkeiten. Aber sie hatten alle schlohweißes Haar, als man sie fand. Und ihnen wurde das Gehirn entfernt.«

Lauras Aufmerksamkeit war auf einen Schlag geweckt. Bevor sie Karl mit weiteren Fragen löchern konnte, kam ein weiterer Anruf herein.

»Alles klar, ich mache mich auf den Weg. Da klopft wer an. Tschüss.« Ohne auf das Display zu schauen, nahm Laura den Anruf entgegen. »Laura Sturm, hallo?«

Kein Wort, nur ein leises Atmen.

Gerade, als Laura auflegen wollte, erklang ein leises »Hallo«.

Es war Lukas Kretschmayer. Sie hatte drei Monate lang nichts von ihm gehört. Er war gleich verschwunden, nachdem sie Karl im Krankenhaus abgeliefert hatten, und seitdem nicht auffindbar gewesen. Auch wenn er nicht mehr als Verdächtiger im Mordfall Kusch galt, hatte das LKA trotzdem einige Fragen an ihn. Laura hatte eigentlich nur eine. »Woher haben Sie es gewusst?«

Stille am anderen Ende der Leitung.

»Lukas, ich weiß, dass Sie es sind. Und Sie würden mich wohl kaum anrufen, wenn Sie nicht erwartet hätten, dass ich Sie das frage.«

Kretschmayer seufzte tief und begann leise zu sprechen. Laura hatte große Mühe, ihn zu verstehen. »Sorry, Laura, dass ich mich erst jetzt melde. Die letzten Wochen waren –

sagen wir mal – turbulent. Ich habe gehört, dass es Herrn Suchanek wieder gutgeht. Das freut mich.«

Sie wartete ab, obwohl sie am liebsten in das Telefon geschrien hätte, er solle endlich seinen Mund aufmachen. Sie wollte ihn nicht verschrecken.

»Es war das Foto. Das Foto von ihr auf deinem Schreibtisch. Ich habe sie auf den ersten Blick nicht erkannt, aber als mir klar wurde, dass sie die Frau ist, die mich besucht hatte, blieb mir die Luft weg.«

Laura atmete schwer. Das Foto von Anna auf ihrem Schreibtisch! Es lief ihr eiskalt den Rücken herunter.

Lukas Kretschmayer sprach weiter: »Sie hatte keine langen braunen Haare und eine Brille, aber es war sie. Zuerst konnte ich gar nicht verstehen, was ich da gerade gesehen hatte. Und ich wollte auch keinen Fehler machen. Ich hatte das Foto nur kurz gesehen, und je mehr ich darüber nachdachte, desto mehr Zweifel kamen mir. Aber ich musste mich selbst davon überzeugen. Ich wollte Antworten. Also habe ich Fat Jimmy die Situation erklärt. Ihr Name stand ja auf dem Fotorahmen. Ich habe ihm das restliche Geld gegeben. Er hat nicht einmal 20 Minuten gebraucht, um die Verbindung zwischen Anna und dir herzustellen. Er hat ihren vollständigen Namen herausgefunden und ihr Handy geortet, um ihren Aufenthaltsort herauszufinden. Dann bin ich zu dem Ferienhaus gefahren. Fat Jimmy hat Kontakte, deshalb werde ich mich nicht ewig vor ihm verstecken können.« Lukas Kretschmayers Stimme war mit jedem Wort brüchiger geworden, bis er am Schluss nur noch wisperte. »Ich weiß, ich hätte es dir gleich sagen sollen, aber sei ehrlich: Hättest du es mir geglaubt? Alles nur wegen dieses blöden Fotos? Es war eine verrückte Situation. Aber es ist ja Gott sei Dank alles gutgegangen.«

Laura spürte die Wut in sich aufkommen. Sie konnte sich nicht mehr beherrschen. »Gutgegangen?«, zischte sie in den Hörer.

Bo hob den Kopf und spitzte die Ohren.

»Das nennst du ›gutgegangen‹? Meine beste Freundin hätte meinen Partner und mich fast umgebracht und ist jetzt auf der Flucht oder was weiß ich. Versteckt sich irgendwo in Dschibuti. Das einzig Positive an der ganzen Sache ist, dass wir am Leben sind und dass keine Unschuldigen ins Gefängnis gehen. Das war's aber auch schon.« Laura spürte, wie heiße Tränen über ihre Wangen liefen und die Wut dem Schmerz wich. Sie weinte – das erste Mal seit diesem Abend. Sie weinte um die verlorene Freundin, um ihr gebrochenes Herz, um die Opfer. Es brach aus ihr heraus wie ein Wasserfall.

Bo winselte und kratzte an ihren Beinen. Als die Tränen versiegt waren, hatte Lukas Kretschmayer bereits aufgelegt.

Laura strich sich mit den Händen über das vom Weinen gerötete Gesicht und sammelte sich. Die Vergangenheit war Vergangenheit, sie musste nach vorn sehen. Und es half niemandem, wenn sie an der Sache zerbrach.

Sie stand auf, betrat das Haus und wusch sich ihr Gesicht im Badezimmer. Im Spiegel sah sie sich tief in die Augen und entdeckte zu ihrer eigenen Verwunderung Entschlossenheit.

Laura schob sich eine Haarsträhne hinters Ohr und richtete sich auf. Genug gerastet.

ENDE